Soleil indien

*Du même auteur
aux Éditions J'ai lu*

Dans la collection :
Aventure et Passions

ESCLAVE DE SOIE
N° 2929
LE PRINCE AZTÈQUE
N° 3071
LA LÉGENDE DE L'AMOUR
N° 3247
LE RAVISSEUR INDIEN
N° 3574
L'AMOUR POUR MISSION
N° 3846
LA HORS-LA-LOI
N° 5304

Nan RYAN

Soleil indien

ROMAN

*Traduit de l'américain
par Myra Bories*

Titre original
SAVAGE HEAT

Éditeur original
Dorchester Publishing Co., Inc., New York

© Nan Ryan, 1989

Pour la traduction française
© Éditions J'ai lu, 2004

Pour ma petite sœur Judy Jonas,
si courageuse et si gaie

1

New York, 2 juin 1879

L'homme en train de lire le *New York Times* avait des yeux noirs d'une froideur insondable. Un léger sourire aux lèvres, il posa le journal et quitta le fauteuil rembourré où il était affalé. Il traversa à pas de loup l'épais tapis de la vaste chambre, s'approchant de la table d'acajou.

Il occupait une suite au huitième étage du Buckingham Hotel. Depuis l'enfance, il était sur ses gardes en permanence. Il jeta un coup d'œil par la fenêtre, puis laissa retomber le lourd rideau de velours et ôta le bouchon d'une carafe. Son visage basané, comme taillé à la serpe, reflétait une implacable détermination. Le sourire avait disparu. En se servant un bourbon, il ressentit néanmoins un agréable frisson. Il but son whisky d'un trait et s'en versa un deuxième.

Regagnant son fauteuil, il ramassa le journal et relut l'article du courrier mondain, illustré d'une photographie représentant une jeune femme d'une beauté extraordinaire.

La ravissante « Golden Girl » de Chicago, Martay Kidd, coqueluche des soirées mondaines de New York, a décidé de passer l'été à la dure à Denver, Colorado.

Pourtant, cette jolie blonde a fait ses études dans l'une des écoles de jeunes filles les plus sélectes de notre ville, l'institution de miss Bryan sur Park Avenue. Héritière d'une immense fortune en mines d'or, miss Kidd est la fille unique du général de brigade William J. Kidd. Le général est en garnison à Fort Collins, Colorado ; il attend avec impatience l'arrivée de sa fille au début du mois de juin. La jeune beauté aux yeux d'émeraude sera l'invitée du colonel Dolf Emerson et de sa femme, l'une des familles les plus en vue de Denver.

Un sourire mauvais, presque diabolique, tordit la bouche de l'homme. Il découpa proprement la photographie dans le journal, la plia et la rangea dans la poche de sa chemise de soie blanche. Puis il sonna un garçon d'hôtel et donna ses ordres d'une voix grave et lente :

— Réservez-moi une place dans le train de Denver qui part ce soir à minuit. Vous avez une heure pour faire mes bagages. Veillez à ce que je dispose d'une voiture une demi-heure au plus tard avant le départ. Ah ! Et envoyez un câble à M. Drew Kelley, 1201 Broadway, Denver, Colorado, pour lui annoncer mon arrivée le 8 juin.

Perplexe, le garçon d'étage hocha la tête.

— Sir, vous êtes arrivé cet après-midi de Boston, n'est-ce pas ? Nous pensions que vous restiez une semaine...

L'inconnu aux yeux noirs tira quelques billets de sa poche.

— Je ne demanderais pas mieux, mais il est arrivé quelque chose. Je n'ai pas le choix : il me faut partir.

— Quel dommage, sir. Quel dommage ! observa l'employé avant de se retirer.

8

Resté seul, l'homme se mit à faire les cent pas, les mains enfouies dans les poches de ses pantalons noirs. Il s'arrêta et ressortit la photographie du journal.

Il scruta les yeux de la jeune fille. Il avait l'impression de la connaître, bien qu'ils ne se soient jamais rencontrés...

Puis il referma les doigts sur le papier et le froissa brusquement.

Chicago, Illinois, 3 juin 1879

Les yeux émeraude de Martay Kidd pétillaient tandis qu'elle s'habillait pour sa dernière soirée à Chicago. Elle avait eu beau demander à ses amis de ne pas faire de tralala pour son départ, elle n'avait été ni surprise ni fâchée que plusieurs organisent des soirées fastueuses en son honneur.

Ce soir, c'était la dernière. Un dîner arrosé de bons vins chez un riche industriel de l'acier, Farrell T. Youngblood, demeurant sur la rive du lac Michigan. M. Youngblood et sa femme Laura étaient en voyage à l'étranger, mais leur fils Farrell T. Youngblood Jr, âgé de vingt-deux ans, appréciait sa situation de maître de maison.

Avec son physique d'aristocrate – des cheveux blonds, des yeux bleus admirables, un nez plein de noblesse et des fossettes enfantines –, il avait fait de son mieux pour convaincre Martay d'abandonner ce projet d'été à Denver. Il avait avoué à la jeune fille que, désespérément amoureux d'elle, il lui aurait interdit le voyage si cela avait été en son pouvoir.

Ses supplications avaient conforté Martay dans sa décision. Elle aimait bien Farrell. Non seulement il était beau au plus haut degré, mais il était aussi drôle.

Tout au moins l'avait-il été jusqu'à l'échange de quelques baisers, qui avait immédiatement déclenché une demande en mariage. Leur relation en avait pâti. Il refusait d'admettre qu'elle ne souhaite pas se marier.

— Crois-moi, Farrell, lui avait-elle répété la veille au soir. J'apprécie ta compagnie et je te considère comme l'un de mes meilleurs amis, mais je n'ai pas l'intention d'épouser qui que ce soit.

Une tristesse intense était passée dans les beaux yeux du jeune homme, et elle avait précisé :

— Ce n'est pas de ta faute, je suis comme ça. J'aime ma liberté et je veux la garder encore un peu...

— Quelle sottise ! Avec moi, tu auras toute la liberté que tu veux. Je ne suis pas jaloux. Si je l'étais, nous serions brouillés depuis longtemps.

Martay avait ri aux éclats. Elle savait que son attitude faisait jaser, mais elle s'en moquait. Elle n'avait pas envie de faire partie des oies blanches qui se pâmaient dès qu'un homme leur baisait la main. À qui voulait l'entendre, elle ne cachait pas avoir embrassé non pas un, mais trois jeunes et beaux garçons depuis deux ans. Et elle avait l'intention d'en embrasser d'autres, avant d'être trop vieille pour ce genre de badinage.

Si les messieurs – même les plus convenables – avaient la liberté de flirter, pourquoi n'en serait-il pas de même pour les dames ? Martay sortirait donc avec les garçons qui lui plaisaient, sauf s'ils étaient déjà mariés ou fiancés.

— Tu fais exprès de ne pas comprendre, Farrell. Je sais bien que tu n'es pas jaloux, et cela fait partie de ton charme. J'essaie de t'expliquer que je ne veux pas avoir un marmot dans le ventre avant mes dix-neuf ans. Je suis sûre que beaucoup de jeunes filles se marient non par amour, mais parce qu'elles ont besoin d'un homme qui s'occupe d'elles.

— Parbleu ! Une femme a besoin...

— Pas moi ! Grâce à la succession de ma mère, j'ai une belle fortune personnelle. Tout ce dont j'ai envie, je me l'offre. Je n'ai pas besoin d'un homme.

— Tu es vraiment exaspérante, avait-il soupiré, découragé. Pourtant, je crois qu'avec le temps, tu changeras. Un jour, tu deviendras adulte. Tu comprendras l'importance d'avoir un mari, une famille.

— Tu parles comme mon père, avait riposté Martay. Son espoir le plus cher est de me voir mariée avant mon prochain anniversaire. Je crois qu'il a peur que je fasse scandale.

— Je suis certain que ton père ne veut que...

— Mon père ne veut que mon bien, coupa-t-elle en éclatant de rire. Papa et toi, décidément, c'est bonnet blanc et blanc bonnet !

— N'y a-t-il donc aucun argument susceptible de te faire changer d'avis pour Denver ?

— Aucun. Mais ne t'inquiète pas. L'automne viendra vite et je serai de retour à Chicago.

Il avait pris sa main, l'avait portée à ses lèvres et embrassée tendrement.

— J'espère que tu dis vrai, très chère. Denver est un pays de sauvages. On n'y trouve que voyous, joueurs professionnels, criminels en cavale et femmes perdues. Il paraît que des Peaux-Rouges rebelles infestent les montagnes Rocheuses. Tu ne seras jamais totalement en sécurité. Je crains...

— Moi, je ne crains rien.

Le souvenir de cette conversation fit sourire Martay. Au lieu de l'effrayer, les mises en garde de Farrell ne faisaient qu'ajouter à son excitation. Cela faisait dix-huit ans qu'elle était « totalement en sécurité ». Quel ennui ! Un soupçon de danger mettrait du piquant dans sa vie. Elle avait hâte d'être en route et de savoir si cette aventure tiendrait ses promesses.

Sa vaste chambre aux murs crème était encombrée de malles ouvertes, de sacs de voyage et de cartons à chapeaux. Il y avait notamment un jeu de valises assorties en cuir bourrées de robes d'été multicolores, d'élégantes tenues de bal, de dessous raffinés, de pantoufles en chevreau et autres babioles. Martay soupira d'aise. Ses yeux verts étincelaient de bonheur. Dans huit heures à peine, elle monterait dans le train ! Et dans moins d'une semaine, elle reverrait son père. Cela faisait six mois qu'elle n'avait vu le général, qui lui manquait terriblement. Elle aussi lui manquait : sans cela, il ne l'aurait jamais autorisée à venir dans le Colorado. C'était la première fois qu'il lui donnait la permission de lui rendre visite en garnison.

Martay prit une brosse à manche d'or et entreprit de démêler ses longs cheveux blonds. Elle imaginait Denver, capitale du Colorado. Elle se représentait une ville sauvage dans le décor somptueux des montagnes Rocheuses. L'étiquette et les convenances cédaient le pas à l'aventure et à la gaieté. Des duels au revolver éclataient en pleine rue, les belles de nuit arpentaient les avenues. Il y avait des chercheurs d'or, de beaux joueurs professionnels, et de solides cow-boys frustes et bagarreurs. Sans parler des escrocs, des mendiants, des féroces sauvages emplumés...

Comme elle avait hâte d'y être !

— Je n'aime pas ça, Martay. Mais alors pas du tout ! déclara Farrell T. Youngblood Jr.

Il était minuit.

La fête s'était terminée avec la ruée des invités sur les landaus, voitures et autres cabriolets pour escorter Martay à la gare de Chicago. Tous étaient à présent devant le California Gold, son wagon personnel. Elle aimait cette extravagance qu'elle s'était offerte – avec les encouragements de son père – pour ses dix-huit ans, au mois d'août précédent.

— Allons, Farrell ! Ne fais pas cette tête. Je reviens dans trois mois.

— Seulement ? s'étonna-t-il avec une ironie amère. C'est trop. Reviens avant. Reviens fêter ton dix-neuvième anniversaire à Chicago.

— Tout le monde en voiture ! cria un employé des chemins de fer.

La locomotive lança un coup de sifflet strident, et un premier toupet de vapeur.

— C'est l'heure ! s'exclama Martay en levant sa main gantée pour faire un signe d'adieu à tous ses amis. On se voit à l'automne ! Merci à tous pour cette merveilleuse soirée.

Elle monta les quelques marches et se retourna vers Farrell. Celui-ci était si mélancolique qu'elle se pencha pour l'embrasser sur la joue.

— Je t'écrirai.

— Menteuse ! rétorqua-t-il, car il la connaissait bien.

Elle allait répondre quand il l'attira à lui et l'embrassa avec passion, sans se soucier des nombreux badauds. Lorsque enfin il lâcha sa bouche, il murmura :

— Juste pour que tu ne m'oublies pas...

Le train s'ébranlait. Martay, soulagée de la diversion, répondit :

— Il faut que j'y aille !

Soulevant ses jupes, elle remonta d'un bond dans le wagon. En quelques secondes, le train s'éloigna tandis que Farrell, bouleversé, courait à côté. Martay eut un soupir de soulagement quand le convoi prit de la vitesse et que le jeune homme fut distancé. Il s'arrêta, hors d'haleine, mais continua à la héler. Toujours debout à la porte, elle agitait un mouchoir de lin blanc.

— Il est temps que tu rentres, suggéra Lettie de l'intérieur.

Martay acquiesça de la tête et, spontanément, sauta au cou de l'imposante Irlandaise qui s'occupait d'elle depuis le jour de sa naissance.

— Oh, Lettie ! Tu te rends compte ? Nous sommes en route pour le Colorado !

— Et toi, tu es en route pour ton lit, riposta la dévouée gouvernante, les mains sur les hanches. Tu te couches à des heures impossibles, tu embrasses les garçons en public, tu traverses le pays d'un bout à l'autre. Et quoi encore ?

Martay, tout heureuse, esquissait un pas de valse en faisant tournoyer sa robe.

— C'est vrai : quoi encore ? Je n'en sais rien, et c'est ça qui est drôle, Lettie. Je suis en route pour l'inconnu, je vais rencontrer des gens et faire des choses que je n'ai jamais faites.

— Je me demande ce qui a pris au général, répliqua Lettie en saisissant le bras de Martay pour arrêter le tourbillon. Une jeune fille n'a rien à faire en pays sauvage.

Elle commença à dégrafer sa ravissante robe de bal jaune pâle.

— Je peux faire ça seule, protesta Martay. Va te coucher. Tu dois être fatiguée.

— En effet. Mon arthrose fait des siennes et je...

— Pauvre Lettie ! Va dormir. Est-ce que Dexter…

— Ce bon à rien de Dexter s'est effondré sur sa couchette avant dix heures.

Martay n'était pas fâchée que le gros Dexter dorme comme une souche : c'était le seul moment où il ne fourrait pas son nez partout. En revanche, elle n'avait rien à craindre du cuisinier de la famille, Amos. Tel qu'elle le connaissait, il devait être en train de disputer une partie de dés quelque part dans le train, et ne reviendrait à bord du California Gold que pour préparer le petit déjeuner.

Lettie, Dexter et Amos étaient les seuls domestiques qui l'accompagnaient dans le Colorado. Les autres restaient à Chicago pour s'occuper de la grande maison de Michigan Avenue. Ils lui manquaient déjà. Comme elle avait perdu sa mère à l'âge de quatre ans, c'était Lettie et ses collègues qui l'avaient élevée. Ils n'étaient pas parfaits : Dexter était un fainéant, mais un bon géant à la force immense, qui se serait fait tuer pour le général et pour sa fille. Amos était un joueur invétéré, mais l'une des plus fines toques de Chicago. Quant à Lettie… eh bien, elle était de plus en plus difficile à vivre. Martay imputait ce changement de caractère à « ce qui arrive » aux dames à partir d'un certain âge. Lettie avait fêté ses cinquante et un ans l'hiver précédent et, par les froids les plus mordants, elle se plaignait de mourir de chaleur.

— Tu es dure pour ce pauvre Dexter, gronda Martay en souriant. Et pour toi aussi. Va donc au lit, conseilla-t-elle en mettant un poing devant sa bouche pour cacher un immense bâillement.

— Tu es sûre que tu ne veux pas que je t'aide ?

— Oui. Je vais me débrouiller.

— Dans ce cas, d'accord. Et ne traîne pas à lire quelque roman de quatre sous, tu m'entends ?·

— Je t'entends. Allez, bonne nuit.

Martay soupira de soulagement quand Lettie la laissa seule. Puis elle courut à sa coiffeuse et se contempla dans la glace à cadre d'or. Elle ouvrit un pot de rouge à lèvres et effaça prestement les dégâts du dernier baiser de Farrell. Avec impatience, elle remit en place sa coiffure ébouriffée qui tombait sur ses épaules nues, remonta sur ses seins épanouis le corsage profondément échancré de sa robe, puis éteignit la lumière et se dirigea à pas de loup vers la porte arrière.

Le California Gold était à six voitures devant le fourgon de queue. Devant lui se trouvaient les wagons de places assises et ceux de marchandises. Derrière, en revanche, c'étaient les wagons-lits et la première classe. Martay fit coulisser la lourde porte et sortit sur la plate-forme.

Le train filait à bonne vitesse, il avait laissé derrière lui les lumières de la ville. Il traversait un paysage vallonné, baigné par le clair de lune. Le vent était si violent que Martay eut les larmes aux yeux. Ses longues jupes lui fouettaient les jambes.

Elle se hâta d'ouvrir la porte du wagon suivant et s'y engouffra. Elle longea le couloir central. Des messieurs fumaient le cigare en échangeant des nouvelles de la Bourse. Trois dames fort élégantes étaient du voyage. Quelques jeunes soldats lui adressèrent des sourires, qu'elle leur rendit. Un petit enfant échappa à sa mère et empoigna Martay par les genoux comme si sa vie en dépendait.

— Tu as des bonbons ?

— Non, non... je suis désolée, répondit-elle.

— Tyrone, lâche la robe de cette jolie dame ! gronda la maman.

Il obéit, et Martay allait continuer quand elle sentit que l'ourlet de sa robe était coincé. Elle regarda : la fine dentelle de son jupon était accrochée à la pointe de la botte d'un voyageur. La jeune fille voulut lui adresser la parole, mais il avait la tête rejetée en arrière et le chapeau très bas sur le visage. De toute évidence, il dormait.

Elle s'accroupit pour dégager son jupon. Intriguée, elle jeta un œil à l'inconnu. L'homme avait posé sur le siège voisin sa redingote sombre. Il avait défait sa cravate et déboutonné le col de sa chemise de lin blanc. Ses larges épaules montaient et descendaient au rythme calme de sa respiration.

Il se retourna vaguement et Martay retint son souffle. Pour quelque raison, elle eut la chair de poule. D'un coup sec, elle dégagea la dentelle coincée sous la botte. Le fragile tissu se déchira, mais elle n'en avait cure. Elle se leva et fit demi-tour en hâte, comme si quelqu'un la traquait. Le cœur battant, elle réintégra son magnifique appartement et claqua la porte, avant de pivoter pour s'y adosser.

Tout de suite, elle rit de son stupide émoi. Elle se déshabilla en fredonnant, éteignit la lampe à gaz et se hissa sur son lit moelleux. Elle étendit ses bras au-dessus de sa tête et, souriant dans le noir, songea aux jours merveilleux qui l'attendaient.

Bercée par le rythme monotone du train, elle ne tarda pas à sombrer dans un sommeil sans rêve.

Au milieu de la nuit, tandis que Martay dormait tranquillement dans sa chambre, un homme sortit seul sur le balcon panoramique à l'arrière du train. Il alluma un cigare en s'abritant de ses mains. La flamme de l'allumette éclaira brièvement son visage basané et se refléta dans ses yeux noirs. Il baissa l'allumette sans l'éteindre. Le vent s'en chargea.

Le cigare bien calé entre ses dents blanches et régulières, il posa le pied sur le garde-fou en fer forgé. Il plissa les yeux et retira de la pointe de sa botte un minuscule morceau de dentelle déchirée.

Il le fit rouler entre le pouce et l'index, et sourit dans le noir.

2

Au bout de cinq jours, Martay s'ennuyait. Certes, son « hôtel roulant » était confortable et même luxueux : il y avait des lambris en bois de citronnier, des sièges dont la tapisserie vieux rose était brodée à la main, un canapé bleu marine rococo importé d'Allemagne, un lit Louis XVI... Mais les journées étaient interminables. Le train n'en finissait pas de traverser la Prairie, c'est-à-dire les grandes plaines du centre des États-Unis. Elle s'était lassée de regarder par la fenêtre. Il n'y avait rien à voir, si ce n'est des kilomètres et des kilomètres de champs ; la monotonie du paysage n'était rompue que par quelques troupeaux de bétail conduits par des cow-boys.

Avec un soupir, elle quitta son siège devant le secrétaire : depuis une heure, elle envoyait des petits mots à ses amis restés à Chicago.

Soudain, Lettie entra.

— Les montagnes Rocheuses, droit devant !

Martay bondit à la fenêtre. Elle écarta les rideaux et sortit la tête, éblouie par l'aveuglant soleil du Colorado. Elle poussa un cri de joie.

Devant elle, à l'horizon, se dressait la barrière majestueuse des Rocheuses, aux sommets enneigés...

Le lendemain, 8 juin, s'avéra une journée admirable. Il faisait chaud, mais ce n'était pas encore la canicule estivale. Quelques cumulus de beau temps étaient éparpillés dans le ciel turquoise. L'air était léger et limpide.

Le train fit son entrée dans Union Station, la gare de Denver. Martay portait un costume de voyage bien coupé dans du lin bleu pâle. Ses cheveux d'or étaient réunis au-dessus de sa tête et couverts d'un chapeau de paille bleu marine. Ses mains étaient gantées de chevreau blanc. Elle descendit de son wagon.

De ses yeux d'émeraude, elle scrutait la foule à la recherche de son père, dont les boucles d'or pâle avaient viré à l'argent. Elle le repéra très vite. Âgé de quarante-sept ans, il était encore élégant et plein de vitalité. Il avançait vers elle à grandes enjambées, accompagné d'un jeune soldat blond.

Martay dévala les marches et se précipita vers eux. Dès qu'ils se rejoignirent, il la fit tournoyer dans ses bras comme lorsqu'elle était une petite fille.

— Papa ! murmura-t-elle, les larmes aux yeux. Comme ç'a a été long !

— Trop long, mon ange ! confirma-t-il en la serrant dans ses bras à l'étouffer.

Il finit par la reposer sur ses pieds et l'embrassa. Enfin, il désigna son compagnon :

— Chérie, je te présente un jeune officier d'avenir, le major Lawrence Berton.

— Très heureux, miss Kidd ! déclara le jeune homme.

Il tendit une main couverte de taches de rousseur.

— Moi aussi, major ! répondit-elle en posant sa petite main dans celle du soldat.

— Le major Berton a accepté de déjeuner avec nous, Martay. N'est-ce pas formidable ?

— Eh bien… oui ! répliqua-t-elle en souriant au major, tout en déplorant qu'il fût là.

Comme cela aurait été charmant, un long déjeuner tranquille avec son père ! La déception de la jeune fille augmenta quand elle avisa les quatre gardes du corps autour de la voiture qui les attendait. Elle avait presque oublié que son père ne se déplaçait jamais sans une escorte militaire. Elle souhaitait que sa sécurité fût assurée, bien sûr, mais quelle corvée d'avoir toujours des étrangers sur leurs talons !

Il passa un bras autour de sa taille et se pencha vers elle.

— Chérie, comme tu m'as manqué !

L'humeur de Martay revint au beau fixe. Elle posa un instant la tête contre sa poitrine couverte de médailles.

— Nous allons être ensemble tout l'été. Ce sera merveilleux.

— C'est sûr, ma petite chérie, confirma le général, radieux.

Ils montèrent en voiture. Son père s'assit à son côté en lui enlaçant les épaules. Le major Berton prit le siège en face d'eux. Le landau avait un magnifique attelage de chevaux alezans qui piaffaient d'impatience. Le cocher les calmait de sa belle voix de baryton. Les quatre cavaliers de l'escorte encadrèrent la voiture, observant en permanence la foule alentour.

Martay enleva l'épingle de son chapeau de paille, retira celui-ci et le lança sur le siège à côté du major. Elle constata que c'était un beau garçon, timide et mignon à souhait, propre comme un sou neuf et parfaitement élevé. Il avait des yeux noisette pleins de chaleur, un nez d'aristocrate, une bouche à peine trop large et des lèvres charnues. Sous le fin tissu bleu marine de sa vareuse, on devinait des épaules de lutteur et, sous ses pantalons blancs d'été, de solides cuisses musclées.

Sans réfléchir, Martay reprit son chapeau et s'assit à côté du beau major. Taquine, elle lui narra une anecdote comique concernant son père. Il rit en rougissant, sans quitter des yeux le général qui paraissait beaucoup s'amuser...

Debout dans la rue à la sortie de la gare, un homme concentrait son attention sur le landau escorté par les quatre cavaliers. Les deux yeux noirs remarquèrent tout de suite la magnifique chevelure de Martay.

L'homme passa ses doigts bronzés dans sa chevelure et s'avança vers une voiture de location.

— Au Centennial Hotel !

Denver était une ville charmante, se disait Martay. Moins vaste que Chicago, elle était plus intéressante à bien des égards. Et surtout, son père passait beaucoup de temps avec elle, plus qu'elle ne l'avait espéré. Les trois premiers jours, il s'installa lui aussi chez les Emerson, sur Larimer Street.

C'était merveilleux.

Les Emerson étaient si prévenants et attentionnés qu'ils laissèrent le père et la fille passer leurs après-midi sur une terrasse à l'arrière de la demeure. Ils sirotaient des boissons fraîches et profitaient du paysage spectaculaire ; ils rattrapaient le temps perdu.

La veille du jour où le général Kidd devait retourner à son poste, le major Berton vint dîner. Le menu était fabuleux, la conversation agréable, et le beau major ne cessait de regarder Martay à la dérobée. Si celle-ci était consciente de son manège, elle prit soin de ne pas le montrer.

— Enfin, lança le général en reposant sa tasse sur une soucoupe de porcelaine, la région est devenue vivable, car nous nous sommes pratiquement débarrassés des sauvages hostiles.

Le colonel Dolf Emerson sourit et nuança :

— Le problème n'est pas entièrement résolu, Bill. Il y en a toujours qui quittent les réserves par petits groupes et font des histoires. Et il y a quelques bandes de renégats sioux et crows qui refusent d'abandonner la lutte.

— Païens ignorants ! s'exclama William Kidd. Il faut tous les abattre comme des chiens enragés !

Martay n'était nullement choquée de la sortie de son père. Aussi loin que remontaient ses souvenirs, elle avait toujours entendu le général pester contre les « Peaux-Rouges bons à rien ». Et il les avait combattus avec bravoure, comme l'attestaient ses nombreuses cicatrices.

La jeune fille partageait entièrement son point de vue, d'ailleurs. Elle avait été horrifiée par les récits de massacres et d'atrocités que les Indiens avaient commis contre les Blancs.

— Et ce vieux salaud – ah, pardon mesdames ! s'excusa le général Kidd. Ce vieux grigou de Sitting Bull se cache toujours au Canada ? Lâche hypocrite !

— La dernière fois que j'en ai entendu parler, il...

— Qu'il crève ! tonna le général. Quand Grant était président, il a dit que comme nous ne parvenons pas à tous les tuer, il faut les faire mourir de faim pour les soumettre. Mon avis à l'époque – et qui n'a pas changé – était celui-ci : pourquoi diable ne pas tous les tuer ? Ça prendra trop de temps de faire mourir de faim ces parasites !

Le sujet ennuyait Martay. Lorsque son père s'échauffait, il pouvait vitupérer des heures. Laissant ses yeux glisser sur le major Berton, elle croisa son regard. Effrontée, elle lui décocha un clin d'œil. L'officier rougit jusqu'à la racine des cheveux.

Dès qu'elle put placer un mot, la jeune fille saisit l'occasion.

— Si vous voulez bien nous excuser, le major et moi allons sortir sur la terrasse pour profiter de la brise du soir. Je crois que la pleine lune se lève, précisa-t-elle avec un sourire à l'officier.

— Mais oui, c'est ça. Allez-y, les jeunes, et amusez-vous bien ! concéda le général Kidd, magnanime.

— Merci, général ! déclara Lawrence Berton en se levant prestement pour tirer en arrière la chaise de Martay.

Il lui offrit la main pour l'aider à se lever, puis se tourna vers la maîtresse de maison :

— Madame Emerson, je n'ai pas souvenir d'un dîner plus agréable que celui-ci.

Betty Jane Emerson lui adressa un sourire chaleureux.

— Major, vous serez toujours le bienvenu à notre table. Venez quand vous voulez.

Le couple s'éloigna sous la vaste terrasse parfumée de fleurs, et le général Kidd reprit la parole.

— C'est un gentil garçon, n'est-ce pas, Dolf ?

— Certainement ! approuva le maître de maison. Et le fait qu'il soit le fils unique d'un personnage lié au président Hayes à la Maison Blanche ne gâte rien, n'est-ce pas ?

— Lié ? s'offusqua le général. Collé, soudé ! C'est le sénateur Berton qui tire les ficelles...

Dehors, c'était effectivement le lever de la pleine lune. Son éclat illuminait le canapé en osier capitonné où Martay et Lawrence se prélassaient. D'humeur romantique, elle tendit une perche à son compagnon :

— N'est-ce pas magnifique, major ?

Lawrence Berton n'avait d'yeux que pour elle. De sa vie, il n'avait rencontré une créature plus époustou-flante. Son abondante chevelure dorée avait des reflets d'argent sous le clair de lune. Ses yeux d'émeraude, ombrés par des cils épais, étincelaient d'une espiègle-rie fort séduisante. Son petit nez retroussé était ado-rable, et sa bouche en arc de Cupidon délicieusement tentante.

— Oui, confirma-t-il. C'est superbe...

— Parlez-moi de vous, major. Je veux tout savoir.

Elle le regardait droit dans les yeux, au point que le col de sa vareuse parut soudain bien étroit à Lawrence.

Toutefois, il entreprit de se présenter. Cela faisait à peine trois mois qu'il était aux ordres du général Kidd. Il était fils unique, originaire de Richmond en Virgi-nie, et sorti major de West Point dix ans plus tôt.

Il garda la parole durant cinq minutes, puis s'arrêta en riant.

— Pardonnez-moi. D'habitude, je ne suis pas si bavard... Et vous, miss Kidd ? Parlez-moi de votre vie à Chicago, demanda-t-il en lui prenant la main.

— Ma foi, il n'y a pas grand-chose à dire...

Spontanément, elle raconta la façon dont sa mère, Julie Kidd, était décédée, l'abandonnant à l'âge de quatre ans. Elle ajouta qu'elle était très riche, car sa mère lui avait transmis des mines d'or en Californie. Lawrence l'interrompit pour lui rappeler respectueu-sement qu'une femme mariée ne possède pas de biens propres. Martay le détrompa.

— Vous faites erreur. En Californie, les biens appartenant à une femme avant son mariage – ou acquis après mariage par succession ou donation – restent sa propriété : ils échappent au contrôle de son mari. Cela fait partie de la constitution de cet État. Ma mère était originaire de Californie. Elle a épousé mon père à la base militaire de Presidio, à San Francisco. Ses biens lui sont revenus de façon légale, et elle me les a transmis par testament avant ma naissance. Ils ont été administrés par un fidéicommis jusqu'à mon dix-huitième anniversaire. Maintenant, tout est à moi.

Avant qu'il n'ait eu le temps de répondre, elle demanda tout à trac :

— Dites-moi, major, aimeriez-vous m'embrasser ?

Lawrence Berton déglutit. Une fois, deux fois. Il tenta de parler, mais en vain. Alors, sans un mot, il prit dans ses bras tremblants la belle effrontée et l'embrassa tendrement.

Quand leurs lèvres se quittèrent, il l'étreignit et posa la joue sur les boucles dorées de Martay. Celle-ci, le visage contre son épaule, aperçut soudain quelqu'un tapi dans l'ombre. Elle se raidit.

— Major, avertit-elle en se dégageant, on nous épie !

— Où ? s'enquit-il, brutalement rappelé à la réalité.

— Là-bas, au fond de la cour. J'ai vu quelqu'un. J'en suis sûre !

— N'ayez crainte, personne n'échappe à la vigilance des sentinelles du général, affirma Lawrence en se levant. Mais je vais aller jeter un coup d'œil.

Il traversa la cour d'un pas vif, prêt à pourfendre tous les dragons qui en voudraient à sa belle dame. Il n'en trouva pas. Seul le chat des Emerson, félin redoutable aux allures de panthère, fila dans les taillis.

Il revint en riant vers Martay. L'espion était un simple chat tigré.

— Regardez. À gauche du grand orme, expliqua-t-il en montrant l'animal du doigt.

La jeune fille vit miroiter les yeux du chat dans le noir. Elle éclata de rire.

— C'était donc ça ! Ebony était sorti chasser...

Pourtant, elle gardait le sentiment étrange d'être observée.

— Rentrons quand même, major, proposa-t-elle.

3

Le mercredi 11 juin, par un après-midi brûlant, deux jeunes gens élégants étaient assis dans le bar désert de l'hôtel Centennial, sur Tremont Street, en plein centre de Denver. Tous deux étaient avocats et amis proches : ils avaient fait leur droit ensemble à Harvard. Ils s'entendaient à merveille, tout en étant aussi différents qu'on peut l'être, tant sur le plan physique que sur celui du caractère. Bien calés dans des fauteuils confortables, ils parlaient affaires. Puis la conversation bifurqua sur les femmes.

Drew Kelley, âgé de vingt-cinq ans, était originaire de Denver. Il avait les cheveux clairs, il était bien charpenté et d'un naturel enjoué. Il faisait osciller son fauteuil sur les pieds arrière, tout en s'adressant à son ami :

— Mais enfin, Jim, n'as-tu pas assez de femmes ? Pourquoi t'enticher d'une demoiselle que tu n'as jamais rencontrée ?

Il ne parvenait pas à comprendre son ami, bien qu'ils aient habité ensemble à Harvard plus de quatre ans.

Jim Savin avait vingt-quatre ans. Il était grand et mince, avec des cheveux aile de corbeau et des yeux plus noirs encore. Il observa d'un œil maussade le contenu de son verre de vin.

Il était à Denver depuis trois jours, et s'ennuyait. La patience n'était pas son point fort. S'arrachant à la contemplation de son verre, il sourit.

— J'ai mes raisons, Drew.

Kelley se contenta de hocher la tête. Il savait qu'il perdrait son temps, s'il essayait d'en savoir plus.

— Comment vas-tu te faire présenter ? C'est la fille d'un général. Elle est assiégée par de jeunes et beaux officiers.

— Je me débrouillerai, répondit calmement Jim Savin en vidant son verre. À présent... comme tu insistes pour que nous allions chez Mattie Silks ce soir, je crois que je vais monter dans ma chambre et prendre un bain.

Le visage de Drew Kelley s'éclaira.

— Tu ne seras pas déçu, Jim. Mattie n'a que des filles exotiques de grande classe.

— Tant mieux, répliqua Jim Savin avec une morne indifférence. Passe me prendre à neuf heures.

Il n'acceptait cette sortie que pour faire plaisir à son ami, qui avait hâte de lui montrer le quartier malfamé de Denver, où chaque maison de plaisir allumait une lampe rouge pour se faire reconnaître.

— D'accord ! convint Drew en repoussant son fauteuil pour se lever.

Il jeta quelques billets de banque sur la table.

Les deux hommes sortirent dans l'impressionnante entrée du Centennial. Le sol était de marbre, et le vif soleil inondait la pièce à travers les fenêtres de verre multicolore. L'imposante cheminée de marbre de Carrare était vide, à cause de la chaleur de ce mois de juin.

Ils se dirigeaient à pas lents vers les portes vitrées, quand un vacarme attira soudain leur attention. Une douzaine de jeunes femmes sortaient en jacassant du petit salon réservé aux dames, où elles venaient de déjeuner. Le hall fut soudain envahi de robes de soie, de parfums français, de voilettes, de bouclettes et de rires féminins.

— Oh non ! s'exclama Drew Kelley à mi-voix.

Jim se tourna et aperçut une dame d'un certain âge qui fondait droit sur eux. Elle était accompagnée d'une jolie rousse pulpeuse, dont les splendides boucles jaillissaient sous un ridicule chapeau à plumes.

— Une maman qui cherche à caser sa fille ?

— Tu n'y es pas. La belle rousse est la femme d'un jaloux notoire, le colonel Thomas Darlington. La grande, c'est Bertie Gillespie, une amie de ma mère. C'est une veuve toujours à l'affût des cancans, qui raconte n'importe quoi.

Sans lui laisser le temps de présenter Jim, Bertie Gillespie brandit sous le nez de Drew sa joue fardée. Il se pencha pour l'embrasser, en garçon bien élevé.

— Drew, qui est ce bel étranger ? demanda-t-elle en décochant un coup de coude à la jeune rousse et tendant une main osseuse à Jim. Je m'appelle Bertie Gillespie, grand fripon, et c'est une honte que je n'aie pas vingt ans de moins. Non, disons dix…

Galant, Jim frôla de ses lèvres la main agrippée à la sienne.

— Chère madame, je m'appelle Jim Savin et je suis sûr que vous faites bonne figure par rapport à des femmes qui ont la moitié de votre âge.

Bertie eut un rire sonore.

— Jim, vil séducteur, cette jolie rousse s'appelle Regina Darlington. Mais n'allez pas vous imaginer des choses. Son mari est un puissant officier.

Cela dit, elle consentit à lâcher la main de Jim.

Celui-ci posa ses yeux noirs sur la dame rousse. Elle sourit, sans tendre la main.

— Monsieur Savin, salua-t-elle avec un hochement de tête qui fit voltiger les plumes de son couvre-chef.

— Madame Darlington, répliqua Jim.

Puis il se tut car Bertie Gillespie, intarissable bavarde, s'était mise à mitrailler Drew de questions. Pendant ce temps, Regina Darlington faisait semblant de l'écouter, tout en observant à la dérobée le visage impénétrable de Jim.

Le monologue précipité de Bertie et les monosyllabes de Drew établirent que Jim Savin était avocat, qu'il était à Denver pour une durée indéterminée et qu'il était descendu au Centennial. Ayant appris tout cela, Bertie se tourna vers sa compagne :

— Si vous devez me raccompagner à la maison, ma chère, allons-y. Cette exécrable truite à la vapeur que nous avons prise à déjeuner m'a donné une indigestion.

Elle tapota la joue de Jim, fit demi-tour et partit à grands pas.

— Je vous rejoins, lui dit Regina Darlington.

Elle continua d'une voix douce :

— Monsieur Savin, figurez-vous que je dois faire une causerie pour notre prochain déjeuner de dames sur la loi électorale et les femmes. Ce serait merveilleux si je pouvais m'entretenir avec vous sur ce thème.

— Quand vous voulez, madame Darlington, acquiesça Jim. Je suis à la chambre 618.

La jeune femme rougit, en commençant par le profond décolleté en V de sa veste de tailleur, où se rejoignaient deux seins magnifiques. La rougeur gagna ensuite la gorge, puis le charmant visage. Sans ajouter un mot, elle les salua d'un hochement de tête et s'en fut.

— À mon avis, estima Drew, la ravissante Mme Darlington ne s'intéresse pas qu'au code électoral…

— Tu as dit que son mari est colonel ? s'enquit Jim.

— Exactement. Et ils ne sont mariés que depuis moins d'un an.

Jim Savin ne répondit pas.

Une heure plus tard, on frappa à la porte de sa chambre. L'après-midi était torride. Tous les stores étaient tirés pour empêcher le soleil d'entrer. Jim venait de sortir de sa baignoire. Il était en train de se verser un bourbon, vêtu d'une simple serviette de toilette nouée autour des hanches. Sans se hâter, il but une gorgée d'alcool. Il savait qui était là.

De nouveau, on frappa. Un petit toc-toc anxieux.

Jim vida son verre et, pieds nus, traversa la vaste pièce plongée dans la pénombre. Il ouvrit la porte et ne fut pas surpris de se trouver nez à nez avec la belle Regina Darlington, qui lui souriait nerveusement.

— Oh, mon Dieu ! Je crois que j'ai mal choisi mon moment, monsieur Savin, bredouilla-t-elle avec de grands yeux, détaillant rapidement le corps bronzé de son interlocuteur.

— Au contraire, madame Darlington, rétorqua Jim.

Il s'effaça en silence. Mme Darlington se hâta d'entrer.

Jim referma derrière elle et, pivotant sur place, s'appuya contre le battant. Le souffle court, elle porta la main à sa gorge.

— Je… je suis venue… vous poser quelques questions.

Jim lui sourit.

— Demande-moi tout ce que tu désires, Regina.

Elle se sentit submergée par sa présence virile. Son torse nu était barré d'une cicatrice qui descendait en diagonale de la clavicule gauche au foie. Elle avait l'impression aiguë de manquer d'air.

— Ah... oui, oui... bégaya-t-elle. Est-ce que... vous vou... voulez... vous haaa... biller ?

— Tu préfères ?

Son regard impénétrable n'offrait rien, ne révélait rien. Il ne lui facilitait pas les choses. Regina reprit son souffle.

— Peut-être que non, reconnut-elle en rougissant, comme hypnotisée par ces yeux noirs qui sondaient ses pensées.

— Ah, bien ! Dans ce cas, je vais t'aider à prendre une décision, dit-il en posant une main sur les boutons de l'élégante veste de tailleur beige. Tu parlais, je crois, de la loi électorale concernant les femmes ?

Il la fixait droit dans les yeux, tout en déboutonnant d'une main preste le vêtement de la jolie rousse qui déglutit tant bien que mal, chancelante.

Les plumes de son chapeau frémissaient.

— Oui, oui... Pour... pour... ma causerie au déjeuner des dames.

La veste de son tailleur était à présent déboutonnée. Jim en écarta les pans et trouva dessous des seins épanouis, seulement couverts par le fin tissu beige d'une combinaison de satin.

— Peut-être vaudrait-il mieux que tu te déshabilles, suggéra-t-il.

— Non... non, il n'en est pas question, rétorqua-t-elle avec une indignation peu convaincante.

Maladroitement, elle essaya de refermer sa veste. Mais elle laissa retomber ses mains tremblantes quand Jim, toujours appuyé contre la porte, se mit à tripoter le galon de dentelle de la combinaison. Puis, glissant ses longs doigts sous le tissu, il le tira négligemment vers le bas, dévoilant les deux seins.

Regina frémissait de la tête aux pieds. Les flammes du désir montaient en elle. Jim lécha son index et traça paresseusement un cercle humide sur chaque aréole rose. Elle eut un frisson involontaire. Elle s'arracha au regard de Jim pour observer les doigts habiles qui tourmentaient ses mamelons presque douloureux, durcis de façon révélatrice en deux pointes de passion.

Le contraste de ses mains sombres sur sa chair pâle, et le spectacle de son émotion virile qui soulevait la serviette blanche, échauffaient la jeune femme.

Mais elle avait encore sa raison.

— Alors, ma chère, tu te décides ?

— Oui. C'est tout décidé. Je n'ai pas l'intention de…

Sa phrase s'acheva en un doux gémissement. Elle se ressaisit et acheva en hâte :

— Monsieur Savin, je ne suis pas venue pour ça.

Les doigts de Jim s'écartèrent. Il acquiesça de la tête, fit demi-tour et s'éloigna.

— Dans ce cas, madame Darlington, il vaudrait mieux remettre l'entretien à un autre jour. J'allais justement faire la sieste.

Il s'arrêta devant le lit ouvert.

Stupéfaite et piquée qu'il renonce si facilement, Regina était presque aussi rouge que ses cheveux. Elle savait pertinemment que, si elle laissait échapper l'occasion, elle le regretterait toute sa vie.

— Jim ! s'exclama-t-elle.

Elle le suivit à pas précipités et s'arrêta juste devant lui, toute honte bue. Un peu inquiète, elle tira sur le nœud de la serviette qui tomba sur le tapis. Elle dévora des yeux ce corps magnifique au magnétisme animal.

Bouche bée, elle s'approcha jusqu'à frôler du bout des seins son torse nu.

— Jim, répéta-t-elle en refermant la main sur son membre superbe, tout excitée.

— Oui ? fit-il, les mains sur les hanches.

De ses doigts tremblants, Regina explorait la longueur palpitante de cette verge douce comme le satin. Une vague de désir la transperça.

— Je veux me déshabiller. Je veux être aussi nue que toi.

Elle se mit à le caresser avec ardeur, émerveillée.

— Je veux, murmura-t-elle, que tu me fasses l'amour.

— Avec plaisir, madame Darlington.

Il ôta le chapeau, libérant les boucles rousses. Il le laissa tomber sur le tapis et s'inclina pour embrasser la jeune femme.

Et pendant les deux heures suivantes, Jim Savin lui offrit précisément ce pour quoi elle était venue.

4

En plein soleil devant l'entrée ouest, Martay ne quittait pas des yeux l'entrée principale du fort. Le colonel Thomas Darlington était à côté d'elle, les mains derrière le dos. C'était un grand homme dégingandé, avec une chevelure châtain et une moustache bien coupée.

La jeune fille avait du mal à suivre la courtoise conversation de l'officier : elle tendait l'oreille, dans l'attente des chevaux qui allaient approcher. Elle ne répondait que par monosyllabes. Du monde extérieur, elle ne voyait rien : tout était caché par les épais murs du fort. Seules les montagnes étaient visibles à travers les embrasures prévues pour le tir des pièces d'artillerie.

Sur le chemin de ronde, des soldats droits comme des flèches, le fusil sur l'épaule, faisaient les cent pas. Martay aurait bien voulu les rejoindre. De là-haut, on voyait loin : elle apercevrait plus tôt les troupes qui revenaient.

—... et ce serait un grand honneur pour moi, conclut Darlington.

Prise en flagrant délit d'inattention, Martay choisit la sincérité.

— Colonel, je suis affreusement navrée. Je n'ai pas écouté ce que vous disiez. Je suis tellement excitée, s'excusa-t-elle avec un sourire éclatant. Quand je vois arriver des cavaliers, je...

Elle éclata de rire avant de poursuivre :

— Vous comprenez, je suis vraiment la fille de mon père. Le fait d'être dans un fort, entourée de fiers soldats, me fait battre le cœur...

Le colonel bomba le torse à faire sauter les boutons de sa vareuse.

— Miss Kidd, je trouve votre sincérité – et votre admiration pour les hommes qui servent notre pays – tout à fait irrésistible. Je partage votre enthousiasme. J'éprouve un vif sentiment de sécurité quand j'entends le clairon.

— Vous savez, observa Martay, je croirais entendre mon père.

Le colonel rit.

— Et vous, chère miss Kidd, vous me faites penser à ma douce épouse, bien qu'elle soit plus âgée que vous de quelques années. Votre vivacité et votre estime pour l'armée me rappellent ma Regina. Je suis certain qu'elle aimerait faire votre connaissance.

— Et moi donc, colonel Darlington ! lança Martay qui mourait d'envie de regarder vers la porte du fort.

— Je vais lui demander de venir vous voir chez les Emerson.

Une ombre passa sur son visage.

— Je crains qu'elle ne s'ennuie sans moi, avec tout le temps que je passe au fort. Nous sommes mariés depuis sept mois à peine, et Regina n'est pas originaire du Colorado. Je l'encourage à se faire des amies pour tromper sa solitude.

Martay manifesta sa sympathie.

— Je comprends ce que ressent votre femme. Quand j'étais enfant, mon père s'absentait pendant des mois, c'était terrible. Il me manquait beaucoup.

— Vous savez, dit-il en acquiesçant de la tête, je parie que Regina aimerait organiser une soirée pour vous. Nous venons de faire construire, sur une hauteur dominant Denver. Elle a hâte de recevoir, et de montrer notre nouvelle demeure.

— Oh, ce serait charmant...

— Parfait. L'affaire est faite, dans ce cas, conclut Darlington.

Une soirée somptueuse, organisée dans sa résidence de Denver en l'honneur de la fille de son supérieur hiérarchique, serait très profitable pour son avancement. En outre, l'organisation de l'événement offrirait à sa ravissante épouse un passe-temps pour quelques jours.

— Vous êtes trop aimable, colonel, insista Martay. Ne vous croyez nullement obligé de...

Elle se tut et tourna vivement la tête, prêtant l'oreille. Un large sourire apparut sur ses lèvres : c'étaient des sabots de chevaux frappant le sol, qui annonçaient le retour de la garnison.

— Ce sont eux ! s'écria-t-elle. Ils reviennent !

À cet instant, deux jeunes officiers en uniforme impeccable coururent aux portes et libérèrent le lourd verrou, pour ouvrir l'enceinte du fort.

La cour poussiéreuse fut immédiatement envahie par les cavaliers, pavillons au vent, dans un concert de chevaux qui hennissaient en s'ébrouant. Les soldats étaient heureux d'être rentrés, après quatre jours en selle.

Martay repéra du premier coup d'œil le plus brillant cavalier : son père. Il chevauchait à la tête du détachement. Il était en uniforme bleu, avec une double rangée de boutons de cuivre sur sa vareuse bien ajustée. La ganse jaune d'officier décorait ses pantalons. Ses épaulettes portaient l'étoile d'argent tant convoitée de général de la cavalerie des États-Unis. Son feutre noir était incliné de façon désinvolte du côté gauche. Ses mains gantées de daim tenaient la bride de son étalon gris, et ses bottes noires, parfaitement cirées, étaient glissées dans des étriers à bordure d'argent. Son sabre brillait sous le vif soleil.

Comme un grand comédien, le général de brigade William J. Kidd jouait son rôle avec une concentration intense et une parfaite maîtrise. Sa scène était le fort, et son public les soldats.

Il goûtait comme nul autre des moments tels que celui-ci. La perspective de devoir y renoncer un jour le peinait.

Encore quelques années, et il serait trop vieux pour chevaucher sur un coursier superbe en direction d'un avant-poste militaire placé sous son commandement. Trop vieux pour conduire de valeureux jeunes gens et livrer bataille. Trop vieux pour dormir à la belle étoile sur le sol glacé, dans quelque bivouac isolé. Trop vieux pour faire de l'effet sur la piste de danse lors de ses visites à Washington.

Soudain, le général eut un pincement de nostalgie. Quel serait son prochain but dans la vie, pour remplacer cette existence de soldat ?

Un fauteuil au cabinet du Président, bien sûr ! Exercer du pouvoir dans la capitale du pays, tirer satisfaction – et gloire – à prendre des décisions primordiales. Faire partie des gens respectés, estimés.

Le général lança un coup d'œil vers la porte devant laquelle sa fille était censée l'attendre.

Elle était là, svelte silhouette aux cheveux d'or éblouissants. Elle ne passait pas inaperçue dans sa robe bleu cobalt, avec ce ravissant sourire et ce bras levé qui le saluait. Une belle fille à tous égards, que n'importe quel jeune homme serait fier de prendre pour femme.

Si tout se passait selon les vœux du général Kidd, c'est lui-même qui choisirait l'heureux élu – celui qui, un jour, ferait de Martay son épouse. En obtenant les meilleures notes à l'école militaire en tactique, il en avait appris long quant aux manœuvres silencieuses, aux attaques-surprises et à la façon d'obtenir la confiance des gens.

Sa fille allait épouser le major Lawrence Berton. Il y veillerait ! C'était la raison pour laquelle il l'avait invitée à passer l'été dans le Colorado, et l'avait autorisée à venir visiter Fort Collins ce jour-là. Pendant les semaines à venir, il allait exécuter la stratégie appropriée et obtenir – il n'en doutait pas – le résultat escompté.

Avoir pour gendre le major Lawrence Berton.

Bientôt, il aurait des petits-enfants à partager avec leur autre grand-père, Douglas Berton, sénateur de Virginie. Et quand l'aîné de ces petits mettrait ses premiers pantalons longs, son grand-père Berton ne serait plus sénateur mais président des États-Unis d'Amérique. Quant à Martay, elle resterait avec ses enfants alors que son héros de mari serait en déplacement pour défendre courageusement le pays. Elle déciderait peut-être de s'installer confortablement sur Pennsylvania Avenue. À moins qu'elle ne s'installe à la Maison-Blanche, avec le président Douglas Berton !

Le général constata avec satisfaction que Martay souriait justement au major Berton, dont le cheval était juste derrière le sien. Il n'avait pas besoin de se tortiller sur sa selle pour savoir que le major rendait à la jeune fille ce sourire. Depuis que Berton l'avait aperçue à la gare de Denver, il était évident qu'il était amoureux. Trop évident, d'ailleurs. Il fallait qu'il dise deux mots à ce garçon sur la nécessité de cacher parfois ses sentiments.

Hélas, Martay n'était pas de ces sages jouvencelles aspirant au culte exclusif d'un beau jeune homme de bonne famille. Elle prétendait n'avoir aucun désir de se marier. Elle s'était fourré en tête l'idée stupide de profiter de la vie et d'avoir des aventures à son gré, comme un garçon !

Doux Jésus, se demandait le général, à quel moment ai-je commis une faute ?

— Papa, lança Martay lorsqu'il se pencha pour l'embrasser sur la joue, pourquoi fronçais-tu les sourcils quand tu es passé devant moi à cheval ?

Il avait congédié le détachement, était descendu de selle et avait confié les rênes à un soldat. Puis il avait traversé à grandes enjambées la cour, et rendu au colonel Darlington un salut militaire bien net.

— Froncé les sourcils ? Écoute, mon ange, je ne m'en suis pas rendu compte...

Il serra la main de Darlington.

— Merci, colonel, d'avoir veillé sur ma petite.

— C'était un grand plaisir, général, affirma Darlington. Martay et moi avons sympathisé et, comme je viens de le lui dire, ma femme organisera une soirée pour elle. J'espère que vous serez des nôtres.

— Je ne raterai pas ça, promit le général.

Puis il s'adressa à Martay :

— Accompagne-moi dans mes appartements. Je vais me laver, puis nous déjeunerons au mess des officiers. Ensuite, je te ferai visiter.

— À vos ordres, général ! acquiesça Martay en lui prenant le bras, après avoir salué de la tête le colonel Darlington.

Elle apprécia beaucoup le déjeuner. Assise à table avec huit officiers, elle était totalement dans son élément. Charmés par son esprit et sa beauté, les soldats se comportaient en gentlemen et restèrent à table longtemps après que les assiettes à dessert furent débarrassées.

Ils furent déçus quand le général posa sa serviette et se leva.

— Vous voudrez bien nous excuser. J'ai promis à Martay de lui montrer le fort.

Les officiers se levèrent d'un bond, et trois d'entre eux se disputèrent l'honneur de reculer le siège de Martay. Elle leur souhaita à chacun une bonne journée en les appelant par leur prénom, puis quitta le mess au bras de son père. Tous étaient sous le charme et souriaient, en convenant que la fille du général était largement à la hauteur de sa réputation...

Martay et son père sortirent en plein soleil et traversèrent la cour vers l'infirmerie.

— Je crois, ma fille, que nous devrions passer quelques minutes avec les blessés et les malades pour les réconforter.

Avant que Martay n'eût répondu – c'est-à-dire à l'instant précis qu'avait prévu le général –, un jeune lieutenant accourut vers eux. Il présenta ses excuses de devoir les déranger et informa son supérieur qu'on avait besoin de lui au bureau.

Feignant une vive irritation, le général secoua sa chevelure d'argent.

— Je suis navré, mon ange.

— Je comprends, papa, soupira Martay. Promets-moi que ce ne sera pas long.

— Promis !

Puis il regarda derrière lui, ouvrit des yeux ronds et s'écria :

— Mais qui voilà donc ? Le major Berton ! Peut-être pourrait-il te tenir compagnie pendant que je suis occupé...

Et c'est ainsi que le major Lawrence Berton accompagna successivement Martay à l'hôpital, à la boulangerie, à la remise à bois et à la chapelle. L'après-midi s'écoula, et le général n'en avait toujours pas fini avec cette importante réunion.

Martay ne s'en plaignit guère. Elle n'avait pas revu le major depuis la soirée chez les Emerson, et elle avait été un peu déçue qu'il eût été absent de leur déjeuner au mess.

De surcroît, il montrait plus de patience que son père à répondre à ses multiples questions.

Au milieu de l'après-midi, le couple cheminait à pas lents sur le rempart. Martay, ayant vu tout ce qu'il y avait à voir, demanda grâce.

— Larry, je suis un peu lasse. J'étais debout avant l'aube. Peut-être vais-je m'accorder un peu de repos avant le dîner.

— Bien sûr. Je vous accompagne.

— Non, objecta-t-elle. Je veux passer par le bureau de papa pour savoir à quelle heure nous dînons.

Au même instant, dans le bureau du général, un Amérindien était assis en face de William J. Kidd. Il était en train d'avaler son deuxième verre de whisky, tandis que le général l'interrogeait :

— Est-ce que tu es bien certain ? Je croyais qu'il était au Canada.

L'éclaireur crow gratta la cicatrice qu'il avait près de l'oreille gauche.

— Je vous répète, général, que Sitting Bull est à la tête d'une forte troupe de Peaux-Rouges hostiles, de demi-sang et d'étrangers. Gall et lui écument de nouveau les États-Unis : ils ont franchi la frontière canadienne.

Il finit son whisky, puis tendit son verre pour le faire remplir.

— J'ai parlé avec quantité de gens fiables, qui ont vu de leurs propres yeux leur camp principal. Ils m'ont dit qu'il y avait cinq mille personnes, dont deux mille guerriers.

— Bon sang ! tonna le général. Où ces crapules trouvent-ils nourriture et munitions ?

— Il paraît que les demi-sang font commerce avec les rebelles et leur fournissent des munitions. Vous savez combien les demi-sang sont sournois.

Kidd acquiesça.

— Je vais envoyer un câble cet après-midi même. Il nous faut un homme à poigne à Fort Keogh, avec des renforts pour raser leur camp, séparer les indécis des rebelles et refouler les étrangers.

Furieux, il écrasa son poing sur le bureau.

— Maudit Sitting Bull ! Maudits Sioux entêtés et téméraires ! Ils s'imaginent pouvoir affronter la cavalerie des États-Unis ! Je ne connaîtrai pas le repos tant que je ne les aurai pas effacés de la surface de la Terre !

— Moi non plus, renchérit froidement le Crow.

— Bon, la Balafre, si c'est tout ce que tu as, fiche le camp. Ma fille est en visite au fort, je ne veux pas qu'elle te voie.

Il sourit, fit le tour de son bureau et posa une main sur l'épaule du Crow.

— Je lui ai appris que tous les Peaux-Rouges se valent. Tu risquerais de lui faire peur.

L'éclaireur ne répondit pas. Il prit sur le bureau la bouteille de whisky à moitié pleine, la porta à ses lèvres et but une rasade. Puis il s'essuya la bouche du revers de la main, se leva et quitta la pièce.

Comme Martay et Lawrence Berton approchaient du bâtiment abritant le bureau du général, la porte s'ouvrit et un Peau-Rouge trapu à l'air féroce sortit sous le porche. La jeune fille eut le réflexe de saisir le coude de Lawrence, et de se serrer contre lui.

— Qui est-ce ? souffla-t-elle, sidérée.

L'officier lui tapota la main pour la rassurer.

— C'est La Balafre, le chef de nos éclaireurs crows. Il est inoffensif.

Le Crow les regardait sans bouger, avec un sourire mauvais. Il ne quittait pas Martay des yeux, et celle-ci tentait de ne pas croiser son regard effrayant, mais en vain.

Il était chaussé de mocassins et restait là, jambes écartées. Ses pantalons en peau de daim, tendus sur des cuisses énormes, lui donnaient un air vulgaire et glissaient sous le poids d'un ventre proéminent. Sa chemise en toile de coton décoloré avait les manches coupées aux épaules. Il ouvrait et fermait des poings de bûcheron, veines et tendons saillaient sur ses bras musculeux. Eux aussi étaient parsemés de cicatrices. Ses cheveux noirs graisseux, partagés par une raie au milieu, pendaient sur ses épaules.

Lorsque Martay et Lawrence arrivèrent devant lui, la porte s'ouvrit de nouveau et le général Kidd sortit.

— Tu es encore là, La Balafre ?

Sans se donner la peine de répondre, le Crow descendit du porche, s'éloigna et disparut au coin du bâtiment.

C'est seulement à cet instant que le pouls de Martay se calma.

5

— Est-ce que tu as remarqué, Lettie, que tout le monde cherche à faire plaisir à Betty Jane ? demanda Martay à sa servante.

L'imposante Irlandaise l'aidait à s'habiller pour sortir faire des courses avec la maîtresse de maison.

— La raison ? C'est facile, répondit Lettie. Mme Betty Jane Emerson est une vraie dame.

— Ma foi, oui, acquiesça Martay d'un air songeur. Mais tout de même, c'est difficile de comprendre pourquoi une femme si discrète et pudique soulève tant d'admiration. On fait presque autant attention à elle qu'à moi.

— Quelle horreur ! s'exclama ironiquement Lettie en joignant les mains devant sa poitrine. N'y a-t-il donc aucune justice ?

— Non, ce n'est pas ce que je voulais dire, protesta la jeune fille. Mais plutôt... elle n'est pas vraiment jolie, ni exceptionnellement futée. Et puis, précisa-t-elle avec un soupçon de dégoût, elle regarde son Dolf Emerson comme si c'était un dieu, alors que c'est un simple quinquagénaire grisonnant aux cheveux rares.

— Peut-être qu'à ses yeux, le colonel Emerson est toujours le fringant soldat dont elle est tombée amoureuse il y a trente ans.

— Mmm, oui, admettons. Je lui ai demandé si elle n'était pas lasse de s'en remettre totalement à lui, et sais-tu ce qu'elle m'a répondu ? Elle a souri et m'a dit qu'elle faisait toujours ce dont elle avait envie, à condition que cela fasse plaisir à son époux. Tu ne trouves pas cela affreux, Lettie ? Cette pauvre femme s'est anéantie pour un homme pendant tant d'années !

— Petite, tu ne sais pas de quoi tu parles. Betty Jane Emerson est une femme comblée. Tu as relevé la façon dont elle regarde le colonel, mais tu n'as pas vu l'adoration dans ses yeux quand il la regarde. Il la trouve belle, et elle l'est.

— Ah bon ?

— Intérieurement. Mme Emerson est si jolie intérieurement que cela la rend jolie extérieurement.

— Tiens, tiens, murmura Martay en méditant cette vérité. Peut-être devrais-je tâcher de ressembler à Betty Jane...

Lettie éclata de rire. La jeune fille en fut piquée.

— Qu'est-ce qu'il y a de drôle ?

— Chérie, expliqua la servante avec patience, tu es aussi différente de Betty Jane Emerson qu'on peut l'être.

— Quoi ? rétorqua Martay, les mains sur les hanches. D'accord, peut-être suis-je un peu plus égoïste que...

— Un peu ? coupa Lettie, hilare. Ma chérie, si tu as déjà eu une pensée qui ne soit pas directement liée à ta petite personne, je ne m'en suis pas aperçu.

Les yeux d'émeraude de Martay viraient à l'orage.

— Faux ! Comment oses-tu dire chose pareille ? Car enfin, je... ou plutôt... c'est-à-dire que...

Incapable d'aller plus loin, elle se tut et sourit. Puis, comme si elle avait peur d'être entendue, elle continua à mi-voix :

— Si Betty Jane Emerson fait passer tout le monde avant elle, moi je ne suis pas prête à ce genre de sainteté. J'attends autre chose de la vie que de devenir une bourgeoise respectée tenant la maison de son mari.

— Qu'attends-tu alors ? s'enquit la gouvernante.

— Je l'ignore, reconnut Martay. Mais j'ai bien l'intention de le trouver. Allez, donne-moi une paire de gants propres. Betty Jane doit m'attendre pour faire les courses.

— Ce sera une grande soirée. Il faut que tu viennes.

— Non.

— Mais j'ai envie… Allons ! Chéri…

— J'ai dit non.

— Oh, j'aimerais tant… Je… Ah…

Les fins doigts basanés de l'homme taquinaient la chair pâle de la jeune femme nue sur la fraîcheur des draps. Elle se cambra sous la caresse, et les mots moururent sur ses lèvres. Tendue vers son plaisir, elle soupira et étira avec langueur ses bras au-dessus de sa tête. Elle savourait avec délice les préliminaires à la passion qui allait se déchaîner, et tentait bravement de poursuivre la conversation alors qu'elle était déjà prête à s'abandonner tout entière, submergée par le désir.

— Mais, chéri, murmura-t-elle en tâchant de maîtriser sa voix, il faut que tu viennes… que tu viennes à ma soir…

Elle eut un sourire en sentant la main adroite de son amant cueillir un sein. L'homme abaissa son visage brun et frôla d'un baiser la pointe.

— J'exècre les soirées, expliqua-t-il tandis qu'il taquinait des lèvres et de la langue le mamelon dressé.

La jeune femme serrait les mâchoires sous l'effet du désir. Elle plongea ses doigts dans l'épaisse chevelure aile de corbeau de son amant. Elle empoigna les boucles avec fébrilité, appuyant contre elle le visage de l'homme.

— Mes... mes... soirées... sont... sont... différentes, chéri.

— Elles se ressemblent toutes, rétorqua-t-il en abandonnant le sein pour embrasser sa gorge.

La jeune femme fut un instant piquée par cet avis. Cet homme fascinant ne parlait pas des soirées, mais des femmes. Il s'était toujours montré aimable et compréhensif, et surtout merveilleusement passionné. Mais elle avait la certitude que leurs ébats ne comptaient pas à ses yeux. Parfois, au moment où il s'allongeait sur elle, au moment où son corps mince et musclé l'entraînait vers des niveaux de plaisir qu'elle n'avait jamais connus, les yeux noirs qui la scrutaient étaient aussi froids que ses lèvres étaient brûlantes.

— Non. Non, ce n'est pas... au contraire... Oooh !

Elle s'abandonna aux flammes qui la dévoraient. Elle se tortilla, se cambra tandis que son bel amant chassait toute pensée logique de sa tête.

Elle s'abandonna aussi longtemps qu'elle put à cette douce torture. Enfin, noyée dans un océan de désir, elle le supplia, comme chaque fois qu'ils étaient ensemble, de la soulager.

— S'il te plaît, mon amour... implorait-elle, à bout de souffle.

Lestement, il se plaça entre ses cuisses, et la jeune femme eut un haut-le-corps en sentant le membre dur et palpitant s'introduire en elle. Un bref instant, elle eut l'impression que la force qui l'envahissait allait la faire mourir, mais elle n'en avait cure. Quelle merveilleuse façon de mourir : empalée par son prince de l'amour !

Puis il commença ses lentes poussées auxquelles elle aspirait avec ferveur. Elle referma les bras autour de sa nuque, plongeant son regard dans les yeux noirs qui la transperçaient.

Pendant une heure entière, il ne cessa de lui faire l'amour, et elle enchaîna les orgasmes avant qu'il ne consente lui-même à se laisser aller à l'accomplissement. Enfin, luisant de sueur, il abandonna le corps inerte de la jeune femme, plus que comblée, et il s'étendit sur le dos.

Elle resta allongée contre lui, souriante et soupirant d'aise. Ses cheveux roux tombaient en désordre sur ses épaules. Elle avait le regard brouillé par tant de plénitude. Elle se dressa sur un coude et observa sa poitrine monter et descendre avec régularité. Et puis, il y avait cette fascinante cicatrice, dont il refusait de parler... Il allait s'assoupir, elle le savait. Quand il fermait les yeux, ses longs cils presque féminins reposaient sur ses hautes pommettes. L'expression de sa bouche perdait de sa dureté.

Ses pensées revinrent à la réalité. Et à sa fameuse soirée. Elle posa une main sur le ventre plat de son amant.

— Jim, mon chéri, dis-moi que tu viendras à ma soirée. Je tiens tellement à ce que ce soit un succès...

Jim Savin ne se donna pas la peine d'ouvrir les yeux.

— Non, Regina.

Elle fit la moue et lui chatouilla le ventre du bout des doigts.

— Est-ce parce que tu as des remords à propos de nous ? C'est toi qui as dit que tu étais toujours prêt à « distraire » une femme de militaire. N'est-ce pas ?

— Oui, c'est moi.

— Alors viens, chéri. Je ne nous trahirai pas. Mon mari sera là, c'est tout juste si je pourrai t'accorder quelques danses. Mais la jeune fille en l'honneur de laquelle je donne cette soirée, est particulièrement difficile à impressionner. C'est pourquoi j'ai décidé d'inviter en nombre les beaux hommes. J'avais d'abord envisagé d'inviter des gens de tous âges, puis j'ai changé d'avis. J'ai averti mon mari que je n'autoriserai pas la présence de personnes de plus de trente-cinq ans. Ainsi, je n'aurai pas une foule de mégères pour colporter des ragots. De plus, cela me dispensera de la présence de Dolf et Betty Jane Emerson, ainsi que du père de la jeune fille. Je suis sûre qu'elle profitera mieux de la soirée, s'ils n'y sont pas. J'ai tellement envie que miss Kidd...

À ces mots, les paupières de Jim s'entrouvrirent, et il se raidit. Dès lors, il n'entendit plus que des bribes de ce que disait Regina Darlington. Celle-ci babillait avec enthousiasme, affirmant son intention de donner la soirée la plus extravagante à laquelle miss Martay Kidd ait jamais été invitée. Enfin, elle conclut :

— Juste Ciel, je n'ai pas vu le temps passer ! Je vais être en retard à la maison, et le colonel rentre du fort ce soir...

Elle secoua ses boucles rousses et posa prestement les pieds par terre. Elle attrapa ses bas de soie et eut un rire canaille.

— Il faut que je me lave avant son arrivée, pour ne pas garder ton odeur. J'espère que Thomas n'est pas d'humeur polissonne, car je suis tellement...

Jim coupa court à son monologue :

— Je viendrai.

Regina se tourna lentement vers son amant, qui lui souriait.

— J'ai changé d'avis, dit-il. Je viens à ta soirée.

Martay s'attardait dans son bain.

À demi assoupie, elle était totalement détendue, la nuque posée sur l'appuie-tête. Elle avait relevé ses tresses au-dessus de sa tête, et allongé ses bras sur le bord de la baignoire. Ses longues jambes occupaient celle-ci jusqu'à l'autre bout, et elle appuyait les orteils contre le marbre lisse. Elle était immergée dans des dizaines de litres d'eau fumante et parfumée. Une mousse épaisse à la surface lui couvrait les seins.

Il lui restait deux heures avant de partir à la soirée des Darlington. Elle était peu pressée de s'habiller. En réalité, la perspective de cette fête ne la réjouissait guère. Pourtant, elle ne détestait pas les Darlington. Le colonel était un vrai gentleman. Quant à la jolie Regina, elle s'était montrée lors de leur unique rencontre aussi aimable qu'amicale.

Martay bâilla et soupira.

D'un geste alangui, elle prit le savon parfumé et l'éponge sur la petite tablette blanc et or. Elle les frotta l'un contre l'autre.

Elle était certaine que tout serait bien organisé. Elle imaginait l'élégance des convives, les montagnes de mets exquis, les bouquets de fleurs coupées, l'orchestre, des dizaines d'invités... et elle saurait se montrer à la hauteur. Elle allait rire, flirter, danser, persuader tout le monde qu'elle s'amusait beaucoup...

Paresseusement, Martay posa l'éponge savonneuse sur son épaule gauche et étala une traînée de mousse sur son bras. Elle changea de main et recommença sur l'autre bras. Puis elle plongea l'éponge dans l'eau chaude et la glissa sur sa gorge. Non, elle n'avait guère envie d'aller à cette soirée, car elle aurait pour cavalier le major Lawrence Berton. Elle n'avait pas envie d'y aller avec lui, elle était même contrariée de devoir le faire. Mais elle n'avait pas le choix.

La vérité lui apparut dans toute sa clarté. Elle ne voulait pas passer le reste de sa vie avec Lawrence. Il était tombé amoureux d'elle, cela se voyait comme le nez au milieu de la figure. Pourtant, cela ne faisait pas six semaines qu'ils se connaissaient. Mais le jeune officier commençait à se conduire comme se conduisait Farrell T. Youngblood Jr à Chicago.

De nouveau, Martay eut un long soupir. Elle se demanda si elle rencontrerait un jour un homme, un vrai, qui ne se transformerait pas en ahuri après quelques baisers au clair de lune.

Pensive, elle glissa l'éponge sur son sein gauche.

Ce serait quelque chose, se disait-elle rêveuse, que de rencontrer un homme fort et fier. Un beau brun sûr de lui, d'un aplomb naturel qu'elle ne parviendrait pas à ébranler. Un être irrésistible dont la seule présence la laisserait sans voix. Un homme viril et indomptable, capable de la faire taire d'un regard, de l'effrayer d'un mot... ou de la dompter d'une caresse.

Elle tenait à présent l'éponge à deux mains, qu'elle descendait le long de son ventre. Elle constata que les mamelons de ses seins, à présent au-dessus de la surface de l'eau, avaient durci. Le feu aux joues, elle continua à imaginer cet homme qu'elle n'avait pas encore rencontré. Son image se fit plus vivante, plus réelle.

Un feu qui lui était totalement inconnu gagna l'ensemble de son corps avec une vitesse déconcertante. C'était une sensation plus grisante qu'une chatouille, elle en avait les jambes toutes tendues, le dos arqué, le souffle court. Une chaleur intense s'allumait entre ses cuisses.

Intriguée par cette expérience nouvelle, un peu effrayée aussi et toujours curieuse de plaisirs nouveaux, elle ferma les yeux pour mieux visualiser ce grand homme brun qu'elle distinguait presque à travers ses paupières closes.

Elle s'abandonna totalement à ce jeu. C'étaient à présent les mains bronzées de son amant qui poussaient l'éponge sur son corps. C'était à sa douce insistance que la jeune fille écartait les genoux. C'était sa main ferme et décidée qui approchait de...

— Martay ! Il faudrait que tu te décides à sortir du bain ! lança Lettie depuis le couloir. Ou bien tu vas être complètement cuite !

Elle sursauta violemment. Elle se leva, éclaboussant la salle de bains, et rafla une serviette.

— J'arrive tout de suite ! répondit-elle, le cœur battant, alors que le feu qui habitait son corps se transformait d'un coup en sensation glacée.

6

Martay descendit une heure plus tard. Elle portait une robe de bal chatoyante en soie blanche à la dernière mode. Les manches courtes lui laissaient les bras nus, le haut ajusté jusqu'en dessous de la taille soulignait sa sveltesse. Le décolleté mettait en valeur ses charmantes épaules et la double rondeur de ses seins. La jupe moulait les hanches pour s'évaser aux genoux de façon spectaculaire, afin qu'elle puisse danser.

Sa chevelure blonde était partagée par le milieu et tirée sur la nuque, retenue par une barrette d'or et de perles. Les boucles parfumées descendaient en cascade jusqu'au milieu de son dos nu et dansaient gaiement à chaque pas. Ses oreilles arboraient des boucles en perles, et un collier assorti caressait sa gorge. Elle avait des gants de satin blanc, et de délicates chaussures de bal à hauts talons qui pointaient à chaque froufrou de sa jupe de soie. Elle tenait à la main un gardénia blanc parfumé.

En bas des marches, elle ne prit pas le temps de se mirer dans le grand miroir du hall et fit son apparition dans le salon de réception, où étaient réunis son père et les Emerson. Elle s'immobilisa sous la porte voûtée, attendant que tous les regards convergent sur elle.

Puis elle sourit, étendit les bras et tourna sur place pour voir si elle faisait de l'effet.

Oui, elle en faisait.

Tous connaissaient sa beauté spectaculaire, mais ils eurent le souffle coupé. Elle n'avait jamais été si ravissante, si fragile, si innocente. Betty Jane Emerson joignit les mains et soupira. Le colonel Dolf Emerson quitta son fauteuil et vint lui prendre la main.

— Ma petite, vous êtes une véritable apparition !

Son père se leva à son tour. Ses yeux verts ne quittaient pas sa ravissante fille. Il bombait le torse, plein de fierté... et d'inquiétude. Dieu ! Elle était belle à damner un saint. Comment assurer la sécurité d'une créature aussi éblouissante ? Pouvait-il faire confiance au major Berton ?

— Papa, tu me regardes, observa Martay en entrant dans la vaste pièce au bras de Dolf Emerson.

— Eh oui, confirma-t-il en souriant, je te regarde. Je te regarde comme ils vont tous le faire ce soir. Je ne t'ai jamais vue aussi jolie.

Martay lâcha le bras du colonel Emerson et s'avança vers son père. Elle se haussa sur la pointe des pieds, l'embrassa sur la joue et fit mine de le gronder :

— Tu m'as déjà dit ça, papa.

Sans lui laisser le temps de répondre, elle rejoignit sur le canapé de brocart Betty Jane Emerson. Elle lui prit la main.

— J'aurais tant aimé que vous, le colonel et papa veniez à cette soirée...

— Moi aussi, ma chère, répliqua Betty Jane en souriant. Mais Regina Darlington ne veut que les jeunes, ce soir, pour qu'ils s'amusent mieux. Ce sera sans doute préférable pour vous.

— Non, ce n'est pas mon avis. Je pense au contraire que...

Martay fut interrompue par les coups sonores du heurtoir à la porte d'entrée.

— Voilà votre cavalier, annonça le colonel Emerson.

Il alla ouvrir au jeune homme.

Le major Lawrence Berton entra dans la pièce en affichant un large sourire. Il était absolument impeccable dans son uniforme bleu, rasé de frais, ses cheveux blonds soigneusement brossés. Quand il aperçut Martay, son sourire disparut et il déglutit avec effort. Il serra courtoisement la main du général Kidd et s'inclina devant Betty Jane Emerson. Puis il resta tout interdit devant la jeune fille, qui se leva gracieusement.

— Bonjour, Larry. Cela me fait plaisir de vous voir.

Le major craignait de perdre sa voix. Il se contenta de hocher la tête avec un sourire niais. Le colonel Emerson lui donna une claque sur les omoplates.

— Mon garçon, ce dont vous avez besoin, c'est d'un petit verre.

C'était exactement ce qu'il fallait au jeune militaire. Bientôt, il se détendit un peu et se lança dans une conversation polie. Il n'avait qu'une hâte : se retrouver seul avec Martay.

Une demi-heure plus tard, le couple prit congé. Dans le vestibule, Lawrence posait délicatement le châle brodé de Martay sur ses épaules nues, lorsque le général les fit tous deux sursauter.

Il se jeta presque sur eux, le visage tendu, les yeux brillants.

— Ma fille, articula-t-il d'une voix rauque.

Il la pressa contre sa poitrine.

— Papa, qu'y a-t-il ? s'inquiéta-t-elle.

Il tapota son dos, puis la relâcha.

— Rien, chérie. Je voulais simplement serrer ma fille chérie dans mes bras une dernière fois.

Martay lui sourit.

— Ne dis pas de sottises. Tu peux me prendre dans tes bras chaque fois que tu en as envie.

— Je sais, admit-il. Je suis bête.

Il leur souhaita une bonne soirée, et la voiture disparut au bout de l'avenue. Il avait précisé ses ordres aux deux cavaliers d'escorte :

— Ne la perdez pas de vue ce soir !

Pensif, il observa le couchant. Il se demandait combien de temps son adorable fille resterait innocente...

Le cœur serré, le général secoua la tête. Il allait rentrer, quand un messager arriva.

C'était un ordre de Washington au général de brigade William J. Kidd : quitter Denver par le prochain train.

La salle de bal des Darlington était l'une des plus imposantes du Colorado. Regina tirait une grande fierté des dimensions de la pièce, de ses colonnes de style corinthien en bois de pin sculpté, de ses chandeliers de cristal et de sa cheminée de marbre blanc. Elle mesurait dix-huit mètres de large, et trente de long. Six portes-fenêtres ouvraient sur une galerie de pierre dominant les jardins et leurs pelouses parfaitement entretenues. Celles-ci s'étendaient jusqu'aux immenses sapins, trembles et cèdres de la forêt qui couvrait les pentes de la montagne.

La demeure des Darlington était située dans le quartier le plus haut à l'ouest de Denver, dans les contreforts des Rocheuses, quasiment en pleine nature. D'ici, on dominait la ville en profitant de la plus grande tranquillité.

Un quart d'heure avant neuf heures, Regina Darlington dévala les escaliers de marbre. Elle était vêtue d'une robe en faille d'un bleu lavande éclatant. Des diamants brillaient sur sa gorge et à ses poignets, et oscillaient à ses oreilles. Sa robe neuve, arrivée tout droit de Paris, avait un décolleté si osé qu'il cachait à peine les aréoles de ses seins. Elle s'était imposé la torture d'un corset affreusement serré pour affiner sa taille et faire pigeonner sa poitrine. Sa robe moulait étroitement hanches et cuisses, puis s'ouvrait au niveau des genoux dans un éventail de mousseline de soie lavande.

Arrivée au rez-de-chaussée, Regina se contempla dans l'immense miroir à cadre d'or que, chaque jour, les domestiques nettoyaient à la perfection. Elle n'était pas fâchée de l'image que lui renvoyait la glace. D'une caresse, elle lissa le tissu tendu sur sa poitrine.

Elle prit une profonde inspiration, s'adressa un sourire et passa la langue sur ses lèvres. Elle eut un frisson d'excitation. Dans moins d'une heure, Jim Savin serait ici. Il la découvrirait dans le cadre opulent de cette demeure. S'il y avait une personne au monde qu'elle souhaitait impressionner, c'était bien le mystérieux, l'irrésistible Jim Savin...

Elle ne savait rien de lui, sauf qu'il était avocat et avait fait son droit à Harvard avec le fils Kelley. Il ne parlait jamais de lui. Quand elle l'interrogeait, il répondait d'un sourire, ou d'un hochement de tête désinvolte. Plus d'une fois, elle avait tenté de percer la raison exacte de sa présence à Denver. Allait-il s'installer ? Comptait-il repartir ? Voulait-il ouvrir un cabinet en ville ? Envisageait-il l'achat d'une maison ?

Elle n'obtenait jamais de réponse satisfaisante. Elle craignait, un jour prochain, de constater qu'il était parti. Définitivement.

Cette perspective la terrifiait.

Elle avait eu des tas d'amants, avant et après son mariage avec Thomas Darlington. Mais pas un n'égalait Jim Savin. Il possédait un côté sauvage à peine maîtrisé qui effrayait Regina et l'excitait au-delà du possible. En même temps, Jim témoignait d'une froideur impitoyable qui la blessait et l'intriguait, comme elle intriguait sûrement toutes les femmes qu'il rencontrait.

À cette pensée, Regina se raidit. La jeune Martay Kidd était certes jolie, quoiqu'un peu trop grande et mince. Son goût pour l'aventure faisait jaser tout Denver. Martay risquait-elle de se comporter en enfant gâtée, de se jeter à la tête de Jim Savin sous les yeux de son malheureux cavalier ?

— Petite garce effrontée ! grinça Regina à haute voix. Si elle croit me ravir un homme comme Jim Savin, elle se fait des illusions !

— Que dis-tu, chérie ? demanda Thomas Darlington qui apparut sur le seuil de la salle de bal.

Regina se hâta de plaquer un charmant sourire sur son visage et pivota vers la porte. Arrivée devant son mari, elle rectifia le tombé de sa cravate noire.

— Je disais que les invités sont là.

— Vraiment ? s'enquit Thomas en tirant de son gousset une montre en or. Peut-être as-tu raison. Il est neuf heures moins sept.

Regina inspecta la vaste salle, corrigea inutilement l'angle d'un palmier dans un grand vase Ming, vérifia l'alignement des chaises le long du mur, puis s'élança à la rencontre des invités.

Il était neuf heures vingt quand la voiture de Martay et de Lawrence Berton vint s'arrêter devant la magnifique demeure des Darlington. La mélancolie de Martay l'avait quittée, elle était en pleine forme. Elle ne demandait qu'à bavarder, à danser et s'amuser.

À sa grande surprise, Larry avait été charmant pendant tout le trajet. Il n'avait pas exigé un baiser, il ne s'était pas exclamé interminablement qu'elle était ravissante. Au contraire, il lui avait chaleureusement tenu la main et lui avait raconté des anecdotes de la vie de garnison à Fort Collins. Étonnée de ce changement, elle l'avait écouté avec attention et s'était dit que, s'il continuait à se montrer raffiné, elle pourrait avoir un petit penchant pour lui…

Elle ne se doutait pas une seconde que le comportement de son cavalier était le résultat d'un conseil de son père. Farouchement décidé à arriver à ses fins, le général William Kidd avait fait la leçon au jeune homme, quant aux méthodes pour conquérir le cœur de sa fille.

— Mon garçon, si vous la voulez, il ne faut pas faire l'ahuri. Comportez-vous en homme. Faites preuve de réserve. Et même de distance ! Vous la surprendrez. Ça marchera.

La méthode était efficace. Après un égarement passager au moment où il était entré chez les Emerson, lorsqu'il avait aperçu Martay dans toute sa beauté, Lawrence était parvenu à suivre les instructions du général. Et Martay, agréablement surprise, le trouvait charmant.

À leur arrivée, le major avait la situation en main. Il fit gravir les escaliers de pierre à Martay, qui riait aux éclats, et ils pénétrèrent dans le vestibule rutilant de lumière. Là, ils furent accueillis par Regina Darlington, radieuse, et son mari le colonel.

— Comme je suis heureuse que vous soyez venus ! gazouilla Regina. Nous allons beaucoup nous amuser ce soir.

7

Jim Savin était allongé sur son lit à l'hôtel Centennial. Une seule lampe était allumée. Elle dessinait un cercle de lumière dorée sur la table d'acajou, mais n'atteignait pas le lit où Jim reposait. Étendu sur le dos, il avait un bras sous la tête et fumait dans l'obscurité un fin cigare.

Le calme régnait dans le grand hôtel. À l'approche de dix heures, beaucoup de clients étaient montés se coucher. En bas, une voiture passait parfois sur les pavés. On entendait le claquement des sabots des chevaux, le grondement des roues et quelques mots prononcés par les passagers.

Jim observait une immobilité totale, à l'exception de sa main qui portait de temps en temps le cigare à ses lèvres. Mais il n'était guère détendu. Son corps était bandé comme celui d'une panthère en chasse. Il passait mentalement en revue toutes les dispositions prises, et les étapes du projet qui restaient à mener à bien.

Pendant la matinée, il était descendu récupérer son cheval aux écuries de Curtis Street. C'était un superbe animal noir au pelage miroitant. Il l'avait acheté dès son arrivée à Denver et n'avait cessé de le dresser depuis. Le vendeur le lui avait cédé comme un animal vicieux et même dangereux, mais rapide comme le vent.

À cet instant, sa monture l'attendait dans la montagne, sellée et cachée dans une forêt de pins. À dix kilomètres, se trouvait une cabane abandonnée où il avait un colt, une winchester bien graissée, des couvertures, de la nourriture et des bougies, tout ce qu'il fallait pour patienter vingt-quatre heures.

La pendule posée sur la tablette de la cheminée sonna l'heure. Jim Savin attendit que s'égrènent les dix coups. Le silence revenu, il écrasa soigneusement son cigare et vérifia que chaque étincelle s'était éteinte dans le cendrier de cristal. Alors, il se leva.

Nu, il traversa la pièce plongée dans la pénombre. Un smoking noir à revers de satin, parfaitement repassé, était posé sur le valet d'acajou. Une chemise blanche était placée à côté, sur une chaise. Il y avait aussi des boutons de col en onyx sur une commode, à côté de chaussures noires en cuir verni. Dans le tiroir du haut, une paire de longs bas noirs pour homme et des sous-vêtements en lin blanc.

Jim s'étira soudain, tel un félin. Il se dressa sur les orteils, leva les bras et frappa ses mains l'une contre l'autre. Il resta ainsi tendu un moment, puis reposa doucement les talons sur le tapis.

Dix minutes plus tard, il descendit à la réception en tenue de soirée. Un employé assoupi bondit de son tabouret.

— Monsieur Savin, vos bagages ont été expédiés selon vos instructions.

Il se racla la gorge et poursuivit :

— Quel dommage que vous quittiez déjà le Centennial ! Nous étions heureux de votre présence, sir. Vous retournez dans l'Est par le train de minuit ?

Jim ne répondit pas.

Avec un sourire, il mit sur le comptoir de quoi payer les six semaines de son séjour, ainsi qu'un généreux pourboire. Puis il sortit dans la nuit. Parfaitement ponctuel, un fiacre de location vint se ranger devant l'entrée de l'hôtel, et Jim monta. Il déboutonna la veste de son smoking, s'adossa paresseusement à son siège et étira ses longues jambes devant lui.

Il était onze heures dix, exactement.

— C'est vraiment navrant, Bill, se lamenta Dolf Emerson tandis que le général rangeait ses affaires dans la valise ouverte sur le lit. Martay va être consternée...

— Je sais, répliqua William Kidd, mais je n'ai pas le choix. Il me faut partir pour Washington dès ce soir. Le président Hayes réunit ses principaux conseillers militaires.

— Je vois. J'avais espéré que la bataille livrée par le colonel Miles à Frenchman's Creek la semaine dernière aurait dispersé nos adversaires.

Le général eut une moue sévère.

— Le colonel Miles commandait un escadron du 7e de cavalerie, une compagnie du 5e d'infanterie et une cinquantaine d'éclaireurs indigènes. Et c'est tout juste s'il est arrivé à tuer une demi-douzaine de sauvages. Il en a poursuivi trois ou quatre cents sur une quinzaine de kilomètres, ensuite l'ennemi s'est échappé au nord de la Milk River. On dit que le vieux Sitting Bull et Gall étaient avec eux. Au lieu de prendre le train de minuit pour Washington, je préférerais enfourcher un cheval et partir dans le Dakota.

— Bill, tu ne crois pas que tu es un peu vieux pour te battre contre les Peaux-Rouges ? demanda son ami.

Les yeux verts de William Kidd lancèrent des éclairs.

— Trop vieux ? Sapristi, je n'ai jamais été aussi en forme de ma vie ! Je suis meilleur soldat que tous ces freluquets et je... je...

Il n'alla pas plus loin, et sourit d'un air penaud.

— Enfin, reconnut-il, tu as déjà entendu ce refrain.

Dolf posa une main sur son épaule.

— Oui, mon ami, et c'est la vérité. Il n'y a jamais eu meilleur soldat que toi. Mais, Bill, tu serviras mieux ton pays en t'entretenant avec le président Hayes à la Maison Blanche qu'en allant guerroyer.

— Probablement, confirma William en soupirant.

Il boucla sa valise.

— Il faut que j'y aille. Tu t'occuperas de Martay ?

— Tu sais bien que oui.

Au rez-de-chaussée, le colonel Emerson accompagna dehors son vieux camarade de promotion de West Point. La nuit était chaude et calme.

Les deux hommes se serrèrent la main au clair de lune et, brusquement, le général Kidd se confia.

— Je n'aurais jamais dû laisser Martay venir ici...

Dolf n'eut pas le temps de répondre : le général grimpait dans la voiture, qui s'ébranla en direction de la gare.

Sous les cinq lustres qui éclairaient la salle de bal, Martay Kidd valsait dans les bras du major Lawrence Berton. La musique provenait d'une alcôve où les dix musiciens de l'orchestre jouaient, cachés derrière des guirlandes de fleurs.

À dix heures et demie, la soirée était bien lancée et des dizaines de couples occupaient la piste. Les robes multicolores des dames ressortaient joliment sur la blancheur des murs. D'autres invités se pressaient dans la salle à manger pour faire honneur au somptueux buffet.

Une sculpture de glace dominait la longue table de banquet. L'œuvre représentait une panthère qui descendait gracieusement une montagne de tissu blanc damassé, où l'on avait disposé les plats : côtes de bœuf, émincé de canard, truites grillées, cailles rôties nappées de sauce au vin, saumon grillé, agneau au romarin. Autour s'étalaient une foule de légumes, ordinaires ou exotiques, et deux douzaines de desserts.

Les domestiques gantés de blanc servaient les jeunes gens affamés dans des assiettes en porcelaine de Limoges. D'autres invités, ayant déjà fait escale au buffet, s'étaient assis sur les fauteuils tapissés de soie dans la salle de bal, sur le grand escalier ou, à l'extérieur, sur la terrasse. Ils tenaient leurs assiettes sur les genoux, et s'essuyaient les lèvres avec de fines serviettes irlandaises de lin brodées. Ils arrosaient ces nourritures exquises de champagne français, qu'ils buvaient dans des flûtes en cristal.

Quand la valse fut finie, Lawrence Berton lâcha la taille de sa compagne.

— Aimeriez-vous dîner maintenant, Martay ?

Elle réfléchit à peine.

— Non, Larry. Je n'ai pas faim. Mais ne vous gênez pas pour moi.

— Vous êtes sûre que cela ne vous ennuie pas ?

Cela l'ennuyait, mais elle ne le dit pas.

— Bien sûr que non ! Allez-y, je vous en supplie. Je vais me rafraîchir.

Elle était surprise qu'il songe à se restaurer alors qu'elle ne demandait pas mieux que d'enchaîner les danses avec lui.

Il l'accompagna au pied des escaliers et la quitta avec un sourire.

— On se voit d'ici une demi-heure dans la salle de bal.

Elle acquiesça, releva sa robe afin de dévoiler ses graciles chevilles et monta l'escalier, sachant pertinemment que Larry, en bas, la regardait. Arrivée sur le palier du premier, elle se tourna avec l'intention de lui adresser un sourire.

Il était parti.

Perplexe et un brin vexée, Martay s'engouffra dans le petit salon beige et blanc réservé aux femmes. Elle était décidément agacée par la désinvolture de Larry Berton. Mais tout de suite, elle réalisa sa sottise. Après tout, il était onze heures et ils n'avaient pas encore avalé une bouchée. Larry – comme elle – avait un solide appétit. Comment se faisait-il alors que ce soir, elle n'ait pas du tout faim ?

Martay n'était pas la seule à avoir perdu l'appétit. Regina Darlington, par exemple, faisait les cent pas dans le salon beige et blanc. Où était-il ? Chaque fois qu'un nouvel invité pénétrait dans la salle de bal, elle regardait vers l'entrée, le cœur battant.

Il était onze heures et il ne s'était pas montré. Le vil menteur ! Où était-il ? Pourquoi avait-il dit qu'il viendrait, s'il n'en avait pas l'intention ?

— Oh, pardon, ma chère, s'excusa Regina qui avait manqué heurter Martay.

— Madame Darlington, minauda la jeune fille, quelle charmante soirée ! Je m'amuse beaucoup. Je ne sais comment vous remercier.

Regina se força à sourire.

— Tant mieux. Êtes-vous passée au buffet ?

— Non, j'étais trop excitée pour avaler la moindre bouchée. Et vous ?

— Moi aussi, je suis trop excitée. Peut-être que nous aurons faim tout à l'heure. Je vais servir un copieux en-cas vers deux heures du matin. Mais rien d'extraordinaire, rassurez-vous. Des fraises à la crème. Des pâtisseries françaises. Des omelettes et du jambon fumé.

— J'attendrai alors et...

— Ma chère, coupa Regina, vous n'avez pas vu... c'est-à-dire que... Enfin, avez-vous été présentée à tous nos invités, ce soir ?

— À tous sans exception ! annonça fièrement Martay.

— Ah bon ? Si vous voulez bien m'excuser, il faut que je redescende. Détendez-vous un instant, vous devez être épuisée après toutes ces danses...

Et elle disparut.

Regina descendit rapidement les marches. Dans la salle de bal, elle le chercha attentivement, mais en vain. Elle envoya promener son mari qui l'invitait à danser, et passa dans la salle à manger. Les invités faisaient la queue devant la table chargée de plats. Mais Jim Savin n'était pas parmi eux.

La jeune femme se sentit gagnée par le désespoir. Elle était sotte d'être déçue, elle le savait bien, mais elle ne pouvait s'en empêcher. Elle avait donné cette soirée au moins autant pour Jim que pour Martay Kidd. Elle tenait à prouver à Jim Savin qu'elle n'était pas simplement la femme esseulée qui se glissait dans sa chambre d'hôtel certains après-midi pour y voler des moments d'extase. Elle était aussi une dame, que la bonne société de la ville considérait et admirait.

Avec un soupir, elle regagna la salle de bal en se répétant qu'il allait venir, qu'il fallait qu'il vienne. Dès qu'il serait là, elle se débrouillerait pour l'entraîner à l'écart. Cette perspective chassa son humeur sombre et elle frémit d'excitation. Ce serait quelque chose de faire l'amour avec Jim chez elle, tandis que la soirée se poursuivrait... Tout sourire, elle fit le tour de la piste de danse.

Elle arriva derrière le major Lawrence Berton et lui administra une claque sur l'épaule.

— Je viens de dire à mon mari, le colonel, que je suis déçue à en pleurer.

— À ce point, madame ?

— Mais oui. Le plus bel homme de la soirée ne m'a pas demandé une seule danse.

Elle s'approcha plus près et battit des cils.

— Allez-vous me laisser souffrir, major ?

— Non, pour rien au monde ! Pourriez-vous m'accorder cette danse, madame ?

— Regina, rectifia-t-elle en croisant les bras derrière la nuque de l'officier.

Elle fit exprès de se presser contre lui, les seins appuyés contre la vareuse d'uniforme bleu marine.

Au bout de quelques danses, Regina remercia Lawrence Berton, puis insista pour lui présenter une charmante brune qui faisait tapisserie. Dès que les présentations furent faites, elle les poussa sur la piste.

Alors que Martay redescendait l'escalier, un retardataire apparut dans le vestibule vide. Il n'y avait même pas un domestique pour l'accueillir. Il tournait le dos à la jeune fille. Elle vit simplement qu'il était grand et mince, avec une chevelure noire comme la nuit. Soudain nerveuse, elle s'immobilisa sur les marches. Elle hésitait à descendre, surprise de sentir son cœur s'emballer et ses paumes devenir moites.

Elle aurait voulu que l'homme se retourne, qu'elle découvre son visage. Mais il ne bougeait pas.

Enfin, il se dirigea vers la salle à manger.

Dès qu'il eut franchi les doubles portes, Martay releva légèrement ses jupes et dévala les dernières marches. Elle suivit l'inconnu dans la salle à manger : elle tenait absolument à voir son visage. Mais elle ne le trouva pas. Elle observa chaque groupe tour à tour, aussi bien les gens assis que ceux restés debout, sans parvenir à le localiser.

Avec un soupir, elle se demanda pourquoi elle s'inquiétait tant à propos de cet inconnu. Elle l'écarta de son esprit et se mit à la recherche de Larry Berton. Ne l'ayant pas trouvé non plus, elle échoua dans la salle de bal. Là, elle s'arrêta net, n'en croyant pas ses yeux : Larry dansait avec une jolie brune. Celle-ci le regardait comme s'il était l'homme le plus séduisant qu'elle eût rencontré.

Quand la musique s'arrêta, Lawrence raccompagna la jeune fille jusqu'à son groupe d'amis, puis vint rejoindre Martay. Celle-ci prévoyait qu'il se mette à bafouiller, rougisse et s'excuse d'avoir dansé avec une autre. Mais non. Pas de bégaiement, pas de rougeur, pas un mot sur la fille.

Il sourit à Martay, la prit dans ses bras et l'entraîna sur la piste. Au bout de plusieurs danses, il lui proposa de sortir. Elle se hâta d'accepter.

Il était minuit passé, la terrasse était déserte. La pleine lune s'était levée et dominait les montagnes. L'air frais charriait le parfum des chèvrefeuilles, et les accents de la musique résonnaient dans la nuit par les portes-fenêtres ouvertes.

— On dirait que nous sommes seuls, observa-t-il en appuyant son dos contre la rampe de pierre.

Il regarda Martay et sourit.

— Oui, confirma-t-elle. Tout seuls.

Elle l'enlaça et, son gardénia blanc toujours à la main, l'attira vers elle et l'embrassa avec tant de fougue que les genoux du major fléchirent.

Quand leurs lèvres se séparèrent, une voix timide les fit sursauter.

— Excusez-moi, major !

C'était un domestique en livrée. Il présentait de ses mains gantées un petit plateau d'argent, avec une enveloppe.

— Un message pour vous, major Berton.

— Merci, répondit Lawrence en prenant l'enveloppe qu'il ouvrit.

— Qu'est-ce que c'est ? s'étonna Martay.

— Mes supérieurs qui sont au bal me demandent de les rejoindre, annonça-t-il en grimaçant. J'aurais imaginé que cela pouvait attendre le matin. Allons-y, proposa-t-il en lui tendant le bras.

— J'attendrai ici, Larry. Il fait trop chaud à l'intérieur.

Et elle lui décocha un sourire entendu, promesse de maints baisers à son retour.

— Cela ne vous ennuie pas de rester seule ici ?

— Non, c'est parfait.

— Bon, je vous promets d'être de retour dans dix minutes.

— Ramenez-moi un verre de punch, s'il vous plaît.

— Avec plaisir.

Il s'éloigna d'un pas vif et, au moment de franchir les portes-fenêtres, se retourna pour la regarder.

Elle lui lança un baiser en riant. Une fois qu'il eut disparu, elle pivota vers les jardins pour profiter du magnifique paysage. Soupirant d'aise, elle se mit à scruter les montagnes. Les sommets étaient encore saupoudrés de neige, que le clair de lune faisait miroiter comme de l'argent. Ayant admiré cette splendeur un moment, elle baissa les yeux vers son environnement proche. Vers les jardins fleuris, les pelouses bien tondues, et l'épaisse forêt au fond...

Elle surprit un mouvement à la lisière. Quelque chose traversa son champ de vision – animal ou créature si rapide qu'elle le perdit de vue. Puis il s'arrêta, et Martay vit briller deux yeux sauvages.

Saisie, elle agrippa la rampe de pierre, le souffle court. Elle avait l'impression que ces yeux terrifiants, comme des points de lumière dans un océan d'obscurité, l'avaient clouée sur place : elle ne pouvait ni bouger ni détourner le regard.

Au bout de ce qui lui sembla une éternité, elle s'aperçut soudain qu'il n'y avait plus rien : seulement du noir.

Un frisson lui parcourut l'échine. Elle avait les mains glacées. Des fauves rôdaient-ils dans les parages ? La gorge serrée, elle espéra que Larry Berton allait revenir sans tarder.

Comme si quelqu'un avait lu dans ses pensées, elle vit une main sortir de l'ombre et lui tendre le punch promis. Soulagée, la jeune fille sourit et, sans regarder autre chose que la boisson, tendit la main vers le verre. Mais avant qu'elle ne le saisisse, un fait troublant s'imprima dans son cerveau. Les doigts sombres qui tenaient le verre n'appartenaient pas à Lawrence Berton, qui avait la main couverte de taches de rousseur...

Martay leva les yeux et croisa le regard d'un bel homme au visage de faucon, aux yeux noirs comme la nuit.

Elle ouvrit la bouche pour crier mais, avant qu'un son n'en sorte, le verre de punch avait volé dans le jardin et les doigts lui avaient appliqué sur les lèvres un mouchoir blanc.

Elle tenta de se débattre, mais son agresseur la plaqua contre lui. Sans effort, il la souleva dans ses bras. Avec agilité, il sauta la rampe de pierre et se mit à courir. En quelques secondes, ils avaient traversé les pelouses et pénétré dans la forêt. Martay, engourdie par une étrange lassitude, réalisa vaguement que la main de son ravisseur ne lui fermait plus la bouche. Elle avait la liberté de crier. Mais l'effort que cela représentait était trop grand pour elle...

Vaguement consciente du torse musclé contre sa joue, elle prit une profonde inspiration. Elle s'acharna à distinguer les traits de l'inconnu afin de l'identifier. Mais elle ne remarqua qu'une paire d'yeux couleur de jais qui étincelaient comme ceux d'une bête sauvage.

Ce fut la dernière chose dont elle se souvint. À cet instant, elle bascula dans le noir absolu.

8

— Martay ?

Lawrence Berton, décontenancé, trouva la terrasse vide en arrivant avec ses deux verres de punch. Cette histoire commençait à lui chauffer les oreilles. Les plaisanteries les plus courtes étant les meilleures, fût-ce de la part de Martay, il ne goûtait pas cette forme d'humour. Au premier étage, il était tout de suite tombé sur le colonel Darlington. Celui-ci l'avait informé que personne ne l'avait convoqué : il n'y avait pas de réunion prévue.

— Nous sommes à une soirée, major, lui avait-il rappelé.

— Mais, sir, avait protesté Lawrence en brandissant le papier, ce message est signé de votre main et je...

— Quel message ? Je n'ai rien signé du tout. Quelqu'un vous a fait une farce, major. Je crois qu'il y a beaucoup de jeunes messieurs qui cherchent à profiter de miss Kidd, ne serait-ce que quelques instants : ils ont trouvé l'astuce !

— Non, sir. Je ne crois pas...

— Eh bien moi, major, je le crois. Vous n'avez pas remarqué les regards d'envie des hommes présents ce soir ?

— Cela, sir, je le crois sans mal, répondit fièrement Lawrence.

Le colonel lui tapota l'épaule.

— Vous avez de la chance, major. Maintenant, redescendez auprès de votre cavalière avant de vous la faire enlever.

Et c'est ainsi que Lawrence, vaguement agacé, était redescendu en vitesse se faire servir du punch rosé. Un domestique puisait le breuvage à la louche dans un bol gigantesque de cristal taillé. Ensuite, prenant garde à ne pas renverser les deux coupes pleines à ras bord, Lawrence était ressorti.

Mais où était-elle ?

— Martay ? appela-t-il de nouveau. Martay, où êtes-vous ? Voilà le punch.

Il tendit l'oreille. Silence.

— Martay, répondez-moi !

L'irritation de Lawrence tournait à la colère froide. Le colonel Darlington avait raison : manifestement, un célibataire esseulé l'avait écarté grâce à ce faux message, puis avait entraîné la jeune fille à l'extérieur pour lui conter fleurette. Il commença à passer en revue les suspects. Le capitaine Rynes, toujours en train de faire la cour aux petites amies de ses camarades. Le lieutenant Brooks, un homme à femmes. Samuel Becker, qui n'avait caché à personne son admiration pour Martay.

Frustré, Lawrence avala les deux punchs. Puis il posa les verres vides sur la rampe de la terrasse, dévala les marches de pierre et s'avança dans les jardins méticuleusement entretenus. Mâchoires serrées, il partit à la recherche de la femme qu'il aimait, prêt à rosser sans scrupules le malotru.

Au bout de vingt minutes, le major avait passé au peigne fin tous les buissons des jardins, devant et derrière la demeure. Sa colère faisait place à un début d'appréhension. Il avait déniché une demi-douzaine de couples enlacés qui goûtaient un moment d'intimité. Mais nulle trace de Martay.

Revenu à l'intérieur, Lawrence passa dans toutes les pièces du rez-de-chaussée, puis monta l'escalier.

— Excusez-moi, miss Brady et miss Hanson ! lança-t-il à deux jeunes femmes qui descendaient. Avez-vous aperçu miss Kidd dans le salon des dames ?

— Non, répondirent-elles en chœur.

Miss Brady, qui avait des cheveux châtains joliment bouclés, le taquina.

— Major, tout le monde sait qu'elle est sortie avec vous au clair de lune, précisa-t-elle en lui tapotant l'épaule avec son éventail. Ne me dites pas que vous l'avez perdue.

Elle éclata de rire, et Charley Hanson fit chorus.

Brusquement, Lawrence se rendit compte qu'il avait agi de façon tout à fait irresponsable.

— Mon Dieu... mon Dieu !

Le cœur battant, il redescendit l'escalier et rejoignit le maître de maison.

Quelques minutes plus tard, l'orchestre s'était tu. Plus personne ne dansait. Les dames, nerveuses, se tenaient par la main dans la salle de bal. Tous les hommes étaient à la recherche de l'invitée d'honneur.

Aucun signe de Martay Kidd.

Le colonel Thomas Darlington, qui était un homme d'action, ordonna aux cavaliers de monter en selle pour fouiller les bois autour de son vaste domaine. En un temps remarquablement court, des dizaines de jeunes gens en tenue de soirée sortirent au galop des écuries, à la suite du colonel et du major.

Vers trois heures du matin, ils rentrèrent bredouilles. Miss Martay Kidd avait tout bonnement disparu.

Il était largement quatre heures du matin quand le porteur de la terrible nouvelle arriva au galop sur Larimer Street et s'arrêta devant la maison des Emerson. Le colonel Dolf Emerson n'avait pas fermé l'œil. En entendant les claquements de sabots qui approchaient, il se détendit et sourit à sa femme.

— Les voilà ! Enfin !

Betty Jane ferma les yeux de soulagement, et soupira. Puis elle saisit le bras de son mari et lui parla avec douceur.

— Écoute, Dolf, vas-y doucement avec le garçon...

— Doucement avec le major Berton ? Mais, Betty, c'est la cravache qu'il mérite ! Garder cette petite toute la nuit dehors, alors qu'il avait promis qu'elle serait à la maison dès...

— Enfin, Dolf, tu oublies ce que c'est que d'être jeune et amoureux. Souviens-toi du bal du 4 Juillet en 1849, la fois où nous...

— Tais-toi, chérie. Ils sont sous le porche.

Sans attendre un instant de plus, Dolf Emerson traversa le vestibule et ouvrit la porte d'entrée. Il tomba nez à nez, non avec le major et Martay, mais avec un lieutenant qui affichait une mine épouvantée.

— Que se passe-t-il, lieutenant ?

— Quelque chose d'affreux, mon colonel...

Il était tout juste quatre heures du matin.

Un cavalier solitaire arrêta brusquement son cheval sur un surplomb rocheux dominant la ville de Denver endormie. Seules quelques rares lumières brillaient encore dans la vallée.

L'homme resta un moment immobile, puis fit avancer sa monture. S'il devait entrer dans Denver et en ressortir avant le lever du soleil, comme prévu, il ne pouvait se permettre d'attendre.

Pour descendre la pente rocheuse, il guidait sa monture entre les arbres et les éboulis. Il se répétait les ordres reçus, qu'il avait fait le serment d'exécuter.

— Va directement chez le colonel Dolf Emerson, sur Larimer Street. Tu glisses cette enveloppe sous la porte, tu frappes plusieurs fois avec le heurtoir afin de réveiller toute la maison, puis tu files avant que la porte ne s'ouvre. Ne reviens pas ici. Ne rentre pas chez toi. Continue vers le sud, passe l'hiver avec le clan de Running Elk. On se verra au printemps.

L'homme était si soucieux de réussir sa mission qu'il ne remarqua pas, en débouchant dans une clairière, trois hommes montés en embuscade. Ils l'avaient entendu descendre la pente. Son cheval avait henni, et déchaussé quelques cailloux qui avaient dégringolé plus bas.

Dès qu'il remarqua les trois hommes dépenaillés, des chercheurs d'or, il s'arrêta net, mais il était trop tard.

— Il est à nous ! cria un gros barbu en attrapant la bride du cheval.

Le cavalier réussit à se dégager, mais les autres le poursuivirent dans le noir et le rattrapèrent.

Pour protéger le message, il posa la main sur sa poitrine, mais fut désarçonné par les trois vagabonds qui étaient ivres. Ils le tuèrent sur place, sans autre forme de procès.

Ils débarrassèrent de quelques pièces d'argent le cadavre. Ils écartèrent les doigts encore serrés sur le message, dans la poche intérieure de la veste. C'était un document impressionnant, une enveloppe de parchemin dont le rabat portait un cachet doré.

Le plus grand des trois, un barbu ventru du nom de Benjamin Gilbert, craqua une allumette pour voir ce dont il s'agissait. Il étudia l'enveloppe avec soin.

Son allumette s'éteignit.

— Allumes-en une autre, Eli ! ordonna sèchement Gilbert au jeune homme efflanqué qui continuait à fouiller le cadavre.

Une autre allumette craqua, puis une autre encore tandis que Johnny Batemen, le troisième membre du trio, approchait. Il descella le parchemin et déplia la lettre. Il étudia attentivement la feuille couverte d'une belle écriture régulière, comme s'il la lisait avec soin.

Puis il s'esclaffa.

— Qu'est-ce qui t'amuse ? grommela Gilbert.

— Toi, répliqua Batemen. Tu aurais là l'emplacement d'un filon d'or que tu ne serais pas plus avancé. Tu ne sais pas lire.

Il partit d'un rire tonitruant, ainsi que le jeune Eli Wills.

Le gros Benjamin Gilbert garda un instant son air renfrogné, puis il rit à son tour. En effet, ils étaient tous les trois illettrés.

Quand ils se furent calmés, Gilbert reprit :

— Tu crois que ce truc vaut quelque chose ?

— Je serais toi, je le garderais. Cela a peut-être de la valeur, répondit Batemen.

Il eut un regard pour leur victime. Il se gratta le menton et remua de la pointe de sa botte le corps sans vie.

— Je me demande ce que ce Peau-Rouge faisait avec cette belle enveloppe à cachet d'or...

Depuis une heure, ses yeux noirs n'avaient pas quitté Martay.

Elle gisait là où il l'avait posée lorsqu'ils étaient arrivés dans la cabane abandonnée. Elle reposait sur un lit de camp, sa petite main sur sa taille et l'autre à côté de sa hanche. Elle avait la tête tournée vers lui, et ses cheveux d'or répandus en éventail sur l'oreiller. Une lourde mèche effleurait sa gorge pâle.

Avec ses lèvres entrouvertes et ses yeux clos, elle avait l'air sans défense comme un bébé. Ses cils ombraient ses joues couleur ivoire. Son petit nez retroussé était celui d'une adorable enfant. Mais quand, dans son sommeil, elle soupira et prit une profonde inspiration en frémissant, ses seins se gonflèrent dans l'échancrure de son corsage. La soie blanche de la robe soulignait de façon provocante son ventre plat et ses hanches en amphore.

Non, ce n'était pas une enfant.

Tandis qu'il contemplait la belle endormie, il se disait que c'était une fille gâtée, une jolie femme qui piégeait ses amants comme autant de jouets que l'on choisit et que l'on rejette avec insouciance. Comme Regina Darlington et tant d'autres rencontrées depuis quatre ans, cette ravissante séductrice à cheveux d'or ressemblait à un ange, mais elle était aussi effrontée que les autres. Ce point ne faisait aucun doute. Il n'avait cessé de l'observer depuis six semaines.

Il serra la mâchoire.

Il était heureux de ne l'avoir à charge que vingt-quatre heures. Avec son ingénuité trompeuse, elle était aussi redoutable que son assassin de père.

Il tourna la tête et regarda vers la fenêtre. Une vague lueur se profilait à l'horizon, vers l'est. Elle allait bientôt se réveiller. Il n'avait utilisé qu'une quantité minime de chloroforme, juste assez pour la faire taire, le temps de filer du domaine des Darlington et de gagner cette cabane où ses hurlements, si elle en poussait, n'attireraient l'attention de personne...

Lentement, Martay s'arrachait à l'inconscience. Elle tenta en vain d'ouvrir les yeux. Elle déglutit, se passa la langue sur les lèvres. Une nouvelle fois, elle essaya de soulever ses paupières lourdes.

Elle les entrouvrit, mais sa vision était floue. Elle battit des paupières, puis les referma. Un instant, elle se reposa. Peu après, les yeux toujours fermés, elle voulut lever les bras, bouger les mains. En vain. Elle émit un gémissement. Enfin, elle parvint à ouvrir les yeux tout grands.

Pendant un long moment, elle ne distingua que des formes vagues, des couleurs, et la lumière d'une lampe quelque part. Puis un mouvement attira son attention, et elle croisa le regard d'un homme qui se levait lentement, menaçant.

Elle garda le silence, ne fit pas un geste. Une immense lassitude l'écrasait. Elle ne savait où elle était, ni qui il était. Elle n'avait pas encore peur.

Elle baissa les yeux et regarda ses pieds. La tête encore lourde, elle ne s'étonna pas de le voir porter des mocassins décorés de perles aux motifs compliqués. Des jambières en peau d'orignal recouvraient ses longues jambes. Sa chemise en peau de daim était ouverte, ornée de franges aux épaules et sur les hanches.

Le regard de Martay fut attiré par la cicatrice qui lui barrait le torse. Elle fronça les sourcils et remonta vers son visage.

Il avait des traits taillés à la serpe. Une moitié de sa figure était dans l'ombre, et l'autre clairement en relief. C'était un visage fier et féroce, avec une bouche sensuelle et cruelle, un nez arrogant et de hautes pommettes obliques aux reflets cuivrés sous la lumière de la lampe.

Paralysée de terreur, elle croisa le regard de l'homme.

Ces yeux noirs et méchants, des yeux de tueurs, étaient indéniablement ceux d'un sauvage !

9

Martay ne pouvait bouger ni crier. Elle était tétanisée par ce regard hypnotique, comme un oiseau sous l'emprise d'un serpent. Pendant plusieurs minutes de tension intense, ils restèrent tous deux immobiles : lui, la dominant de toute sa hauteur, terrifiant ; elle, impuissante et effrayée.

C'est lui qui rompit enfin le charme. Baissant un instant les yeux, il la libéra.

Tout de suite, elle passa à l'action. Elle se dressa sur ses genoux et se mit à hurler à pleins poumons. Elle hurla et hurla encore, le cœur déchiré de peur, les joues baignées de larmes.

Son ravisseur la considérait sans réagir. Jambes écartées, il gardait une pose arrogante, les bras croisés, attendant qu'elle se calme.

Martay se pelotonna sur le lit, le visage en feu et la chevelure répandue en cascades sur ses épaules secouées de sanglots. Elle continua à hurler jusqu'à ce que l'homme brun ordonne d'une voix douce, mais mortellement froide :

— Assez !

Martay secoua violemment la tête comme un enfant contrarié qui fait un caprice. Un muscle frémit sur la mâchoire de l'homme, qui fit un pas en avant. Horrifiée, la jeune fille crut sa dernière heure arrivée. D'instinct, elle bondit vers son agresseur.

Avec une souplesse qui le surprit, elle sauta du lit et se jeta sur lui, toutes griffes dehors. Mais elle ne faisait pas le poids. Il attrapa au vol son frêle poignet.

Ils étaient si près l'un de l'autre qu'elle sentit son haleine sur son visage.

— Si vous n'êtes pas sage, je vais devoir vous lier les mains...

À présent plus indignée qu'effrayée, Martay libéra ses bras, pivota et s'élança vers la porte. Mais l'individu y arriva avant elle et lui barra le chemin. Prise au piège, elle serra ses petits poings et, avec des sanglots éperdus, se mit à frapper le torse de son ravisseur.

Jim encaissa les coups sans ciller, car il était inutile de la raisonner. Il était trop tôt. Elle était bouleversée. Mieux valait la laisser se fatiguer.

Elle lui martelait la poitrine, lui criblait les tibias de coups de pied avec la pointe de ses chaussures de bal en satin. Il se prit à admirer l'esprit de résistance de la jeune femme. Elle qui était fragile comme une feuille sous le vent, elle se battait sans peur.

Malheureusement, elle ne paraissait pas se fatiguer. Sans effort, il lui prit la main gauche et la fit tourner sur place, afin de se retrouver derrière elle. Il passa un bras autour de ses épaules et la plaqua contre lui.

Martay avait encore la main droite libre. Elle la leva pour le frapper à la tête. Elle lui décocha une claque sur l'oreille droite, qui lui fit bourdonner le tympan. Elle le sentit tressaillir, elle sut qu'elle avait touché juste. Elle tenta de recommencer.

Cette fois, il devait réagir.

Sans comprendre ce qui lui arrivait, elle se retrouva les deux bras serrés contre la taille, complètement immobilisée. Elle se tortilla en vociférant, lui adressant des menaces. Finalement, à bout de forces, elle s'arrêta. Les larmes et la sueur coulaient sur ses joues. Son désespoir était sans fond.

Elle n'était plus en mesure de se battre. Elle n'était même plus capable de tenir debout toute seule. Elle n'avait pas le choix, il fallait qu'elle s'appuie contre lui. Des quintes de toux se mêlaient à ses sanglots. Elle resta là, dans les bras de ce dangereux Peau-Rouge.

Elle sentait dans son dos le martèlement régulier du cœur de l'homme. Elle sentait aussi son odeur masculine. Il avait le ventre plat, et ses cuisses musclées étaient appuyées contre le postérieur de Martay. Elle percevait la force dégagée par ce corps d'athlète. Pire, l'avant-bras bronzé de l'Indien était plaqué sur ses seins.

Il n'y avait plus aucun bruit dans la pièce, si ce n'est le souffle haletant et nerveux de Martay, et la respiration rythmée de son ravisseur. Il faisait trop chaud. Saisie d'un calme étrange, la jeune fille avait envie de se reposer un instant. L'homme aussi. Tandis qu'ils soufflaient un peu, l'aube s'étendait sur les montagnes. Une lueur grise baignait le terrain accidenté et se glissait à travers les fenêtres brisées de leur abri.

Soudain, Martay réalisa que le Peau-Rouge s'était adressé à elle en anglais. Voilà au moins un élément qui jouait en sa faveur. Elle pouvait communiquer avec lui. Elle pouvait lui offrir de l'argent : il en connaîtrait la valeur. Peut-être s'était-il échappé de sa réserve à la recherche de... Quoi, au juste ? Une femme blanche ?

Un violent frisson la secoua. Il allait la violer ! Et la tuer ! Dieu du ciel, non ! Non !

La jeune fille sursauta quand son ravisseur lui déclara à l'oreille d'une voix neutre :

— Je vais vous lâcher. Ne faites pas de bêtise. Je ne suis pas quelqu'un de patient.

Les bras qui l'étreignaient s'écartèrent, elle se sentit libérée. Et elle s'effondra sur place. Avant qu'elle ne touche le sol, il la rattrapa dans ses bras. Étourdie, elle laissa sa tête tomber contre la poitrine du sauvage et tenta de recouvrer ses esprits et son énergie.

Elle croisa de nouveau les yeux noirs et froids.

— Vous allez me violer et me tuer, je le sais, espèce de... porc !

— Un guerrier sioux ne fait pas la guerre aux femmes ni aux enfants, rétorqua-t-il d'un ton cinglant.

— Dans ce cas, lâchez-moi immédiatement et laissez-moi partir.

— Vous serez partie d'ici vingt-quatre heures, je vous le promets.

Épouvantée par son regard intense, Martay baissa les yeux.

— Pourquoi m'avez-vous enlevée ? Qu'avez-vous l'intention de faire de moi ? Comment avez-vous fait pour me capturer ? Je ne...

Il ne donna nulle réponse à ce feu roulant de questions. Il l'accompagna jusqu'au lit de camp et la fit asseoir, puis choisit lui-même un siège. Martay était en pleine confusion, elle tentait de se remémorer ce qui s'était passé.

Son dernier souvenir remontait au moment où elle était seule sur la terrasse, à l'arrière de la demeure des Darlington. Elle attendait que Larry Berton lui rapporte un punch. Puis, plus rien. Comment était-elle arrivée ici ? Et où se trouvait-elle au juste ? Elle posa les mains sur ses côtes. Elle avait froid, elle était fatiguée. Et elle fit un nouvel effort de mémoire.

Elle revit en un éclair les impressions qu'elle avait eues depuis plusieurs semaines. Cette sensation d'être

épiée, cette certitude qu'une catastrophe la menaçait...

— Qu'attendez-vous de moi ? demanda-t-elle d'une
voix brisée.

Il ne répondit pas.

De nouveau, Martay scruta les traits burinés de
l'homme assis à côté d'elle. En silence, il sortit un
cigare d'une sacoche de selle et l'alluma.

Elle continua son interrogatoire.

— Pourquoi moi ? Pourquoi m'avoir amenée ici ?

Pas de réponse. Silence total. Il ne la regardait
même pas. La colère gagna la jeune fille.

— Mais répondez, à la fin !

Il ne tourna pas la tête. Les yeux perdus dans le lointain, il inspirait lentement la fumée.

— Peu importe, dit-il enfin. Demain à la même
heure, vous ne serez plus ici.

Martay déglutit avec effort.

Encore un jour entier seule au milieu de nulle part,
avec une brute hostile ! Qu'allait-il lui arriver pendant ce temps ? Certes, il parlait un anglais parfait et
s'était vanté que les guerriers sioux ne combattaient
pas les femmes, mais pouvait-elle le croire ? Non.
Son père lui avait appris que les Sioux étaient les plus
vicieux de tous les Peaux-Rouges : ils enlevaient, vio-
laient et tuaient par pur plaisir. On ne pouvait leur
faire confiance.

— S'il vous plaît, supplia-t-elle, laissez-moi partir et
je ne raconterai rien à personne...

Il s'adossa au mur, étendit ses longues jambes et
continua paisiblement à fumer.

— J'ai de l'argent, déclara-t-elle en changeant de tactique. Je suis riche, extrêmement riche. Je possède des
mines d'or en Californie et au Nevada. Si vous me relâ-
chez, vous recevrez une fortune.

Il la dévisagea froidement.

— Je ne veux pas d'argent.

— Mais si ! Tout le monde veut de l'argent.

Elle écarta brusquement les mèches emmêlées qui pendouillaient devant ses yeux.

— Avec cet argent, vous pourrez acheter toutes sortes de jolies choses au comptoir.

Elle crut discerner une lueur d'intérêt. L'expression de la bouche semblait s'adoucir, ébaucher un sourire. Elle se hâta de poursuivre :

— Oui, vous pourrez acheter des tas de tissus de toutes les couleurs, de la verroterie. Rapporter des cadeaux pour tous vos frères de la réserve. Et même, précisa-t-elle en souriant, avec suffisamment de cadeaux, vous pourrez sans doute acheter la squaw de vos rêves...

Il ne souriait plus. Martay s'arrêta net en voyant les lèvres s'amincir et le regard noir devenir glacial.

— Les Sioux ignorent le mot « squaw », précisa-t-il avec une colère rentrée. C'est un mot utilisé par les Blancs.

Il saisit le cigare entre ses dents blanches, bien régulières.

— Les vierges sioux n'écartent pas les cuisses en échange de quelques colifichets, affirma-t-il en écrasant rageusement son cigare. Je crois savoir que cette coutume aussi est l'apanage de la race blanche.

Outrée, Martay secoua la tête.

— Comment osez-vous insinuer qu'une jeune fille blanche pourrait... Assurément, elle ne saurait... Quant à moi...

Elle se tut. Elle était blême comme la mort, et son corps frêle tremblait de colère et d'anxiété.

Il sentit qu'elle était de nouveau au bord de la crise de nerfs. Il se leva et jeta dehors son cigare à demi consumé.

— Allongez-vous et reposez-vous. Vous êtes épuisée.

Brusquement elle comprit que, si ce sauvage ne la libérait pas à l'instant même, elle ne recouvrerait jamais sa liberté. D'un geste impulsif, elle l'attrapa par le devant de sa chemise. Elle le tira vers elle jusqu'à ce que leurs visages soient tout près l'un de l'autre.

— S'il vous plaît ! implora-t-elle, les larmes aux yeux. Je vous en supplie...

L'espace d'un instant, elle crut voir le regard cruel de son ravisseur s'adoucir. Elle en conçut quelque espoir. Mais ce n'était qu'un reflet passager, et il retrouva immédiatement une impassibilité sans fond. Ses yeux étaient durs et noirs comme l'obsidienne.

— Reposez-vous, ordonna-t-il en détachant les doigts de Martay de sa chemise en peau de daim.

Il l'allongea avec douceur sur le lit de camp. Il la déchaussa et posa sur le sol les deux petites chaussures de danse en satin. Puis il tira une couverture sur elle et la borda aux épaules.

— Dans vingt-quatre heures, vous serez libre.

Le télégraphe crépitait sans arrêt. Quelques heures après son enlèvement chez les Darlington, Martay Kidd était activement recherchée dans l'ensemble de l'État du Colorado.

Vers huit heures du matin, le train du général William Kidd entra en gare de Bethune. On lui communiqua la terrible nouvelle. Il descendit immédiatement, bondit en selle et retourna à Denver à bride abattue, ne s'arrêtant que pour changer de monture.

Dès le milieu de la matinée, les collines et canyons de la région de Denver grouillaient de cavaliers en uniforme bleu. L'officier commandant Fort Collins avait dépêché la moitié de sa garnison à la recherche de la disparue. Quand le général Kidd arriva en ville, on fit avec lui le point de la situation. Hors de lui, il donna une série d'ordres. À l'exception de vingt hommes pour garder le fort, les autres devaient partir dans les montagnes.

On lui signala que le major Berton avait pris la tête d'un détachement qui s'était dirigé vers les hauteurs. Fou d'angoisse, le général frappa du poing sur sa table.

— J'aurai la peau de Berton, croyez-moi ! Je vais le déférer devant une cour martiale et, si ma fille a le moindre mal, il sera pendu pour négligence !

Il se jeta sur l'homme en uniforme le plus proche et l'empoigna par sa vareuse bleu marine.

— Trouvez-la, soldat ! gronda-t-il, les larmes aux yeux. Il faut retrouver ma petite !

— À vos ordres, sir.

— Il faut la retrouver, il le faut ! murmurait le major Lawrence Berton, épuisé.

C'était le milieu de l'après-midi. Il gravissait à cheval une pente abrupte dans une forêt de résineux.

— On la trouvera, major ! assura un capitaine d'âge mûr au visage tanné, qui chevauchait avec le jeune officier. On y arrivera.

Le major désirait le croire, avec toute la force du désespoir. Mais, malgré la journée torride et les taches de sueur qui maculaient sa vareuse, il était parcouru de frissons d'horreur. Il avait l'atroce prémonition qu'il ne reverrait jamais Martay Kidd.

Refoulant un sanglot de panique, Lawrence éperonna son cheval qui partit au galop.

— Il faut la trouver avant la nuit ! cria-t-il par-dessus son épaule. Coûte que coûte !

Il emmena son détachement fourbu fouiller le moindre canyon, la moindre fissure du terrain, lequel était si accidenté que n'importe qui pouvait s'y cacher indéfiniment.

Le guerrier sioux entendit dans le lointain le hennissement d'un cheval.

En un éclair, il fut sur pied, la winchester à la main. Il eut un regard rapide pour la jeune femme endormie. Si elle s'éveillait et criait, ils seraient démasqués.

Il scruta la pente boisée, reposa son arme et s'avança jusqu'au lit de camp. Il l'enjamba et posa le genou sur le matelas, au niveau de la hanche de Martay. Gardant un pied par terre pour supporter son poids, il se pencha et lui plaqua vivement la main sur la bouche. À ce contact, elle s'éveilla en sursaut. Terrifiée, elle l'interrogea de ses yeux verts.

— Ne criez pas, ordonna-t-il d'une voix douce. Je ne vais pas vous faire de mal, mais m'assurer de votre silence. Il faut que je vous mette un mouchoir dans la bouche pendant un moment.

Elle secoua la tête avec violence, les yeux fous. Il sortit de sa poche un mouchoir blanc et la bâillonna.

— Maintenant, continua-t-il, faites exactement ce que je vous dis et vous ne souffrirez pas, compris ?

Elle le regarda férocement. Il plongea ses longs doigts dans la chevelure de la jeune femme.

— J'ai dit : « Compris ? »

Il serra le poing pour l'immobiliser. Elle hocha la tête.

— Parfait !

Il lui lâcha les cheveux, ramassa les chaussures de bal sous le lit, et la chaussa rapidement.

Puis, d'un geste souple, il la fit se lever. Il la guida vers la porte ouverte. Quand ils la franchirent, il saisit au passage la winchester et sortit sous le porche. Il lui prit la main.

— Nous allons faire une petite promenade.

Martay était stupéfaite. Qu'est-ce que c'est que cette histoire ? se demanda-t-elle. L'entraînait-il dans les bois pour la tuer, afin de l'enterrer loin de la cabane ? Elle ne quittait pas des yeux la carabine étincelante qu'il portait sous le bras droit. Allait-il lever le canon et lui tirer une balle dans la tempe ? Souhaitait-il la violer et la torturer d'abord ? Allait-il la jeter par terre et lui arracher sa robe ? Allait-il réduire en lambeaux ses jolis dessous ? Avait-il l'intention de la scalper pour porter ses mèches ensanglantées à la ceinture ?

Le cœur battant à tout rompre, elle souffrait mille morts en s'interrogeant sur ce qui allait lui arriver pendant ses dernières minutes sur cette terre.

Il gravit un chemin caillouteux. Entravée par l'étroitesse de sa robe, elle trébuchait souvent et se rattrapait à lui, jambes flageolantes. Quand elle ne suivait pas, il l'entraînait d'une secousse ou, parfois, la soulevait à bras-le-corps.

Hors d'haleine, bâillonnée par le mouchoir, elle se heurta à son ravisseur au moment où celui-ci s'arrêta net.

Il passa le bras derrière lui pour la saisir et tendit l'oreille. Martay écoutait aussi : elle entendait des cliquetis métalliques, des chevaux qui hennissaient. D'autres sauvages étaient-ils en train de les rejoindre ? Préparaient-ils une fête barbare dont elle ferait les frais ? Doux Jésus !

Au bout de quelques secondes, des voix masculines retentirent. Le son portait loin dans l'air léger des montagnes. La panique de Martay se mua en soulagement lorsqu'elle entendit l'un des hommes appeler son compagnon « capitaine ». C'était l'armée ! Ils étaient à sa recherche. Son père était lancé sur ses traces. Merci, mon Dieu, merci ! Elle dînerait ce soir dans la demeure de Larimer Street, et son ravisseur serait mort.

Celui-ci l'arracha à sa douce rêverie et s'éloigna furtivement sur l'énorme rocher plat qu'ils venaient de gravir. Il s'arrêta devant une crevasse dans la paroi, la fit passer devant lui et s'accroupit en l'obligeant à l'imiter. Elle glissa les pieds sur le côté et fut contrainte de s'asseoir entre les genoux écartés du sauvage. Elle grinça des dents quand il passa les doigts autour de sa gorge et attira sa tête contre son torse.

Il écarta les cheveux de la jeune fille, et lui chuchota à l'oreille :

— Un bruit, et vous êtes morte.

Il lui lâcha la gorge, tendit le bras et baissa une branche feuillue. Lentement, il se pencha en avant, poussant du même geste Martay coincée contre lui. Elle tourna la tête pour le regarder. Sa mâchoire sombre lui frôlait la tempe. Ses yeux noirs sans fond scrutaient la pente de la montagne. Elle sut à son expression qu'il avait aperçu les soldats qui approchaient.

Elle retint son souffle, et regarda par-dessus la branche. À cinquante mètres à peine, en contrebas, passaient une demi-douzaine de soldats en uniforme bleu marine, dirigés par un jeune officier monté sur un étalon bai. Ses cheveux blonds rutilaient au soleil. Elle reconnut le major Lawrence Berton. D'instinct, elle se jeta en avant pour attirer son attention. Mais un bras l'attrapa vivement par la taille, et elle fut projetée en arrière.

L'ayant immobilisée, le Sioux leva sa winchester, passa le canon à travers l'épais feuillage, se mit en position de tir et attendit.

10

Martay crut que son cœur allait cesser de battre.

Elle n'avait pu héler Larry Berton et ses hommes, ils ne se doutaient de rien. Impossible de bondir pour leur faire signe. Prisonnière, elle ne pouvait qu'attendre l'inévitable détonation qui mettrait fin aux jours de Larry, puis à ceux de ses compagnons.

Les cavaliers s'arrêtèrent un peu plus bas tandis que leurs chevaux s'ébrouaient et soufflaient. Des hommes toussaient, crachaient. Elle reconnut la voix du major Berton, lasse et égarée. La dernière fois qu'elle l'avait entendue, il lui avait promis « de revenir dans dix minutes avec le punch ».

— Impossible qu'elle soit par ici, déclara-t-il. Un cheval ne peut avancer parmi ces éboulis.

Il fit une courte pause et précisa :

— Un homme non plus, d'ailleurs…

— Je suis de votre avis, major, confirma un soldat. Reposons nos bêtes pendant une heure, puis revenons vers le sud-est pour rejoindre les autres.

Martay observa le visage de son ravisseur tandis que les soldats mettaient pied à terre. Les hommes étaient épuisés. Quelques-uns s'étendirent, d'autres fumaient ou discutaient. Ils avaient posé leurs armes. Le Sioux aurait pu tous les abattre avant qu'ils n'aient compris ce qu'il leur arrivait.

L'expression de l'Indien n'avait pas changé. À l'exception d'un bref battement de cils de temps en temps, son visage ne bougeait pas davantage que la pierre sur laquelle ils étaient assis. La carabine reposait contre sa joue droite. Son doigt était plié sur la détente.

Crispée, elle attendait. Elle attendait que le doigt mortel ait appuyé. Elle attendait que les coups de feu commencent. Elle attendait, muette et impuissante, le massacre des soldats qui serait suivi du sien.

De longues minutes s'écoulèrent.

Le Peau-Rouge ne tirait pas, mais il ne baissait pas son arme non plus. Totalement abasourdie, Martay continuait à l'observer. Elle se prit à souhaiter qu'il ouvre le feu, qu'on en finisse. Rien n'était plus pénible que cette attente. Mais il ne tira pas.

Elle vit descendre une goutte de transpiration de la racine de ses cheveux, le long de sa tempe gauche. Elle suivit la progression de la goutte sur sa peau sombre, jusqu'à la commissure de l'œil. Il ne tendit pas un doigt pour l'essuyer, ne cligna pas de l'œil pour s'en débarrasser.

Le Sioux était d'une immobilité totale. Il restait accroupi sur ses talons dans une position qui devait être terriblement inconfortable. Mais il ne bougeait pas.

Ce furent les pires minutes de la vie de Martay. Bloquée entre les cuisses de son ravisseur, elle avait l'impression qu'elle était là depuis un temps infini. Le soleil de l'après-midi faisait rosir sa peau claire.

Elle avait les lèvres sèches et endolories à cause de ce détestable bâillon. Sa souffrance n'était pas simplement physique, elle était aussi morale. Elle avait terriblement peur de ce Sioux qu'elle méprisait. Elle comprenait à présent ce que voulait dire son père, quand il affirmait que les Peaux-Rouges aimaient jouer au chat et à la souris.

Après une éternité, les soldats levèrent le camp. Le Peau-Rouge attendit qu'ils soient en selle, prêts au départ. Alors seulement, il bougea, et Martay ferma les yeux d'instinct.

Mais il n'y eut pas de coup de feu. Finalement, entrouvrant les yeux, elle constata avec surprise que l'homme avait baissé son arme. Très calme, il regardait les soldats repartir. Ainsi, il les laissa s'éloigner sans leur faire le moindre mal…

Déglutissant avec peine, Martay regardait elle aussi les soldats qui s'en allaient. En apercevant Larry Berton, elle fut à la fois soulagée que sa vie ait été épargnée, et furieuse qu'il l'abandonne à la merci d'un sauvage dangereux. Il aurait pu faire preuve de plus de perspicacité. Il avait abandonné la partie trop facilement. Il avait supposé qu'aucun homme ne pouvait escalader les falaises escarpées, alors que le Peau-Rouge les avait gravies au clair de lune, avec Martay sur le dos.

Malade de déception, elle attendit que les soldats soient hors de vue. Puis, avec un soupir las, elle se tourna vers son ravisseur. Le regard de celui-ci l'effleura. Enfin, il posa sa winchester, s'assit sur le rocher plat, étendit les jambes et dénoua le mouchoir qui la bâillonnait.

Martay se mit à tousser et à cracher.

— Pourquoi avez-vous fait ça ? s'enquit-elle.

— Défaire le bâillon ? Si vous voulez, je peux vous le remettre…

— Ce n'est pas de cela dont je parle, et vous le savez bien !

Elle s'aperçut soudain qu'elle était encore assise entre les jambes du guerrier. Elle se mit à quatre pattes et s'écarta.

— Pourquoi n'avez-vous pas abattu les soldats ?

— J'aurais dû ? répliqua-t-il en haussant les épaules.

Martay grinça des dents.

— Ils reviendront, vous savez. Vous n'allez pas vous en tirer comme ça ! Mon père est général, il a du pouvoir, et il m'adore.

— J'y compte bien, répondit le Sioux en se levant avec agilité.

D'une main, il saisit le col de sa chemise et l'ôta. Martay fronça les sourcils, abrita ses yeux et le regarda. Il était debout en plein soleil, son torse imberbe brillant de sueur. Elle se dit que la légende était vraie : les Indiens n'avaient pas de poils sur la poitrine. Innocemment, elle se demanda s'ils en avaient ailleurs...

Son intention fut attirée par la cicatrice qui lui barrait le torse. De la clavicule droite, elle descendait en diagonale jusqu'en dessous des côtes. Cette blessure était large et lisse, comme si elle était très ancienne. À l'évidence, on l'avait vilainement tailladé alors qu'il était enfant.

— Debout ! ordonna-t-il en lui tendant la main pour l'aider.

Elle ne la saisit pas et se leva.

— Ne doutez pas une seule seconde que mon père me sauvera. Vous vous êtes trompé de cible.

Le Sioux glissa les doigts dans la ceinture de ses pantalons en daim.

— Non, rétorqua-t-il, c'est vous que je voulais,

La désinvolture de sa réponse échappa à Martay car, inconsciemment, son attention avait été attirée sur son ventre nu. Elle ne put s'empêcher d'observer que, en tirant son pantalon vers le bas, il avait dévoilé son nombril et une fine crête de poils noirs sur cinq centimètres en dessous.

Gênée, elle détourna les yeux. Elle songea qu'elle avait à présent la réponse à sa question précédente. Les Peaux-Rouges avaient bel et bien du poil au...

— Si. Vous vous êtes trompé de cible ! insista-t-elle d'une voix aiguë.

— Vous vous répétez, constata-t-il avec un soupçon d'ironie qu'elle trouva totalement exaspérant, et même insultant.

— Vous vous moquez de moi, l'Indien ? demanda-t-elle, les mains sur les hanches.

Il lui adressa un clin d'œil et lui saisit l'épaule.

— On y va.

Elle tenta de se libérer, en vain. Il la reconduisit fermement jusqu'à la cabane. Il s'arrêta sous le porche.

— Je sais que vous avez trop chaud, l'endroit n'est pas confortable. Il y a un petit ruisseau en bas de la pente. Aimeriez-vous prendre un bain ?

Elle le dévisagea d'un air sceptique. La perspective d'un bain rafraîchissant était séduisante. Elle imaginait l'eau froide et limpide sur sa peau surchauffée qui la démangeait.

— Et vous, vous vous mettrez où ?

— Sur la berge, évidemment !

— Je préférerais ne plus me laver de ma vie, plutôt que de vous autoriser à me...

— Cela ne me fait ni chaud ni froid. Je croyais que les dames blanches prenaient un bain par jour.

— C'est vrai, confirma-t-elle précipitamment. Et vous ?

— Bah, vous savez, nous autres les sauvages, on se lave rarement. Et si on mangeait ? Vous avez faim ?

Il l'invita à l'intérieur de la cabane.

Elle n'avait pas mangé depuis plus de vingt-quatre heures, mais elle ne souhaitait pas partager un repas avec un sale type sans pitié.

— Je n'ai pas faim, répondit-elle avec hauteur.

Pendant ce temps, il prenait ses sacoches de selle dans un coin.

Elle s'attendait à le voir sortir de la viande de bison avariée, un épi de maïs dur comme la pierre ou quelque chose du même genre. Incrédule, elle le regarda poser sur la table deux assiettes de porcelaine propres, des couverts en argent, des serviettes, et enfin un rosbif tout à fait appétissant.

Martay tombait des nues. Le Sioux se mit à trancher le rôti, puis une miche de pain français et du fromage. Il brandit une bouteille de vin rouge, dont il remplit les verres à pied en cristal. Puis il lui fit signe de s'asseoir. Elle refusa avec mépris. Il haussa les épaules, s'assit sur le banc et prit la serviette de lin blanc.

— Vous êtes sûre que vous n'avez pas faim ?

Elle l'ignora. Perplexe, elle ne tarda pas à conclure que les mets, la porcelaine et l'argenterie étaient autant d'objets volés. Elle imagina son ravisseur se glissant nuitamment dans un ranch isolé, pour le piller. Et elle se demanda s'il avait froidement égorgé une famille entière pendant son sommeil pour perpétrer ce forfait.

D'instinct, elle recula d'un pas. Elle porta la main à sa gorge tandis que l'homme, sans insister, commençait son repas. Elle s'attendait à le voir déchirer la viande à belles dents : elle fut déçue. Elle dut reconnaître qu'il se tenait à table avec beaucoup de distinction – davantage, en tout cas, que certains Blancs qu'elle avait côtoyés.

Certes, il était torse nu et plus basané que les hommes qu'elle avait rencontrés jusqu'ici. À ces deux détails près, il faisait penser à un aristocrate qui aurait eu sa place dans un banquet élégant.

La jeune fille écarta cette pensée.

Il était inutile de s'embarquer dans des rêveries. Cet homme était un Sioux cruel, sauvage et dangereux. Il avait beau sembler civilisé tandis qu'il découpait tranquillement son rosbif avec un couteau volé en argent, il avait sans doute fait preuve d'autant d'élégance en tranchant la gorge de ses victimes avec cette même lame.

Horrifiée à cette idée, Martay recula jusqu'au lit de camp. Elle s'arrêta quand elle en sentit le rebord contre ses mollets, et s'allongea pour se ressaisir et trouver le moyen de mettre un terme à ce cauchemar.

Elle s'aperçut alors que son ravisseur avait commis la négligence de la laisser passer derrière lui. Il lui tournait à présent le dos, dégustant tranquillement son repas : elle tenait là une occasion d'attaquer.

La winchester était appuyée contre le chambranle de la porte. Le colt était sur la table. Hors d'atteinte.

Martay se mordit la langue. Si seulement elle avait subtilisé le couteau tranchant, posé à côté de son assiette... Quelle imbécile elle était ! Ce couteau, elle l'aurait à la main si elle avait accepté de manger et de s'asseoir à table ! Tant pis. Il fallait trouver autre chose. Un objet pour le frapper à la tête.

Pleine d'espoir, elle scruta la pièce. Tous les objets contondants étaient hors d'atteinte. Bientôt, il allait finir son repas et se lever : l'occasion ne se représenterait plus... Oh, les chaussures de bal ! C'était tout ce qu'elle avait, il fallait s'en contenter. S'il était suffisamment étourdi par le coup, elle aurait le temps de s'emparer d'une arme à feu. Dès qu'elle aurait le colt, elle lui brûlerait la cervelle, enfourcherait l'étalon attaché dehors et s'enfuirait.

La jeune fille leva les pieds avec précaution et ôta ses chaussures de satin blanc. Elle en posa une, et prit l'autre dans sa main droite. Puis, le cœur battant à tout rompre, elle se leva. Elle resta immobile un moment pour rassembler son courage.

Le Sioux continuait à manger, sûr de sa force. Elle voyait jouer les omoplates sous la peau de son dos musclé, quand il découpait de menues bouchées de rôti saignant et portait à ses lèvres le verre de vin.

Martay empoigna solidement sa chaussure, afin de frapper son ravisseur avec la pointe du talon. Silencieuse comme si elle-même eût été sioux, elle avança avec la sensation grisante que la liberté était proche. Lorsqu'elle fut juste derrière lui, elle leva sa chaussure au-dessus de sa tête. Puis elle assena le coup de toutes ses forces, certaine de l'assommer.

Les choses allèrent si vite qu'elle n'eut pas le temps de comprendre.

Il haussa le bras et bloqua la main de Martay à quelques centimètres de son crâne. Les couverts en argent tintèrent sur l'assiette de porcelaine, le verre se renversa et le vin se répandit. D'une secousse, il attira la jeune fille sur ses genoux. Trop stupéfaite pour crier, elle se retrouva bloquée au creux de son bras. Il lui écrasait le poignet.

— Lâchez ça ! ordonna-t-il.

Elle eut un piaillement faible et abandonna son arme inutile. Il prit la chaussure et la brandit sous son nez.

— Je vois que vous avez beaucoup à apprendre...

Elle tremblait de tous ses membres, redoutant la punition qui n'allait pas tarder.

— Les chaussures, expliqua-t-il avec patience, ça se met aux pieds.

Il lâcha l'objet qui tomba à grand bruit sur le plancher.

— Voilà à quoi ça sert, les chaussures. Maintenant que vous êtes à table, je suppose que vous voulez prendre votre repas ?

Il attrapa le couteau d'argent posé à côté de l'assiette de la jeune fille.

Il le brandit également sous son nez.

— À mon avis, c'est de cela dont vous avez besoin pour profiter de votre repas. Prenez-le.

Martay le dévisagea, indécise.

— Prenez ce couteau, insista-t-il avec quelque chose de dangereux dans la voix.

Elle finit par tendre la main. Il posa le couteau dans sa paume ouverte. Lentement, Martay assura sa prise sur le manche sculpté. De nouveau, elle eut une lueur d'espoir, et réfléchit un instant à cette situation étrange. Elle était assise en travers des genoux du Sioux, qui la tenait fermement par la taille.

Comme s'il lisait dans ses pensées, il l'encouragea :

— Qu'attendez-vous ? Essayez !

Tous les deux savaient ce qu'il voulait dire.

Indomptable, Martay releva le défi. Avec un grand cri, elle tenta de perforer le ventre de son ravisseur. Et elle ne réussit qu'à l'égratigner.

Il était rapide comme un serpent. Il écarta la lame à l'instant exact où celle-ci effleurait sa peau. Tous les deux regardèrent la minuscule blessure. Une unique goutte de sang y perlait, rouge vif.

— Regardez-moi ! ordonna-t-il en lui arrachant le couteau des mains pour le jeter sur la table.

Leurs regards se croisèrent. Il lui saisit la main et guida son index jusqu'à la blessure.

Elle sentit la goutte sous son doigt et, écœurée, tenta de libérer sa main. Mais il ne la lâcha pas. Il maintint le doigt appuyé contre sa peau. Ensuite, il lui remonta la main devant le visage.

— Permettez-moi de vous féliciter. Vous êtes la première personne qui essaie de me tuer… et que je laisse vivre.

Cruellement, il glissa l'index maculé entre les lèvres entrouvertes de Martay. Sa voix était glaciale :

— Goûtez, captive. Je vous garantis que c'est la dernière chance que vous avez de connaître le goût de mon sang.

Au bord de l'hystérie, Martay était certaine d'avoir affaire à un fou. Obéissante, elle lécha le sang sur son doigt. Cet acte lui répugnait, mais elle n'avait pas le choix. Quand le doigt fut propre, le Sioux la chassa de ses genoux et se leva. Il examina la petite coupure sur son ventre, attrapa une serviette sur la table et la tamponna.

— Le soleil va bientôt se coucher, continua-t-il d'un ton égal comme si rien ne s'était passé. Vraiment, vous n'avez pas envie d'un bain avant de vous coucher ?

Toute faible, Martay s'appuya contre la table en faisant non de la tête. Par la porte ouverte, les rayons dorés du couchant entraient à flots et les enveloppaient. Elle refoula de nouvelles larmes de désespoir. Bientôt, l'obscurité s'étendrait sur les montagnes. Son père, Larry et les soldats à sa recherche bivouaqueraient pour la nuit.

Et elle resterait à la merci de ce sauvage énigmatique qu'elle venait d'essayer de tuer.

En vain.

11

— Sauf votre respect, sir, il serait téméraire de continuer nos recherches dans le noir.

Le général William Kidd pivota sur sa selle pour regarder le colonel Thomas Darlington.

— Nom de Dieu ! tonna-t-il au clair de lune. Colonel, ma petite est là quelque part, dans l'obscurité !

— Je le sais, général... soupira le colonel, la mort dans l'âme.

Il se sentait responsable de la disparition de Martay. La jeune fille était son invitée, elle était donc sous sa garde, et il n'était pas parvenu à assurer sa sécurité. Il ne se le pardonnerait jamais.

— Nous la trouverons une fois le soleil levé, promit-il.

Sa phrase sonnait faux.

Le général Kidd, le visage défait, acquiesça d'un signe de tête.

— Donnez vos ordres, colonel. Nous allons camper ici cette nuit.

Les deux officiers, accompagnés d'une forte troupe, avaient atteint Eldorado Springs, à une vingtaine de kilomètres au nord-ouest de Denver. Minuit était largement passé. Cela faisait près de quarante-huit heures que le général n'avait pas fermé l'œil.

Le camp était à peine dressé que la majorité des soldats, épuisés, s'endormirent. Seul William Kidd demeura éveillé. Il regardait le feu, les épaules tombantes, les mains autour d'une tasse de café brûlant. Le général était plus qu'inquiet. Sa petite perle était perdue. Il redoutait qu'une brute sans scrupule, invitée à la soirée des Darlington, n'ait pu résister à l'innocence de Martay et ne l'ait enlevée.

Il serra les mâchoires et des larmes coulèrent sur ses joues. Le cœur serré de douleur, il se sentait impuissant comme jamais dans sa vie. Que de fois n'avait-il pas conduit de valeureux guerriers à la bataille ! Que de fois n'avait-il pas jeté la terreur dans le cœur de l'ennemi, et tué plus d'hommes qu'il n'en pouvait compter ! Et voilà qu'il se retrouvait démuni, à la recherche d'un ennemi sans visage.

Celui-ci lui avait volé la seule chose qui importait à ses yeux.

Par cette belle nuit d'août, le général n'était pas le seul à se tourmenter. Pas moins de trois cents cavaliers bivouaquaient dans les collines et les plaines de la région de Denver. Ils étaient chargés de la même mission : trouver Martay Kidd.

Le major Lawrence Berton était à peine descendu de selle de tout le jour. Son détachement campait à quatre-vingts kilomètres à l'est de celui du général, sur les rives du Horse Creek. Lui aussi ne pouvait fermer l'œil, en dépit de l'heure tardive. Couché sur le dos, la tête sur sa selle, l'officier regardait la lune se lever et se demandait si Martay assistait au même spectacle.

Était-elle déjà morte ?

Il eut un frisson et serra les mâchoires.

Regina Darlington, dans sa vaste demeure dominant Denver, était elle aussi éveillée. Dans son lit à baldaquin décoré de soieries et de dentelles, elle était appuyée sur ses oreillers. Elle buvait du lait chaud dans une tasse en verre taillé. Elle espérait ainsi trouver le repos. Depuis plus de vingt-quatre heures que cette tragédie avait éclaté, elle n'avait pu dormir que par intermittence.

Elle soupira et regarda le balcon dehors. Elle posa sa tasse, descendit de son immense lit moelleux et traversa le doux tapis turc jusqu'aux portes-fenêtres. Elle sortit sur le balcon, sans se soucier du fait qu'elle était pieds nus et vêtue d'une simple chemise de nuit vaporeuse.

La brise nocturne faisait voleter quelques mèches de sa chevelure rousse. Debout devant la balustrade, elle se tourmentait. Pour la jeune fille disparue, bien sûr, dont le cadavre gisait peut-être non loin, illuminé par le clair de lune... Mais aussi du fait que c'était chez elle, pendant sa soirée, que cette petite aguicheuse avait été enlevée. Bien qu'ils n'y soient pour rien, le colonel Darlington et elle-même risquaient d'être considérés comme responsables. Cela pouvait même nuire à la carrière de son mari : Regina risquait de ne jamais être épouse de général...

Une autre chose l'inquiétait.

Quelques instants avant la disparition de la fille, Regina était tombée sur le beau Jim Savin dans un couloir désert. Elle s'était jetée sur lui et avait lancé des regards furtifs autour d'eux.

— Chéri, tu es là ! Quelle joie ! Pourquoi ne pas te présenter toi-même à Martay Kidd, et venir me rejoindre dans le pavillon d'été d'ici une demi-heure ?

Il avait répondu par un clin d'œil.

Une demi-heure plus tard, Regina était dans le belvédère à l'extrémité des jardins. Elle attendait, le cœur battant, les baisers de Jim Savin. Elle espérait le convaincre de faire l'amour dans l'ombre, tandis que des couples rieurs se promèneraient à quelques mètres d'eux. Le danger de se faire surprendre ajouterait un piquant délicieux à leurs ébats : elle était sûre que l'expérience serait inoubliable.

Mais Jim n'était pas venu.

Au bout de vingt minutes, elle s'était glissée hors du pavillon car elle entendait du remue-ménage. Elle était rentrée et avait appris que Martay Kidd avait disparu. Quelqu'un d'autre avait également disparu, mais elle n'en avait parlé à personne.

Curieusement, Jim Savin s'était évaporé au moment même où Martay était partie de la terrasse...

Regina Darlington secoua son opulente chevelure. Elle était ridicule. Il s'agissait d'une coïncidence, pas davantage. À l'heure qu'il était, son amant était certainement allongé sur son lit au Centennial. Malheureusement, à cause de la disparition de miss Kidd, elle ne pourrait descendre à Denver le lendemain après-midi pour se glisser dans sa chambre. Jusqu'au retour de la jeune fille, le colonel Darlington était susceptible d'aller et venir à toute heure. Regina ne pouvait plus compter sur l'absence prolongée de son mari, comme lorsque celui-ci était à Fort Collins.

Puisqu'il participait aux recherches, il pouvait rentrer chez lui d'une minute à l'autre. S'il ne trouvait pas son épouse, il se poserait des questions. Il était terriblement jaloux.

La jeune femme fit la moue et rentra dans sa chambre, espérant du fond du cœur que l'on ne tarderait pas à retrouver Martay Kidd – morte ou vive. La perspective de rester une semaine sans voir Jim Savin la rendait nerveuse. Elle s'étendit sur le dos et, les yeux grands ouverts, observa son baldaquin fleuri.

Elle était incapable de fermer l'œil.

Martay était elle aussi en proie à l'insomnie.

Il était presque minuit. La pleine lune venait de se lever. Sa lumière d'argent entrait par la porte ouverte et les fenêtres brisées de la petite cabane.

Elle était toujours prisonnière de ce Peau-Rouge qui devenait plus énigmatique d'heure en heure. Pendant la journée, il s'était comporté comme s'il ne tolérait sa présence que parce que celle-ci était provisoire. Il l'avait dit et répété. Il lui avait promis qu'elle serait libre sous vingt-quatre heures, et il semblait sincère.

À l'approche du couchant, il avait commencé à tendre l'oreille avec une intensité frisant l'obsession. Il paraissait guetter l'arrivée de quelqu'un. Avant que le soleil n'ait complètement disparu derrière les sommets des montagnes, à l'ouest, il s'était posté sous le porche, la winchester à la main. Il scrutait sans ciller les profondeurs de la forêt.

Martay le surveillait de l'intérieur de la cabane. Elle avait constaté que les traits de son ravisseur ne cessaient de se durcir. La colère lui faisait froncer les sourcils…

À minuit, il se leva avec lenteur. C'était son premier mouvement depuis deux heures. La jeune fille, assise sur le lit de camp, frémit lorsqu'il entra. Il était debout en face d'elle, la lune projetait son ombre sur le lit de camp.

Martay avait beau écarquiller les yeux, elle ne parvenait pas à distinguer le visage de l'homme. Il n'avait pas prononcé un mot depuis le coucher du soleil. Elle sursauta quand il l'interrogea de sa voix douce et grave :

— Pourquoi ne dormez-vous pas ?

Elle déglutit.

— Et vous ?

Il s'avança dans la pièce.

— Couchez-vous, captive.

— Je n'ai pas sommeil.

Il fit un pas en avant. Elle tressaillit.

Ses yeux noirs brillaient comme ceux d'un animal. Il posa la main sur l'épaule nue de la jeune fille et celle-ci resta tétanisée, incapable de faire un geste. Le visage du Sioux était froid comme le marbre, mais ses longs doigts étaient chauds sur la chair frissonnante de Martay. Il glissa la main plus bas, et remit en place la manche de soie blanche qui avait glissé.

— Vous allez prendre froid, déclara-t-il tandis que son regard s'attardait sur le creux entre ses seins. Il y a une couverture au pied du lit. Couvrez-vous.

Puis il fit demi-tour et s'en alla.

Martay se hâta de prendre la couverture et la serra sur sa poitrine en se jurant de ne pas fermer l'œil une seconde. Elle n'osait dormir en présence de ce Sioux aux mains si douces et au regard glacial.

L'homme remit sa chemise à franges. Il s'assit ensuite en travers de la porte, le dos appuyé contre le chambranle. Il tenait la carabine entre ses genoux pliés, canon vers le haut. Il tira un cigare de sa poche et craqua une allumette. À chaque bouffée, la lueur du cigare éclairait son visage.

Martay l'observait, déconcertée. Il ne lui avait fait aucun mal, mais il ne l'avait pas libérée non plus. Tant qu'elle resterait avec lui, elle courrait un danger immense.

Décidée à ne pas le quitter des yeux, elle s'humecta les lèvres et tenta de lier conversation.

— Saperlipopette, commença-t-elle en cachant sa nervosité, on a du mal à croire que les nuits sont déjà fraîches. Chez moi, à Chicago, il fait encore chaud. Et chez vous ?

Pas de réponse.

— Mais j'aime bien le Colorado, après tout. J'imagine que vous avez passé beaucoup de temps dans ces montagnes... Ou alors, vous êtes venu du nord ? Très franchement, je ne sais pas grand-chose sur les endroits où vivent les Peaux-Rouges et...

Elle discourait ainsi, sans obtenir de réponse. Au bout de plusieurs minutes d'efforts infructueux, la voix froide et calme de son ravisseur retentit.

— Captive, ordonna-t-il, taisez-vous.

C'était la première fois de la vie de Martay qu'on lui disait de se taire. Mais elle obéit sur-le-champ, avec le sentiment d'avoir été giflée. Fatiguée, elle s'appuya contre la cloison et tenta d'avaler la boule qu'elle avait dans la gorge. En vain. Ne voulant pas le contrarier en pleurant, elle laissa ses larmes couler sur ses joues, le plus silencieusement possible.

Toutefois, elle n'avait sans doute pas gardé un silence total car, brusquement, il se leva.

Elle battit des paupières, son cœur cognait dans sa poitrine. Quand il fut debout à côté du lit, immense et terrifiant, elle se défendit comme un enfant devant son père mécontent.

— Je... Ce n'est pas de ma faute, sanglota-t-elle. Je n'ai pas fait exprès de...

— Je sais, répondit-il.

Le timbre caverneux de sa voix donnait froid dans le dos. Il prit la couverture des mains glacées de Martay, et la coucha sur le lit de camp avec douceur.

Horrifiée, elle crut comprendre ce qui allait lui arriver. Elle était à présent étendue sur le dos. Le sang palpitait à ses oreilles au rythme de son cœur qui battait la chamade. À chaque seconde, elle s'attendait à voir les mains basanées du Sioux déchirer sans pitié ses vêtements pour la dénuder. Elle tenta de lever les bras pour le frapper, mais n'y parvint pas.

La présence de cet homme était trop imposante, trop écrasante. Martay se sentait soumise comme s'il l'avait battue. Elle ne pouvait que rester prostrée là, priant pour que cette bouche dure ne meurtrisse pas trop ses lèvres, pour que ces mains habiles ne soient pas trop cruelles, pour que ce corps svelte et souple fasse preuve de célérité au moment de forcer son intimité.

12

Avec détermination, il se pencha sur elle. Martay, qui avait les yeux brouillés de larmes, ne put retenir un sanglot de soulagement quand elle comprit sa véritable intention. Loin de vouloir lui arracher ses vêtements, le Peau-Rouge déplia d'une secousse la couverture et l'étendit sur sa prisonnière. Il la borda soigneusement aux épaules, puis se redressa.

— Bonne nuit, captive.

— Mmm... merci, bégaya-t-elle, confuse et soulagée.

Il retourna à son poste à la porte, et Martay tourna la tête pour le surveiller. Elle se demanda pour la millième fois quelle était la cause de cet enlèvement. Il trouvait sans doute drôle ce sinistre jeu entre le chat et la souris. La jeune fille ne s'y trompait pas. Bien qu'il manifeste des côtés humains, sa vraie nature était celle d'un sauvage indomptable...

Elle ne tarda pas à bâiller.

Elle clignait des yeux, essayant désespérément de les garder ouverts. Mais elle était épuisée, la couverture était agréable, et l'homme aux cheveux aile de corbeau se tenait tranquille. Elle glissa dans le sommeil.

À un moment, elle s'éveilla. La lune était haute dans le ciel. Elle regarda immédiatement en direction de la porte. Son geôlier n'y était plus.

Avant d'avoir le temps d'envisager la fuite, elle entendit un pas dehors, et elle le vit. Il revenait vers la cabane, torse nu. Le clair de lune faisait miroiter ses épaules mouillées et son épaisse chevelure noire. Dans son demi-sommeil, Martay se dit qu'il avait menti. Les Peaux-Rouges se lavaient. Il avait attendu qu'elle dorme, puis était descendu au ruisseau pour prendre un bain.

Les yeux de la jeune fille se refermèrent tout seuls. Elle inspira profondément et se souvint de l'odeur masculine du Peau-Rouge, quand ils étaient tous deux tapis entre les rochers pendant l'après-midi...

Lorsque Martay s'éveilla, il faisait grand jour et son ravisseur avait disparu. Elle se dressa d'un bond. Craignant un piège, elle repoussa la couverture et se leva en regardant de tous côtés. Elle ramena ses cheveux derrière ses oreilles et s'avança vers la porte.

Elle s'immobilisa sur le seuil, incapable de croire en sa chance. Il était parti. Le Peau-Rouge s'en était allé ! Peut-être dormait-il quelque part dans les bois. Ne songeant qu'à fuir, Martay dévala les marches et le chemin qui menait à la cabane. Elle se reprocha d'avoir oublié ses chaussures. Elle se fraya un passage avec précaution pour escalader les rochers. Elle arriva en haut et s'arrêta net.

Des milliers de tonnes de roche avaient dégringolé de la montagne et construit une forteresse naturelle qui cachait la cabane, et rendait impossible aussi bien l'ascension que la descente. Cet énorme chaos était le résultat d'un glissement de terrain. Il en restait un éboulis de rochers géants, formant comme un gigantesque escalier. Entre chaque niveau, il y avait un vide de deux ou trois mètres.

Un nuage masqua le soleil, quelques gouttes de pluie frappèrent les rochers, puis le soleil revint.

Martay était debout au bord de l'abîme, déçue. Elle se demandait comment atteindre la vallée.

Sans se douter que des yeux noirs l'observaient...

Jim était sur le palier au-dessus d'elle. Il avait les pieds écartés et les bras croisés. Un muscle tressautait à la commissure de sa bouche. Il ne l'avait pas quittée des yeux depuis qu'elle était sortie de la cabane.

Qu'elle était belle ! Elle était pieds nus, sa silhouette se détachait sur le ciel bleu. Sous le soleil de l'été, ses cheveux semblaient en feu. Le vent jouait dans ses mèches, et moulait sa robe sur ses formes délicieuses. Elle levait le menton d'un geste de défi.

Golden Girl, la fille en or ! C'était le surnom qui lui convenait, avec sa peau blanche et parfumée, ses lèvres vermeilles, ses yeux d'émeraude aux longs cils et sa chevelure tissée d'or.

Il avait envie de la prendre dans ses bras pour la protéger. Et, dans le même temps, il ressentait un désir violent de la contraindre à lui obéir. Elle dégageait une sensualité trop fascinante pour qu'elle s'en tire comme cela.

Brusquement, une bouffée de colère monta en lui.

Elle n'était pas d'ici. Il ne souhaitait pas la voir s'attarder dans cette région.

Il n'en voulait qu'à son père.

Silencieux comme un chat, il descendit la paroi. S'il l'appelait, elle risquait de sursauter et de tomber dans le vide. Il arriva par-derrière, sans bruit.

À l'instant où il l'enlaçait, il parla d'une voix douce. Elle hurla et se débattit, l'insulta, puis elle se laissa aller contre lui. Le cœur de Martay battait vite, mais celui de Jim encore davantage. Soudain s'installa entre eux une tension que tous deux perçurent.

Lui comprit aussitôt de quoi il s'agissait. Mais pas Martay. Tout ce qu'elle savait, c'est que chaque fois que cet individu l'approchait, qu'il la tenait dans ses bras, elle était prise d'une excitation bizarre qui n'avait rien à voir avec la peur. Une expérience qu'elle n'avait jamais faite, une impression étourdissante, douce-amère, qui la perturbait...

Jim ne décolérait pas. Il avait envie de lui faire mal, de la rejeter brutalement. Ou de l'attirer tout près. Debout derrière elle, il enlaçait étroitement ce corps souple et chaud qui s'appuyait contre le sien. Il ferma les yeux, huma son parfum et, en silence, la maudit d'être aussi désirable. Et il se maudit lui-même pour sa faiblesse.

Il la fit pivoter face à lui. Impassible, il déclara d'un ton neutre :

— On rentre à la cabane.

— Vous m'aviez dit qu'à cette heure-ci, je serais libre, rétorqua-t-elle d'un air accusateur.

La pluie recommençait, cinglant le visage de Martay, sa gorge et ses épaules nues.

Il serra les mâchoires sans répondre.

Il l'enleva dans ses bras et redescendit à travers le chaos rocheux. Rejoignant le chemin, il atteignit la cabane à l'instant où un éclair claquait au-dessus de leurs têtes, tandis que le tonnerre se répercutait dans la montagne. Une fois à l'abri, il la reposa par terre.

— Cela fait plus de vingt-quatre heures, s'obstina-t-elle. Vous aviez promis de me laisser partir.

Elle haussait le ton pour se faire entendre malgré le tumulte de l'orage.

— J'ai menti, répondit-il froidement sans lui avouer qu'il était aussi déçu qu'elle.

Il n'arrivait pas à comprendre pourquoi le général William Kidd ne s'était pas porté au secours de sa fille unique. Il l'avait attendu toute la nuit. Son ennemi ne s'était pas présenté.

— Sale Peau-Rouge ! hurla Martay en se jetant sur lui.

Il l'arrêta de son avant-bras, nullement perturbé par cet éclat. En fait, il préférait une tigresse qui crache et griffe, plutôt que la femme calme et tranquille qu'il avait tenue dans ses bras quelques secondes plus tôt. Les femmes mal élevées qui parlent fort le laissaient indifférent, elles ne l'attiraient pas. Il était donc soulagé qu'elle se comporte en garce impudente.

Toutefois, il se lassa vite de ses griffures et glapissements. Sans cérémonie, il lui attrapa les deux poignets d'une main, l'entraîna jusqu'au lit et la jeta dessus. Quand elle tenta de se relever, il lui plaqua une main sur la gorge.

— Restez couchée, captive. Je n'ai pas envie de vous faire mal.

Elle obéit.

Il demeura froid et silencieux tout le jour, comme s'il lui en voulait. Martay avait l'impression qu'il changeait sous ses yeux. Le beau visage aux traits burinés affichait une expression de plus en plus sévère. Ses traits revêtaient une gravité imposante. Ses hautes pommettes obliques semblaient saillir davantage. Sa bouche sensuelle paraissait amincie, et ses yeux noirs plus féroces. Bref, il avait l'air plus indien que jamais.

Féroce. Cruel. Hostile.

La journée fut interminable, et l'humeur du ravisseur ne s'améliora pas. Ils prirent leur repas ensemble sans échanger un mot. Après quoi, Martay fut soulagée de le voir sortir sous le porche. La nuit revint, avec pour la jeune fille un sommeil agité et nulle réponse à ses questions. Pourquoi lui en voulait-il à ce point ? Pourquoi ne l'avait-il pas relâchée ?

Le troisième jour de captivité ne fut pas mieux. Le Sioux gardait un silence renfrogné. Martay n'osait le déranger. Il avait l'air si sombre qu'elle restait aussi loin de lui que possible et, quand il approchait, elle baissait les yeux, inquiète. L'après-midi, il plut de nouveau. Il vint s'asseoir à l'intérieur et l'observa, le regard vide.

Le quatrième jour, Martay n'en pouvait plus. À chaque mouvement de son ravisseur, elle sursautait. De plus en plus menaçant, il semblait un autre homme que celui qu'elle avait découvert à son réveil dans la cabane, le premier matin. Ce jour-là, il s'était montré poli. Il lui parlait et, par moments, il se comportait presque comme un Blanc. Ce n'était plus vrai à présent. Il n'était qu'indien : muet, sauvage, terrifiant.

Martay souffrait. Sa robe blanche était tachée, trop serrée, peu confortable. Elle avait les cheveux sales et emmêlés. Depuis son enlèvement, elle s'était à peine débarbouillé le visage, les mains et la gorge dans une casserole d'eau froide. Elle se prenait à le haïr. Lui se lavait tous les soirs et même, soupçonnait-elle, dans l'après-midi pendant qu'elle faisait la sieste. Elle lui en voulait pour cela.

Le cinquième jour vers midi, elle s'aperçut qu'il préparait quelque chose, mais elle ignorait quoi. Elle eut un mouvement de recul quand il s'approcha d'elle, une corde lovée autour de l'épaule. Indomptable, elle se leva pour l'affronter.

— Monstre sanguinaire ! hurla-t-elle. Vous n'allez pas m'attacher et me torturer !

Ses grands yeux d'émeraude étaient chargés d'orage, alors qu'elle ressentait une peur épouvantable.

Il ne fit pas plus attention à elle qu'à un bambin capricieux. D'une poussée, il la fit se rasseoir, puis il s'agenouilla devant elle et la chaussa. Il l'entraîna hors de la cabane. À l'extérieur, le grand étalon noir était attaché, tout près. Sans lui prêter attention, le Peau-Rouge entraîna Martay vers les rochers.

— Où allons-nous ? demanda-t-elle en s'arrêtant sur place.

— Nous descendons, répondit-il sèchement.

Il la prit par l'avant-bras et l'entraîna de force dans le chaos rocheux.

Martay descendit avec difficulté un goulet pentu. Des cailloux dégringolèrent en soulevant une poussière étouffante. Elle se mit à tousser et s'immobilisa, mais une main ferme se posa sur son épaule : le Sioux lui ordonna de continuer. Elle poursuivit donc, les jambes flageolantes. Le soleil était brûlant.

Les aiguilles dominant les falaises étaient de plus en plus serrées. Le chemin devenait de moins en moins praticable. Avec ses chaussures de danse à talons hauts et sa robe moulante, la jeune fille avait du mal à progresser. Elle se retourna et croisa le regard de son ravisseur. Elle implorait sa compassion, mais obtint simplement qu'il la soulève et la jette sur son épaule comme un sac de blé.

Elle protesta avec véhémence. Ses piaillements aigus se répercutèrent dans les crevasses rocheuses. Il ne s'en souciait pas. Il continua d'un pas agile à descendre de palier en palier, et ne s'arrêta que devant un passage délicat.

— Accrochez-vous à moi ! dit-il.

Comme elle refusait, il se tourna de côté afin qu'elle voie le sentier précaire qu'il comptait emprunter. Il y avait un dénivelé d'environ deux mètres jusqu'au palier suivant. Elle comprit qu'il avait l'intention de sauter. Obéissante, elle enlaça sa taille et ferma les yeux.

Il lui passa un bras autour des jambes et, de l'autre main, lui empoigna fermement le postérieur. Il sauta sur la plate-forme en contrebas. Martay n'émit pas le moindre bruit, bien qu'elle eût l'épaule du Sioux enfoncée au creux de l'estomac.

Elle serrait les dents et ouvrait les yeux par intermittence. Elle voyait défiler les parois à l'envers tandis que le Peau-Rouge, d'un pied sûr, bondissait d'un rocher à l'autre, agile comme un lynx des montagnes.

Il finit par la reposer sur ses pieds dans une large vallée enfin plate. Elle était passablement exténuée. En sueur, elle tentait de reprendre son souffle. Quant à son ravisseur, il était aussi calme et tranquille que s'il était en train de faire sa promenade dominicale dans un parc. C'était exaspérant !

Il fit glisser la corde de son épaule droite et s'approcha.

— Tenez, claironna-t-elle en lui tendant ses poignets. Attachez-moi, bâillonnez-moi, frappez-moi, je m'en moque... Vous m'entendez, l'Indien ? Vous êtes sourd ?

Comme d'habitude, il ne répondit rien, ce qui la fit crier plus fort :

— Je m'en moque !

Il la poussa avec douceur vers un grand pin, lui passa les bras autour du tronc et lui attacha les poignets. Puis il s'écarta d'un pas.

— Tiens ! cracha-t-elle, hargneuse. Vous ne me bâillonnez pas ? Vous avez certainement l'intention de... enfin... Où allez-vous ?

Il s'éloignait vers le chaos qu'ils venaient de descendre.

— Je vais chercher le cheval, expliqua-t-il.

— Quoi ? Mais... vous êtes fou ! Aucun cheval ne peut descendre cet éboulis... Vous m'entendez ?

Totalement indifférent, il remontait déjà.

— Revenez ! hurla-t-elle. Ne me laissez pas seule !

L'unique réponse qu'elle obtint, ce fut une grêle de cailloux dégringolant de la montagne, déchaussés de leur place par les mocassins du Sioux qui grimpait avec agilité. Martay le suivit des yeux un moment, puis il disparut. Elle soupira et se dit que ce Peau-Rouge n'était pas seulement méchant, mais complètement stupide.

Certes, la première nuit, il avait escaladé cette pente rocheuse avec sa prisonnière et son cheval, mais certainement par un chemin plus praticable, sur l'autre versant. De ce côté-ci, il était absolument impensable de faire descendre un cheval !

Martay leva la tête et tressaillit. Au sommet du rocher le plus haut, le Peau-Rouge parfaitement immobile se détachait sur le ciel bleu sans nuage, chevauchant son grand étalon noir. L'image était magnifique. Le pelage de la bête et la chevelure noire de l'Indien brillaient sous le soleil éclatant.

Ce qui arriva alors était impossible à croire pour Martay, bien qu'elle le vît de ses propres yeux. Le sauvage se pencha sur l'encolure de son cheval et lui parla à l'oreille. Immédiatement, le puissant animal s'élança dans le vide, bondissant à chaque fois de deux ou trois mètres vers le bas. On entendait seulement le claquement des sabots sur le roc.

Tétanisée, fascinée, elle observa la monture et son cavalier descendre de corniche en corniche. À chaque saut, elle se disait que l'animal allait se briser les pattes. Elle s'attendait à les voir s'écraser tous les deux à ses pieds.

Mi-déçue, mi-soulagée, elle feignit l'indifférence quand le Sioux approcha avec son cheval, fit passer sa jambe par-dessus l'encolure et sauta à terre. Le cheval baissa la tête et, avec douceur, poussa la jeune fille du

bout de son museau de velours. Il hennissait faiblement, et Martay ne put retenir un sourire.

— Bravo, petit, tu as été superbe. Merveilleux. Tu
dois avoir des ailes aux sabots.

— Et moi ? demanda le Sioux en dévoilant pour la
première fois son côté humain.

Humain, et même masculin dans son désir de mériter l'admiration de Martay. Son visage se détendit
presque, au moment de détacher les poignets de la
jeune fille pour la libérer.

Martay se moquait bien de ce qu'il désirait. Elle
caressa le museau de l'étalon.

— Inconscient que vous êtes ! Vous auriez pu tuer
ce magnifique animal.

— Je ne tue jamais les belles créatures, affirma-t-il
avec un regard lourd de sens fixé sur elle.

— Qu'est-ce que vous leur faites ?

— Je les ramène à la maison, répondit-il en laissant
les rênes par-dessus la tête du cheval avant de bondir
en selle.

L'animal avait hâte d'être en route. Il sautillait sur
place. Un instant, Martay crut que le Peau-Rouge avait
l'intention de partir en l'abandonnant ici. Mais il fit
avancer sa monture, se pencha et, attrapant la jeune
fille à bras-le-corps, l'installa en amazone en travers
de la selle, devant lui.

— Vous... vous allez me ramener à la maison ?
s'enquit-elle sans oser y croire.

— Je vous emmène à la maison, confirma-t-il.

Elle lui sourit. Une vague de bonheur lui mit le rose
aux joues.

— La mienne, précisa-t-il froidement.

— Votre maison ? répéta-t-elle, abasourdie. Il n'est
absolument pas question de m'emmener chez vous,
l'Indien !

Elle leva la main pour le gifler. Il attrapa facilement son poignet et l'appuya contre sa poitrine.

— Cessez de m'appeler l'Indien. Je ne suis pas indien. Les Indiens vivent en Inde. Nous, nous sommes « le Peuple ».

Nerveuse, elle répliqua :

— En fait, je ne sais comment vous appeler. Vous ne m'avez jamais dit votre nom.

— Haṅhepi Wi, révéla-t-il. C'est mon nom lakota. Night Sun, en anglais, c'est-à-dire Soleil nocturne.

— Night Sun, répéta-t-elle en tirant sur sa main pour la libérer. Maintenant que vous vous êtes présenté, à mon tour. Je m'appelle...

— Je sais comment vous vous appelez, coupa-t-il. Miss Martay Kidd. À moins que vous ne préfériez « Golden Girl » ?

Elle en resta bouche bée. Un long moment, elle le dévisagea.

— Mais comment se peut-il qu'un Indien... ou plutôt je veux dire... Vous le saviez depuis le départ ? Comment avez-vous fait ? Je ne vous ai jamais vu... Qu'est-ce donc enfin que... Pourquoi m'avez-vous enlevée ?

— Je vous l'ai dit, nous rentrons à la maison. À Paha Sapa, c'est-à-dire les Black Hills. C'est là qu'est la Powder River.

Il voyait bien à sa tête qu'elle n'avait pas la moindre idée de l'endroit où cela se trouvait.

— C'est dans le nord du territoire du Dakota, Golden Girl.

Et, d'un coup de talon, il mit son cheval au galop.

13

Le président des États-Unis d'Amérique, Rutherford B. Hayes, signa dans son bureau ovale de la Maison Blanche l'ordre autorisant une « expédition militaire contre les auteurs de l'enlèvement à Denver, Colorado, chez le colonel et Mme Thomas Darlington, de miss Martay Kidd de Chicago, Illinois ».

Hayes était horrifié que l'on s'en soit pris à l'enfant du général le plus brave et le plus respecté du pays. Il dépêcha des renforts de cavalerie vers le Colorado. Cinq jours après la disparition de Martay, des milliers de militaires venus de plusieurs États, dont le Texas et la Californie, passaient les montagnes au peigne fin avec l'ordre de la « trouver vivante ».

Le sénateur de Virginie, Douglas Berton, intime du président Rutherford Hayes et père du malheureux major Lawrence Berton, était monté dans un train moins d'une heure après avoir appris la nouvelle. Le sénateur boitait de la jambe droite à la suite d'un accident de cheval dans sa propriété de Virginie, où il élevait des chevaux. Il était incapable de participer aux opérations sur le terrain, mais sa présence à Denver contribua à calmer une situation devenue explosive. Il était naturel que le général William Kidd, fou d'angoisse et connu pour son caractère impulsif, reproche au major d'avoir imprudemment laissé sa fille seule. Kidd en voulait terriblement au jeune Berton, ainsi qu'aux deux gardes du corps auxquels il avait confié la responsabilité de « ne pas la perdre de vue ce soir ».

Le général avait refusé d'entendre les excuses des deux gardes. Ils l'avaient supplié d'être indulgent :

— Sir, nous n'avions pas le droit d'entrer. Nous n'étions pas invités. Il nous fallait donc rester dehors. Nous n'avions pas le choix ! Nous avons escorté le couple jusqu'à la porte d'entrée de la demeure des Darlington. Que pouvions-nous faire de plus ? Essayez de comprendre, général…

Celui-ci avait fait la sourde oreille. Il n'était pas d'humeur à se montrer compréhensif. Ses yeux verts lançaient des éclairs. Congestionné par la colère, il les avait menacés du poing.

— Par le Ciel, je vous ferai passer tous les deux en cour martiale et vous ferai pendre ! Vous m'entendez ? Vous êtes une paire de pleurnicheurs. Vous n'avez pas eu le bon sens de vous trouver là où il fallait. Pourquoi n'avez-vous pas surveillé les jardins ? Hein ? Répondez ! Qu'est-ce que vous fabriquiez tout ce temps-là ? Vous vous teniez la main comme deux vieilles filles ?

Lorsque le général retrouva le major Berton chez les Darlington, pour la première fois après la tragédie, il ne se montra nullement plus aimable. Il l'attrapa par le col de sa vareuse pour lui hurler au visage :

— Sombre crétin ! J'aurai votre peau, vous m'entendez ? Abruti qui manque de jugeote au point de laisser en pleine nuit une jeune fille sans défense. Vous méritez le peloton d'exécution !

Au comble de la rage, il ne laissa pas au major Berton la moindre chance de s'expliquer.

— Je ne veux pas entendre vos excuses larmoyantes. Il n'y a pas d'excuses à votre attitude, soldat ! Vous avez perdu ma fille et, si vous ne la retrouvez pas, je vous tuerai de mes propres mains. Je le jure !

À ce moment précis, le vieux sénateur de Virginie, Douglas Berton, entra dans la pièce où se tenaient les deux officiers. Sans un regard pour son fils, il marcha droit sur le général et lui donna une tape dans le dos.

— Général Kidd, on va la retrouver, votre fille. Venez, que je vous verse un verre...

Cela fait, il poursuivit d'un ton calme :

— Notre ami commun, le président Rutherford Hayes, a envoyé des renforts et autorisé une expédition de représailles contre les coupables. Il me charge de vous transmettre sa profonde sympathie et son affection personnelle.

La bienveillance aristocratique du sénateur vint à bout de l'angoisse du général. Quelques minutes après, ils se détendaient ensemble dans de grands fauteuils rembourrés, un verre de bourbon à la main, devisant paisiblement.

Au bout d'une heure, ils se levèrent et se serrèrent la main. Le général, épuisé, les yeux lourds et les épaules affaissées, avait accepté de s'octroyer quelques heures de repos avant de rejoindre le colonel Thomas Darlington sur le terrain.

À peine la haute silhouette du général eut-elle disparu dans le couloir dallé de marbre que le sénateur pivota vers son fils, qui n'avait dit mot. Hochant sa chevelure argentée, le sénateur lui ouvrit les bras. Et le major Lawrence Berton, tel un petit garçon, se jeta contre son père et sanglota sans retenue.

Le sénateur lui tapota affectueusement le dos.

— Petit, ne t'ai-je pas sorti de tous les mauvais pas ? Cette fois aussi, ça marchera. Ne t'inquiète pas. Allons, allons... il ne faudrait pas que quelqu'un arrive et te voie ainsi. Ça va aller, Larry, ça va aller...

Regina Darlington s'ennuyait ferme dans son bou-doir tout blanc. Elle en avait assez des militaires qui entraient et sortaient de chez elle comme d'un moulin. Elle avait les nerfs à vif. Cela faisait cinq jours qu'elle était cloîtrée dans sa maison, et cela commençait à lui peser.

Elle eut un long soupir écœuré et, avec agacement, écarta le rideau de tulle. Des soldats en uniforme ajusté faisaient les cent pas sur l'allée. Ils devisaient en riant, leurs voix résonnaient dans l'air. Quelle idée avait eu son mari de faire de leur demeure un poste de commandement provisoire pour diriger les recher-ches ! Quel manque d'égards pour elle que de l'exposer à tant d'inconfort. Elle ne pouvait quitter ses apparte-ments sans tomber sur des hommes.

Certes, le spectacle de ces militaires ne la laissait pas indifférente, mais il y en avait trop ! Plusieurs dizaines en permanence, de sorte qu'elle n'avait nulle chance de lier connaissance avec l'un ou l'autre en particulier. Cela aurait été fort différent, s'il n'y en avait eu que quelques-uns.

Elle eut un sourire lubrique en imaginant comment les journées auraient été différentes, si ces beaux bruns qui se prélassaient sur l'escalier juste en dessous de sa fenêtre avaient été seuls présents, alors que son mari était à des kilomètres. Elle avait surpris de la part de ces hommes des coups d'œil à la dérobée. Oui, ils auraient pu passer de bons moments…

Son sourire s'effaça, et elle soupira de nouveau.

Rien n'était possible avec tant de monde. Tant qu'à faire, elle aurait préféré être complètement seule. Elle aurait pu sauter sur un cheval et descendre à Denver retrouver Jim Savin. Elle laissa retomber le rideau et quitta son poste d'observation. Il fallait qu'elle voie Jim. Tout de suite.

Elle décida d'y aller. Elle était incapable d'attendre un jour de plus. Sa patience avait des limites. D'ailleurs, combien de temps ce cirque allait-il continuer ? Nul ne le savait. C'était peut-être une question de jours, peut-être de semaines. Peut-être ne la retrouveraient-ils jamais. Est-ce qu'elle, Regina, devait en souffrir ? Certainement pas. Il fallait qu'elle trouve quelque excuse pour le général et pour le sénateur qui venait d'arriver de Virginie.

Une demi-heure plus tard, la jeune femme s'était fait une beauté. Elle entra dans le salon de réception et tendit sa main gantée au distingué sénateur, en lui adressant un adorable sourire. Le vieux politicien s'inclina galamment pour lui baiser la main.

— Chère madame, je suis le sénateur Douglas Berton. Comme vous êtes belle, et comme c'est aimable à vous de m'offrir l'hospitalité.

Regina se rengorgea. Elle eut quelques battements de cils.

— Sénateur, c'est vous qui êtes trop bon. Je ne suis pas si belle que cela.

Évidemment, elle n'en pensait pas un mot. Elle retira sa main et continua d'un ton avenant :

— C'est un honneur de vous recevoir dans notre maison. Sentez-vous libre de demeurer aussi longtemps que vous le désirerez.

— En espérant que cette rude épreuve sera bientôt du passé...

— Oui, répondit-elle en recouvrant la gravité requise. Nous prions tous pour que miss Kidd revienne saine et sauve.

Puis son visage s'éclaira de nouveau, et elle reprit son rôle de maîtresse de maison.

— Le déjeuner sera servi dans la salle à manger d'ici une demi-heure, sénateur.

— Ce sera un plaisir de profiter de votre compagnie, madame Darlington.

— Ah, comme je regrette… Je suis navrée, sénateur : je ne déjeunerai pas avec vous.

— Ah bon ? s'étonna-t-il.

— Non, je vais à Denver. Je regrette de me montrer aussi mal élevée, mais une vieille amie est gravement souffrante, et je ne suis pas allée la voir depuis qu'elle est alitée. La pauvre doit avoir l'impression que je l'abandonne, précisa-t-elle avec un rire nerveux.

— Faites, madame Darlington, faites ! Ne vous souciez de moi en rien. Je suis d'ailleurs bien fatigué, après ce long trajet. Je déjeunerai donc, puis j'irai m'étendre, si vous le permettez.

— Mais je vous en prie, sir, acquiesça-t-elle, magnanime.

Elle s'éloigna vers le vestibule. Il la suivit.

— Je ne resterai pas longtemps en ville, expliqua-t-elle en s'approchant de la table de marbre de l'entrée.

Elle prit un panier de pique-nique couvert d'un tissu blanc.

— Je vais porter ces petites choses à mon amie malade et lui tenir compagnie un moment, puis je rentrerai. Puis-je compter sur vous pour le dîner ce soir, sénateur ?

— Oui, chère madame.

— Bon. Eh bien, à tout à l'heure.

Elle se retourna sur le seuil pour lui décocher un sourire ravageur, sachant que ce politicien de bonne naissance faisait partie des intimes du président des États-Unis. Elle souhaitait qu'il garde un souvenir inoubliable de l'hospitalité des Darlington.

— Le dîner est à huit heures et demie, sénateur. Je vous propose que nous le prenions en tenue de soirée, malgré les tristes circonstances.

— Madame Darlington, j'attends ce soir avec impatience.

Satisfaite de sa prestation, Regina Darlington sortit en souriant, son panier sous le bras. Elle descendit l'escalier de pierre, appréciant les regards des soldats posés sur elle. Les jeunes gardes ne ratèrent pas l'apparition de cette pulpeuse créature rousse, qui s'engouffra dans la voiture qui l'attendait. Elle fit semblant d'ignorer la douzaine d'yeux avides qui la détaillaient, s'arrêta à côté de la voiture et pivota pour saluer de la main son illustre invité aux cheveux d'argent, qui se tenait debout sous le porche. Le sénateur s'inclina légèrement et lui adressa un sourire chaleureux.

— Bravo, ma belle, se dit-elle gaiement en se calant contre les profonds coussins bordeaux de sa voiture.

Charmante journée, en somme. Un après-midi de passion dans les bras de Jim Savin, puis un dîner aux chandelles avec un puissant élu. Après quoi, elle proposerait peut-être au sénateur une partie de whist ou une promenade dans les jardins au clair de lune, avant un dernier verre dans le bureau du colonel, devant un feu de cheminée...

Regina souriait encore quand elle frappa à la porte de la suite de Jim Savin, à l'hôtel Centennial.

Lorsque la porte s'ouvrit, elle était tout excitée.

— Oh, Jim ! Je n'en pouvais plus d'impatience ! Je...

Elle se tut brutalement : sous son regard incrédule se présentait un petit homme gros en caleçon long. Sottement, elle tendit le cou pour regarder à l'intérieur de la pièce.

— Que faites-vous là ? Où est Jim ?

— Pardon ? demanda l'homme aux cheveux rares.

— Jim Savin. Que faites-vous dans la chambre de Jim ?

— Mais, madame, c'est ma chambre. Ça fait cinq jours que j'y suis.

— Dieu du ciel, non ! gémit Regina.

Elle en oublia son panier contenant du champagne français, du caviar russe, des biscuits anglais et des bonbons belges. Elle le lâcha, et l'homme l'attrapa avant qu'il ne touche terre.

— Eh, madame ! Vous avez failli faire tomber votre...

— Donnez-moi ça ! glapit Regina en le lui arrachant des mains.

Et elle s'en fut vivement. Sans souci du scandale, elle fila à la réception.

— Jim Savin ! Où est-il ? A-t-il changé de suite ?

— Madame Darlington, répondit l'employé de l'hôtel, M. Savin n'est plus chez nous.

— Plus... Que voulez-vous dire ?

La moutarde commençait à lui monter au nez.

— Ce monsieur est parti il y a cinq jours.

— Parti ? s'écria-t-elle d'une voix suraiguë. Mais pourquoi ? Où est-il allé ? Quand revient-il ?

— Je suis navré, madame Darlington. M. Savin ne nous a pas informés de sa destination. Il est parti brusquement un soir.

— Un soir ? releva Regina, le cœur battant. Quel soir ?

— Eh bien, je crois me souvenir que c'était le soir de votre réception en l'honneur de miss Kidd, confirma l'homme d'un ton grave. Quel malheur pour miss Kidd !

— Oui, murmura-t-elle, atterrée et brusquement très mal à l'aise. Quel malheur...

Elle se détourna et repartit. Elle avait hâte de sortir du Centennial, de réintégrer sa voiture, d'échapper à ces regards inquisiteurs. Un étourdissement menaçait de la faire trébucher. Au moment où elle s'affala dans sa voiture, elle commença à se sentir mal.

Sa conviction était faite : Jim Savin était responsable de la disparition de Martay Kidd.

Son premier mouvement fut de rentrer chez elle immédiatement et d'avertir le sénateur Berton et le général Kidd. Elle imaginait leur joie devant ce progrès inattendu. Il leur serait facile de retrouver la trace du bel avocat sorti de Harvard et de sa compagne blonde et pétillante. Un couple aussi connu ne pouvait passer longtemps inaperçu. Tant Savin que la jeune fille étaient habitués aux privilèges que confère la fortune. Jim et Martay – car elle ne doutait pas une seconde que la jeune fille soit partie avec lui de plein gré – trouveraient peut-être amusant de passer quelques jours cachés dans un nid d'amour en pleine nature. Mais ils ne tarderaient pas à regretter les draps de soie, le vin glacé et les autres détails qui rendent la vie supportable.

Furieuse que son amant chéri lui ait préféré l'insipide Martay Kidd, elle avait hâte de rentrer chez elle. Elle dénoncerait ce présomptueux, ce bâtard sans scrupule, ce traître. Elle expliquerait au sénateur Douglas Berton et au général William Kidd qu'il avait enlevé la jeune fille.

Ces hommes d'influence auraient à jamais une dette de gratitude envers elle, Regina Darlington, femme du colonel Thomas Darlington. Ils l'inviteraient dans la capitale, ils la présenteraient au président des États-Unis.

Elle entrevoyait déjà les merveilles qui l'attendaient. Le tumulte passionnant et les feux du pouvoir ! Les soirées dansantes à la Maison-Blanche, soirées qu'elle passerait sur la piste de danse, dans les bras de députés ambitieux, de sénateurs, de têtes couronnées en visite officielle… de comtes raffinés, de nobles rois. Et le Président en personne !

Soudain, la jeune femme se reprit d'un coup, catastrophée. Qu'avait-elle failli faire ?

Elle plaqua une main sur sa gorge.

Il n'était pas question de parler de Jim Savin ! Comment expliquer qu'elle s'était présentée à une chambre du Centennial et y avait constaté son départ ? C'est à ce moment-là qu'elle avait appris l'élément crucial : le fait que Jim avait disparu le même soir que Martay.

Elle ne pouvait faire état de ses soupçons sans en attirer précisément sur elle.

— Espèce de maudit bâtard ! gronda-t-elle dans le vide à l'adresse de Jim. Je te déteste !

14

— Maudit bâtard, gronda Martay à Night Sun, impassible. Je vous déteste !

— Vous me l'avez déjà dit, répondit tranquillement le Lakota.

Cela faisait des heures qu'il chevauchait droit comme un i, en alerte permanente.

Martay, très malheureuse entre ses bras musclés, se demandait si ce sauvage connaissait la fatigue. Ils avaient quitté leur cabane en fin d'après-midi, et pris la direction du nord à travers les contreforts des montagnes Rocheuses. Elle aurait cru qu'ils bivouaqueraient au crépuscule, mais le soleil s'était couché et ils continuaient à avancer.

Elle rappela à son ravisseur que les gens civilisés ont faim à l'heure des repas. Il lui tendit le reste du rosbif et du pain qu'il avait dans ses sacoches de selle, sans ralentir l'étalon noir. Martay dévora tout car elle avait grand-faim, et aussi pour affamer le Peau-Rouge. S'il regretta qu'elle ne lui laisse pas une miette, il ne le montra pas. Il continua à guider son formidable coursier à travers les pièges du chemin, comme s'il lui était indifférent de sauter un repas.

Les kilomètres se succédaient. Martay avait perdu tout repère, mais elle estimait qu'ils avaient déjà passé six heures en selle. À chaque heure qui passait, sa haine grandissait. Elle s'était toujours doutée que les Peaux-Rouges étaient très différents des Blancs : elle en avait à présent la preuve éclatante. Non seulement Night Sun avait une force surhumaine et une capacité à supporter un inconfort interminable sans se plaindre, mais il était totalement indifférent aux injures.

Ainsi qu'au charme féminin ?

Martay était trop épuisée pour faire la coquette, mais elle songeait à tenter sa chance sans tarder, le lendemain par exemple. Si elle pouvait le séduire, il baisserait sa garde et elle aurait moins de mal à lui échapper. Par exemple, à voler le grand étalon noir et revenir seule à Denver ! Pourquoi ne pas l'avoir tenté plus tôt ? Jusque-là, nul homme n'avait su lui résister. Certainement les Peaux-Rouges, à l'instar des hommes blancs, avaient leurs faiblesses.

— Est-ce que l'on ne s'arrêtera jamais ? s'enquit-elle d'un ton hargneux en changeant de position, coincée par sa robe de soie ajustée et l'étau impitoyable de son ravisseur.

— Si, bientôt ! dit-il sans la regarder.

— Oh ! Vous voulez dire au lever du soleil. Mais je ne peux pas continuer sans dormir.

— Je sais, répondit-il en lui accordant enfin un coup d'œil. Dormez.

— Ici ? Comme ça ? rétorqua-t-elle en le foudroyant du regard. Mais je ne suis pas une… (Elle s'interrompit avant de prononcer le mot « squaw ».) Les femmes peaux-rouges arrivent peut-être à dormir en selle, mais pas moi.

— Dans ce cas, il vous faudra attendre.

— Salaud ! Salaud ! Je vous déteste, je vous déteste, je vous déteste ! hurla-t-elle.

Elle croisa les bras et, bien à contrecœur, laissa sa tête aller en arrière et la posa sur la poitrine du cavalier.

Mais elle savait qu'elle ne fermerait pas l'œil, tant que cet homme au cœur de pierre ne s'arrêterait pas. Elle aperçut au clair de lune le dur visage taillé à la serpe. Sa colère se dissipa et elle se mit à trembler. Sans doute le remarqua-t-il, car il la serra plus fort. Elle sentait la dureté des muscles sur ses épaules : rappel silencieux de la force du sauvage, et de sa propre vulnérabilité.

Cette menace silencieuse réduisit Martay au silence mieux que des mots. Il ne fallait plus qu'elle se mette en danger. Donc elle ne se plaindrait plus, aussi longue que soit leur chevauchée. Elle reposerait en silence entre ses bras en somnolant comme elle pourrait. De toute façon, elle était incapable de s'endormir vraiment.

Ce fut sa dernière pensée. Elle eut un petit frémissement d'épuisement, ses yeux se fermèrent et sa tête bascula.

Elle dormait profondément.

Jim sut à quel instant elle s'était abandonnée. Il la sentit se détendre. Alors il baissa les yeux sur elle et, avec douceur, changea de position pour mieux caler la tête de sa captive contre son bras et son épaule.

Il la contempla.

Dans son sommeil, elle semblait totalement innocente. Ses longs cils soyeux portaient une ombre légère sur ses joues. Sa bouche était délicate. Ses lèvres vermeilles étaient entrouvertes sur de petites dents toutes blanches. Une mèche de ses cheveux d'or – couleur d'argent au clair de lune – lui barrait la joue droite, et sa pointe reposait sur un sein.

Jim glissa un doigt sous la mèche et l'écarta du beau visage endormi.

Il eut soudain le cœur serré. Qu'elle était belle ainsi ! Paisible comme une enfant qui a donné sa confiance...

Il détourna son regard et s'endurcit le cœur. Les mâchoires crispées, il se remémora la raison pour laquelle elle était là. Il se remémora un autre enfant plein de confiance, vivant en sécurité auprès de ses parents.

Les yeux dans le vague, Night Sun sentit remonter en lui toute la scène. Les bruits, le cadre, les odeurs de ce matin fatidique...

Il dormait à poings fermés dans son tipi à côté de son grand-père Walking Bear – Ours qui marche. C'était un matin de novembre 1864, il gelait. Tout le camp dormait. Le chef Black Kettle n'avait même pas mis de sentinelle pour la nuit, tant il avait confiance dans le chef blanc Scott Anthony : celui-ci lui avait promis que les Cheyennes seraient sous la protection de Fort Lyon tant qu'ils resteraient dans le camp de Sand Creek, dans le Colorado.

Night Sun avait dix ans. Il fut réveillé en sursaut par le premier coup de feu et le hennissement des chevaux. Mais il n'eut pas peur, au début. Ensommeillé, il crut qu'il s'agissait des réjouissances pour un mariage.

Il était venu de loin sur son poney préféré : il avait quitté Paha Sapa pour aller dans le Colorado. Une grande fête se préparait : le mariage de sa tante Red Chawl – Châle rouge –, une Lakota, à un noble guerrier cheyenne, Kill the Ennemies. Ils étaient tous descendus avec Red Chawl : sa ravissante maman Pure Heart – Cœur pur –, son grand-père Walking Bear, et sa grand-mère Gentle Deer – Douce Biche.

Les Cheyennes étaient des alliés des Lakotas. Black Kettle était heureux que son guerrier le plus féroce épouse la fille d'un chef lakota respecté. Il les avait reçus en fanfare. Il avait tout lieu d'être heureux, cet hiver-là.

Pour la première fois depuis des années, son peuple se sentait en sécurité. Les Blancs les traitaient de façon humaine. Black Kettle était satisfait. Les soldats de Fort Lyon l'avaient invité, avaient prêté l'oreille à ses soucis, et lui avaient promis leur protection. Il n'avait plus aucune raison de les craindre.

Moins d'une heure après l'arrivée de ses invités lakotas, Black Kettle avait montré ses trésors à son vieil ami Walking Bear. Avec un sourire qui plissait son visage tanné par le soleil, le chef cheyenne avait sorti de son coffre les médailles que le Puissant Père, Abraham Lincoln, lui avait données lorsqu'il lui avait rendu visite à Washington. Intrigué, Night Sun avait voulu toucher les médailles étincelantes. Son grand-père l'en avait fermement empêché.

L'enfant s'était reculé, mais n'avait pu retenir un sifflement admiratif quand Black Kettle avait déplié avec amour le drapeau des États-Unis que le colonel Greenwood, commissaire aux Affaires indiennes, lui avait offert. Le Cheyenne avait solennellement cité la promesse de Greenwood :

— « Tant que ce drapeau flottera sur vos têtes, pas un soldat ne vous tirera dessus. »

Walking Bear avait hoché la tête. Et il avait répondu en lakota, langue que son ami parlait.

— Voilà qui est bien. Puissent ton peuple et le mien goûter une paix durable et ne plus craindre les soldats blancs !

Black Kettle rayonnait de joie.

— Je suis fier d'assurer à mon ami lakota que son cher petit-fils (il avait désigné du regard Night Sun) et tout son peuple seront parfaitement en sécurité dans mon camp d'hiver.

Les deux chefs s'étaient serré la main.

— Que la fête commence !

Pendant dix jours, tous s'étaient abandonnés aux rires et à la gaieté. Night Sun faisait l'objet de toutes les gâteries : les Cheyennes n'accordaient pas plus d'importance que les Lakotas au fait que son père fût un Blanc. Il était considéré comme l'un des leurs. Nul ne le traitait jamais de métis. Il était d'ailleurs l'unique petit-fils du chef, et l'objet de son adoration. Celui-ci l'autorisait donc à se coucher fort tard. Parfois, les soirées étaient tumultueuses. On buvait, on se passait le calumet. De temps en temps, les guerriers fougueux passaient entre les tipis au galop et déchargeaient leurs carabines vers les étoiles...

Night Sun se pelotonna dans ses peaux de bison. Il n'avait rien à craindre. La plupart des hommes de Black Kettle en âge de combattre étaient loin, à la chasse au bison. Le soldat blanc en qui ils avaient leur confiance, Anthony, les avait encouragés à le faire. Jamais Black Kettle n'aurait laissé les femmes et les enfants sans protection, s'il y avait eu le moindre danger.

— Petit-fils, debout ! hurla Walking Bear en le tirant si violemment de sa couche qu'il manqua lui luxer l'épaule.

— Qu'y a-t-il, grand-père ? s'étonna l'enfant.

— Une attaque !

Les assassins en tunique bleue faisaient irruption dans le village. La neige étouffait le martèlement des sabots de leurs montures.

— Rejoins les femmes, vite ! ordonna-t-il en expulsant Night Sun à l'arrière du tipi.

Puis le vieil homme prit sa carabine et sortit affronter l'ennemi.

Obéissant à son grand-père, Night Sun se précipita. Rien ne l'arrêta, pas même les soldats montés qui brandissaient leurs carabines. Une confusion totale régnait dans le camp. Des gens hébétés jaillissaient de leur logis à demi vêtus. Les guerriers criaient et retournaient prendre leurs armes. Les femmes et les enfants hurlaient, les chiens aboyaient, les chevaux terrorisés hennissaient. Le cœur battant, Night Sun marcha dans l'eau glacée. Il était torse nu, et tentait désespérément de rejoindre sa mère. Il vit flotter dans le vent le pavillon américain de Black Kettle. Il entendit le vieux chef crier à ses hommes de ne pas avoir de crainte : les soldats ne leur feraient aucun mal.

Night Sun en fut rassuré. Tout allait bien. Il fallait simplement qu'il ramène sa maman, sa tante et sa grand-mère là où les autres femmes s'étaient regroupées, sous le pavillon de Black Kettle. Il n'y avait pas de danger. Tant que le pavillon des États-Unis flotterait sur leurs têtes, pas un soldat ne tirerait.

Sortant de l'eau glacée près du tipi de sa mère, il continua à courir sur la neige. Il vit White Antelop – Antilope blanche –, le vieux chef cheyenne qui avait connu soixante-quinze hivers, s'avancer à pied en toute confiance vers l'escadron.

— Stop ! Stop ! ordonna-t-il en levant la main.

Puis il s'arrêta et croisa les bras, pour montrer qu'il n'avait pas peur.

Les soldats l'abattirent de plusieurs balles.

Le chef Left Hand arriva en catastrophe de son camp, pour mettre son peuple à l'abri du pavillon de Black Kettle. Lui non plus n'avait pas peur, pas davantage que White Antelop. En voyant les soldats, il croisa les bras. Il affirma qu'il ne combattrait pas les hommes blancs, car il savait que c'étaient des amis.

Lui aussi fut abattu sur place.

Night Sun étouffa un cri d'horreur et se précipita à la recherche de sa maman. Il l'appelait de toutes ses forces. Il entra dans le tipi où elle dormait. Mais il était trop tard. Sa ravissante maman tant aimée gisait morte sur sa couche, le cœur percé d'une balle.

L'enfant tomba à genoux et, l'ayant enlacée, la supplia de lui parler. Il savait qu'elle ne répondrait pas. Les joues baignées de larmes, il fit un serment contre sa gorge encore tiède.

— Ils le paieront, maman. Je te le promets.

D'une main tremblante, il ferma ses yeux sans vie, puis bondit.

— Grand-mère, grand-mère !

Le camp était en proie au chaos.

Des tipis brûlaient, les gens terrorisés couraient en tout sens, les coups de feu claquaient. Les guerriers réunissaient femmes et enfants pour les protéger. Night Sun, pieds nus dans la neige, cherchait sa grand-mère et sa tante.

Les horreurs qu'il aperçut avant de les atteindre, resteraient dans sa mémoire toute sa vie.

Une jolie fille d'une quinzaine d'années sortait en courant d'un tipi en feu en implorant pitié, les bras levés vers les cavaliers. Un soldat la hissa sur sa selle et partit au galop. Night Sun, pour tenter de sauver la fille, hurla au soldat de s'arrêter. Un autre cavalier le tira en arrière et le projeta à terre sur le dos d'un coup de botte.

Quand Night Sun se releva, le soldat et la jeune fille avaient disparu.

Sans se soucier de son dos écorché, l'enfant continua à chercher les gens de sa famille. Il prenait soin d'éviter les chevaux au galop, les balles qui sifflaient et les moulinets de sabres. Dans sa fuite, il avisa un garçon de quatre ans, envoyé par les femmes, qui approchait de la mêlée avec un pavillon blanc de capitulation : il fut immédiatement criblé de balles. Il vit des femmes se faire poursuivre et violer. Il vit les cadavres dans la neige, tous scalpés. D'autres avaient été décapités d'un coup de sabre. Il reconnut la dépouille du vieux White Antelop, émasculé. Et tant de femmes et d'enfants blessés qui agonisaient dans la neige, attendant le coup de grâce qui ne venait pas.

Night Sun trébucha contre un corps. En se relevant, il reconnut son grand-père, Walking Bear. Le vieux chef était mort. On lui avait arraché ses longs cheveux gris, et la neige était écarlate sous sa hideuse blessure.

Il ne perdit pas de temps à pleurer son grand-père. Walking Bear ne l'aurait pas souhaité. C'était lui, l'homme de la famille, à présent. Il remplaçait le vieux chef qui était tombé. Il était responsable de Gentle Deer et de Red Chawl, si elles étaient encore en vie.

Il trouva sa tante la première. Il entendit de loin ses hurlements de terreur. Il les reconnut par-dessus tous les cris de femmes et se précipita dans leur direction. Un soldat l'avait traînée derrière les tipis et l'avait cruellement violée.

— Non ! vociféra Night Sun en se précipitant vers eux.

Mais déjà le soldat se relevait, et refermait sa braguette. Avec un sourire goguenard, il sauta en selle et s'éloigna, laissant la femme meurtrie gisant par terre.

Red Chawl était nue sur la neige. Elle saignait de la bouche, de l'oreille droite et du périnée. Ses cuisses étaient meurtries. Elle recommença à crier quand Night Sun tomba à côté d'elle. Puis elle le reconnut, et des larmes de soulagement coulèrent sur ses joues. Il la recouvrit de ce qu'il restait de sa robe, et elle le supplia :

— Night Sun, tue-moi. Je t'en prie, tue-moi...

— Non ! répondit-il, catégorique. Tu vas t'en remettre, Red Chawl. Je m'occuperai de toi.

D'un geste affectueux, il tapota sa joue glacée.

— Je n'ai plus envie de vivre, avoua-t-elle, épuisée.

Comme pour exaucer son vœu, un soldat qui passait à cheval lui tira une balle dans la tempe.

Night Sun connaissait la pudeur extrême de Red Chawl qui était vierge. Il prit le temps de rhabiller sa tante, avant de se lancer à la recherche de sa grand-mère.

Les odeurs de la poudre, du sang et de la mort lui piquaient les narines. Il fouilla désespérément le camp ravagé. Il aperçut bientôt Gentle Deer à travers l'épaisse fumée, à moins de cinquante mètres.

Pleine de courage, elle avait rassemblé quelques enfants terrorisés sous le couvert des arbres, à l'écart du camp. Elle avait dans les bras un nourrisson qui hurlait. Elle le remit à un enfant plus âgé et partit en chercher d'autres.

— Grand-mère ! cria Night Sun, soulagé de la revoir.

En l'entendant, elle se retourna. C'est alors qu'un cavalier blond, dont la chevelure brillait au soleil levant, tira une balle. Gentle Deer s'effondra.

— Grand-mère ! hurla Night Sun.

Il se précipita vers elle. Elle était à genoux dans la neige. Il s'agenouilla près d'elle et l'enlaça.

La balle lui avait traversé le crâne. Elle était aveugle.

— Night Sun ! avertit-elle en entendant le martèlement des sabots.

Le soldat revenait. L'enfant leva les yeux vers le cavalier blond qui piquait droit sur eux. D'une poussée, il écarta sa grand-mère et se dressa pour la protéger en criant :

— Ne vous approchez pas d'elle !

Le jeune capitaine tira son sabre et en posa la pointe sur la clavicule droite de Night Sun. Puis, éclatant de rire, il ouvrit une estafilade en diagonale sur son torse, jusqu'à ses côtes du côté gauche.

Le sang jaillit. Night Sun se fit menaçant.

— Vous feriez mieux de me tuer, soldat. Sinon, c'est moi qui vous tuerai.

Le capitaine blond aux yeux verts riait toujours. Il acquiesça de la tête, dégaina son revolver et visa. Night Sun, les pieds nus écartés dans la neige, ne cilla pas.

Avant que l'assassin n'appuie sur la détente, un officier cria un ordre :

— Assez, capitaine ! On s'en va.

Tout de suite, le soldat rangea son arme.

— Je t'accorde la vie sauve, l'Indien ! déclara-t-il à Night Sun.

Et il s'éloigna au galop sans un regard pour la vieille femme qu'il avait rendue aveugle, ni pour le jeune guerrier qui n'oublierait jamais son visage. De ce moment, les yeux verts et la physionomie de l'officier blond furent gravés dans la mémoire de Night Sun.

— Mais moi, Yeux verts, je ne te laisserai pas la vie sauve, murmura l'enfant. Un jour, je te traquerai et je te tuerai. Je le jure.

15

— Pourvu qu'ils ne la tuent pas ! déclara le général William Kidd, hagard et les yeux rougis par le manque de sommeil.

Il quitta son fauteuil et se remit à faire les cent pas.

— Au nom du Ciel, pourquoi l'ont-ils enlevée ? Pourquoi n'avons-nous pas de nouvelles ? C'est absurde !

Le sénateur Douglas Berton but une gorgée de cognac. Il était minuit passé. Il avait profité d'un dîner fastueux en tête en tête avec la maîtresse de maison, Regina Darlington. Ensuite, elle lui avait fait les honneurs de son vaste domaine. À onze heures et demie, il avait avoué sa fatigue et était monté dans sa chambre. Voyant de la lumière sous la porte du général, il avait frappé.

— Général, déclara-t-il d'un ton aussi apaisant que possible, si quelqu'un a enlevé Martay, il serait absurde qu'il lui fasse le moindre mal. Je suis sûr que votre enfant est parfaitement en sécurité.

Le général s'arrêta net.

— Pourquoi n'a-t-on pas cherché à me joindre ? Expliquez-moi ça.

— J'en suis incapable, reconnut le sénateur. On va sûrement vous joindre d'un jour à l'autre. Essayez de réfléchir, général. Avez-vous des ennemis ? Qui aurait des raisons... de... de vous faire de la peine ? De qui avez-vous attiré la haine au point de...

— Personne ! trancha Kidd. Enfin, des tas de gens... Montrez-moi quelqu'un qui n'a pas d'ennemi.

— D'accord, acquiesça le sénateur, mais je parle d'une ou de plusieurs personnes capables d'une haine violente au point de kidnapper votre fille, pour des méfaits réels ou imaginaires.

Le général, épuisé, se rencogna dans son fauteuil. Puis il se pencha en avant et passa les doigts dans son épaisse chevelure d'argent.

— Je n'ai jamais fait à quiconque un tort justifiant un acte pareil. Je suis ambitieux et je n'ai pas bon caractère, tant s'en faut, mais je n'ai jamais... enfin, je n'ai jamais tué qui que ce soit, sauf des rebelles à la guerre et ces foutus Peaux-Rouges. Et ça, ça ne compte pas.

— Certes, certes, ça ne compte pas...

À l'instant où le général et le sénateur devisaient ainsi, un chercheur d'or barbu à moitié ivre courait derrière une prostituée dans son boudoir tendu de rouge d'un bordel de Cheyenne, dans le Wyoming. Le gros Benjamin Gilbert finit par l'attraper. Il empoigna l'ourlet de sa robe de satin rouge presque transparente, et ils s'écroulèrent tous les deux sur le lit en riant.

Plus tard, tandis que le chercheur d'or gisait en ronflant sur les draps chiffonnés, comblé, la femme lui fit les poches, selon son habitude. Elle n'y trouva pas grand-chose. Pas de billets de banque, pas de pièces d'or. Simplement une enveloppe avec un sceau en or.

Elle l'approcha de la lampe à pétrole dont on avait baissé la flamme. L'enveloppe était au nom du général

William J. Kidd. La fille de joie retourna l'enveloppe, en sortit une lettre et la lut.

Général Kidd,
Je tiens votre fille. Je suis dans une cabane à dix kilomètres exactement au nord-ouest de Denver. C'est sa vie contre la vôtre. Venez seul d'ici vingt-quatre heures, sinon...

Le lit grinça, la femme leva les yeux. Son client s'éveillait. Elle remit précipitamment la lettre dans l'enveloppe, et celle-ci dans la poche du pantalon. Elle se demandait pourquoi Benjamin Gilbert avait sur lui ce message, et si ce dernier avait la moindre valeur. Elle n'avait jamais eu de général Kidd parmi ses clients : elle aurait retenu un nom pareil.

D'un coup de pied, elle réveilla tout à fait le prospecteur.

— Debout ! Fiche le camp. Il y en a d'autres qui attendent.

Dix minutes plus tard, Benjamin quittait la chambre avec un sourire, promettant de la revoir quand il reviendrait du Montana.

— J'aurai les poches pleines de pépites, assura-t-il en lui plaquant un baiser sur la joue.

— Mais oui, mais oui ! répondit-elle, sceptique.

Cela faisait longtemps qu'elle connaissait Gilbert, et celui-ci se vantait toujours du coup énorme qu'il était sur le point de monter.

— Ne reviens pas les mains vides, en tout cas !

Il rigola, lui administra une claque sur les fesses, descendit lourdement les escaliers et disparut dans la nuit. Il quitta seul la ville.

Une heure plus tard, il fut attaqué par deux vagabonds, des guerriers de la tribu crow qui avaient trop bu. Les Crows, furieux de ne pas trouver d'argent sur lui, le tuèrent et empochèrent la lettre au sceau d'or.

Mais ils ne savaient pas lire.

Peu après minuit, Jim tira sur les rênes et arrêta son cheval noir sous un bouquet de sapins.

Martay s'éveilla, mais n'ouvrit pas les yeux. Elle se nicha plus étroitement contre lui, respirant profondément comme si elle était sur le point de se rendormir.

Elle reconnut la voix de son ravisseur, plus froide que jamais.

— Réveillez-vous, miss Kidd. Allons.

Martay ouvrit les paupières et, découvrant le sombre visage du Peau-Rouge, sentit son sang se glacer. Night Sun avait une expression féroce. Il la regardait comme s'il allait la scalper d'une minute à l'autre.

Sans ménagement, il l'attrapa par le bras et la fit descendre de cheval, avant de mettre lui-même pied à terre. Perplexe quant au motif de cette colère subite, Martay resta sur place. Elle tremblait en se demandant ce qu'il entendait faire d'elle.

Sans prêter attention à la jeune fille, Night Sun ôta le mors du cheval pour lui permettre de brouter et de boire au ruisseau qui descendait de la montagne. Il prit les sacoches de selle et les posa près d'un sapin.

Puis il se tourna vers elle.

Elle attendait qu'il parle, mais il ne dit rien. Il fit un pas vers elle, et elle frissonna. Qu'il était grand ! Effrayée, elle tenta de lire une explication sur son visage, en vain. Ses yeux noirs exprimaient une colère meurtrière qui la laissait sans voix.

En scrutant les yeux verts de Martay, Jim sentit sa fureur redoubler. Exactement les yeux de ce blond officier rieur, qu'il avait rencontré en 1864 par ce froid matin de novembre. Des yeux qu'il n'avait jamais oubliés. Des yeux qu'il revoyait dans ses rêves...

Elle avait exactement les yeux de son père.

La douleur de Night Sun était plus vive que jamais, et sa haine plus violente. Il sentait qu'il perdait la maîtrise de lui-même, cette maîtrise dont il était si fier. Il éprouvait l'envie de la blesser.

Soudain, il saisit le cou pâle de la jeune fille. Il croisa les doigts sur sa nuque et appuya les pouces à la base de sa gorge. Elle agrippa ses poignets, planta ses ongles dans la peau bronzée.

Elle était sûre qu'il allait la tuer. Les tempes battantes, elle attendait que les doigts resserrent leur étreinte et l'étouffent pour toujours. Trop terrorisée pour crier, elle soutenait son regard noir, en souhaitant que la fin soit rapide.

Plusieurs secondes passèrent.

Martay ne se doutait pas du dilemme qui déchirait Night Sun.

D'un côté, celui-ci avait envie de faire précisément ce qu'elle redoutait : supprimer lentement, cruellement, la vie de ce joli corps. La tuer comme les soldats avaient tué sa mère. Mais d'un autre côté...

Il crispa les mâchoires.

Il n'était pas capable de ce geste. Le fait de tuer une femme lui était odieux.

Il allait plutôt la violer. Avec la brutalité du soldat qui avait violé sa jeune tante. Toutefois, la fille du général ne souffrirait pas comme avait souffert Red Chawl. Sa tante était vierge. En revanche, la Golden Girl frivole et évaporée avait déjà eu des amants, cela ne faisait aucun doute.

Night Sun lâcha la gorge de Martay qui, heureuse du sursis, déglutit avec soulagement. Celui-ci ne dura pas. Il la saisit par le bras et la plaqua contre lui. Il lui attrapa la chevelure et, brutalement, lui tira la tête en arrière. La jeune fille, lèvres entrouvertes, le regardait avec effroi. Elle tentait en vain de repousser son torse de pierre.

Vivement, il se pencha sur elle et l'embrassa avec une telle sauvagerie que Martay gémit sous l'outrage. Sans se soucier de la réaction de sa captive, il lui força la bouche avec la langue, tandis qu'il lui tenait la tête à pleines mains.

Ce n'était pas un baiser chaleureux, passionné. C'était une agression haineuse, si hostile qu'elle eut le sentiment que ce long baiser allait lui ôter la vie. Il lui coupait le souffle, il la violentait.

Quand enfin il se détacha de ses lèvres, Martay hurla. Et elle hurla de nouveau lorsque la bouche vorace du Peau-Rouge se plaqua sur le côté de son cou. Elle sentit les dents de son ravisseur frôler sa peau si sensible. Elle craignit qu'il ne la morde.

— Non ! cria-t-elle alors qu'il baissait de plus en plus la tête, explorant sa gorge et la naissance de ses seins au-dessus du décolleté.

La jeune fille, empoignant des deux mains les cheveux de son ravisseur, tentait de l'écarter. Elle eut un gémissement de soulagement quand il releva la tête juste au moment où ses lèvres atteignaient la limite du corsage de soie.

Il plongea son regard dans celui de sa captive, un regard brûlant d'une lueur presque démoniaque. Son corps tremblait à la fois de rage et de désir. De nouveau, il plaqua sa bouche sur celle de Martay, qui dut se plier à sa force et à sa détermination. Aiguillonné par le désir, il fouilla de la langue tous les recoins de sa bouche. Il lui coupait le souffle, il la rendait folle.

Au bout d'un interminable baiser, il écarta ses lèvres en feu. Martay inspira fébrilement une grande goulée d'air. Avant d'avoir le temps de parler ou de crier, les lèvres de son ravisseur rattrapèrent les siennes. Sans effort, d'une manière experte, il attira dans sa bouche la langue de Martay. Celle-ci fut choquée et horrifiée de réaliser que ce baiser la faisait frémir de façon agréable.

Juste Ciel, que se passait-il donc ?

Ce Lakota la haïssait. Et elle le haïssait également. Mais ses lèvres... ses lèvres chaudes, brûlantes ! Elles anéantissaient toute pensée logique et toute prudence, et même toute peur.

Fermant les paupières, Martay se laissa aller contre lui. Elle entendit Night Sun gémir. Du genou, il se fraya un passage entre ses jambes. Sans lui laisser le temps de comprendre, il retroussa la robe de soie.

À son tour, Martay gémit.

Une onde de chaleur courut à travers son corps au moment où la main de l'homme commença à lui caresser les cuisses. Elles étaient à présent découvertes, et la nuit était fraîche. En revanche, les doigts de l'Indien étaient chauds. Étourdie, la jeune fille tressaillait et frissonnait. Le cœur battant, elle sentit Night Sun avancer son genou entre ses jambes. Il la prit par les hanches et la contraignit à appuyer le pubis contre sa cuisse musclée.

Vaincue par cette audace stupéfiante, Martay laissait ses bras pendre, faute de pouvoir les croiser autour de son cou.

Brusquement, Night Sun lâcha les mains de sa captive. Il leva la tête et la regarda. Elle fut obligée de saisir le devant de la chemise à franges pour ne pas tomber. Pendant un temps qui lui sembla infini, Night Sun resta agrippé à ses cuisses nues. Il la soulevait et la baissait, la poussait vers l'arrière, la tirait vers l'avant, tout en la contraignant à demeurer à califourchon sur sa cuisse. Leurs regards étaient rivés l'un à l'autre. Martay haletait doucement. De nouveau, il l'embrassa. Elle s'abandonna tout entière à ce baiser sauvage. Mais soudain, Night Sun interrompit leur baiser et la repoussa si durement que la tête de Martay bascula.

Égarée, elle le dévisagea. Sa confusion se mua en terreur quand il eut un sourire glacial et la renversa sur l'herbe sans ménagement. Elle atterrit sur le ventre, se retourna fébrilement et vit, épouvantée, que le Lakota ôtait sa chemise. Sur son torse sombre, la longue cicatrice blanche ressemblait à une marque de mort.

Il posa la main sur le lacet qui fermait ses pantalons moulants en peau de daim.

— Non ! supplia Martay.

Elle se dressa sur les genoux, les joues baignées de larmes, et implora :

— S'il vous plaît... ne faites pas ça !

Il la dominait de toute sa hauteur, dangereux, déterminé. Martay s'approcha, toujours à genoux, et enlaça de ses bras tremblants la jambe du Lakota. Elle plaqua la joue contre sa cuisse.

— S'il vous plaît, sanglota-t-elle, le cœur brisé. Je vous en supplie !

Tous les muscles de Night Sun étaient tendus. Ses doigts s'arrêtèrent sur les lacets de cuir. Il regarda Martay. Elle sanglotait ouvertement, ses épaules secouées de spasmes.

La fureur et la passion le quittèrent d'un coup.

Il serra les mâchoires et, avec un profond soupir, posa doucement la main sur la tête inclinée de la jeune femme. À ce contact, elle sursauta et sanglota plus fort. Il se pencha.

— Je ne vais pas vous faire de mal, promit-il gentiment.

— Non, gémit-elle en s'agrippant à sa jambe.

Elle était au bord de la crise de nerfs, sourde à tout raisonnement.

Il resta donc debout à la regarder sangloter, hurler et trembler. Les sanglots déchirants se muèrent peu à peu en petits hoquets. Il détacha les bras de sa jambe et s'accroupit devant elle.

Elle avait les yeux gonflés, le nez qui coulait, les lèvres qui tremblaient, les dents qui claquaient. Il en eut le cœur gros.

Il s'assit dans l'herbe et l'attira sur ses genoux en lui murmurant des paroles apaisantes, tandis qu'elle tentait mollement de résister. Elle comprit enfin qu'il n'allait pas la molester. Elle n'avait jamais été aussi fatiguée : elle se détendit contre lui avec un soupir.

Night Sun sortit de la poche de ses pantalons un mouchoir propre et tamponna ses beaux yeux et ses joues enflammées. Puis il lui porta le mouchoir au nez.

— Soufflez ! ordonna-t-il avec douceur.

Elle s'exécuta. Elle ne se débattit pas quand il l'étreignit, l'appuyant contre son torse pour la réchauffer. Apaisée par le rythme régulier de son cœur, Martay ne tarda pas à s'endormir.

Night Sun sentit sa nuque se raidir.

Les longs cheveux d'or de Martay cascadaient sur le bras qui la soutenait. Ses beaux seins, à peine couverts de soie blanche, s'appuyaient contre son torse. Quant aux fesses rondes et fermes, elles reposaient tout près, beaucoup trop près de son aine.

Night Sun eut un bref soupir et effleura fugitivement la soie chatoyante, tendue sur la rondeur juvénile d'un sein. Il ferma les yeux.

Cette jeune fille était la créature la plus ravissante qu'il ait vue. Et voilà qu'elle s'endormait dans les bras d'un homme qui, quelques minutes plus tôt, avait voulu la violer.

Il s'obligea à retirer sa main.

Il eut un sourire amer. Si elle avait su qu'il la désirait plus violemment maintenant que lorsqu'il l'avait embrassée de force, elle se serait rendu compte qu'elle n'était pas en sécurité. Précédemment, sa passion n'était que rage. À présent, son désir allait croissant. D'ailleurs il n'avait plus envie de lui faire mal. Il voulait au contraire lui faire l'amour.

— Pardon... chuchota-t-il à la jeune fille qui ne l'entendait pas.

Son attention fut attirée par de légères marques rouges sur la gorge couleur d'ivoire. Des traces de dents. Les siennes. Ses yeux noirs se voilèrent de larmes de remords.

— Pardon, répéta-t-il. Pardonne-moi de t'avoir enlevée.

16

Avec douceur, Night Sun étendit Martay sur un lit d'herbe, en prenant soin de ne pas l'éveiller. Il tira une couverture de ses affaires et la couvrit pour la protéger de la fraîcheur nocturne. Puis il remit sa chemise à franges et vint s'allonger à côté d'elle, sans la toucher.

Il reposait sur le dos, la tête sur ses bras croisés, et contemplait la lune d'un air songeur. Il était troublé.

Il avait fait une bêtise en enlevant cette fille. Déjà, il regrettait qu'elle soit allongée près de lui. Il regrettait de pouvoir tourner la tête et découvrir ce ravissant visage d'ange...

Il s'obligeait donc à ne pas la regarder. Il s'assit, croisa les mains autour de ses genoux et posa le menton sur son avant-bras.

Pourquoi son père n'était-il pas venu ? Assurément, le général avait eu le message. Nul n'était plus fiable que Little Coyote. S'il l'avait choisi pour délivrer cette lettre d'une importance suprême, c'est que ce jeune guerrier était digne de confiance : il exécuterait ses ordres au péril de sa vie. Little Coyote avait juré de porter le message au général Kidd dans la maison des Emerson, sur Larimer Street.

Alors, pourquoi personne ne s'était-il présenté ?

Plusieurs détachements de cavaliers étaient passés tout près de la cahute cachée entre les rochers, mais le général n'était à la tête d'aucun de ces groupes. Était-il trop lâche pour venir, fût-ce pour sauver sa fille ? Ou quelque chose était-il arrivé à Little Coyote ? À cette question, il n'aurait pas de réponse avant des mois. Il avait donné ordre au messager de continuer à cheval après Denver en direction du sud, jusqu'au camp de Running Elk.

Night Sun réfléchit un moment avant de se rallonger. Il ne lui restait qu'à mettre à exécution la seconde partie de son projet. Dans sa lettre, il avait averti le général que, si celui-ci ne venait pas chercher sa fille dans les vingt-quatre heures, elle serait emmenée hors du Colorado, dans le territoire du Dakota.

Il se passa la main sur le visage.

Il n'avait pas prévu de l'emmener où que ce soit, étant certain que son père viendrait la chercher. À présent, il n'avait plus le choix. Il ne pouvait reculer. Il lui fallait l'emmener avec lui, ce qui ne manquerait pas de provoquer des ennuis à son peuple, déjà en proie à bien des problèmes. Le fait qu'une fille de général américain soit gardée en otage dans un camp lakota, pourrait mobiliser contre eux toute l'armée américaine.

Pensif, Night Sun ferma les yeux. Épuisé par son interminable chevauchée, il s'endormit enfin.

Au milieu de la matinée, Martay s'éveilla car elle avait trop chaud. Elle passa la langue sur ses lèvres desséchées. Elle ouvrit les paupières : un soleil éclatant inondait le paysage. Elle tourna la tête et vit à côté d'elle Night Sun qui dormait, le visage tourné vers elle. Tout de suite lui revint le souvenir du baiser brutal. La jeune fille frissonna et étouffa un cri.

Elle observa le Lakota endormi, sans se laisser tromper par l'expression paisible de ce beau visage. Dans son sommeil, il semblait placide et inoffensif. Mais Martay le connaissait. C'était un sauvage dangereux.

Il fallait qu'elle déguerpisse.

Avec mille précautions, elle leva la tête. Night Sun ne bougea pas. Soulagée, elle décolla les épaules du sol, mais fut retenue par les cheveux. Elle constata avec dépit qu'il tenait dans une main l'extrémité de sa chevelure. Elle se tourna sur le côté, prenant bien soin de ne pas le réveiller. Puis, avec lenteur, elle se mit en devoir de déplier un par un les doigts qui la tenaient prisonnière. Avec une patience qui lui était totalement étrangère, elle libéra ses mèches blondes, priant en silence que son ravisseur continue à dormir. Elle était si concentrée qu'elle ne regardait que ce qu'elle faisait. Après plusieurs minutes, elle constata enfin, le cœur battant, que la dernière boucle de cheveux était libre. Elle jubilait.

Prête à se lever d'un bond, elle eut un dernier regard pour le Lakota.

Celui-ci l'observait calmement.

Elle frissonna, bien que le soleil lui chauffât le visage. Ses espoirs de fuite s'évanouirent, elle attendit nerveusement qu'il se mette à parler. Ou qu'il se saisisse d'elle et termine ce qu'il avait commencé durant la nuit.

— Bonjour, Martay, dit-il.

Elle ne répondit pas. Elle s'obligea à détacher son regard de celui de son ravisseur. Sa peur était de nouveau là.

— Pas de cheval aujourd'hui, annonça-t-il d'un ton neutre, comme si le drame de la nuit n'avait jamais eu lieu.

Il retroussa sa chemise à franges pour se frotter le ventre sans la moindre gêne, et précisa :

— Si vous le désirez, vous pouvez faire la grasse matinée.

Martay passa la langue sur ses lèvres. Elle méprisait le flegme du Lakota. Son charme irrésistible la blessait presque autant que sa cruauté. Il dégageait un attrait viril si puissant qu'elle se sentait – de façon étrange – à la fois repoussée et attirée par lui. Le simple fait qu'il se gratte le ventre créait une atmosphère en quelque sorte érotique. La jeune fille ne pouvait détacher les yeux de ces longs doigts qui glissaient lascivement sur le ventre nu de son ravisseur.

— Non, non, je ne suis pas...

Elle se racla la gorge et leva la tête pour le regarder.

— Pourquoi n'avançons-nous pas aujourd'hui ?

Il bâilla et s'étira comme un chat.

— Les collines sont infestées de soldats. Nous allons attendre le coucher du soleil. Nous nous déplacerons la nuit.

Sachant qu'il était inutile de protester, Martay acquiesça.

— Et qu'allons-nous faire jusqu'à ce soir ? Nous cacher ?

Il s'assit et s'appuya sur son bras engourdi qu'il posa derrière le dos de Martay. Sa proximité était telle que la jeune fille en rougit. Comme par réflexe, elle s'écarta.

— Inutile de nous cacher, sauf si nous entendons venir quelqu'un.

Son regard nonchalant glissa sur la robe de soie toute salie.

— L'occasion serait bonne de vous laver.

— Je vous ai dit que je n'ai pas l'intention de...

Les mots se bloquèrent dans sa gorge quand elle vit la dureté qui faisait briller les yeux de Night Sun.

— Aujourd'hui, Martay, vous prendrez un bain. Et pendant ce temps, je laverai votre robe.

Martay oublia un moment sa crainte et répondit avec hauteur :

— Vous autres Peaux-Rouges n'y connaissez rien en belles choses. Cette robe est en pure soie de Chine et doit être nettoyée de façon spéciale.

Il se leva avec agilité.

— Tant que j'y suis, je laverai aussi vos dessous, annonça-t-il sans la moindre gêne.

Elle se leva à son tour et l'affronta, les mains sur les hanches.

— C'est hors de question ! Pour rien au monde, je ne...

— Dans ce cas, ayez l'amabilité de les laver vous-même, avant ou après votre bain. Et lavez vos cheveux. Vous avez l'air d'un épouvantail.

— Pour qui vous prenez-vous ? Qui êtes-vous pour me donner des ordres ? répliqua-t-elle sèchement.

La jeune fille avait l'habitude de donner des ordres, et non d'en recevoir.

— Pour vous, Martay, je suis tout.

— Comment ?

— Tout ! répéta-t-il. Votre protecteur, votre guide, celui qui vous nourrit.

— Mon geôlier, corrigea-t-elle d'un ton pincé.

— Certes, confirma-t-il sans trace de remords. Maintenant, prenez ce bain avant que je ne sois contraint de vous le faire prendre.

Sachant qu'il était capable de mettre cette menace à exécution, Martay alla voir le torrent qui cascadait à grand bruit de la montagne. Il y avait au milieu du courant une grosse saillie de grès brun, autour de laquelle les eaux passaient en tourbillonnant.

— Vous voyez ce rocher ? fit-elle en pointant un doigt. Je vais me mettre derrière pour prendre mon bain.

— Allez-y.

— Mais comment j'y vais ? demanda-t-elle en fronçant les sourcils.

Il haussa les épaules.

— À pied.

— Mais je vais me mouiller...

— J'espère bien, répondit-il.

Puis il se pencha et sortit de ses sacoches de selle un savon, et le lui donna.

— Lancez-moi votre robe quand vous serez en place.

Elle prit le savon.

— Si vous me regardez quand je n'ai pas mes vêtements...

— Martay, j'ai envie de tout sauf de ça, affirma-t-il.

En effet, s'il y avait une chose qu'il voulait absolument éviter, c'était de se laisser tenter par cette ravissante enfant gâtée, nue au soleil.

Elle ne le crut pas, mais elle n'avait pas le choix. Elle souleva ses jupes jusqu'aux genoux et descendit dans l'eau. Celle-ci était froide, presque glacée, mais elle ne se plaignit pas. Elle fit en pataugeant le tour du rocher et commença maladroitement à défaire les agrafes de sa robe. C'était la première fois qu'elle se déshabillait toute seule. Lettie, sa fidèle servante, l'avait toujours aidée à le faire.

Brusquement, elle se sentit loin de chez elle. Lettie lui manquait, ainsi que le gros Dexter et Amos. Et tous les autres domestiques. Et puis, ses amis de Chicago.

Et ses nouvelles connaissances de Denver. Les Emerson, Larry Berton. Et son cher papa...

— Martay, qu'attendez-vous ? s'enquit une voix grave, la tirant de sa rêverie. Lancez-moi votre robe.

— Je vous la lancerai quand je serai arrivée à me débarrasser de ces fichus machins ! rétorqua-t-elle sèchement.

— Puis-je vous aider ?

— Ne bougez pas !

Enfin, elle parvint à tout dégrafer et à retirer sa robe de soie passablement défraîchie. Elle la projeta par-dessus le rocher en direction de Night Sun, regarda nerveusement autour d'elle, prit une profonde inspiration et ôta ses dessous polissons en satin français.

Un nuage passa devant le soleil, la plongeant dans l'ombre.

Martay resta un moment à grelotter, immobile. Sans ses vêtements, elle se sentait vulnérable. Ainsi, la Golden Girl de Chicago qui faisait l'envie de tous, se trouvait-elle nue comme un ver dans un ruisseau de montagne glacé en pleine nature sauvage, seule avec un indigène au cœur de pierre qui l'emmenait Dieu sait où. Elle croisa les bras sur sa poitrine nue et, saisie de violents tremblements, se laissa aller au désespoir.

Le soleil revint.

Ses rayons brûlants touchèrent les épaules de la jeune fille, la réchauffèrent, la rassurèrent. Écartant toute crainte, elle esquissa un sourire. Par une journée aussi belle, rien de grave ne pourrait lui arriver.

Et bientôt, Martay se prit à goûter ce bain rafraîchissant, dans ce cours d'eau limpide. En soupirant, elle s'assit sur le fond de pierre. Elle renversa la tête en arrière pour immerger complètement ses cheveux emmêlés. Elle prit le savon et se frotta méthodiquement, goûtant chaque minute avec délices. Pendant un moment, elle oublia les sinistres circonstances qui l'avaient conduite ici. Elle finit par fredonner.

De l'autre côté du rocher, accroupi au bord de l'eau, Jim suait et soufflait pour laver la robe de soie. Le fredonnement lui parvint et, incrédule, il secoua la tête. Il y avait des questions à se poser quant à l'intelligence ou à l'inconscience de cette jeune femme qui, toute nue et sans défense, poussait la chansonnette comme si elle n'avait pas le moindre souci. Alors que, quelques heures plus tôt, il avait failli la violer.

Il crispa les mâchoires.

Cette beauté à la chevelure d'or avait tellement l'habitude d'être choyée et protégée ! Elle n'imaginait pas que quelque chose de fâcheux pût lui arriver. Il était évident que, depuis le berceau, elle avait dominé sans effort son entourage. Elle n'avait jamais fait attention à quoi que ce soit, si ce n'est son confort et son plaisir. Durant les semaines au cours desquelles il l'avait observée à Denver, elle avait conquis le cœur de tous les hommes comme s'il s'agissait de simples breloques. De toute évidence, elle ne le considérait pas différemment que les autres. Elle était sûre de son charme au point de supposer qu'il succomberait bientôt, lui aussi.

Par le Ciel, c'était une canaille futile et superficielle qu'il avait kidnappée !

Inconsciente de la sombre humeur de son ravisseur, Martay barbotait joyeusement. Après tant de jours et de nuits d'inconfort, comme il était agréable de prendre un bain ! Comme il était merveilleux d'être nue dans un ruisseau froid et limpide, sous le brûlant soleil ! Elle savonna ses cheveux et se frotta le cuir chevelu. Puis elle enfonça la tête sous l'eau pour se rincer. Elle émergea en riant.

Une fois ses cheveux parfaitement propres et ses dessous de satin lavés, une fois son corps frais et lisse comme si elle sortait de la grande baignoire de marbre dans sa demeure de Chicago, Martay remit presque à regret ses sous-vêtements et rejoignit l'autre rive. Elle s'assit sur une grande dalle rocheuse et passa les doigts dans sa chevelure trempée qu'elle ramena sur son épaule gauche. Elle la tourna en pressant, pour l'essorer.

Puis elle s'allongea sur le dos afin de sécher au soleil ses dessous mouillés. Elle posa un bras devant ses yeux et se détendit totalement. Rien n'existait hormis cet instant. Elle refusait de réfléchir à ce qui allait lui arriver dans une heure. La chaleur du soleil était délicieuse, après l'eau glacée. Elle s'étira, soupira et tendit les bras derrière sa tête. Une agréable langueur l'envahissait. Le babil de l'eau avait sur elle un effet apaisant, comme les oiseaux qui gazouillaient dans les arbres.

Elle se prit à sourire.

Si les circonstances avaient été différentes, elle aurait merveilleusement goûté cet épisode. Elle n'avait jamais fait d'excursion en terre sauvage. C'était la première fois qu'elle se baignait dans un torrent de montagne, et qu'elle s'offrait un bain de soleil en sous-vêtements.

Un coup de feu retentit dans le lointain : elle revint à la réalité.

— Martay ! hurla Night Sun.

Elle l'entendit plonger. Le temps pour elle de s'asseoir, il avait fait le tour du rocher, le visage sévère. Sans lui laisser le temps de parler, il l'empoigna à bras-le-corps et retraversa le ruisseau avec elle sur le dos. L'eau clapotait contre ses cuisses vêtues de peau de daim.

— Qu'est-ce que c'est, Night Sun ? demanda-t-elle quand il reprit pied sur la berge.

— Ramassez toutes nos affaires, ordonna-t-il d'un ton sans réplique.

Mécaniquement, elle attrapa sa robe mouillée : elle avait hâte de se vêtir. Il l'arrêta en posant une main sur son épaule.

— Faites ce que je vous dis, insista-t-il.

Elle obéit.

Quelques minutes plus tard, ils avaient quitté leur bivouac au bord du torrent. Ils étaient accroupis dans une crevasse si étroite que le cheval noir s'était frotté les flancs en entrant. L'entrée de leur tanière était dissimulée derrière une épaisse végétation. C'était donc une cachette idéale, quoique fort exiguë.

Night Sun étendit sur le sol rocheux une couverture où Martay, soumise, s'assit sans discuter. Il s'accroupit devant elle, non sans lui avoir indiqué de ne pas faire le moindre bruit. Elle acquiesça. Elle faillit rire quand le Lakota baissa la tête de son étalon et lui souffla quelque chose à l'oreille. Il ne faisait aucun doute qu'il ordonnait également à son cheval de se tenir tranquille !

Des voix d'hommes approchaient. Martay attendait, inquiète. Elle observa Night Sun, puis l'étalon. Ce dernier avait flairé l'odeur des chevaux. D'une seconde à l'autre, il allait se mettre à hennir.

Night Sun caressait calmement la robe brillante de l'étalon qui avait les yeux exorbités, le cou arqué. Il ouvrait les naseaux, couchait les oreilles. Mais il ne fit pas le moindre bruit. Le fait que cet animal vigoureux obéisse ainsi à son maître effraya Martay presque autant que l'attaque de la veille. Sans effort apparent, Night Sun imposait son indéfinissable pouvoir au cheval. Elle-même ressentait les effets de ce magnétisme.

En le regardant, accroupi en train de caresser l'étalon, elle eut une sensation de désastre imminent : si elle ne s'en défendait pas, il allait la domestiquer et faire d'elle son jouet.

Le Lakota se tourna vers elle. Son message muet était clair : « Toi, Martay, tu m'appartiens au même titre que ce cheval. Tu vas te montrer comme lui obéissante, c'est-à-dire silencieuse. »

Maudit Indien ! Elle allait crier de toute la force de ses poumons ! Les cavaliers étaient à quelques mètres. Si elle hurlait, ils l'entendraient. Rien ne pouvait l'en empêcher. Elle n'avait pas le canon d'une arme sur la tempe. Et, cette fois, elle n'était pas bâillonnée. Donc il n'avait aucun moyen de l'empêcher de donner l'alerte, et elle comptait en profiter !

Comme s'il lisait dans ses pensées, Night Sun leva les bras et posa les mains sur ses épaules. Martay déglutit nerveusement. Les mains chaudes de son ravisseur lui caressaient les bras avec douceur. Elle ouvrit la bouche mais constata, horrifiée, que le son ne sortait pas. Pas un bruit. Rien. Elle était incapable d'appeler à l'aide. Pour une raison inconnue, elle ne parvenait pas à lui désobéir.

Déconfite et indignée, elle le foudroya du regard. Les yeux de son geôlier étaient sombres et brûlants. La colère de Martay s'évapora, et elle se mit à trembler.

Brusquement, elle se rappela qu'elle ne portait que des dessous de satin mouillés, qui ne la couvraient même pas jusqu'à mi-cuisses.

Les mains impérieuses de Night Sun continuaient leur va-et-vient sensuel sur ses bras nus. Ses pouces lui frôlaient les côtes. Avec effort, elle cessa de le regarder dans les yeux. Elle baissa la tête, et sa honte ne fit que croître. Sa chemise mouillée soulignait ses

165

mamelons, saillants à cause du froid. Ou était-ce à cause de son ravisseur ?

Non ! cria-t-elle intérieurement. Non, non et non ! Jamais ce sauvage arrogant n'obtiendrait cela d'elle. Jamais il ne la plierait à sa volonté. Elle n'était pas un animal domestique !

Night Sun cessa de la toucher. Il s'appuya contre la paroi rocheuse et se mit à la détailler avec effronterie. Ses prunelles noires la fouillaient comme ses mains ne l'avaient jamais fait. Martay en avait le souffle court.

Il scrutait les seins de sa captive avec un regard si intense, qu'elle en sentit la chaleur percer le fin tissu mouillé de sa chemise pour atteindre la peau nue. Elle sentit ses seins gonfler douloureusement, et ses mamelons durcir à faire mal, appuyés contre le satin qui les enserrait.

Le dangereux regard du Lakota glissa lentement jusqu'au ventre de Martay, qui serra ses genoux tremblants. Elle aurait souhaité qu'il y eût davantage de place dans leur retraite. Elle était assise sur la couverture, les jambes repliées de côté. Il lui était difficile d'imaginer position plus provocante, mais elle manquait de place pour en changer.

Les cavaliers passèrent à quelques mètres, échangeant des plaisanteries d'une voix forte. Ils se demandaient entre autres où dénicher la jolie blonde qu'ils cherchaient, la fille de leur général. Et Martay demeura silencieuse, dans le piège des yeux noirs qui lui faisaient oublier le monde entier.

La jeune fille se demandait ce qui lui arrivait. Elle n'était plus elle-même. Elle était sous l'emprise d'une force contre laquelle elle ne savait lutter. Elle n'en éprouvait même pas le désir. Une chaleur incroyable l'envahissait de la tête aux pieds, et elle se mit à se tortiller en dévisageant son ravisseur. L'intérieur de ses cuisses fourmillait en vibrant, comme sous la caresse des longs doigts du Lakota.

Excitée de façon effrayante, elle s'humecta les lèvres et bascula la tête en arrière. Elle étendit ses jambes nues jusqu'à la paroi opposée, et posa les deux fesses à plat. Avec un soupir, elle leva les bras pour ramener au sommet de sa tête ses cheveux propres. Elle prit une profonde inspiration et sa chemise, qui séchait rapidement, adhéra à ses formes généreuses. Elle ne s'apercevait pas du fait que, sous le regard qui la fouaillait, elle multipliait les poses suggestives.

Comme à son habitude, elle ne songeait qu'à elle. Elle goûtait cette excitation bizarre. Elle était encore trop ingénue pour comprendre parfaitement ce qui se passait. En réalité, le beau sauvage était en train de lui faire l'amour de façon aussi réelle que si ses mains l'avaient caressée de haut en bas. Elle s'offrait à lui sans retenue, goûtant le plaisir érotique qu'il lui procurait.

Ses yeux sensuels l'envahissaient, l'envoûtaient, revendiquaient la possession de chaque centimètre de son corps. Et elle n'était que trop heureuse de s'abandonner à ce puissant magnétisme.

Cet interlude aurait pu durer, mais un minuscule tamia, effrayé par un cheval de la cavalerie, jaillit de son trou à quelques centimètres du bras gauche de Martay. Le petit écureuil fit sursauter la jeune fille, qui ouvrit la bouche pour hurler.

Avec une agilité déconcertante, Night Sun bondit. Il la bloqua de son bras comme un étau, en même temps que ses lèvres dures recouvraient les siennes dans un baiser qui n'avait d'autre but que de la réduire au silence. Mais elle se trouvait dans un agréable état d'excitation amoureuse : elle entrouvrit donc les lèvres. Sa langue y pénétra et Martay fut submergée par un plaisir exquis. Le baiser fut profond et long. Très long.

Night Sun était accroupi devant elle. Il l'attira vers lui. Elle leva les mains et saisit l'épaisse chevelure noire, tout en lui suçant la langue. Elle ne se rassasiait pas de cet homme extraordinaire.

Il prolongea ce baiser voluptueux au-delà du nécessaire. Quand enfin il s'écarta, la cavalerie était loin. Le cœur de Night Sun battait la chamade. Il prit des deux mains la tête de Martay et appuya son visage contre son torse. Il en perdait le souffle.

Tremblante, la jeune fille manquait d'air. La merveilleuse odeur de son ravisseur l'enveloppait.

Juste au-dessus de sa tête, Night Sun avait fermé les yeux. Lui aussi était assailli par le parfum de sa captive, l'odeur de ses cheveux fraîchement lavés, celle de sa peau et aussi – fragrance unique et délicieuse – l'odeur capiteuse de son excitation amoureuse.

Il savait qu'il pouvait la prendre là, tout de suite, et qu'elle se donnerait à lui. Il dut faire un effort pour ne pas perdre de vue qui était cette jeune fille, et pourquoi elle était là. Il se remémora le soldat blond aux yeux verts qui avait engendré cette créature.

Soudain, Martay s'écarta de son torse.

— Night Sun, murmura-t-elle d'une voix mal assurée, ne me refaites plus jamais ça.

— C'est promis, Martay, croyez-moi.

17

Un Indien trapu d'une rare laideur était vautré sur un confortable rocking-chair en plein soleil, sur la terrasse des Darlington. Il buvait dans un énorme gobelet du bourbon du Kentucky et fumait un coûteux cigare de Cuba.

C'était la Balafre, chef des éclaireurs de la tribu des Crows. Il était arrivé à cheval pour parler avec le général William Kidd. Celui-ci, par égard pour Regina Darlington, la maîtresse de maison, avait déclaré que la Balafre n'avait rien à faire à l'intérieur de la demeure.

L'amour-propre de l'Indien n'avait pas souffert de cet accueil. C'était un rustre.

— Qu'est-ce qui t'a pris de te présenter sur ce domaine ? demanda le général Kidd d'un ton hargneux. Tant que tu n'auras pas de nouvelles de ma fille, tu n'as rien à faire ici.

La Balafre croisa les jambes et avala une lampée de whisky.

— Je n'ai pas de nouvelles, général. Mais c'est bien à cause de votre fille que je viens.

— Martay ? Tu as entendu quelque chose ?

— Je n'ai rien entendu. C'est justement ça le problème. Je n'entendrai rien tant que je n'irai pas sur le terrain. Je perds mon temps à guider des soldats dans ces montagnes à l'ouest de Denver.

— Que proposes-tu ?

— Donnez-moi quelques mois pour me balader. Je vais faire un grand tour, coller mon oreille contre le sol et écouter.

— Mais je ne comprends pas comment…

— Général, je connais beaucoup de monde dans la Prairie. Les gens voient et entendent davantage que vous ne le croyez. Je ferai quelques visites, quelques cadeaux – à vos frais – et demanderai quelques services.

— Tu crois que tu as une chance d'apprendre qui a enlevé Martay ?

Le Crow lécha de façon obscène le bout mâchonné de son cigare.

— On ne sait jamais. Il m'arrive d'extorquer des renseignements aux gens les plus discrets…

Il sourit. Ses yeux bruns brillaient d'une lueur mauvaise.

Le général Kidd se gratta la mâchoire.

— Bon sang, peut-être trouveras-tu quelque chose… Finis ton verre, la Balafre, et pars sans tarder.

Le Crow termina son verre, se leva, alla au chariot des boissons et se versa une nouvelle rasade. Il continua, sans se tourner vers le général aux cheveux d'argent :

— Il me faut mille dollars pour le voyage.

Le général bondit de son fauteuil.

— Pas question ! Il y aura une récompense de dix mille dollars si tu retrouves ma fille. Tu toucheras donc…

— Non, général. Donnez-moi mille dollars maintenant. J'aurai besoin de graisser quelques pattes pour obtenir des renseignements.

— Je croyais que tu allais faire parler tes informateurs en utilisant la méthode forte ?

— Cette méthode ne marche pas avec tout le monde, expliqua le Crow avec un grand sourire. Les dames, ça aime les cadeaux.

— Tu ne connais pas de dames, et les prostituées que tu fréquentes n'ont bien sûr...

— Le problème avec vous, les Blancs, c'est que vous vous imaginez qu'il y a une différence, s'esclaffa la Balafre. Prenez par exemple la belle dame qui habite ici, celle qui est trop raffinée pour me laisser entrer dans son salon...

Le général le fusilla du regard.

— Quelle saleté as-tu en tête, Peau-Rouge ?

— Cette femme aux cheveux de feu est la plus grande garce de la région.

— Bon Dieu, fiche le camp ! Hors de ma vue ! s'écria le général congestionné de colère, avec un regard nerveux vers la porte. Jamais il n'y a eu dame plus pure et innocente que Mme Regina Darlington !

— Si c'est vous qui le dites ! gloussa le Crow. Bon, et mon argent ?

— Va l'encaisser au guichet du trésorier, et ne te montre plus sans nouvelles de ma fille.

— Si je n'apprends rien d'ici quelques mois, je reviendrai au fort.

Il vida son verre.

— Mais si je la trouve, je...

Le général Kidd lui coupa la parole :

— Tu m'envoies un câble, un point c'est tout. Je ne veux pas que tu t'approches de ma fille. Maintenant, dégage !

La Balafre sourit, acquiesça de la tête et descendit l'escalier de pierre. Le général le regarda emprunter l'allée circulaire et enfourcher son hongre alezan.

Il ne pouvait pas supporter l'éclaireur crow. Cet homme était odieux, sournois. Il s'en serait volontiers débarrassé depuis longtemps, mais personne ne connaissait le pays comme la Balafre. L'éclaireur avait en tête la carte complète de la Prairie, et c'était une source intarissable d'informations sur toutes les tribus indigènes. Donc, le général avait besoin de lui.

Néanmoins, le fait d'entendre cet immonde individu calomnier une personne noble et chaste comme Regina Darlington le hérissait. Au fort, tout le monde connaissait les besoins insatiables de la Balafre. Pas un bordel qu'il n'ait visité, du Nouveau-Mexique au Canada. Et pas une femme qu'il ne regarde sans la désirer. Sans doute avait-il jugé la jolie femme du colonel Darlington désirable au point qu'il avait cru qu'elle lui ressemblait. Complètement absurde !

— Général…

Une voix féminine le fit sursauter.

— Pourquoi secouez-vous la tête de la sorte ? Est-il arrivé quelque chose ?

L'officier se retourna : Regina Darlington arrivait sur la terrasse, un sourire aux lèvres.

— Eh bien, je… Non, madame. J'étais distrait, je pense…

— Ça ne fait rien, assura-t-elle. Est-ce que cet affreux païen est parti ?

— Oui. Je suis absolument confus qu'il soit venu. Vous avez dû avoir horriblement peur, quand vous êtes allée lui ouvrir.

Regina s'avança gracieusement. Elle s'arrêta à quelques centimètres de lui.

— Je suis tellement heureuse que vous soyez ici, général…

Elle haussa les épaules avec un frisson d'horreur. Les manches de sa robe d'été lilas glissèrent sur ses bras.

— Qu'aurais-je fait si j'avais été seule ? Thomas est à Denver pour la journée… Oh, comme j'aurais eu *peur* !

Le général Kidd avait du mal à s'arracher au charmant spectacle des seins de Regina. Il eut un sourire chaleureux.

— Mais, chère madame, vous n'êtes pas seule. Le sénateur est dans son bureau. Et si je n'avais pas été là, le garde n'aurait jamais laissé entrer l'éclaireur crow.

— Admettons, acquiesça-t-elle rêveusement.

De nouveau, elle eut un frisson des épaules, comme si le souvenir du hideux sauvage était insoutenable. Les manches lilas glissèrent un peu plus bas. Elle prit le bras du général et demanda à brûle-pourpoint :

— Quand revient le fils du sénateur ?

Il tapota sa jolie main blanche.

— Le major Berton rentre à la fin de la semaine. Samedi. Je l'attends samedi après-midi.

— Ah bon, observa-t-elle, pensive. C'est le jour où Thomas et vous partez, je crois.

— Eh oui. Nous allons probablement le rater. Votre mari et moi partons à cheval samedi de bonne heure. Cette fois-ci, nous allons vers le nord-ouest, à Greeley. Cela nous prendra quelques semaines. Il faut que je retrouve mon enfant, précisa-t-il, les larmes aux yeux.

— Vous la retrouverez, général ! affirma Regina en cachant un sourire triomphal.

Deux semaines entières sans son mari : youpi !

Et le distingué sénateur de Virginie pour lui tenir compagnie. Et même, pendant quelques jours au moins, un beau garçon à demeure, le fils du sénateur...

Tout à coup, Regina reprenait confiance en l'avenir.

Depuis deux jours, Martay et Night Sun n'avaient pas échangé quatre mots. Depuis le fameux baiser dans la crevasse, ce baiser étourdissant qu'ils souhaitaient oublier tous deux. En silence, ils continuaient leur progression vers le nord, au clair de lune. Ils passaient la nuit à chevaucher, s'arrêtaient au lever du soleil pour bivouaquer, et dormaient tout le jour.

Martay n'avait nulle idée de l'endroit où ils se trouvaient. Étaient-ils encore au Colorado ? Peut-être. Au Wyoming ou au Nebraska ? Dans le Dakota ? Elle n'avait aucune intention d'interroger le Sioux, toujours renfrogné. Tout ce qu'elle savait, c'est que l'immensité du pays qu'ils traversaient lui procurait un sentiment profond de solitude. Elle se sentait à des millions de kilomètres de la civilisation.

Au fond de son cœur, elle savait qu'une page de sa vie était tournée. Elle ignorait ce qui l'attendait, mais elle avait perdu tout espoir de revenir saine et sauve auprès de son père. Après tant de jours et de nuits, on devait la tenir pour morte.

Les larmes piquaient ses yeux. Elle ferma les paupières et essaya d'avaler la boule qui lui serrait la gorge. Comme par réflexe, elle pencha la tête en arrière et l'appuya sur le torse de Night Sun.

Le cheval noir était en train de descendre une colline et la lune était déjà couchée. Quant au soleil, il n'était pas levé. Ils descendaient donc dans une obscurité totale.

Une semaine plus tôt, Martay aurait été terrorisée à l'idée de voyager dans l'obscurité sur un chemin aussi dangereux. À présent, tout lui devenait indifférent. Quel serait son avenir ? Si l'étalon faisait un faux pas, et s'ils tombaient tous les trois dans le précipice, qu'est-ce que cela changerait ? Ça, ou une interminable captivité dans un camp des Sioux lakotas, au milieu d'une bande de barbares...

Elle se mordit les lèvres.

En général, elle ne se laissait pas facilement abattre, mais les deux derniers jours avaient été éprouvants. Au moment où elle avait le plus besoin d'être comprise, son ravisseur était devenu distant et inaccessible. Elle ignorait ce qu'elle avait fait pour mériter d'être traitée de façon aussi froide.

Car enfin, c'était bien lui qui l'avait embrassée ! Et ce n'était pas elle qui l'avait voulu. Elle avait détesté ça ! Enfin, pas vraiment détesté, mais elle n'y avait pas... *pas vraiment* réagi. Brusquement, Martay sentit qu'elle avait les joues en feu. Malgré ses efforts, elle avait du mal à éloigner de ses pensées ce baiser. Ce baiser dévastateur.

Jamais on ne l'avait embrassée de cette manière. C'était en quelque sorte la première fois qu'on l'embrassait réellement. Auparavant, elle ne savait pas ce qu'était un baiser. Quand elle avait embrassé Farrell Youngblood à Chicago, ou Larry Berton à Denver, ce n'était rien à côté de ce qu'elle avait ressenti dans les bras de Night Sun.

Au souvenir de cet ardent baiser, elle sentait des vagues de chaleur courir en elle. Elle s'empourpra dans le noir, heureuse que l'homme responsable de son émoi ne puisse la voir. Elle eut un tressaillement violent.

— Ça va ? s'enquit-il de sa belle voix de baryton juste au-dessus de l'oreille gauche de Martay.

— Non, ça ne va pas ! répliqua-t-elle avec autant de hargne que possible.

Et c'était vrai. Ce voyage était du plus haut inconfort. Elle avait mal aux bras et aux jambes. Et elle avait chaud, trop chaud malgré la fraîcheur nocturne...

À l'heure où Night Sun choisit un endroit pour bivouaquer au bord d'un ruisseau qui n'était qu'un filet d'eau, Martay claquait des dents sans pouvoir se maîtriser. Le ciel rosissait à l'est.

Night Sun observa attentivement le visage de sa captive, et fronça les sourcils. Il voulut lui prendre le bras. Elle l'écarta rageusement et s'éloigna.

Il serra les mâchoires. En trois enjambées, il rattrapa Martay et la tourna vers lui. Il posa une main sur son front. Elle était brûlante de fièvre.

— Je vais préparer votre couche et vous vous reposerez, annonça-t-il.

— Non, rétorqua-t-elle, je vais me baigner : il fait trop chaud.

— Pas question.

— Vous êtes trop mignon, Night Sun ! se moqua-t-elle avec un regard furieux. Cela fait deux jours que nous ne nous parlons pas, et quand vous vous décidez à le faire, c'est juste pour me dire deux mots : « Pas question. » Alors, je me baignerai.

Il crispa les mâchoires.

— Je vous le défends.

— Oh, bravo : quatre mots. Vous faites des progrès.

— Vous me défiez ?

— Allez au diable !

— Allez au lit.

— Au diable, Peau-Rouge !

— Petite Blanche obstinée ! répondit-il avec une lueur d'humour au coin de l'œil.

— Je ne suis pas d'humeur à jouer ! explosa-t-elle. J'ai trop chaud, je suis sale et fatiguée, et je vais me baigner dans ce ruisseau !

Elle parlait encore lorsque de violents frissons l'assaillirent. Elle interrogea du regard son bourreau comme un enfant qui se demande ce qui lui arrive.

Tout de suite, il changea de visage. D'une voix douce, il tenta de la convaincre.

— Vous êtes malade, Martay. Vous avez attrapé une fièvre. Pourquoi ne pas attendre le grand jour pour vous laver ?

Incapable d'empêcher ses dents de claquer, elle acquiesça à contrecœur. Quelques instants plus tard, elle reposait par terre, emmitouflée de couvertures. Mais elle grelottait encore.

Elle se sentait si mal qu'elle ne protesta pas quand Night Sun se glissa sous les couvertures et l'enlaça étroitement. Heureuse d'être réchauffée, elle se pelotonna contre lui et sombra dans un sommeil agité, tandis que le soleil montait dans le ciel.

Son état se détériora durant la journée. Elle refusait toute nourriture. Elle prenait juste un peu d'eau, ç'est tout. Elle ouvrait de grands yeux chaque fois que Night Sun lui touchait le front, la joue ou la gorge. Puis elle les refermait, comme si ses paupières étaient trop lourdes.

Au bout de vingt-quatre heures, Martay n'avait pas vu le temps passer. Lorsqu'elle ouvrit les yeux, elle distingua un inconnu qui lui tournait le dos. Elle tâcha d'accommoder sa vision. C'était un monsieur fort élégant. Elle fronça les yeux, surprise, et se demanda un instant si quelqu'un était venu, un bel inconnu qui la reconduirait à la civilisation.

Elle cligna des yeux et l'observa. Il se tenait debout devant un petit miroir appuyé sur une branche de genévrier. Il coiffait sa chevelure noire comme la nuit. Il portait une chemise d'un blanc de neige qui mettait en valeur ses larges épaules et sa taille mince. Son pantalon de très bonne coupe était taillé dans un fin tissu noir. Ses chaussures étaient en cuir verni.

Martay sourit, croyant à une hallucination due à la fièvre. Elle referma les yeux. Quelle idée d'imaginer un dandy en pleine nature ! C'était une farce que lui faisait son imagination. Un rêve bizarre comme elle en avait eu tout le jour et toute la nuit.

Elle rouvrit les yeux.

Il était toujours là. Il continuait à brosser ses cheveux soyeux. À chaque mouvement, Martay voyait bouger ses omoplates sous la chemise bien repassée. Elle continua à l'observer, tétanisée. Il posa la brosse et prit un vêtement sur une autre branche. Il passa les bras dans les manches d'une veste de smoking. Puis il pivota vers elle.

— Night Sun !

Elle s'assit d'un bond, égarée. Il se précipita.

— Ça va ?

Martay croyait rêver. C'était Night Sun, mais ce n'était pas lui. Il n'était plus un Indien. C'était un Blanc. Mais il était toujours aussi basané, aussi beau avec ses magnifiques dents blanches étincelantes au soleil. Quant à ses yeux noirs, ils étaient... ils étaient...

Brusquement, tout lui revint. Elle se souvint de la terrasse chez les Darlington. Elle était debout sous le clair de lune. Elle avait tendu la main pour prendre le verre de punch que Larry Berton était censé lui porter. Et là, elle avait vu de longs doigts fins et basanés saisir le verre, et elle avait croisé deux yeux noirs brillants. Ce monsieur en tenue de soirée était...

— Qui êtes-vous ? murmura-t-elle.

Il la souleva dans ses bras.

— Vous êtes malade, Martay, répondit-il. Je vous conduis chez un médecin.

Elle s'évanouit.

Quand elle revint à elle, Martay reconnut l'odeur désagréable du désinfectant. Deux hommes parlaient à voix basse. Une voix lui était familière, mais pas l'autre.

Celle qu'elle connaissait était la plus grave :

— Docteur, il faut que vous la sortiez de là. Je suis sûr que vous avez quelque chose, un médicament qui...

— Monsieur Savin, coupa le médecin, votre femme a attrapé la fièvre des montagnes Rocheuses, et il n'y a pas de médicament connu contre ça. Je suis navré.

Elle entendit des pas rapides approcher.

— Qu'est-ce que vous faites ?

— Je l'emmène, décréta la voix qu'elle connaissait.

— Ne faites pas de bêtise, mon garçon. Cette jeune femme n'est pas en état d'être transportée. Nous allons nous en occuper du mieux que nous pourrons. Jusqu'au bout...

Martay était trop faible pour ouvrir les yeux ou pour parler. Elle sentit qu'une paire de bras robustes la soulevait, et la voix grave reprit :

— Cette femme a encore soixante ans à vivre ou davantage.

Et il se mit en marche, avec elle dans les bras.

— Jim Savin, revenez ! Cette pauvre petite est...

— Elle ne va pas mourir, docteur.

— Mon garçon, mon garçon... il n'y a rien à faire. C'est la variole. Vous ne pourrez la sauver.

— Je connais un guérisseur qui essaiera.

Martay était consciente par intermittence tandis que Night Sun, qui la serrait contre son torse d'un geste protecteur, chevauchait à bride abattue, traversant les collines couvertes d'herbe en direction de la

Powder River. Son visage était fermé, et il poussait l'étalon au maximum de ses possibilités. Le grand animal fidèle dévorait les kilomètres comme s'il avait des ailes aux sabots.

Au coucher du soleil, la jeune fille ouvrit les yeux. Elle était dévorée de fièvre, mais parfaitement lucide et calme. Elle toucha le visage de Night Sun et lui dit :

— Je sais que je me meurs. On n'y peut rien mais, s'il vous plaît, me direz-vous qui vous êtes vraiment ? Un Blanc ou un Peau-Rouge ?

Il la regarda.

— Martay, je ne vous laisserai pas mourir...

— Je vous en supplie, insista-t-elle. Qui êtes-vous ?

De sa main pâle, elle caressa le reflet brillant de sa veste de smoking.

— Ni l'un ni l'autre, répondit-il. Ou les deux à la fois. Je suis métis. Mon père est blanc, ma mère est lakota. Je m'appelle Jim Savin dans votre monde. Dans le mien, Night Sun.

La main de Martay retomba, et elle murmura :

— J'ai les lèvres si sèches qu'elles me font mal...

Aussitôt, Night Sun se lécha l'index et en frotta les lèvres brûlantes de la malade. Soulagée, elle sourit.

— Un métis ?

Il acquiesça de la tête.

— Et pourquoi le nom de Night Sun ?

— Cela signifie « lune ». J'ai été conçu un jour de pleine lune dans le Dakota. Je suis né un jour de pleine lune, et je mourrai un jour de pleine lune.

— Night Sun, répéta-t-elle d'une voix faible. Jim Savin...

Elle répéta ces noms plusieurs fois, comme pour les soupeser, comme pour juger lequel convenait le mieux au beau métis. Elle garda un moment le silence, contemplant son visage aux traits durs, ses hautes pommettes obliques, son nez arrogant, ses lèvres sensuelles.

— Night Sun, dit-elle enfin, je vous en supplie : ne me laissez pas mourir...

— Je ne vous laisserai pas mourir, Wicincala. Jamais.

18

Le camp d'été des Sioux lakotas du chef Windwalker était situé sur les berges d'un agréable cours d'eau, la Powder River. Sous un tipi confortable dans la partie nord du camp, une vieille Indienne aveugle aux cheveux blancs était assise toute seule. Son visage était cuivré et couvert de rides. Elle était occupée à l'un de ses passe-temps favoris.

Son nom était Gentle Deer, et elle avait connu soixante-quatorze étés. Comme tout être humain, il y avait des moments dans la vie qu'elle préférait, des heures de bonheur dont elle se souviendrait toujours. Quand elle regrettait l'ancien temps et les personnes parties rejoindre Wakan Tanka – le Grand Esprit –, elle profitait de ces instants pour les rappeler à sa mémoire où elle les conservait soigneusement.

Le plus précieux de ces moments s'était déroulé au printemps 1825, la fois où elle était descendue nager seule dans la Bad River au lever du soleil. Elle était belle à l'époque, et elle le savait. Elle avait une épaisse chevelure noire aile de corbeau, qui lui descendait jusqu'aux hanches lorsqu'elle la lâchait. Elle avait des membres souples, lestes et vigoureux. Tous les guerriers la voulaient pour femme.

Quand elle arriva au bord de la rivière, le soleil levant avait posé sur la surface un reflet rose brasillant. Elle s'arrêta net et regarda.

Sur un énorme rocher surplombant les eaux, un grand et superbe guerrier qu'elle ne connaissait pas se tenait debout. Il était tout nu. Ses lourds cheveux noirs étaient défaits. Il avait des épaules immenses, des hanches minces et de solides cuisses : un vrai rêve de jeune fille.

Le guerrier sentit une présence, et tourna vers la jeune fille sa noble tête. Sans un mot, il l'invita à se montrer nue et libre, comme lui. Le cœur battant, elle passa lentement, timidement, sa robe en peau de daim par-dessus sa tête. Elle resta ainsi, nue au soleil levant, sous le regard admiratif du guerrier.

Ils se rejoignirent au milieu des eaux froides de la rivière : dès cet instant, ils surent qu'ils allaient passer ensemble le reste de leurs jours. Ils ne firent pas l'amour. Ils nagèrent, rirent et se touchèrent. Le jour même, le grand Walking Bear – Ours qui marche – apporta au père de Gentle Deer un troupeau entier de chevaux et lui demanda la main de sa fille.

Une semaine plus tard, elle était la femme adorée d'un guerrier indomptable, âgé de vingt-cinq ans. Toutes les vierges de la tribu lakota étaient jalouses. Elles l'auraient été davantage si elles avaient su à quel point le guerrier tant redouté se montrait dans l'intimité un mari doux et attentionné...

La vieille femme eut un petit soupir, en se remémorant les longues nuits d'amour l'hiver, et la lumière des journées insouciantes l'été. Puis la naissance de leur fille aînée, et de la seconde. Et enfin, il y avait eu un nouveau guerrier dans la famille avec la naissance de son cher Hanhepi Wi, petit-fils métis qui, dès l'instant où il avait ouvert ses yeux noirs pleins de vivacité, avait été une joie pour tous.

Gentle Deer remit avec amour ces souvenirs à leur place et se prit à rêver. Son petit-fils adoré, si beau, si fort et intelligent, était adulte à présent. Il était revenu chez lui, parmi les Lakotas, pour éclairer les vieux jours de sa grand-mère...

Night Sun écarta le rabat fermant le tipi de Gentle Deer, passa la tête à l'intérieur et entra. Il resta debout en silence. Il souriait avec tendresse à la vieille aveugle aux cheveux blancs qui lui avait tant manqué. Elle semblait assoupie. Ses yeux morts étaient fermés. Mais tandis qu'il l'observait, la tête chenue se souleva et des pattes-d'oie apparurent aux commissures des paupières. Elle leva les bras :

— Mitakosa !

Night Sun partit d'un grand rire. Puis il tomba à genoux devant la vieille dame assise et l'embrassa avec fougue.

— Oui, c'est ton petit-fils !

— Comment serai-je sûre que c'est bien toi ? minauda-t-elle. Et si c'était encore un rêve ?

Elle serra entre ses mains la robuste mâchoire de son petit-fils.

— Qu'est-ce que cela fait ? répliqua-t-il. Je suis là.

— Mais tu n'as jamais cessé d'être là. Et tu le seras toujours ! insista-t-elle en collant sa joue parcheminée contre celle du jeune homme. Est-ce qu'elle est avec toi ?

— Qui ça, grand-mère ? demanda Night Sun en s'écartant.

— La femme-enfant aux cheveux clairs que Wakan Tanka m'a fait voir en rêve.

Il plissa le front et, quelques instants, resta sans voix. Puis il saisit les mains de la vieille dame.

— Il y a effectivement une femme-enfant avec moi. Mais elle est très malade : la variole. J'ai peur qu'elle ne meure...

— Est-ce que tu l'as conduite chez Windwalker ?

— Oui, elle est sous sa tente.

— Sois en paix alors, tu ne peux rien faire d'autre.

Elle libéra ses mains pour frôler le large torse et les épaules de son petit-fils.

— Tu es vêtu comme un Blanc. Tu as l'odeur d'un Blanc. Est-ce que tu as oublié la manière de vivre de ton peuple, maintenant que tu as fréquenté l'école du Blanc et appris ses coutumes ?

— Tu sais bien que non, rétorqua-t-il en reprenant ses mains. N'oublie pas que c'est toi qui as insisté pour que j'aille faire mon droit à Harvard.

— Oui, acquiesça Gentle Deer, pensive.

Elle avait presque oublié son acharnement à faire profiter son petit-fils des avantages de l'éducation offerte par son père, blanc et fort riche. Bien avant que le petit n'atteigne l'âge d'homme, elle avait vu venir la fin de la fière liberté des Sioux. Pour elle, cela ne comptait guère : elle était vieille et ses jours étaient comptés. Mais elle savait que l'avenir de son petit-fils chéri était précaire, du fait de son sang mêlé. Il avait d'abord refusé de partir pour l'Est des États-Unis. Il n'y avait consenti que pour une raison : il espérait pouvoir aider son peuple à faire respecter les traités, si souvent violés par le passé.

— Est-ce que tu vas bien, grand-mère ? s'enquit Night Sun, la tirant de ses pensées.

— N'ai-je pas l'air bien ? répliqua l'indomptable vieille dame.

Elle refusait de parler de sa santé. Elle avait tout ce dont elle avait besoin : Night Sun était rentré avant qu'elle ne meure. Déjà, elle se sentait mieux.

— Tu es belle, déclara-t-il avec un sourire en frôlant ses cheveux blancs. Grand-mère, viendras-tu voir la femme-enfant ?

— Ah, impatience de la jeunesse ! Je ne puis déranger Windwalker pendant qu'il la soigne. J'irai le moment venu, mon petit-fils. Quand on viendra me chercher, et pas avant.

Il n'insista pas.

— Je vais te quitter, maintenant. Je vais me laver dans mon tipi. Ensuite, j'attendrai près de la tente de Windwalker.

— Ne le dérange pas, petit-fils !

— Non, mais je resterai dans les environs, au cas où la jeune fille...

Night Sun ne finit pas sa phrase. Il se leva et sortit.

Martay glissait par intermittence dans une inconscience léthargique. La fièvre l'entraînait dans des rêves qu'elle ne parvenait pas à distinguer de la réalité. Tantôt elle s'abîmait paisiblement dans une béate euphorie, tantôt elle luttait contre des tourments abominables.

Sans s'éveiller, elle sourit et soupira.

Le soleil se levait. Dans son rêve, elle portait une très fine robe blanche de batiste et se promenait dans un immense champ d'églantiers. Les églantines étaient d'un blanc immaculé, des perles de rosée matinale étincelaient sur leurs pétales veloutés. Leur parfum grisait Martay qui courait, pieds nus, à travers le champ encore humide. Ses longs cheveux flottaient derrière elle, la brise lui frôlait le visage. Elle courait et courait, au point d'en avoir les jambes lasses, et le cœur battant.

Enfin elle s'arrêta.

Elle ouvrit les yeux et constata qu'il l'attendait. C'était un dieu de grande taille au teint basané, tout de blanc vêtu et debout dans un océan de roses blanches. La lumière dorée du soleil faisait miroiter sa chevelure noire comme le jais. Il tendit les bras vers elle et la serra étroitement contre lui. Elle renversa la tête en arrière pour scruter ses magnifiques yeux noirs...

Elle hurla de terreur.

Ce n'étaient pas de magnifiques yeux noirs qu'elle regardait, mais un large visage anguleux, celui d'un inconnu penché sur elle.

— Je ne te veux pas de mal, lui dit l'homme. N'aie pas peur.

Martay ne savait plus si elle dormait ou pas. De toute façon, elle n'avait pas la force de lutter. Elle laissa retomber sa tête sur la paillasse et son corps s'abandonna mollement. L'homme se pencha vers elle.

— Je m'appelle Windwalker. Je suis le chef de la tribu des Sioux lakotas, et le chaman.

Martay acquiesça faiblement.

— Tu es sous ma tente, sur les rives de la Powder River. Tu te souviens que tu es venue ici ?

Sa voix était grave et douce. Martay ne répondit pas. Elle tourna la tête et observa le tipi plongé dans la pénombre.

— Night Sun ? murmura-t-elle, soudain terrorisée à l'idée d'être abandonnée. Night Sun ! répéta-t-elle d'une voix plus forte, les larmes aux yeux.

Son ravisseur faisait les cent pas à l'extérieur du tipi : il entendit la jeune fille prononcer son nom. Jetant le cigare qu'il venait d'allumer, il fit irruption à l'intérieur, malgré l'ordre de Windwalker qui lui avait demandé d'attendre. Le cœur battant, il alla droit à Martay et prit dans la sienne sa main fragile.

— Je suis là, Martay... Vous m'entendez ? C'est Night Sun.

Il glissa un regard nerveux à Windwalker. Le chef hocha la tête et se retira en silence. Depuis quarante-huit heures, il n'avait pas quitté le chevet de la jeune malade.

Avec effort, Martay concentra son regard sur Night Sun. Elle le reconnut et, soulagée, se mit à pleurer à chaudes larmes.

— Je croyais que vous m'aviez abandonnée, expliqua-t-elle en lui étreignant la main.

— Je n'ai pas bougé d'ici, assura-t-il en essuyant ses larmes d'un geste tendre. Juste devant le tipi.

Elle lui rendit son sourire et repartit dans son rêve.

— N'est-ce pas que les roses blanches étaient belles ? Night Sun savait qu'elle délirait.

— Oui, Martay, elles étaient belles, répondit-il avec calme. Et vous aussi...

— Vous ne m'avez jamais dit cela, constata-t-elle en fronçant les sourcils.

Puis elle ferma les yeux et sombra dans l'inconscience.

— En effet, souffla-t-il. Mais je l'ai pensé dès le premier instant où je vous ai vue...

Pendant trois jours, Martay demeura dans le tipi du chaman lakota. Celui-ci invoqua Wakan Tanka et, guidé par le Grand Esprit, il exécuta les rites de guérison de ses ancêtres. Il passa sur le visage de la malade une aile d'aigle et ordonna aux esprits de la mort de quitter son corps. Il secoua près de son oreille une grande calebasse pour éveiller sa bonne santé. Il fit un grand feu, la dévêtit jusqu'à la taille et versa sur sa poitrine et son ventre une douzaine de dents de jaguar étincelantes, afin qu'elles dévorent le poison qui la minait. Il péta un bon coup et se perça une veine avec une aiguille en os de bison. Il trempa son doigt dans le sang et traça une croix sur le cœur de Martay. Il ordonna à ce cœur qui palpitait à peine d'envoyer du sang sain, comme celui dont il venait de l'oindre. Chaque fois que le sang séchait sur là poitrine de la jeune fille, il retraçait la croix avec du sang frais prélevé dans sa veine.

Quand il eut achevé cela, ainsi que des dizaines d'autres soins, il convoqua enfin Night Sun. La nuit était avancée, le village dormait.

Night Sun courut au tipi du chaman situé à l'extrémité du camp. Hors d'haleine, il entra et interrogea du regard le chef.

La malade avait les yeux clos. Dormait-elle, ou bien...

— Est-elle... ? demanda-t-il.

Windwalker répondit d'un ton solennel :

— Je ne puis en faire davantage.

— Va-t-elle mourir ?

— Seul le Grand Esprit le sait.

19

Des nuages noirs s'accumulaient, empiétant sur le ciel bleu de l'été. On descendit le corps dans la tombe fraîchement creusée. Les quelques personnes présentes s'inclinèrent respectueusement quand un homme de haute taille, à la mine sévère, s'avança et lança sur la dépouille la première poignée de terre. Puis l'homme fit demi-tour et s'en fut.

La pluie se mêlait aux larmes sur ses joues. La mort dans l'âme, il s'éloigna lentement, bouleversé par le décès prématuré de quelqu'un de si jeune, de si fort et plein de vitalité.

Le clairon du régiment entonna la sonnerie aux morts, qui résonnait loin car le temps était calme et lourd. Quatre robustes soldats s'avancèrent pour pelleter le reste de la terre.

Le major Lawrence Berton accéléra le pas, il avait hâte de quitter le cimetière de la garnison. D'humeur lugubre, il retourna dans ses quartiers.

Le bâtiment réservé aux officiers était désert. Le major en fut soulagé. Il n'avait envie de voir personne. Ni de parler. Il voulait simplement boire seul, pour apaiser un moment sa douleur.

Il se dépouilla de sa vareuse trempée de pluie, et sortit une bouteille de bourbon et un verre. Il remplit celui-ci, le vida d'un trait et s'en versa un deuxième.

La brûlure de l'alcool était douce à sa gorge et à sa poitrine douloureuse. Il leva la bouteille : elle était presque pleine. Il hocha la tête. Il allait la boire jusqu'à la dernière goutte, pour tout effacer. La disparition de Martay. Et maintenant la mort brutale d'un excellent ami...

Il en était à son troisième verre quand une voix se fit entendre :

— Major, je suis navré...

Lawrence Berton pivota vivement. Le chirurgien du régiment était à la porte. Berton fronça les sourcils tandis que le praticien, petit homme chauve d'expérience, entra sans y être invité.

— Nous avons fait notre possible, insista le médecin.

— Cela n'a pas suffi, docteur, répondit le major d'un air las. Ben Johnson avait vingt-cinq ans, il était fort comme un bœuf. Il y aurait sûrement eu moyen de...

— Mon garçon, il n'y a pas de remède connu contre la fièvre des montagnes Rocheuses. Le capitaine Johnson a été malchanceux. Dès lors qu'il a contracté cette maladie, il était condamné.

Lawrence Berton se disposait à continuer la polémique lorsque entra un autre officier. C'était le chef de poste, le colonel Thomas Darlington. D'un regard, il congédia le docteur et, avec un soupir exténué, s'assit sur le second lit.

Le lit du mort.

Lissant de la main la rude couverture militaire, le colonel parla.

— Je sais, major, que la mort du capitaine Johnson vous touche profondément. Surtout après ce...

Il se leva.

— Major, continua-t-il, je vous relève de vos fonctions pour quelques jours. Quittez le fort sur-le-champ. Allez chez moi à Denver. Restez-y quelques jours.

Il s'approcha du jeune officier et lui posa sur l'épaule une main ferme.

— Quand j'ai du chagrin, ce qui me console le mieux, c'est... euh... J'ai entendu dire qu'il y a des nouvelles pensionnaires de toute beauté chez Mattie Silks, dans son établissement sur Holiday Street...

Lawrence ouvrit des yeux ronds.

— Par le Ciel, sir, ne me dites pas qu'avec une femme comme la vôtre, il vous arrive de...

— Non, grands dieux ! Ce n'est pas ce que je voulais dire. Ma femme a tout ce qu'il faut pour... Regina est tellement attirante que je...

Darlington se racla la gorge.

— Nous nous écartons du sujet. D'ailleurs, il n'est pas convenable de citer le nom de ma chère épouse en même temps que celui de prostituées.

— Je ne voulais pas vous blesser, sir.

— Cela va de soi, major. Bref, comme je le disais, vous êtes en permission à compter de cette minute. Profitez un peu des joies de la vie. Enivrez-vous. Voyez des femmes.

Il eut un sourire vague et rougit.

Lawrence Berton acquiesça.

— Ferons-nous route ensemble, colonel ?

— Non, étant donné l'absence du général, je reste ici, major. Quand vous reprendrez votre poste après vos cinq jours de permission, je m'en irai à mon tour. Jusque-là, prenez ma place à la table des Darlington.

— À vos ordres, colonel !

Le lendemain, il était presque midi lorsque Lawrence Berton se présenta chez les Darlington. Le major était sale, morose et fatigué. Il fut accueilli dans le vaste vestibule par un domestique stylé. Celui-ci lui apprit que le général Kidd continuait les recherches sur le terrain. Quant à son père, le sénateur Douglas Berton, il était à Denver pour un déjeuner avec les notables de la ville. Seule la maîtresse de maison, Regina Darlington, était présente : elle n'allait pas tarder à descendre déjeuner.

— Le major désire-t-il que je lui mette un couvert ? demanda le maître d'hôtel en gants blancs.

— Mais certainement, intervint une charmante voix féminine, sans laisser à Lawrence le temps de répondre.

Regina Darlington était debout sur le palier du premier, éblouissante dans une robe abricot. Ses boucles rousses flamboyaient.

— Vous pouvez disposer, Jonathan.

— Bien, madame, répliqua le maître d'hôtel avant de disparaître dans les communs.

Regina releva ses jupes et, avec grâce, descendit lentement vers l'officier, sans quitter des yeux son regard.

Elle s'arrêta à deux marches du bas. Son généreux décolleté était ainsi au niveau des yeux de l'officier. Elle prit le temps d'inspirer profondément avant d'interroger son invité :

— Major, vous avez l'air triste. Qu'avez-vous ?

— Je viens d'enterrer un camarade au fort.

— Dieu du ciel, vous devez être bouleversé ! Que lui est-il arrivé ? Tué par les Peaux-Rouges ?

— Non, madame. Il est mort de la fièvre des montagnes Rocheuses.

Elle secoua la tête.

— Major, cette maladie est incurable. Nous le savons tous.

Elle lui prit le visage entre les mains.

— À présent, oubliez la mort, les funérailles et... et tout ce qui vous contrarie.

Lawrence se souvint du conseil du colonel, et regretta de s'être arrêté sur le domaine. Il aurait dû pousser jusqu'à Holiday Street, chez Mattie Silks. Maintenant, il était bloqué. Au moins pour le déjeuner.

— Ah, si je pouvais...

— Mais bien sûr, major, que vous pouvez ! Je vais vous aider. D'ailleurs, je suis vraiment ravie d'avoir de la compagnie. Sans vous, j'aurais passé seule cette longue journée torride.

Le regard de l'officier était irrésistiblement attiré par les rondeurs de l'admirable gorge de Regina.

— Permettez-moi de monter faire un brin de toilette. Ensuite, je...

— Pour rien au monde ! gronda-t-elle en lui caressant l'épaule.

Tout en tripotant la feuille de chêne dorée de la vareuse d'uniforme, elle se pencha vers lui et souffla :

— Mangeons d'abord. Ensuite, qui sait ? Peut-être le beau major convaincra-t-il la dame esseulée de lui laver le dos...

Le major Berton tomba des nues. La séductrice ! Certes, elle lui avait déjà adressé des sourires aguichants. Ses beaux yeux avaient une façon de le fixer qu'il n'avait jamais connue chez une dame mariée, mais...

Regina l'entraîna dans la salle à manger inondée de soleil. Lawrence la suivit sans se faire prier. Il était sous le charme de ses avances effrontées.

Sur l'insistance de la jeune femme, il prit la chaise du colonel Darlington en bout de table.

Elle vint s'asseoir à côté de lui.

— Eh bien, Larry, vous souriez. Tant mieux. J'aime ça. Vous avez un sourire enfantin que je trouve fabuleusement attirant.

Elle prit une fraise bien rouge dans la corbeille de fruits.

— Mais dites-moi, major, êtes-vous encore un enfant ? s'enquit-elle en trempant le fruit dans un bol de crème fraîche onctueuse. Ou êtes-vous déjà un homme ?

Elle glissa entre ses lèvres la fraise et se mit à la suçoter, à la mordiller, sans lâcher son regard. Puis elle l'avala. Un cercle de crème couleur ivoire demeurait sur ses lèvres rouges.

Lawrence Berton se lécha les lèvres par mimétisme.

— Je... je suis un homme, madame Darlington.

Elle le toisa avec malice.

— Major, si c'est le cas, pourquoi ne pas faire ce dont vous mourez d'envie ?

— Pardon ?

— Enlevez-moi la crème que j'ai sur la bouche.

Il déglutit, lança des regards inquiets autour de lui, hésitant. Puis il recula sa chaise, se leva et se pencha sur son hôtesse, lui prenant le menton dans la main. Ses lèvres couvrirent celles de Regina, qui lui rendit un baiser léger.

Larry Berton, ayant enlevé la crème, se rassit, le cœur battant.

— Quel agréable repas ! s'exclama-t-elle.

Mme Darlington avait fait monter de la cave une bouteille du meilleur champagne. Ils la vidèrent ensemble comme si c'était de la limonade, puis elle dépêcha un domestique en chercher une deuxième. Lorsqu'il l'apporta dans un seau de glace en argent, elle ordonna d'en faire monter une troisième. Elle était en train d'organiser un après-midi d'amour et d'ivresse.

Le major était toujours perplexe. Il n'imaginait pas que la ravissante épouse du colonel Darlington soit capable d'envisager quoi que ce soit d'inconvenant avec un homme appartenant au régiment de son mari. Surtout chez elle.

— Walter, ordonna Regina en souriant, faites rafraîchir la troisième bouteille et portez-la dans le pavillon d'été.

Pour ne pas éveiller les soupçons du laquais, elle se hâta de préciser :

— Le sénateur adore le pavillon d'été. Peut-être aimera-t-il prendre un verre quand il reviendra de Denver, dans l'après-midi.

— Bien, madame, répondit Walter.

Après quoi, Regina se lança dans une scène de séduction effrénée tandis que les domestiques entraient et sortaient de la salle à manger pour le service du repas. Le major était ravi. Quant à la maîtresse de maison, elle avait l'habitude. Elle l'avait déjà fait cent fois.

Chaque fois que Lawrence vidait son verre, il était rempli comme par enchantement. Le désespoir qui l'accablait depuis la disparition de Martay se dissipa, ainsi que sa bonne éducation et sa galanterie. Il était complètement ivre, et son bon sens avait disparu. Il observa la femme superbe assise à côté de lui, en train de finir son dessert. Il eut un sourire niais. Puisqu'il avait pris la place du colonel à table, il pouvait également la prendre au lit, si cela lui chantait.

Et cela lui chantait.

Il vida d'un trait son verre de champagne, le reposa bruyamment et dit :

— Viens ici, Regina !

L'intéressée s'essuya soigneusement la bouche avec une fine serviette damassée, repoussa sa chaise et se leva. Elle s'avança jusqu'à la porte de l'office et annonça :

— Le major et moi souhaitons boire notre café sans être dérangés.

Elle ferma la porte et, avec un sourire polisson, vint se placer contre la chaise de Berton.

— C'est à quel sujet, Larry ? demanda-t-elle d'un ton ingénu, les yeux brillants.

Pour toute réponse, il lui attrapa le bras et la fit asseoir sur ses genoux.

— Es-tu une femme ? bafouilla-t-il d'une voix pâteuse. Est-ce que tu veux finir ce que tu as commencé ?

Sans lui laisser le temps de répondre, il colla sa bouche vorace sur les lèvres de Regina.

Pendant quelques minutes, la jeune femme laissa le major, tout excité, l'embrasser et la caresser dans la salle à manger. Elle le laissa faire quand il retroussa les jupes sur ses cuisses. Elle soupira de plaisir quand il se mit à les caresser de sa grosse main, tout en promenant ses lèvres sur les épaules nues et le vertigineux décolleté.

De plus en plus excité, Lawrence leva la tête et lui fit une proposition enrouée :

— Je te veux tout de suite, ici même !

Regina eut un petit rire, mais secoua ses boucles rousses d'un geste de dénégation.

— Chéri, chéri, c'est impossible. À cause des domestiques. Monte dans ta chambre. Puis sors sur le balcon et descends par l'escalier de service, va au pavillon d'été. Je t'y attendrai, pour te prouver que je suis femme à finir ce que j'ai commencé.

Cela dit, elle se leva et ses yeux s'attardèrent une seconde sur la proéminence virile qui tendait les pantalons ajustés du major. Elle posa la main sur sa gorge et supplia :

— Oh, Larry... vite !

Hors d'haleine, elle se précipita hors de la pièce. Il l'entendit dire aux domestiques qu'ils avaient fini de déjeuner, et que l'officier montait se reposer. Quant à elle, elle sortait dans les jardins pour une promenade digestive.

Larry Berton grimpa les escaliers avec des ailes aux talons. En quelques secondes, il traversa le balcon et dévala l'escalier de service, puis s'engagea sur la vaste pelouse qui entourait le pavillon d'été.

Regina s'attarda un instant dans sa chambre pour se pomponner et déboucha d'une main tremblante son parfum français le plus coûteux. Le beau major blond s'annonçait très ardent, et elle n'avait plus d'amant depuis la disparition de Jim Savin. Dieu du ciel, implora-t-elle en pensée, faites que Larry Berton soit – ne serait-ce qu'à moitié – aussi bon amant que Jim.

Après une dernière touche à sa chevelure rousse, elle dévala l'escalier, franchit le vestibule et gagna la porte d'entrée.

Elle ouvrit et s'arrêta net.

— Bonjour, chère madame, lança le sénateur Douglas Berton, martelant à chaque pas les escaliers de marbre avec sa canne. Vous sortez ?

— Non. Non, je voulais simplement... J'ai pris un déjeuner copieux et je voulais faire une petite promenade.

— Cela vous ennuie si je vous accompagne ? demanda-t-il aimablement. J'ai fait moi aussi des excès de table. Tabor nous avait préparé un buffet digne d'un roi. Ce qu'il nous faut, c'est un peu d'exercice.

20

Elle ne bougeait plus. On l'aurait cru morte. Son beau visage se détachait, livide, sur les peaux de bison. Ses cheveux blonds naguère si lumineux pendaient, ternes, sur ses épaules. Ses lèvres pulpeuses étaient gercées et parcheminées à cause de la fièvre qui la dévorait depuis des jours. Quant à ses yeux, ses yeux d'émeraude si expressifs, ils étaient clos presque en permanence.

— Qu'ai-je fait ! murmura Night Sun, assis en tailleur à côté du lit, sur des couvertures.

Cela faisait trois jours qu'il avait installé Martay dans son propre tipi. Trois jours qu'il ne l'avait pas quittée, qu'il refusait l'aide des autres femmes du camp, qu'il faisait la sourde oreille aux commentaires de sa grand-mère, selon laquelle il était peu convenable de loger une jeune fille dans le tipi d'un guerrier célibataire.

Night Sun se moquait de faire jaser les gens. Il était seul responsable de la présence de Martay au camp, et de sa terrible maladie. C'était donc à lui de prendre soin d'elle. Il le faisait inlassablement, se contentant d'une petite sieste de temps en temps. Quand il s'assoupissait, il gardait une main protectrice sur elle, attentif à son souffle régulier, à ses mouvements imperceptibles, à ses soupirs.

Il savait que si Martay avait été dans son état normal, elle ne lui aurait jamais permis d'agir ainsi. Et le fait qu'elle se montre entièrement docile prouvait de façon effrayante la gravité de son mal, et l'issue fatale qui la guettait.

— Seigneur, murmura-t-il, est-ce que Windwalker a les bons médicaments ?

— Ne t'inquiète pas au sujet de ses pouvoirs, intervint d'un ton ferme une voix féminine.

Night Sun leva les yeux : Gentle Deer entrait, accompagnée d'un éblouissant rayon de soleil.

— Grand-mère, on n'entre pas chez quelqu'un quand le rabat est fermé.

Elle eut un sourire malicieux.

— Comment saurais-je si le rabat est ouvert ou fermé ? Je suis aveugle.

— Tu vois tout, rétorqua Night Sun en se levant.

— Oui, et j'entends tout par-dessus le marché, répliqua-t-elle. Tu ne devrais pas douter du Grand Esprit. Aide-moi à m'asseoir, demanda-t-elle en lui prenant le bras.

Le Lakota aida sa grand-mère à s'installer sur la natte à côté de Martay. La vieille femme passa une main ridée sur la joue de la malade.

— Est-ce qu'elle va mieux, grand-mère ? s'enquit-il.

La main de Gentle Deer se porta lentement au pouls de Martay, à la gorge. L'ancêtre compta les battements. Elle écarta les couvertures et posa la main directement sur le cœur de la jeune fille. Puis elle s'intéressa aux fines chevilles, et y trouva un autre pouls.

Night Sun ne perdait pas un geste de sa grand-mère, cherchant un signe rassurant sur son visage. En vain.

Gentle Deer remonta les couvertures afin de couvrir les épaules de Martay, et s'assit confortablement. Elle tendit la main à son petit-fils. Il s'en saisit et vint s'asseoir à son côté.

— Dis-moi la vérité, grand-mère. Est-ce qu'elle va mieux ?

— Non, répondit Gentle Deer en toute sincérité. Va revoir un peu le soleil, Night Sun. Sors à cheval avec les guerriers. Va chasser l'élan pour nous rapporter à manger. Quitte ce sombre tipi. Moi, je resterai avec la femme-enfant.

— Non, rétorqua-t-il. Elle risque de s'éveiller et de me réclamer. Je reste.

— Tu me rappelles ton grand-père Walking Bear, commenta la vieille femme en souriant. Dur comme la pierre. Quand est-ce que tu me diras ?

— Que je te dirai quoi ?

— Qui elle est. Pourquoi elle est ici.

— Pas encore, grand-mère. Ne me demande rien pour l'instant.

L'ancêtre acquiesça de la tête et n'insista pas. Elle connaissait Night Sun. Il parlerait le moment venu. Pour l'instant, il était préoccupé par la maladie de la jeune Blanche. Elle lui caressa la joue, regrettant qu'il ne fût plus un enfant. Elle l'aurait pris dans ses bras pour le réconforter et lui chanter une chanson. Elle aurait chassé ses peurs.

Mais son petit-fils adoré n'était plus un enfant. C'était un homme. Un grand chef lakota, fier et admiré de toute la tribu pour son intelligence, sa loyauté et son courage.

— Aide-moi à me lever, Night Sun, dit-elle. Je m'en vais, mais je reviendrai avant le coucher du soleil.

— Je ne bougerai pas, promit-il.

Il posa doucement la main sur la tête de Martay.

— J'espère seulement qu'elle aussi sera encore là...

Le saloon faisait office de bordel. Il était empli de trappeurs, de cow-boys et de chercheurs d'or. Tous levèrent la tête lorsqu'un Peau-Rouge entra. L'accueil fut froid, mais l'homme n'y prêta aucune attention. Il alla droit à l'escalier. Il savait que nul ne se risquerait à le chasser.

Et il avait raison.

Un murmure hostile le suivit, mais buveurs et joueurs s'écartaient pour lui faire place. Beaucoup des hommes présents dans la pièce l'avaient déjà vu dans des saloons et des bordels, dans toute la Prairie. Personne ne voulait avoir maille à partir avec ce géant balafré.

Les lèvres charnues de la Balafre se fendirent en un large sourire. Ses yeux noisette brillaient d'excitation quand il posa le regard sur le palier du premier étage. Il savait ce qui l'attendait dans l'une des chambres tapissées de rouge.

En trois jours, il s'était éloigné de Denver de cent soixante kilomètres. Il avait chevauché à bride abattue jusqu'à ce lieu de débauche, car il s'était souvenu d'une jolie brune à la peau blanche comme le lait qui faisait tout ce dont il avait envie, pourvu qu'il la paie.

Il parcourut d'un bout à l'autre le couloir en hurlant son nom à tue-tête. Il ouvrit les portes une à une : les couples surpris en pleine action sursautaient, les prostituées couinaient et leurs clients tonnaient des injures.

Il la trouva enfin, dans la dernière chambre. Il marcha droit sur la voluptueuse fille de joie et, d'un mot, mit à la porte un grand barbu en caleçon debout à côté du lit :

— Dehors !

Avant que l'homme terrifié n'ait ramassé ses affaires, la Balafre commença à se déshabiller. Une fois torse nu, il s'arrêta au milieu de la chambre rouge et dévisagea la femme brune :

— Est-ce que tu te souviens de moi ?

Oui, elle n'avait pas oublié cet Indien couturé de cicatrices. Elle lui sourit. Déjà, elle calculait la coquette somme qu'allait lui rapporter la nuit. Elle était contente qu'il soit revenu. Peu lui importait qu'il fût laid et défiguré par les blessures. Ou qu'il eût un ventre comme un tonneau, qui ondulait à chaque mouvement. Ni qu'il fût sale au point d'empester le fauve. Ni que ses goûts fussent odieusement pervers.

Elle savait qu'il lui donnerait cinq fois ce qu'elle gagnait normalement en une soirée. Ainsi, quand les pantalons de peau tombèrent sur le tapis rouge et que le Crow, nu comme un ver, se fut assis jambes écartées sur un fauteuil, elle n'hésita pas : elle se mit à quatre pattes et vint à lui...

Beaucoup plus tard, une fois assouvi, il demeura prostré sur le lit tandis que la fille, fatiguée mais son devoir accompli, massait ses pieds puants.

— Je cherche une femme, expliqua-t-il en se grattant l'aisselle.

La prostituée acquiesça.

— Je vais voir dans la chambre à côté. Peut-être Kittie acceptera-t-elle...

— Non, non ! s'esclaffa l'éclaireur en faisant tressauter sa lourde panse. Tu me suffis. Tu fais ça bien. Je cherche une femme qui a disparu. Un général américain veut la retrouver.

— Ah bon.

— Il faut que je la trouve. Je l'ai promis au général Kidd.

— Qui ça ? s'enquit-elle, intéressée.

— Le général William J. Kidd, de la cavalerie américaine. Il a perdu sa fille, une blonde aux cheveux d'or.

— Je connais ce nom-là, annonça-t-elle. Je sais...

— Tu sais quoi ? demanda le Crow en lui empoignant l'épaule.

— Le nom du général. Je l'ai entendu... je... Je l'ai vu sur une lettre ! Ça me revient. Un de mes clients avait dans sa poche une lettre adressée au général Kidd.

La Balafre s'assit vivement. D'une poigne de fer, il planta ses doigts dans la chair de la fille.

— Ça disait quoi ?

— Je... je... me souviens plus. Je l'ai pas lue.

Il la secoua brutalement.

— Réfléchis ! Ça disait quoi ? C'était signé de qui ? Crache le morceau, nom de Dieu !

— Je... Ça disait que... il avait la fille du général. C'est tout ce que je me souviens.

— C'était qui ? *Qui* a la fille ?

— J'en sais rien. Je me rappelle pas.

Le rictus de l'Indien devenait hideux.

— Stupide catin ! J'ai dix mille dollars sur sa tête !

— Désolée, la Balafre. J'aimerais t'aider mais...

— Le client avec la lettre, c'était qui ? Où est-il maintenant ?

— Benjamin Gilbert. Chercheur d'or. Parti prospecter dans le Montana.

— Benjamin Gilbert, répéta le Crow. Décris-le-moi. Raconte-moi tout ce dont tu te souviens de cette nuit.

Il lui serra carrément la gorge.

— Pas de mensonge avec la Balafre ! Sinon, je te tue.

Il eut un sourire sinistre. Ses grosses mains glissèrent sur le dos de la fille, caressantes.

— Et ce serait bien dommage. Qui m'aimerait comme ma putain brune du Wyoming ?

Il partit d'un gros rire et la serra contre lui, l'écrasant sur sa poitrine.

Le général William J. Kidd, épuisé par une nouvelle journée de recherche, était assis seul devant un feu de camp mourant. Autour de lui, les soldats fatigués dormaient. Il se trouvait dans le nord du Colorado, dans les plaines bordant la Powder River.

Ses yeux verts étaient vitreux. Dans les dernières flammes dansantes, il ne voyait pas un vulgaire feu de camp, mais la cheminée de marbre de son hôtel particulier de Chicago. Il se rappela le tout premier feu qu'il y avait allumé. Ce souvenir amena un sourire sur ses lèvres.

C'était l'été à Chicago, et la chaleur était torride. Il venait de déménager d'East Grand Avenue pour installer sa famille dans un hôtel particulier tout blanc sur Columbus. Celle-ci se composait de sa ravissante épouse Julie et de leur fille Martay, âgée à l'époque de quatre ans. C'est la petite Martay qui avait exigé un feu dans l'immense cheminée de la salle de réception.

Le sourire du général s'élargit.

— Tu veux un feu, ma chérie ? Tire sur le cordon de la sonnette et ordonne à Dexter de venir en faire un.

— Enfin, Bill ! s'était indignée l'adorable Julie. Tu ne devrais pas lui passer tous ses caprices. Un feu au mois de juillet ? Nous allons mourir de chaleur !

Martay n'avait pas perdu une seconde. Elle avait tiré le cordon d'un coup sec et, quand le gros Dexter s'était présenté à la porte voûtée, elle avait plaqué ses menottes sur ses hanches et donné son ordre :

— Fais un feu dans la nouvelle cheminée, et plus vite que ça.

Le serviteur noir avait cligné des yeux et acquiescé, tandis que le général éclatait d'un rire tonitruant. Il avait soulevé la fillette dans ses bras.

— Chérie, tu serais fichue de devenir officier !

— Bill ! l'avait tancé Julie. Je t'ai déjà dit de sur-veiller ton vocabulaire devant cette enfant.

— Parce que je serais fichue de répéter ! avait complété Martay en s'accrochant au cou de son père.

Le général avait ri de plus belle. La belle Julie, si raffinée, s'était détendue et ils s'étaient assis ensemble sur l'épais tapis devant le premier feu de leur nouvelle maison. Ils avaient bu du thé glacé en s'éventant avec des éventails et, à l'exemple de leur fille, avaient retiré leurs vêtements trop chauds...

— Elle serait fichue de répéter ! redit à voix haute le général Kidd avec un petit rire, plongé dans son passé.

— Sir ? demanda le colonel Thomas Darlington qui arrivait, tirant le général de sa rêverie.

Il s'assit à son côté.

— Rien. Rien, colonel... Je rêvais tout haut.

Darlington sortit un cigare de la poche de sa vareuse.

— Une insomnie, général ?

— En effet, confirma Kidd d'un ton las. Je ne vous ai jamais raconté la fois où la bonne a fait faire la sieste à ma fille, alors qu'elle avait six ans ?

— Non, sir.

Le général eut un sourire.

— Cette petite coquine est sortie par la fenêtre en s'accrochant à la pergola. Elle était presque arrivée en ville, quand un voisin qui rentrait chez lui l'a remar-quée. Il n'y avait jamais de répit avec elle, depuis le début. Je me souviens la fois...

Et il enchaîna les anecdotes.

Lorsqu'il se tut enfin, le colonel attendit respectueu-sement quelques minutes, et se permit de suggérer :

— Général, vous devriez vraiment prendre un peu de repos.

— Je sais, reconnut Kidd, mais c'est dur de dormir alors que Martay se demande sans doute pourquoi son père ne s'occupe pas d'elle comme d'habitude…

21

C'était le milieu de la nuit. Le camp lakota était plongé dans le silence.

Seul Night Sun veillait, auprès de la jeune malade. Allongé, la tête posée sur son bras replié, il ne la quittait pas des yeux. Il observait le profil admirable de Martay à la lueur du feu. Il lui prit une main et la posa doucement sur sa joue. Un instant, il laissa son esprit vagabonder et imaginer que les choses étaient différentes. La belle patiente n'était plus malade. Elle dormait paisiblement. Et elle n'était plus sa captive, conduite ici contre son gré. Elle était sa femme, heureuse de dormir près de lui sous ce tipi pour le reste de son existence.

— Martay ! prononça-t-il avec tendresse.

Elle ne l'entendit pas.

Night Sun porta la petite main à ses lèvres. Puis il se plaça sur le dos et, tenant la main de la jeune fille sur sa poitrine, s'endormit.

Martay émergea moins d'une demi-heure plus tard. Lentement, les brumes de son inconscience fébrile se dissipèrent. Elle regarda autour d'elle avec curiosité. Ses yeux tombèrent d'abord sur une coiffe de guerre, ornée de nombreuses plumes magnifiques, dont la présence ne l'effraya pas. Pas plus que le gros bouclier ou la lance.

Comme dans un rêve, elle tourna la tête et vit Night Sun. Il dormait sur le dos, la main de Martay sur le torse. Elle eut un sourire et observa le beau profil de son ravisseur. Un instant, elle se permit d'imaginer que les choses étaient différentes.

Ce bel homme allongé près d'elle n'était pas un sauvage impitoyable qui l'avait capturée. Il était profondément amoureux d'elle. Ils ne reposaient pas dans un tipi perdu au milieu de terres hostiles, mais sur un immense lit moelleux, dans un bel hôtel particulier en ville : ils dormiraient ainsi ensemble tous les soirs de leur vie.

— Jim, appela-t-elle doucement.

Ce nom sonnait mal dans un tel cadre.

— Night Sun ! murmura-t-elle.

Il ne l'entendit pas.

Elle soupira, et retomba dans le sommeil.

Quand elle s'éveilla de nouveau, elle croisa le regard étincelant de Night Sun. Ses yeux étaient noirs comme la nuit. Tout de suite, son indignation éclata.

— Qu'est-ce que vous fabriquez ici ? Sortez de mon lit, ordonna-t-elle.

Une lueur de colère brillait dans ses prunelles. Elle leva un bras encore faible et le repoussa.

— Écartez-vous de moi !

Night Sun était ravi. La nature combative de Martay reprenait le dessus. Cela voulait dire qu'elle allait mieux. Il saisit sa main, referma les doigts autour de son poignet gracile et sourit.

— Voilà les mots les plus doux que j'aie jamais entendus !

— Lâchez-moi !

Il s'exécuta, se leva en souplesse et demanda gentiment :

— Comment vous sentez-vous, Martay ?

— Très mal. J'ai mal aux bras et aux jambes, et même à la tête. Je souffre du ventre. J'ai l'impression qu'on m'a donné des coups de pied dans la poitrine. J'ai la gorge sèche et mes lèvres sont...

Il souriait, béat. Elle le foudroya du regard.

— Vous trouvez ça drôle ?

— Oui, répondit-il tranquillement.

— Sale type ! Partez !

Les joues pâles de sa captive avaient repris des couleurs : d'instinct, il sut qu'elle était hors de danger.

Il s'éloigna et passa les doigts dans sa chevelure en désordre.

— Où allez-vous ?

Il s'arrêta au moment de sortir du tipi.

— Vous voulez que je m'en aille. Eh bien, je m'en vais, répliqua-t-il en souriant.

Elle se souleva avec effort sur un coude.

— Revenez !

— Restez allongée, Martay, conseilla Night Sun. Je vais chercher ma grand-mère. Elle vous donnera quelque chose, vous vous sentirez mieux.

Le matin même, Gentle Deer avait fait venir l'ami d'enfance de son petit-fils, Lone Tree, « Arbre isolé ». Quand le solide guerrier s'était courtoisement présenté au tipi de la vieille dame, elle lui avait servi du café que Night Sun lui avait apporté. Elle l'avait taquiné quant à son mariage imminent avec la jolie Peaceful Dove, « Colombe pacifique ».

Il avait eu un vague sourire nostalgique.

— L'attente est longue. Je n'ai jamais l'occasion d'être avec Peaceful Dove. J'ai demandé à son père de pouvoir nous marier pendant la lune-des-cerises-sauvages, mais il n'a pas donné son consentement.

La vieille femme avait souri avec indulgence en constatant l'impatience de la jeunesse.

— Lone Tree, la décision de son père est sage. Tu vivras de nombreux étés avec Peaceful Dove. Elle n'aura dix-sept ans qu'à la lune-de-l'herbe-sèche. Mieux vaut attendre.

Il avait hoché la tête, peu convaincu.

Amusée, elle avait précisé :

— Mais je vous ai trouvé l'occasion d'être seuls ensemble. J'ai besoin de plantes médicinales qui poussent en forêt. Il faut que je soigne la femme-enfant que mon petit-fils abrite dans son tipi. J'ai convaincu le père de Peaceful Dove qu'elle aille avec toi et te montre les plantes dont j'ai besoin.

Une lueur d'excitation avait traversé les yeux du guerrier, et elle avait eu un petit rire.

— Vas-y. Peaceful Dove t'attend. Mais reviens avant la mi-journée. Il faut que je sois prête pour quand Night Sun m'appellera.

Bénissant la sagesse de l'ancêtre, Lone Tree s'était levé d'un bond, l'avait remerciée et avait promis de revenir en temps voulu. Il avait filé à toutes jambes au tipi de Peaceful Dove et, quelques minutes plus tard, les deux amoureux s'étaient enfoncés dans la forêt profonde. Ils étaient revenus deux heures plus tard, tout heureux, avec un panier de plantes diverses.

Lorsque Night Sun se précipita sous le tipi de sa grand-mère, elle l'attendait, tranquillement assise. Elle tenait d'une main ferme le panier de simples cueillis le matin même.

— Grand-mère, déclara-t-il en s'accroupissant, il faut que tu viennes tout de suite. La...

— La femme-enfant s'est éveillée, coupa-t-elle en souriant.

C'était une affirmation, pas une question.

Martay eut un mouvement de recul quand la vieille dame toute ridée se pencha sur elle. La jeune fille remonta les fourrures sous son menton et s'écarta pour échapper au contact des mains parcheminées qui l'auscultaient.

Night Sun ressentit une bouffée de colère. D'un ton calme mais sans réplique, il ordonna :

— Martay, faites ce que grand-mère vous demande.

Sans entrain, elle accepta le *wina wisi cikola* que Gentle Deer lui tendait. Elle mâcha avec force grimaces la réglisse amère, et ne crut pas les explications de l'Indienne selon lesquelles ces plantes allaient la soulager de tous ses maux.

Le regard noir de Night Sun était éloquent : défense de faire une scène devant Gentle Deer ! Martay, soumise, accepta la calebasse de verveine brûlante et but. La vieille dame lui souriait.

— C'est excellent pour ton ventre. Bois-en souvent.

Puis Gentle Deer râpa des racines et les mélangea avec de la poudre noire. Lorsqu'elle lui tendit ce mélange, Martay se rebella.

— Elle essaie de me tuer !

L'aveugle en fut peinée.

— Mon enfant, je ne te veux aucun mal. J'essaie simplement de soulager la douleur que tu as aux bras et aux jambes.

— Je ne vous crois pas, riposta Martay.

Elle regarda Night Sun et haussa le ton :

— Je ne la crois pas. Qu'elle sorte !

Night Sun prit le médicament que tendait sa grand-mère et le posa à côté du lit. Puis il aida celle-ci à se relever.

— Grand-mère, Martay est fatiguée et irritable. Elle n'est pas comme ça d'habitude.

Il accompagna la vieille dame à l'extérieur du tipi, sans se presser. Après avoir bavardé un petit moment avec elle, il lui promit de faire appel à elle si le besoin se faisait sentir. Il la remercia d'être venue et d'avoir préparé les médicaments.

À peine avait-il raccompagné Gentle Deer sous sa tente qu'il fit demi-tour et revint dans son tipi, les yeux chargés d'orage.

Dès qu'il entra, Martay devina qu'il était en colère. Mais elle ne se rendait pas compte à quel point. Il rabattit le pan du tipi et s'avança vers elle, le visage décomposé de rage.

Il la toisa. Tendu comme un ressort, il tentait de recouvrer sa maîtrise de lui-même. Puis il s'accroupit.

— Chez les Blancs, et notamment les riches, commença-t-il d'une voix grave et profonde, les enfants gâtés peuvent se permettre d'être grossiers vis-à-vis des personnes âgées.

Son visage était tendu, ses pommettes saillaient.

— Mais vous êtes dans un camp de Sioux lakotas. Ici, on honore les vieux, et on les traite avec respect.

— Je m'en moque. Je ne suis pas...

Une veine palpitait de façon inquiétante sur la tempe du guerrier indien.

— Jamais, au grand jamais, vous ne parlerez de nouveau sur ce ton à ma grand-mère !

— Je refuse de boire ces abominables mixtures primitives à base de poudre à canon ! s'obstina-t-elle.

Et elle se détourna. Il tendit le bras, lui saisit le menton et la contraignit à se retourner vers lui. Puis il se pencha.

— Il me reste une seule personne au monde, expliqua-t-il en la fusillant du regard. C'est Gentle Deer. Montrez-vous aimable avec elle, ou vous aurez affaire à moi. Je ne vous obligerai pas à prendre le médicament. Si vous voulez continuer à souffrir, pourquoi vous en empêcherais-je ?

Sur ce, il s'en alla.

— Espèce de brute ! grinça Martay à mi-voix.

Elle avait beau souhaiter que Night Sun la quitte, elle se sentit mal à l'aise dès que le guerrier disparut du tipi. Et si cette horrible vieille revenait, et la forçait à absorber ses préparations ? Ou si quelque curieux se glissait dans le tipi pour l'observer ? Ou, pire, pour lui faire du mal ?

Martay fut soulagée quand elle entendit le timbre grave de Night Sun juste à côté de la tente. Il devisait avec un autre homme, qu'il appelait Lone Tree. Mais il parlait lakota et elle n'y comprenait rien. Elle écoutait toutefois avec curiosité et se demandait ce qu'ils disaient.

Au murmure des deux voix, la jeune fille commença à se détendre. Night Sun était peut-être cruel et impitoyable, mais c'était l'unique lien qu'elle avait avec le monde extérieur. Sans lui, elle ignorait ce que les sauvages feraient d'elle. Qu'elle le veuille ou non, elle avait besoin de lui. Elle dépendait de lui. Tant qu'ils la considéreraient comme appartenant à cet homme, les autres Lakotas ne la toucheraient pas.

Donc, elle n'était pas fâchée qu'il reste dans les parages.

Martay se reposa tout l'après-midi et tenta de se montrer aimable lorsque, en début de soirée, Night Sun lui servit un bouillon fumant et de la verveine. Espérant amadouer son ravisseur, elle but tant qu'elle put.

D'une voix douce particulièrement étudiée, elle l'interrogea :

— Je vous ai entendu parler ce midi devant le tipi. Un ami était venu vous voir ?

— Oui.

Quel exaspérant individu ! songea Martay. Jamais il ne donnait de renseignements spontanément.

— Qui était-ce ?

— Lone Tree.

— Cela fait longtemps que vous le connaissez ?

— Vingt-quatre ans.

— Par le Dieu du ciel ! Vous êtes donc incapable de dire plus de trois mots à la suite ?

— Si.

— Bon, je laisse tomber.

— Ça fait quatre, observa-t-il en souriant.

Furieuse, elle se détourna. Avec douceur, il posa une main sur son bras.

— Lone Tree et moi sommes nés à une semaine d'intervalle sur les rives de la Powder River. Nous avons appris ensemble à marcher, à monter, à chasser et à nous battre.

Lentement, Martay se tourna vers Night Sun. Il gardait la main posée sur le bras de la jeune fille, mais ses yeux noirs étaient perdus dans le passé.

— Depuis toujours, il y a eu entre nous une émulation amicale qui rendait chaque exploit deux fois plus amusant. Je ne pouvais supporter d'être battu par Lone Tree, dans quelque domaine que ce soit. Lui non plus ne supportait pas que je le batte. Aujourd'hui, il m'a annoncé qu'il me battait enfin sur un point : dans quelques mois, il va épouser la plus jolie fille du camp.

Ses yeux se posèrent sur le visage de Martay.

— Est-ce que vous auriez pu battre Lone Tree ? s'enquit-elle. Vous auriez pu avoir la fille ?

— Elle avait douze ans quand je suis parti. Ce n'était qu'une enfant.

— Et maintenant ?

— Elle est très belle. De grands yeux sombres, une longue chevelure aile de corbeau, et elle a pris des formes. Lone Tree a de la chance.

Martay sentit un brusque pincement de jalousie.

— Est-ce que vous l'enviez ? demanda-t-elle.

— Pas du tout. Il est amoureux d'elle. Pas moi.

— Vous n'avez jamais été amoureux ?

— Jamais ! assura-t-il, de nouveau taciturne.

22

Ils passèrent l'heure suivante en silence. Night Sun s'était assis à l'autre bout du tipi et fumait tranquillement le cigare. Il observait Martay et se demandait combien de temps encore elle refuserait les médicaments de sa grand-mère.

Quant à la jeune fille, elle se tournait et se retournait sur son lit de fourrure. Elle serrait les dents, car elle souffrait terriblement des bras et des jambes. La douleur empirait. Au début, ses membres l'élançaient de temps en temps mais, à l'approche du crépuscule, la souffrance devenait presque insupportable. Elle voyait avec appréhension arriver une nuit fort longue. Un instant, elle regretta d'avoir chassé la vieille dame.

Le dilemme était affreux. Elle refusait d'avaler un ignoble mélange qui risquait de la tuer. Elle ferma les yeux : elle aurait tant voulu avoir ces petites poudres blanches avec lesquelles Lettie guérissait ses migraines !

Martay ouvrit les yeux et se mordit la lèvre.

De l'autre côté du tipi, Night Sun était illuminé par les derniers rayons du soleil qui entraient par l'ouverture du tipi. Le guerrier observait paisiblement sa captive, cigare aux dents, les bras posés sur ses genoux pliés.

Il avait tout son temps. Il attendait avec un air suffisant qu'elle implore son aide. Quant à elle, elle préférait mourir plutôt que de s'avouer vaincue.

Avec un soupir, elle plia et déplia ses orteils, et allongea complètement ses jambes. Ah, si Lettie était là ! Elle masserait ses membres endoloris. Elle se frotta vivement les bras, haussa ses épaules ankylosées et s'appliqua à retenir ses larmes qui, néanmoins, filtraient à travers ses paupières.

La douleur était atroce.

Night Sun ne s'apercevait-il donc de rien ? Pourtant, rien ne lui échappait jamais. Elle en venait presque à souhaiter... Elle aurait voulu... qu'il aille chercher sa grand-mère. Peut-être la vieille Indienne avait-elle quelque chose pour soulager la douleur. Pourquoi n'était-elle pas revenue ? Était-ce Night Sun qui le lui interdisait ?

À bout de souffrance, elle finit par prononcer à mi-voix le nom du jeune homme.

Le cigare atterrit à l'extérieur du tipi et, d'un bond, Night Sun fut à son chevet.

— Qu'y a-t-il ?

— Euh, votre grand-mère... Je... Il y a quelque chose qui m'inquiète chez elle. Elle me regarde de façon bizarre...

Le Lakota écarta une mèche humide sur son front.

— Gentle Deer est aveugle, Martay.

— Aveugle ? Je ne savais pas. Mais elle est tellement... Qu'est-ce qu'il lui est arrivé ?

Elle remarqua que Night Sun se rembrunissait. Il hésita une seconde, puis révéla :

— Un officier de la cavalerie des États-Unis lui a tiré une balle dans le crâne.

— Je ne vous crois pas ! s'écria Martay, stupéfaite. Un officier de cavalerie est incapable de tirer sur une femme. Même une... une...

— Même une squaw ? lança-t-il d'un ton sec.

— Ce n'est pas ce que je voulais dire… Je suis navrée de ce qui est arrivé à votre grand-mère et je… Est-ce que vous croyez que ses plantes pourraient soulager mes jambes ? J'ai terriblement mal.

— Dois-je lui demander ?

— Vous voulez bien ?

Gentle Deer revint toute souriante, avec sa potion magique de racines amères et de poudre noire. Martay l'avala sans grimacer au prix de quelque effort. Elle se dit après coup que cela ne changerait rien, puisque Gentle Deer était aveugle.

— Je sais que ce n'est pas bon, convint la vieille dame, mais cela va te soulager. Tu pourras dormir cette nuit.

Une fois Gentle Deer repartie, Night Sun prit la petite calebasse que sa grand-mère avait apportée.

Il vint s'agenouiller à côté de la jeune fille.

— Grand-mère m'a laissé quelque chose pour vous masser les bras et les jambes.

Martay tressaillit de surprise, mais ne protesta pas quand il la débarrassa des fourrures entassées sur elle. Elle avait trop mal pour faire des chichis quant à sa nudité. Et elle se sentit mieux dès qu'il retira les couvertures : elle se demanda pourquoi elle ne les avait pas écartées plus tôt. C'était déjà un progrès.

— Quel est ce mélange ? s'enquit-elle lorsque Night Sun trempa son index dans la petite calebasse, l'en sortit enduit d'une crème blanche et étala celle-ci sur sa paume.

— Des feuilles d'*aloe vera*, plus une demi-douzaine d'ingrédients secrets, expliqua-t-il en frottant vivement ses paumes l'une contre l'autre pour réchauffer et amollir le baume. Je ne connais pas tout.

Martay leva son bras endolori. Il captura sa petite main entre les siennes et dessina de doux mouvements circulaires, en commençant par le poignet et en remontant l'avant-bras. Il ne put retenir un sourire quand elle eut un profond soupir de soulagement. De ses doigts fermes, il étala le baume au niveau du coude et remonta plus haut.

— Ça fait du bien ?

— Mmm, confirma-t-elle, les yeux fermés. J'en rêvais. C'est merveilleux.

Il trempa de nouveau ses doigts dans l'épaisse crème et la réchauffa entre ses paumes. Elle ouvrit les paupières pour le regarder faire. Avec le petit doigt, il fit glisser de l'épaule de Martay la bretelle de dentelle de sa chemise et étala la mixture sur son épaule et son cou.

Il sentait sous la peau fine combien muscles et tendons étaient noués. Il fit glisser la deuxième bretelle. Puis il posa ses mains sur les épaules nues de sa captive et se mit à la pétrir pour dénouer les tensions. Il tentait de ne pas se laisser distraire par les formes opulentes de ses seins, dangereusement proches du rebord de la chemise qui glissait.

Il déglutit avec difficulté et acquiesça seulement d'un signe de tête quand Martay, entre deux soupirs, lui exprima sa gratitude en s'étirant et en inspirant profondément :

— Night Sun, vous avez des mains magiques...

Elle referma les yeux et sourit.

Le féroce guerrier suait à grosses gouttes. Lui aussi ferma les yeux, mais il ne put résister au désir de les rouvrir tout de suite. Il admira les pointes jumelles de ses seins, soulignées de façon attirante par le satin brillant. Il se souvint du jour où ils s'étaient cachés ensemble dans une étroite crevasse pour échapper aux soldats. Elle était assise en face de lui dans sa chemise trempée. Ses mamelons étaient alors durs comme des galets. Et encore plus affriolants.

Les deux mains posées sur les épaules de Martay, il la massait avec les pouces juste en dessous de la clavicule. Il brûlait de descendre un peu plus bas...

La jeune fille rouvrit les paupières. Elle surprit l'expression intense de Night Sun et se sentit elle-même envahie par une onde d'excitation.

Sans un mot, il retira ses mains et la tension chuta. Il s'écarta pour s'occuper des pieds. Il s'assit et prit le pied gauche de Martay sur ses genoux. Il massa la voûte plantaire, puis continua ses mouvements circulaires jusqu'au cou-de-pied.

Martay eut un petit rire quand elle sentit les doigts du Lakota glisser entre ses orteils.

Night Sun sourit, soulagé que s'apaise la tension qui s'accumulait depuis un moment. Son sourire s'élargit lorsqu'elle rit de plus belle alors qu'il s'attaquait aux deux pieds en même temps. Il ploya et frotta la cheville, puis remonta le long du mollet. Quand enfin ses doigts atteignirent le genou, le sourire de la jeune fille se figea.

Elle coula un regard à Night Sun. Sa poitrine était luisante dans l'encolure de sa chemise de daim.

— Il fait chaud ce soir, déclara-t-il brusquement.

Il passa une main derrière sa nuque et ôta son épaisse chemise, pour la jeter à côté de lui.

— Vous vous sentez mieux ? demanda-t-elle gentiment.

— Oui, confirma-t-il en reprenant son massage.

Mais c'était faux. Night Sun continua à étaler le baume apaisant sur la peau de la jeune femme, une peau si douce et soyeuse qu'elle lui remuait les sangs.

Il ne pouvait se défendre de la désirer. Il se disait qu'aucun homme en possession de ses moyens n'aurait pu caresser l'intérieur des cuisses de cette jolie créature sans avoir envie de la dépouiller de sa parure de satin.

Ce que Night Sun ignorait, c'est qu'il n'était pas le seul à se sentir troublé. Martay, à demi assoupie sous l'effet de la potion qu'elle venait de boire, se détendait totalement entre ses mains expertes. Elle ressentait une agréable et grisante lassitude. Ses sens tout à l'heure endormis étaient bel et bien éveillés. Soudain, elle réalisa sans honte qu'elle était pratiquement nue devant un Peau-Rouge torse nu, dont les mains vigoureuses massaient des endroits de son corps que nul homme n'avait jamais vus, encore moins touchés.

Et elle aimait ça.

Elle coula à Night Sun un regard sous ses cils baissés : les épaules sculpturales de son ravisseur luisaient de sueur. Elle aussi était en nage. Elle avait chaud, beaucoup trop chaud. À chaque passage de ses doigts fermes, la sensation de chaleur augmentait. Quant à ses muscles, ils ne lui faisaient plus mal. Cette prise de conscience la cloua sur place. Elle n'avait plus mal du tout ! Ni aux bras ni aux jambes. Night Sun, en quelques minutes de massage, l'avait débarrassée de toute douleur.

Il fallait le lui dire, lui faire savoir qu'à présent il devait arrêter.

— Night Sun... dit-elle d'une voix faible.

— Oui ?

Il leva les yeux et croisa le regard de Martay, tandis que ses mains continuaient à étaler du baume de plus en plus en haut entre les jambes de sa patiente.

— Euh... rien.

Les doigts basanés qui la frottaient juste en dessous de sa culotte s'immobilisèrent brusquement. Tous les deux s'aperçurent avec inquiétude de l'intimité de leur position. Night Sun n'avait plus souvenir du moment où il avait bougé, mais il ne tenait plus les jambes de Martay sur ses genoux. Il était au contraire assis sur ses talons entre les jambes écartées de la jeune fille. Ses mains exploraient les cuisses nues de sa captive comme s'il était son amant, prêt à faire l'amour avec elle.

Il se déplaça et ordonna d'un ton sec :

— Retournez-vous.

Martay se mit sur le ventre, et son trouble s'atténua. Elle ne le regardait plus. Elle se détendit complètement en s'abandonnant aux mains qui recommençaient à étaler le baume.

— Mmm, murmura-t-elle. Ça fait du bien. Les feuilles de l'*aloe vera* rafraîchissent la peau.

— Oui, ça rafraîchit, confirma-t-il en étalant le liquide brillant sur ses jambes, sans pouvoir détacher les yeux de son petit derrière bien ferme.

Le massage se poursuivit jusqu'à ce que la douleur de Martay ait été complètement effacée. Elle se sentait merveilleusement prête à s'endormir là, sur le ventre...

Night Sun sut, au rythme lent et régulier de la respiration de sa captive, que celle-ci s'était endormie. Quelle ironie ! Il avait mis un terme aux souffrances de Martay, et déclenché la sienne. Une dernière fois, il laissa ses doigts glisser sur la fragile épine dorsale, eut un soupir oppressé et caressa furtivement ses fesses, le temps d'un clin d'œil à peine. Puis, se levant brusquement, il rafla un cigare et une allumette et se précipita dehors.

Longtemps, il resta dans la nuit à tirer sur son cigare, troublé.

Grâce aux soins de Gentle Deer, Martay se remit vite. Nul n'en fut plus soulagé que Night Sun. Avec le retour de ses forces, la jeune fille redevenait elle-même : exaspérante au possible. La tendresse et la prévenance qu'elle avait suscitées chez lui disparurent en même temps que ses maux.

En véritable enfant gâtée, Martay exigea d'avoir un tipi à elle. Elle rappela avec hauteur à Night Sun qu'elle était une dame. S'il s'imaginait un instant qu'elle allait vivre dans une pareille promiscuité et dormir sous la même tente que lui, il se mettait le doigt dans l'œil.

— Je crois, souligna-t-il, que nous avons chacun notre définition du mot « dame ».

— Qu'est-ce que cela veut dire ? rétorqua-t-elle, les mains sur les hanches.

— Rien de plus que ce que j'ai dit. Vous ne connaissez pas la signification de ce mot.

— Écoutez, monsieur le métis, riposta-t-elle en s'approchant, le menton levé. Peu m'importe l'opinion que vous avez de moi. Je vous le dis : j'exige d'avoir un endroit à moi avant le coucher du soleil !

Elle l'obtint.

Le soir même, Martay reposait les yeux grands ouverts sur un lit de fourrures, dans le tipi où Night Sun l'avait aimablement installée. Elle se demandait si elle n'avait pas agi avec précipitation. Ce tipi, lui avait-on expliqué, appartenait à Little Coyote qui, comme elle, ne supportait pas la promiscuité. Le tipi était vaste et remarquablement propre, mais un peu à l'écart du camp.

À présent, étendue seule dans le silence d'une nuit sans lune, elle se sentait mal à l'aise et ne trouvait pas le sommeil. Elle sursautait au moindre bruit, les yeux exorbités, le cœur battant. Elle aurait préféré – mais elle se serait fait couper la langue plutôt que de l'avouer – que Night Sun dorme en face d'elle. À tout instant, elle aurait pu apercevoir sa chevelure noire, ses larges épaules nues brillant à la lumière du foyer…

De son côté, l'homme à la chevelure noire et aux épaules nues avait également du mal à trouver le sommeil. Il s'était convaincu qu'il lui tardait de voir Martay hors de son tipi. Elle l'exaspérait comme nulle femme ne l'avait fait. Elle se montrait sans cesse insolente, se plaignait à tout bout de champ, et c'était un moulin à paroles. Elle l'accablait de questions indiscrètes, que jamais une Lakota ne se serait risquée à proférer. Puis elle rouspétait de mille façons quand il refusait de lui donner les réponses qu'elle exigeait.

À présent, il pouvait enfin se détendre. Dormir nu, comme il l'avait toujours fait. Recevoir ses amis les jeunes guerriers, parler et rire avec eux tard dans la nuit, comme jadis. Son grand tipi confortable était redevenu son espace personnel : toute trace de cette chipie avait été effacée.

Night Sun reposait nu sur son lit, les mains croisées derrière la nuque. Il s'étira de tout son long et bâilla. Il tourna lentement la tête et regarda de l'autre côté du tipi le deuxième lit, vide à présent. La veille encore, il y voyait une chevelure blonde ébouriffée, et de minces épaules couleur d'ivoire… Il serra les mâchoires. Seul dans le silence de la nuit noire, il luttait contre le désir qui l'embrasait au simple souvenir du visage de Martay, de ses cheveux et de sa peau blanche, si blanche… Ce n'était pas la première fois que son corps réagissait à l'image de cette tentatrice.

Soudain, il eut trop chaud dans l'ombre étouffante de son tipi fermé. Il se leva, enfila son pantalon moulant en peau de daim et ses mocassins. Il se glissa dehors et inspira la fraîcheur nocturne, soulagé de sentir la brise sur son visage, son torse nu, sur son émoi viril.

Il partit se promener dans le noir. Le camp était plongé dans le sommeil. Il passa près du tipi isolé où dormait Martay. Il s'arrêta un moment, observant la tente.

Il secoua la tête. Cette jeune femme riche et gâtée, qui avait eu toute sa vie une armée de domestiques, dormait à présent seule dans un tipi en peaux de bison, décoré de chevaux, de coyotes et de scènes de bataille !

Il fit demi-tour et rentra. Un peu détendu par sa promenade, il retira ses mocassins. Il délaçait son pantalon de daim, quand il entendit un hurlement strident. Cela venait du tipi de Martay. Sans se rhabiller, il attrapa sa carabine et se précipita. Il arriva en quelques instants à l'autre bout du village et trouva Martay tapie près du lit, hurlant comme une folle.

Complètement déconcerté, il courut à elle, la remit sur pied et la serra contre sa poitrine. Il regardait partout, en pointant son arme.

— Qu'y a-t-il ? demanda-t-il. Êtes-vous malade ? Est-ce que vous souffrez ?

Martay passa les bras autour de la taille de son ravisseur, et se plaqua contre son torse.

— Non, je... je...

— Quoi, Martay ?

— Un... un... un gros animal... bégaya-t-elle en enfouissant son visage au creux du cou du guerrier.

— Il y avait un animal ?

— Oui... Il... essayait de...

— C'est vraiment bizarre…

— Si ! Puisque je vous dis !

Elle restait tenacement accrochée à lui tandis que Night Sun pivotait de tous côtés, scrutant la pièce ronde. Enfin, il aperçut juste à l'aplomb du lit quatre coupures dans l'épaisse peau de bison.

Il frissonna, et serra plus fort les fragiles épaules de Martay. Un jaguar affamé était descendu des collines pour se nourrir. Heureusement, le bruit de la déchirure avait éveillé la jeune fille, dont le cri avait mis le fauve en fuite.

— Tout va bien ? cria Lone Tree sans entrer dans le tipi.

Night Sun s'aperçut soudain que les autres avaient été réveillés par l'appel de Martay. Plusieurs guerriers avaient une conversation animée.

— Un jaguar, lança Night Sun en lakota.

Il voulut sortir pour parler aux hommes, mais Martay refusait de le lâcher.

— La fille est saine et sauve, ajouta-t-il. Le jaguar est en fuite. Rentrez vous coucher.

— Bonne nuit, répliqua Lone Tree.

Les hommes repartirent, évoquant le nombre important de jaguars par rapport à la diminution des troupeaux d'élans et de bisons.

Quant à Martay, elle était toujours suspendue à Night Sun.

— J'ai eu si peur, murmura-t-elle, la bouche contre la clavicule de son sauveur. Une bête essayait de m'attraper, j'ai vu briller ses yeux et j'ai…

— Je suis là, dit-il en caressant son dos avec douceur à travers le fin satin de la chemise.

Ils demeurèrent ainsi enlacés un moment.

Martay lui avoua son soulagement qu'il soit venu si vite. Elle regrettait d'avoir changé de tipi. Elle se demandait si elle ne pourrait pas revenir chez lui. Ne serait-ce que pour la nuit...

Puis elle se lança dans le récit de ce qu'il venait de lui arriver. Comme une ingénue, elle appuyait ses formes presque nues contre un homme qui, une demi-heure plus tôt, s'excitait rien qu'en pensant à elle.

Night Sun fermait les yeux. Soudain il inspira péniblement, prit le bras de Martay et l'écarta de lui. Il recula de quelques pas. Elle le regarda, surprise, puis s'aperçut qu'ils étaient tous les deux pratiquement nus.

Il eut le temps d'apercevoir ses seins et, par réflexe, elle croisa les bras pour les couvrir. Ses grands yeux verts furent irrésistiblement attirés par le ventre nu du guerrier. Celui-ci attrapa les lanières qui pendaient et rattacha son pantalon de daim.

Tous deux avaient le souffle court. Elle s'avança d'un pas. Il ne bougea pas. Elle ne lutta pas pour chasser les émotions qui l'envahissaient. Lui refusait au contraire de s'y abandonner.

Sans quitter du regard la dangereuse tentatrice qui approchait, Night Sun attrapa une couverture et, d'un large geste, lui couvrit les épaules. D'une main, il en rejoignit les deux pans sous le menton de la jeune fille et dit d'une voix redevenue froide :

— Allons-y, j'aimerais dormir un peu cette nuit.

Martay se demandait pourquoi il avait soudain changé d'humeur. Mais tel était Night Sun : tantôt gentil et prévenant, tantôt glacial et inaccessible.

Il l'accompagna à son tipi et, une fois à l'intérieur, il demeura muet, désignant du doigt le lit destiné à la jeune femme. Elle acquiesça d'un signe de tête et s'y coucha sans broncher.

Night Sun s'étendit sur sa propre couche et resta dans le noir, incapable de dormir. Que le diable l'emporte ! Il ne pouvait trouver le sommeil quand elle était près de lui, et pas davantage dans le cas contraire !

Martay ne souffrait pas des mêmes affres que son compagnon. Maintenant qu'elle se sentait en sécurité, elle n'eut aucun mal à s'enfoncer dans le sommeil.

Alors que la respiration de sa captive se stabilisait, Night Sun se tourna vers elle et la fixa d'un regard furieux. À présent, se demanda-t-il avec aigreur, qui était le ravisseur et qui était le captif ?

23

Le lendemain, il se montra calme et réservé, parfaitement maître de lui. Le fait qu'une créature superficielle et gâtée comme Martay Kidd fût capable de l'exciter au point de troubler son repos l'agaçait. Toutefois, c'était juste un attrait physique. Comme tout homme s'en serait aperçu, elle était d'une beauté étourdissante. Un mélange d'insolence et de vulnérabilité ajoutait à son charme indéniable. Le corps de Night Sun réagissait à sa présence, rien de plus.

Il revint dans son tipi en milieu de matinée et jeta à la jeune fille une robe en daim.

— Mettez ça. Je vais vous faire visiter le village.

Elle ne protesta pas, car elle avait hâte de sortir. Elle lui sourit.

— Tournez-vous !

— Je vais faire mieux que ça, répondit-il d'un ton égal. Je vous attends dehors. Mais je ne vais pas attendre jusqu'à ce soir.

Tandis qu'il sortait, Martay se leva et porta à ses épaules la robe en daim. C'était un vêtement tout droit et informe. Elle fronça les sourcils.

— Pas question de m'afficher dans cette tenue !

Elle rejeta le vêtement et se mit à fouiller dans les affaires de Night Sun. Au bout de quelques minutes, elle repéra un petit paquet bien enveloppé de l'autre côté du lit.

Il y avait sa robe de soie blanche, ses chaussures de bal à talons hauts et ses bas déchirés. Le ravissant collier de perles et les boucles d'oreilles assorties étaient rangés dans une bourse en cuir.

— Martay, j'attends, grommela-t-il au-dehors.

— Une seconde !

Elle passa par-dessus sa tête la robe de soie blanche, et lissa le tissu chatoyant sur ses formes. Les bas n'étaient plus mettables, elle glissa donc ses pieds nus dans ses chaussures. Quant aux perles, elle les jugea trop raffinées pour une promenade matinale : elle les laissa dans leur pochette en cuir. Les mains derrière le dos, elle s'échina à agrafer sa robe. Puis elle prit sur le coffre en pin, où Night Sun rangeait ses effets personnels, une brosse à manche d'argent. Avec un sourire satisfait, elle entreprit de démêler ses cheveux, heureuse que le beau métis ait apporté dans ce camp quelques inventions utiles de l'homme blanc.

— Martay ! lança-t-il de nouveau.

— J'arrive.

Elle se regarda dans le miroir, se mordit les lèvres et se pinça les joues pour leur donner quelque couleur. Elle tira un bon coup sur le décolleté de sa robe, fit bouffer les manches et sortit.

— Je suis prête ! annonça-t-elle fièrement.

Comme il lui tournait le dos, il fit lentement demi-tour. Jamais Martay n'avait vu une expression changer aussi vite que celle de Night Sun à cet instant. En une seconde, l'homme calme devint un fauve. Il l'empoigna par le bras avec une force telle qu'elle faillit tomber.

— Qu'est-ce que c'est que cette mascarade ? gronda-t-il en la poussant sans ménagement dans le tipi.

Totalement éberluée, Martay restait bouche bée.

— Vous imaginez que je vais vous laisser vous promener dans le camp à moitié nue ?

— Mais c'est une robe élégante et coûteuse ! Vous ne pensez tout de même pas que je...

— J'exige que vous soyez décente. Les femmes lakotas sont très pudiques et elles...

— Eh bien, je ne suis pas une de ces maudites Lakotas. Je refuse d'enfiler des nippes informes qui ne vont pas avec mon teint.

— Vous mettrez pour sortir ce que je vous dirai de mettre, ou bien vous resterez cloîtrée dans ce tipi. Vous êtes si futile...

— C'est faux ! rétorqua-t-elle vivement. Et cette robe est...

— Cette robe, vous l'enlevez ! scanda-t-il en la faisant pivoter sur place.

Et il se mit à dégrafer à toute allure les crochets qu'elle avait eu tant de mal à fermer.

Blessée dans son amour-propre, Martay ne se laissa pas faire.

— Je suis une grande personne ! Vous n'avez pas le droit de choisir ce que je dois porter !

Il ne se donna même pas la peine de répondre et continua son déshabillage. Quelques secondes plus tard, la robe de soie blanche gisait sur le sol. Martay avait beau se débattre, Night Sun fourra ses bras dans les manches de la robe en daim et lui enfila celle-ci par la tête.

Un instant, elle demeura prisonnière. Le vêtement lui bloquait la tête et les bras. Aveuglée et furieuse, elle le traita de tous les noms jusqu'à ce qu'il la prenne en pitié et tire le vêtement vers le bas. Le visage de Martay apparut, rouge de fureur. Il fit glisser la robe sur ses seins et ses hanches, et noua la ceinture autour de sa taille.

— Elle vous va comme un gant.

— C'est une guenille hideuse, je la déteste ! protesta-t-elle. Et vous aussi, je vous déteste !

— Cela ne me dérange pas.

— Eh bien moi, ça me dérange de vivre avec vous ! hurla-t-elle. Vous êtes un sauvage stupide et arrogant !

Night Sun refusait de laisser une mégère le ridiculiser devant les siens. Il attendit que Martay se calme.

Il l'avertit clairement : si elle souhaitait ne pas rester séquestrée dans son tipi, il lui fallait se montrer polie et se comporter comme une dame. Cela dit, il l'invita à sortir.

Il était près de midi. La jeune fille observa les alentours et emplit ses poumons avec délices. C'était déjà la fin de l'été. Il y avait quelque chose d'automnal dans le bleu intense du ciel. La moiteur étouffante de l'été avait disparu. L'air était vif et léger.

Martay oublia sa colère devant tant de beauté. Depuis que son ravisseur l'avait amenée, mourante, dans ce village perdu au milieu de nulle part, c'était la première fois qu'elle mettait le nez dehors en plein jour. Le camp lakota de Windwalker, sur la rive de la Powder River, était installé dans une prairie luxuriante protégée par une haute falaise. Les oiseaux gazouillaient dans les frondaisons des grands pins.

Martay exprima son admiration.

— Je suis agréablement surprise. Le cadre où vous vivez est vraiment magnifique.

Il la gratifia d'un simple regard, sans un mot.

Ils approchaient des autres tipis. Des dizaines d'Indiens – hommes, femmes et enfants – étaient alignés sur deux rangées comme s'ils attendaient une visite importante. Leurs regards soupçonneux détaillaient Martay. D'instinct, elle s'approcha de Night Sun et, inquiète, lui souffla :

— Qu'est-ce qu'ils font ?

— Ils attendent que je vous présente, répondit-il en posant une main légère dans son dos.

La foule se tut brusquement. La silhouette dominante était celle de Windwalker, détenteur d'une autorité absolue sur toutes les personnes vivant dans le camp. Le chef possédait une chevelure noire à peine grisonnante et des yeux sombres particulièrement vifs.

Martay serra la main du chaman. Elle se souvenait de la douceur de ses mains, quand il l'avait soignée alors qu'elle était dévorée par la fièvre.

— Merci, Windwalker, de m'avoir sauvé la vie, dit-elle.

Les yeux étincelants du chef ne quittèrent pas ceux de la jeune femme tandis que Night Sun traduisait. Une ombre de sourire passa sur son visage. Il tenait toujours sa main et la pressa un peu plus fort.

Puis Night Sun accompagna Martay dans tout le camp et la présenta à chacun. L'atmosphère était à la fête. De petits enfants à moitié nus, jolis comme tout avec leur peau cuivrée, venaient regarder la femme blanche. Night Sun leur adressait des sourires dont Martay ne l'aurait pas cru capable. Les regards des femmes s'attardaient sur le beau chef au teint basané. Les hommes souriaient et leur adressaient des signes de tête, puis ils se mirent à psalmodier des chants.

Martay se pencha vers son compagnon.

— Que disent-ils ?

— Oh, rien, des bêtises.

— Allons, traduisez-moi, implora-t-elle.

— Ils disent que vous avez de la chance parce que... parce que le chef au sang mêlé qui vient de revenir est le plus brave des guerriers. Et que personne ne peut vous faire du mal tant que vous êtes avec moi : ni le jaguar aux dents en forme de sabre, ni les Crows dans les vallées.

— Ah bon ? fit Martay en souriant, alors que les chants continuaient. Et maintenant ?

Un muscle tressautait sur la mâchoire de Night Sun, et elle aurait juré qu'il rougissait.

— Ils disent que moi aussi, j'ai de la chance...

Quand il la raccompagna à son tipi, Martay était enchantée. Elle avait été présentée à chaque membre de la tribu. Du plus jeune – un galopin du nom de Slow One, « le Lent » – au plus âgé – un sourd-muet du nom de Speaks-not-at-all, « Qui-ne-parle-pas-du-tout » –, les Lakotas étaient manifestement fascinés par la jeune fille.

Les Sioux étaient beaux. Le village ne manquait ni de grands guerriers musclés ni de jolies femmes au port altier. Les enfants, éclatants de santé, étaient terriblement mignons tandis qu'ils s'accrochaient à la robe de leur mère en souriant. Les hommes l'observaient avec admiration, mais de façon parfaitement chaste. Elle se dit qu'ils la considéraient comme appartenant à Night Sun. Parmi les femmes les plus jolies, certaines la regardaient avec une jalousie à peine voilée... et il n'était pas sorcier de comprendre pourquoi.

Martay goûtait l'envie qu'elle suscitait. Elle s'appliquait à se coller contre son ravisseur, elle lui adressait des sourires enjôleurs, glissait la main sous son bras et serrait de façon possessive ses biceps durs comme la pierre.

Elle le vit ciller, et lut dans ses pensées. *Qu'est-ce qu'elle me veut ?* Mais il n'écarta pas la main de Martay, et celle-ci eut le sentiment d'avoir remporté une petite victoire.

Au moment de regagner la pénombre du tipi, elle était heureuse. Elle se sentait pleine de vie.

— Qu'est-ce qu'on fait maintenant ? s'enquit-elle en soulevant sa lourde chevelure blonde et en la tirant au sommet de sa tête.

Night Sun ôta sa chemise et la jeta dans un coin, puis s'empara de sa carabine.

— Je vais chasser.

Elle baissa les bras, et ses cheveux blonds tombèrent en cascade sur ses épaules.

— Je vous accompagne.

— Non. J'y vais avec Lone Tree et quelques guerriers. Les femmes ne chassent pas.

Elle fronça les sourcils.

— Quand rentrez-vous ?

— Au coucher du soleil, répondit-il en haussant les épaules.

— Au coucher du soleil ! répéta-t-elle, outrée. Et moi je fais quoi, toute la journée ?

Il posa sa carabine chargée et prit sur son coffre un petit miroir carré. Il le lui tendit et s'éloigna.

— Vous n'avez qu'à vous regarder tout l'après-midi, je crois que cela suffira à vous distraire.

Avec un cri de rage, elle lui lança à la tête le miroir. Il se retourna et attrapa l'objet en plein vol. Il le reposa tranquillement sur le coffre et donna un autre conseil :

— Ou bien, vous pouvez rejoindre ma grand-mère dans le...

— Je ne suis pas disposée à passer mes journées avec une vieille... enfin, je veux dire...

Les mots lui manquèrent, et elle le considéra d'un air effrayé.

De nouveau, le regard du Lakota était glacial. En guise d'adieux, il lui dit :

— Eh bien, débrouillez-vous.

Il ramassa son arme et s'en fut.

Furieuse, Martay se mit à faire les cent pas. Mais sa colère ne faisait que grandir. Soudain elle eut trop chaud. Elle arracha d'un geste rageur la robe en daim, la jeta sur le sol et s'effondra sur le lit : dans cette région, le mois d'août était aussi chaud qu'à Chicago.

Elle s'assit.

Août ! Elle avait failli oublier. On était en août. Quel jour ? Le 8... non, le 9. Dans deux semaines, ce serait son dix-neuvième anniversaire. Une boule familière lui noua la gorge. La journée de son anniversaire se passerait sans cadeaux ni fête, loin de ses amis et de sa famille. Personne ici ne saurait. Et chez elle, tous croiraient qu'elle était...

Elle ressentit une bouffée de haine pour Night Sun. Il était méchant, cruel, il l'insultait à tout bout de champ. Cette idée de lui tendre un miroir comme si elle était une femme stupide, futile et égoïste ! Personne d'autre ne croyait cela. Enfin, sauf Lettie. Mais...

Martay soupira. Peut-être était-elle un peu égoïste, mais qui ne l'était pas ? En tout cas, M. Jim Savin alias Night Sun l'était énormément. Il était allé se promener et s'amuser, se moquant de la laisser s'ennuyer, seule et effrayée.

Elle serra les dents. Après tout, tant mieux s'il était parti à la chasse, s'il était hors de sa vue et s'il ne revenait pas avant le coucher du soleil.

Elle aurait préféré que ce maudit métis ne revienne jamais.

24

Le lendemain matin, lorsque Martay s'éveilla, Night Sun était absent. Soit il était déjà reparti, soit il n'était pas rentré la veille au soir. Elle s'inquiéta. S'il lui était arrivé quelque chose, qu'allait-elle devenir ?

Elle tira ses cheveux derrière ses oreilles et s'habilla en hâte. Elle n'essaya même pas de mettre sa robe de soie blanche : elle enfila directement la robe en daim qu'elle détestait. D'une main tremblante, elle noua la ceinture, traversa le tipi et écarta le rabat de l'entrée.

Pieds nus, elle se dirigea vers le centre du village. C'est là que, la veille, tous les Lakotas du clan s'étaient réunis pour la saluer. Pendant un court moment, elle s'était presque sentie heureuse.

Quand elle arriva au bord de la rivière, elle hésita.

Le village bourdonnait d'activité. Les gens allaient et venaient, riaient, bavardaient. Sans se faire remarquer, elle resta là, le cœur battant, essayant de distinguer le visage qu'elle aurait reconnu entre tous.

À la seconde où il sortit d'un tipi aux confins du camp, elle sut que c'était lui. Il traversait la clairière de sa démarche souple et athlétique : les conversations cessaient, les visages se tournaient vers lui. Il émanait de lui une sorte de magnétisme impossible à ne pas remarquer.

Pour la première fois, Martay l'observa en détail à son insu. Fronçant les sourcils, elle l'étudia attentivement et sentit le cœur lui manquer. Il dégageait une aura d'assurance qu'elle admirait malgré elle.

Night Sun rejoignit trois hommes et, jambes écartées, les mains dans les poches, il s'entretint tranquillement avec eux. Sa fine chemise de daim était tendue sur les muscles de son torse. Ses cheveux noirs avaient besoin d'une coupe, ils frôlaient son col. Son beau visage témoignait d'une concentration intense tandis qu'il écoutait et parlait aux trois autres.

Soudain, son expression s'adoucit et il eut le sourire brillant qu'elle avait surpris sur ses lèvres, la veille, pour la première fois. Ce sourire était si contagieux qu'elle ne put s'empêcher de l'imiter.

Les guerriers s'écartèrent et elle vit que le cercle s'élargissait. D'un coup, le sourire de Martay disparut.

Quatre jolies filles s'étaient jointes aux guerriers. C'est leur présence qui avait éclairé le visage de Night Sun. Martay se sentit brusquement trahie et pleine de ressentiment. Paradoxalement, en dépit de la situation qui était la sienne, elle considérait que Night Sun lui appartenait.

Elle s'appuya contre un arbre et s'apitoya sur sa propre naïveté. Comment savoir si l'une de ces jeunes femmes était la petite amie du Lakota ? Avec angoisse, elle observa les quatre beautés rieuses. Elles étaient toutes superbes. Et surtout, elles regardaient toutes Night Sun comme un dieu.

La jalousie la transperça comme une flèche.

Ses genoux faiblissaient. Night Sun n'était pas rentré au coucher du soleil, comme il l'avait promis. Martay n'avait cédé au sommeil que longtemps après minuit. Et quand elle s'était éveillée ce matin, il n'était pas là.

Elle scruta le tipi d'où elle l'avait vu sortir. Était-ce celui de sa maîtresse ?

Martay examina une à une les quatre filles, certaine de pouvoir identifier celle qui possédait le cœur de Night Sun. En fait, c'était évident. Il y en avait une plus jolie que les autres. Petite et de constitution délicate, elle avait des cheveux noirs comme la nuit, dont les tresses descendaient plus bas que la taille. Elle semblait douce, confiante. Martay se dit que cette beauté avait tout ce que Night Sun aimait chez les femmes. Il aimait donner des ordres. Il aimait qu'on lui obéisse sans se plaindre. Le soir, après s'être montrée gentille tout le jour, celle-ci serait plus que disposée à le laisser faire… Elle accepterait ses baisers brûlants et… Elle s'étendrait dans le noir et…

Martay se détourna vivement, au bord de la nausée. Elle regagna en courant leur tipi. À l'intérieur, elle s'effondra sur le sol, les bras croisés sur son estomac. Les larmes aux yeux, elle imaginait la jolie petite Lakota abandonnée tandis qu'il l'embrassait, la caressait et l'aimait toute la nuit…

Deux jours plus tard, Martay fut lasse de se morfondre. Elle sortit de nouveau se promener dans le camp. Cela faisait deux jours qu'elle n'avait pas vu Night Sun. En fait, elle n'avait vu personne : elle en devenait folle.

Elle le chercha, sans succès. Elle finit par s'adresser à une femme assise devant son tipi. Elle lui demanda où se trouvait Gentle Deer.

La brave femme ne parlait pas un mot d'anglais, mais elle reconnut le nom de la vieille dame.

Et elle pointa le doigt. Martay regarda dans la direction qu'elle indiquait, secoua la tête et se retourna vers son interlocutrice.

— Non. Pas celle-là. Je cherche le tipi de Gentle Deer. La grand-mère de Night Sun. Gentle Deer.

La femme se leva, sans se départir de son sourire.

— Gentle Deer, insista-t-elle en désignant toujours la même direction.

Elle montrait le tipi d'où Martay avait vu sortir Night Sun deux jours plus tôt.

— Merci, conclut celle-ci.

Soulagée dans une certaine mesure, elle se dirigea vers le tipi. Le rabat était levé pour laisser pénétrer le soleil. Sur le seuil, Martay hésita, puis appela doucement :

— Gentle Deer, êtes-vous là ?

— Entrez, répondit une voix masculine qui lui fit battre le cœur.

Elle entra en clignant des yeux dans la pénombre et repéra Night Sun, paresseusement étendu sur le ventre, le menton dans les mains. Une bouffée d'affection monta au cœur de Martay. On eût dit un petit garçon innocent, avec sa chevelure ébouriffée qui lui couvrait le front.

Sa grand-mère était assise à côté de lui : elle raccommodait un vêtement en souriant.

— Je... j'étais...

Martay, intimidée, s'aperçut à sa grande honte qu'elle bafouillait.

— Je voulais rendre visite à Gentle Deer.

— J'attendais que tu viennes, répliqua l'aveugle, radieuse. Lève-toi, ordonna-t-elle à son petit-fils, et accueille mon invitée.

Night Sun ne bougea pas. D'un signe de tête discret, il désigna à Martay un siège en face de sa grand-mère.

Comme elle prenait place, la vieille femme protesta :

— Non, enfant. Viens plus près.

Martay ignorait comment Gentle Deer savait à quelle distance elle se trouvait. Elle approcha à contrecœur et s'assit sur ses talons.

— Un peu plus près. Ici, à côté de mon petit-fils...

La jeune fille obéit. Mal à l'aise, elle échangea quelques amabilités avec Gentle Deer. Elle déclara qu'elle avait envie depuis longtemps de lui rendre visite, mais qu'elle avait hésité à la déranger. Elle remarqua que Night Sun fronçait les sourcils devant ce mensonge.

Elle l'ignora et devisa courtoisement avec la grand-mère, surprise de la façon dont la vieille Lakota maîtrisait l'anglais. Comme si elle lisait dans ses pensées, Gentle Deer expliqua :

— C'est mon petit-fils qui m'a enseigné patiemment la langue de l'homme blanc. N'est-ce pas, Night Sun ?

— C'est vrai, grand-mère, confirma-t-il sans quitter Martay du regard.

Celle-ci avait du mal à imaginer Night Sun capable de patience avec qui que ce soit.

— Mais il vient de rentrer, répliqua-t-elle. Quand... Comment avez-vous appris l'anglais si vite ?

Gentle Deer éclata de rire.

— Je n'ai pas appris si vite que ça ! Night Sun a passé chaque été chez les Blancs depuis qu'il...

— Grand-mère, l'interrompit-il doucement, ces explications sont inutiles.

Et il changea de sujet, captivant facilement les deux femmes avec le récit des aventures de Lone Tree et de ses camarades. Comme elle l'écoutait, le regard de Martay se posa par hasard sur les fesses de Night Sun, toujours couché sur le ventre. La peau de daim moulait étroitement ses muscles d'athlète. La jeune fille déglutit avec effort lorsqu'il plia ses longues jambes, faisant jouer tous ses muscles.

Pour la première fois, elle imagina ce que cela pourrait être de faire l'amour avec lui. Elle était horrifiée d'envisager quelque chose de si scandaleux à un moment tellement peu approprié, mais elle ne pouvait s'en empêcher. Elle se demandait ce qu'elle ressentirait si elle était couchée sous lui. Si elle sentait contre elle son ventre dur, ses hanches, ainsi que son...

— ... et je lui ai garanti que...

Night Sun s'interrompit brusquement.

— Ça va, Martay ?

— Quoi ? Moi ? Oh oui, j'étais simplement en train de...

Elle déglutit de nouveau, le rose aux joues. Pourvu qu'il ne puisse lire dans ses pensées !

— On dirait que vous avez trop chaud, observa-t-il.

Il posa les mains à plat sur le sol et se leva.

— Allons prendre l'air, proposa-t-il en lui tendant la main.

Encore absorbée par ses pensées coupables, elle accepta la main de son ravisseur. Quand les doigts chauds de Night Sun se refermèrent sur sa petite main, elle lui adressa un sourire rêveur.

Dehors, il la lâcha brutalement et annonça d'un ton neutre :

— Je pars aujourd'hui. Vous pouvez rester avec grand-mère ou retourner au tipi.

— Non ! rétorqua-t-elle, déçue. Je ne veux pas que vous partiez. Où allez-vous ?

— Ne me posez jamais cette question, répondit-il, glacial. Si je désire que vous le sachiez, je vous le dirai.

Il s'éloigna puis, au bout de quelques pas, fit demi-tour et revint vers elle.

— Est-ce que vous montez ?

— Des chevaux ?

— Évidemment !

— Oh, oui ! Je suis bonne cavalière.

Elle retint son souffle : et s'il l'invitait à faire un tour avec lui ?

— Tant mieux, dit-il.

Et il la planta là.

La Balafre arrachait à grand bruit les dernières miettes de viande collées à sa côte de bison. Il la jeta dans le feu et se hâta d'en prendre une autre. Quand il en eut dévoré une douzaine, il essuya son menton couvert de jus sur la manche de sa chemise, rota à plein gosier et frotta ses mains graisseuses sur ses pantalons en peau de daim.

— Dis-leur d'entrer, maintenant, ordonna-t-il à la jeune Peau-Rouge à genoux à côté de lui.

D'un sourire, elle accueillit à l'intérieur de la tente militaire deux guerriers. La tente était plantée au bord d'un méandre du Little Missouri, à l'ombre de quelques arbres. L'un des guerriers tira de sa chemise une enveloppe chiffonnée portant un sceau en or.

— Dis-nous si ce cercle d'or vaut cher, déclara-t-il.

L'éclaireur crow acquiesça de la tête sans enthousiasme. Il n'avait accepté de recevoir les deux hommes que pour une raison : l'un d'eux était le frère de la femme qui nettoyait à présent sa tente. En se glissant nue dans son lit de fourrure, la veille au soir, elle lui avait demandé s'il accepterait de jeter un coup d'œil à un « cercle d'or » que son frère avait trouvé, et de lui dire si cela avait de la valeur.

La Balafre frotta son ongle sur le sceau étincelant, puis tourna l'enveloppe. Une lueur avide traversa ses yeux quand il lut le destinataire : *Général William J. Kidd.*

Feignant l'ennui le plus total, il déplia la lettre et lut.

Général Kidd,

Je tiens votre fille.. Je suis dans une cabane à dix kilomètres exactement au nord-ouest de Denver. C'est sa vie contre la vôtre. Venez seul d'ici vingt-quatre heures, sinon je l'emmène dans le Dakota.

Vous voulez des preuves ? Ma poitrine est barrée d'une cicatrice laissée par votre sabre. Vous vous souvenez de Sand Creek en novembre 1864 ? Je n'oublie jamais.

Night Sun, Sioux lakota.

La Balafre avait du mal à ne pas trahir son excitation tandis qu'il interrogeait les guerriers sur la façon dont ils avaient mis la main sur ce message. Ils lui racontèrent le meurtre du gros chercheur d'or. Déjà, le Crow se voyait à la tête de la récompense de dix mille dollars.

— Cela ne vaut rien, conclut-il. Rien du tout !

Il remit la lettre dans l'enveloppe, la déchira en deux et la jeta au feu, puis congédia d'un signe les deux Indiens déçus.

Ils étaient à peine sortis qu'un large sourire fendit son visage.

Ainsi, c'était Night Sun, un arrogant métis sioux, qui avait enlevé la fille du général ! Eh bien, le général pourrait la récupérer. Mais dans quel état... Aucun Peau-Rouge ne haïssait les Blancs autant que ce bâtard.

Night Sun haïssait les Blancs presque autant que lui, la Balafre, haïssait Night Sun.

Le sourire de l'éclaireur s'élargit. Dès qu'il saurait où Night Sun détenait la jeune fille, il la lui ravirait, empocherait la prime de dix mille dollars et deviendrait un héros.

25

Maussade, Martay regarda Night Sun partir. Elle regrettait de lui avoir demandé où il allait. Elle s'en moquait. Elle se moquait de savoir quand il reviendrait, et même s'il reviendrait !

Elle attendit qu'il fût hors de vue et, au lieu de rester seule, décida d'aller rendre visite à Gentle Deer. Mais soudain, elle s'immobilisa en reconnaissant le rire d'une jeune fille.

L'Indienne était petite et ravissante. C'était celle qui, deux jours plus tôt, souriait à Night Sun. Elle traversait le camp à toutes jambes dans la direction que Night Sun avait prise. Elle allait le rejoindre ! Ils partaient tous les deux du village pour… pour…

— Peaceful Dove semble joyeuse, ce matin ! observa Gentle Deer.

Sans bruit, elle s'était approchée de Martay. Elle souriait comme si elle suivait des yeux la jeune fille.

— Où va-t-elle ? s'enquit Martay.

Le visage de l'aveugle se plissa d'un sourire.

— Elle va saluer son guerrier qui part. Il ne reviendra pas de la journée. Puis elle va venir chez moi et, ensemble, nous travaillerons à sa robe de mariage.

Martay sentit une faiblesse dans ses genoux, comme si ses jambes allaient se dérober. Ciel, Night Sun allait épouser cette fille !

— Entre, lui dit Gentle Deer. Tiens-moi compagnie, aujourd'hui. Tu feras la connaissance de Peaceful Dove.

La dernière chose dont elle avait envie, c'était de passer la journée avec une jolie fille sur le point d'épouser l'individu qui la gardait prisonnière ! Pourtant, Martay suivit Gentle Deer à l'intérieur de son tipi.

Quelques minutes plus tard, Peaceful Dove les rejoignit. Elle était si amicale et chaleureuse que Martay ne put que lui rendre son sourire. Indéniablement, elle était magnifique. La jalousie de la belle héritière s'enflamma lorsque Peaceful Dove embrassa Gentle Deer et, en lakota, cita plusieurs fois le nom de Night Sun avec des yeux brillants.

Une fois les trois femmes assises, la vieille dame prit derrière elle un vêtement plié. Elle le montra à Martay.

— Voici ce que Peaceful Dove portera, le jour où elle se mariera avec son beau guerrier courageux.

Martay était impressionnée par la blancheur et la beauté de la robe en peau. Elle mit un moment à recouvrer l'usage de sa voix.

— Quand aura lieu le mariage ?

Peaceful Dove comprit le mot « mariage » et répondit joyeusement :

— À la lune-de-l'herbe-sèche.

Martay ne comprit pas la réponse. Gentle Deer répéta les mots en anglais, puis précisa :

— Septembre. Samedi 20 septembre.

Dans six semaines, se dit Martay, affolée. Dans six semaines, cette fille serait l'épouse de Night Sun. Il l'installerait dans leur tipi et… et… Que deviendrait-elle alors ?

Martay était en proie à la confusion, à la colère, à la jalousie. Mais, prudemment, elle cacha ses émotions.

Elle se contraignit à rendre son sourire à la jeune Sioux et lui dit avec tout le calme dont elle était capable :

— Je suis très heureuse pour vous et... et... pour Night Sun.

— Pourquoi es-tu heureuse pour Night Sun ? intervint l'aveugle en pouffant. C'est Lone Tree que Peaceful Dove épouse.

— Lone Tree ? répéta Martay, abasourdie. Vous voulez dire qu'elle ne... que Night Sun n'est pas son...

Brusquement, un poids énorme fut ôté de son cœur, et elle s'adressa à la jolie Indienne en la regardant droit dans les yeux :

— Lone Tree ?

La fiancée acquiesça de la tête, tout excitée, en reconnaissant le nom de son amoureux.

— Oh, Peaceful Dove ! Que je suis heureuse pour vous ! affirma Martay en toute sincérité.

Elle se pencha en avant et l'étreignit comme si elles étaient des amies de longue date. Peaceful Dove répondit à cet assaut d'amabilité :

— *Kola, kola.*

— Amie, traduisit Gentle Deer. Elle est ton amie.

— Oui, confirma Martay. Elle est mon amie !

À compter de ce jour, Martay passa ses journées chez Gentle Deer. Night Sun étant rarement au camp, c'était cela ou la solitude. Il se levait de bonne heure chaque matin, longtemps avant que Martay ne s'éveille, et rentrait tard dans la nuit. Plus d'une fois, elle avait tendu l'oreille des heures dans le noir, dans l'attente du bruit de ses pas. Mais elle s'était toujours endormie avant son arrivée. Parfois, elle se réveillait alors qu'il se déshabillait en lui tournant le dos. Puis il se couchait rapidement.

Une chose était claire : il évitait Martay, et cela la déconcertait. Cette froideur la hérissait. Quand ils se croisaient, elle se donnait tout le mal possible pour se montrer revêche et maussade.

Un jour, il se plaignit d'avoir égaré sa gamelle.

— Pourquoi ne pas utiliser vos pierres magiques pour la retrouver ? se moqua-t-elle.

Il pivota sur place et la saisit par la ceinture. Il l'écrasa contre lui avec une telle force que leurs vêtements de cuir claquèrent l'un contre l'autre.

— Je commence à en avoir par-dessus la tête de vous, gronda-t-il.

Martay scruta son regard noir.

— Je ne crois pas. Je crois que vous aimeriez me subir encore davantage...

Grisée par la lueur dangereuse qu'elle lisait dans ses prunelles, elle attendit en retenant son souffle, lèvres entrouvertes, le baiser violent qu'il n'allait pas manquer de lui administrer pour la punir.

Mais Night Sun ne l'embrassa pas. Sa colère se mua en dégoût.

— Vous avez tort : si j'en voulais davantage, je n'aurais même pas besoin de le prendre. C'est vous qui me le donneriez.

Et il la repoussa.

Ce jour-là, Martay retourna chez Gentle Deer. En quelques jours, elle en avait appris davantage sur le mystérieux Night Sun de la bouche de sa grand-mère que par l'intéressé.

Toutefois, elle ignorait toujours pourquoi il l'avait enlevée.

D'après Gentle Deer, il n'était pas seulement beau et courageux, c'était aussi un « brave garçon ». Dès sa naissance, près de vingt-cinq automnes plus tôt, il avait été le bonheur de sa grand-mère. Son père était un trappeur blanc qui avait échoué un hiver dans la région. Pure Heart n'avait pas tardé à tomber amoureuse de lui. Quand le trappeur était parti, promettant de revenir sans tarder, Pure Heart était enceinte.

— Trois mois plus tard, avait poursuivi Gentle Deer, Pure Heart a reçu une lettre. James Savin renonçait à revenir pour l'épouser. Il avait déjà une femme, une Blanche, qui l'avait convaincu de rester avec elle. Il avait appris à sa femme l'existence de Pure Heart, et de leur enfant à naître. Il lui a promis son aide.

— Pure Heart a dû être triste. Qu'a-t-elle fait ?

— Elle a fait son deuil, et n'a jamais eu un mot contre l'homme qu'elle aimait. Dès que Night Sun est né, elle lui a donné tout son amour. Et quand l'enfant a été en âge de le faire, elle l'a laissé aller voir son père.

— Pourquoi ?

— Elle ne songeait qu'à Night Sun. Et non à elle-même. Elle voulait que son fils connaisse son père.

Martay avait été fascinée par le récit de Gentle Deer. Celle-ci lui avait raconté comment James Savin avait amassé une fortune considérable. Dès l'âge de cinq ans, Night Sun était allé chaque été passer un moment chez son père à Boston.

— Night Sun a rapidement appris l'anglais. Il a pris des cours de musique et d'art, il a appris les coutumes et les façons de se vêtir des Blancs. Ensuite, il a fait des études supérieures. Il est parti pour Harvard à vingt ans, car il n'était pas plus sot qu'un Blanc. À cette époque, la femme de James Savin était morte...

— Pourquoi le père de Night Sun n'est-il pas revenu auprès de Pure Heart, après la mort de sa femme ? l'avait interrompue Martay.

— Parce que Pure Heart est morte longtemps avant la femme de James Savin.

— Oh, je l'ignorais... Que lui est-il arrivé ?

— Les Tuniques bleues. Ils l'ont tuée à Sand Creek, avec les autres.

Martay n'osait respirer, encore moins demander où se trouvait Sand Creek et qui étaient « les autres ». La vieille Indienne savait-elle que Martay était la fille d'un général américain ?

Plus tard, Gentle Deer lui avait parlé des lettres que son petit-fils lui écrivait quand il était à Harvard, des notes remarquables qu'il y avait obtenues, et de son espoir d'aider son peuple en étudiant le droit. Deux hivers plus tôt, le père de Night Sun était mort en lui laissant une forte somme d'argent, dont il hériterait le jour de ses vingt-cinq ans.

— Il aura vingt-cinq ans à la lune-des-feuilles-qui-tombent, avait précisé Gentle Deer. En octobre.

La vieille femme lui avait dévoilé ainsi d'innombrables détails concernant Night Sun, sauf la raison pour laquelle il avait enlevé Martay et l'avait conduite ici. Ce point demeurait un mystère. Chaque fois qu'elle abordait le sujet, elle n'obtenait de Gentle Deer qu'un haussement d'épaules. Elle finit par se dire – à juste titre – que l'aveugle ne le savait pas...

Martay s'attacha vite à la vieille dame pleine de sagesse. Au fil des jours, elle s'adapta à la vie des Sioux. Sa maison lui manquait, ainsi que son père et ses amis, mais les articles de luxe pour lesquels elle se serait damnée autrefois lui semblaient moins importants.

Les minces lanières de viande séchée au soleil ne lui répugnaient plus. Elle apprit même à faire du pemmican. Installée à l'ombre d'un arbre, elle écrasa la viande de bœuf tendineuse avec une pierre, et mélangea ce hachis avec de la graisse et des baies.

Malgré les apparences, le résultat était tout à fait savoureux.

26

— Tu sais pourquoi je t'ai convoqué ce matin ? demanda Windwalker en lakota.

— Oui, répondit Night Sun. Je m'y attendais.

Windwalker l'observa un instant.

— Je te connais depuis la nuit de pleine lune où tu es né. Je ne t'ai jamais vu te comporter inconsidérément, contrairement aux autres guerriers.

Il laissa le silence s'installer, sans formuler d'accusation explicite.

Night Sun le regarda droit dans les yeux.

— Mais cette fois, j'ai fait montre d'imprudence. Je n'aurais pas dû amener la fille blanche ici.

Windwalker opina lentement.

— C'est vrai, mon fils. En agissant ainsi, tu as mis toute la nation sioux en péril.

Soudain, Night Sun se sentit écrasé par une insupportable tristesse. Non parce que le chef lui reprochait son inconséquence, mais parce qu'il n'existait plus désormais de « nation sioux » à mettre en péril. À l'exception du petit clan de Windwalker et d'un ou deux groupes terrés dans les collines, outre Sitting Bull et Gall au Canada, tous les puissants chefs sioux étaient morts ou parqués dans des réserves.

— Pardonne-moi, Windwalker. Je me suis comporté en Blanc, et non en Sioux. Je suis navré. Que dois-je faire pour réparer ?

Les yeux du vieux chef étaient emplis d'affection.

— La fille est intacte : ramène-la à son peuple.

Night Sun avala péniblement sa salive.

— Oui, je vais le faire. Je partirai demain à l'aube et...

Windwalker le fit taire en posant une main sur son épaule.

— Non, Night Sun. Pas demain. Laisse son père s'inquiéter quelque temps. Puis ramène-la. C'est lui qu'il faut faire souffrir, et non la fille. Ne lui fais pas de mal.

— Aucun mal ne lui sera fait, assura Night Sun. Tu sais tout, alors ?

— Qu'elle est la fille de la Tunique bleue qui a rendu Gentle Deer aveugle ? Oui, je le sais. Les cheveux dorés, les yeux verts... N'est-ce pas elle ?

— Si !

Le vieux chef ouvrit la bouche, mais préféra se taire. Il mit brusquement fin à l'entrevue.

— Va-t'en, et occupe-toi de la fille aux cheveux d'or comme si elle faisait partie de la famille. Dans deux lunes, rends-la intacte à sa famille.

— Je la rendrai dans l'état où je l'ai prise, nuança Night Sun.

— Mon cœur se réjouit de t'entendre dire cela, confia Windwalker avec une ombre de sourire. La femme-enfant est belle à regarder. Quand j'avais vingt-quatre ans, je ne suis pas sûr que j'aurais été capable de la respecter.

Pourquoi crois-tu que je reste le plus possible à l'écart d'elle ? songea Night Sun. Puis il reprit la parole :

— De nouveau, je te présente mes excuses pour avoir mis notre peuple en danger. Je ramènerai la fille aux cheveux d'or saine et sauve, et j'en paierai seul le prix.

Il se leva et s'éloigna.

— Le prix que tu risques de payer, mon fils, c'est d'avoir le cœur brisé, murmura le vieux chef.

Le samedi 23 août arriva, dix-neuvième anniversaire de Martay Kidd. En fin d'après-midi, la jeune fille était seule dans son tipi silencieux. Elle était assise par terre, les bras croisés autour des genoux, essayant de toutes ses forces de ne pas s'apitoyer sur son sort. Ce n'était pas facile. Ses anniversaires, dès qu'elle avait eu l'âge de savoir ce qu'ils signifiaient, avaient toujours représenté un événement particulier. Ils avaient toujours été accompagnés de fêtes, de cadeaux, de gâteaux et de surprises.

Rien de tout cela, cette année.

Personne d'ailleurs ne savait que c'était son anniversaire. Elle était fière de ne pas les avoir avertis. Elle voyait en cela un signe de maturité car elle comprenait, sans rancœur, que les gens n'avaient aucune raison de la fêter. Contrairement au monde d'où elle venait, elle n'avait pas davantage d'importance que les autres.

Curieusement, cela lui était indifférent. On lui témoignait gentillesse et respect, et elle agissait de la même façon. Quelquefois, seule la nuit sur son lit, elle évoquait l'ancien temps. Elle avait envie de rentrer sous terre en se remémorant à quel point elle avait été futile et sotte.

La vanité n'avait pas sa place au camp, et c'était curieux car les Sioux lakotas avaient la réputation d'être, parmi tous les Indiens de la Prairie, les plus beaux, les plus intelligents et les plus courageux.

Martay trouvait leurs habitudes stupéfiantes et intéressantes. Elle cherchait à leur ressembler, mais y parvenait rarement. Après tout, elle était blanche, riche et habituée aux flatteries de ses admirateurs...

Surtout le jour de son anniversaire.

Ainsi ruminait-elle sa mélancolie, assise toute seule dans son tipi sans fête ni cadeaux, personne ne sachant que c'était son dix-neuvième anniversaire...

Martay vit une ombre s'agiter à l'entrée du tipi. Son cœur battit plus vite quand apparut la tête basanée de Night Sun. Il resta debout sur le seuil, torse nu. Il la regardait d'un air bizarre.

— Venez voir ce que je vous apporte ! ordonna-t-il.

Incapable d'en croire ses oreilles, Martay réagit niaisement.

— Vous... vous m'avez apporté quelque chose ? demanda-t-elle sans bouger.

Il s'approcha, se pencha et la fit lever sans effort. Elle était pieds nus.

— Où sont vos mocassins ? s'enquit-il.

Martay ne répondit pas. Elle était habituée à avoir des domestiques. Il lui avait fallu apprendre à ranger ses effets personnels. Ce n'était pas facile et, plus d'une fois, Night Sun lui avait rendu quelque vêtement trouvé sur son lit, sur son coffre ou suspendu au bout de sa lance.

Elle craignait qu'il ne soit en colère. Elle fut soulagée lorsqu'il se mit sans broncher à la recherche des mocassins. Il en trouva un sur son lit de fourrure, et l'autre sous sa parure de guerre à longues plumes. Au lieu de les lui donner, il s'accroupit.

— Donnez-moi votre pied, Martay.

Elle obéit volontiers. Sa main chaude se referma sur la cheville de Martay, et elle se sentit presque défaillir. Pour ne pas tomber, elle dut s'appuyer sur les épaules du guerrier lakota. Il n'eut pas l'air de s'en formaliser. Peut-être n'avait-il même pas remarqué. Il lui enfila les mocassins en prenant tout son temps. Chaque fois que ses doigts frôlaient la peau sensible de la jeune fille, celle-ci était envahie par un indéniable plaisir.

Par réaction, elle serra ses mains plus fort sur lui, et les glissa des épaules vers le cou.

Lentement, il leva la tête pour la regarder. Les mains qui tenaient ses chevilles remontèrent le long de ses jambes. En quelques secondes, il tenait entre ses doigts les genoux tremblants de Martay.

— Night Sun, dit-elle faiblement, le cœur en folie.

Il ferma les yeux et un son bizarre jaillit des profondeurs de sa poitrine. Il la plaqua contre lui, et elle eut un petit cri de ravissement quand il posa le visage contre son ventre, tout en remontant les mains jusqu'à lui empoigner les fesses.

Il ne resta dans cette position qu'une seconde. Une brève seconde que jamais Martay n'oublierait.

Elle plongea les doigts dans la chevelure soyeuse du guerrier, dont elle appuya le visage plus étroitement contre son ventre. À travers sa robe, elle sentait le souffle brûlant de Night Sun.

L'épisode se termina aussi vite qu'il avait commencé.

Il la lâcha et se leva, une dernière étincelle de passion dans ses beaux yeux noirs.

— Pardon, dit-il d'un ton égal. Je suis désolé.

— Mais il n'y a pas de mal, je voulais...

— Non, trancha-t-il.

Il secoua vigoureusement la tête et s'écarta.

— Venez dehors, ordonna-t-il en sortant le premier.

Martay réalisait à peine ce qui s'était passé et se demandait pourquoi il s'était arrêté. Elle n'eut pas le temps de trouver d'explication. Il l'appelait. Elle prit sa respiration et le rejoignit.

Night Sun était debout entre deux chevaux. L'un était son magnifique étalon noir, l'autre un alezan clair. L'étalon s'amusait à mordiller l'épaule nue de Night Sun. Celui-ci tendit à Martay les rênes de l'alezan.

— C'est pour vous.

— Vous parlez sérieusement ? s'exclama-t-elle, ahurie. Vous me faites cadeau de ce cheval ? Pourquoi ?

— C'est une jument.

— Je le savais, rétorqua-t-elle en rougissant. Mais pourquoi m'offrir une jument ?

Elle fit un pas en avant et caressa le museau velouté de l'animal.

— Bon anniversaire ! dit-il à mi-voix.

La jeune fille en fut bouleversée. Sans réfléchir, elle jeta les bras autour de son cou.

— Merci. Elle est splendide. Oh, Night Sun, merci, merci !

Elle le serra chaleureusement, l'embrassa sur la mâchoire et le lâcha.

— Puis-je la monter maintenant ? Où allons-nous ? Oh, j'ai hâte de...

— Je suis occupé, je ne puis...

— Occupé ? Mais c'est la fin de l'après-midi.

Elle montra l'étalon bridé.

— Si vous n'aviez pas l'intention de faire un tour avec moi, pourquoi avez-vous pris votre monture ?

— Je... enfin... Il faut que j'aille quelque part.

Il ne lui avoua pas qu'elle avait deviné juste. Il avait bel et bien eu l'intention d'aller faire un tour avec elle, mais il savait à présent que ce serait une erreur. Ce qui venait de se passer dans le tipi se reproduirait, s'il ne restait pas à l'écart.

— Laissez-moi venir avec vous, Night Sun ! supplia-t-elle. Je ne vous dérangerai pas, c'est promis.

Son regard d'émeraude exprimait une douce supplication.

— Non ! trancha-t-il. Dès demain, vous pourrez monter chaque matin si vous le désirez. Speaks-not-at-all vous escortera.

Déçue, elle tripotait la bride de la jument.

— Et vous, vous ne m'accompagnerez jamais ?

Night Sun ne répondit pas. Il prit les rênes des deux bêtes et les emmena. Martay le suivit des yeux avec mélancolie.

Elle soupira, rentra et se laissa tomber sur son lit. C'est alors que la question lui vint. Comment Night Sun connaissait-il la date de son anniversaire ? Elle ne l'avait révélée à personne.

Que savait-il d'autre sur son compte ? Qui était cet étrange métis, et qu'attendait-il d'elle ?

Night Sun revint le lendemain matin. Il tenait la jument alezane par la bride. Il était accompagné du vieux guerrier Speaks-not-at-all, qui conduisait un poney bien soigné.

— Speaks-not-at-all est sourd et muet, mais pas idiot. Ne le traitez pas comme s'il l'était.

— Mais pour rien au monde je...

— Si, coupa-t-il. Je lui ai demandé de s'occuper de vous. Ne lui rendez pas la tâche impossible.

Il souleva Martay et la posa à califourchon sur la jument qui était sellée.

— Si vous l'embêtez, vous aurez affaire à moi.

— Pourquoi l'embêterais-je ? rétorqua-t-elle, agacée.

Il s'imaginait automatiquement qu'elle allait causer des ennuis au vieux guerrier.

Night Sun haussa les épaules et passa les rênes par-dessus le cou de l'alezan.

— Si l'idée stupide vous venait de fausser compagnie à Speaks-not-at-all, permettez-moi de vous mettre en garde : il y a des Crows dangereux qui se cachent dans la vallée.

— Je n'ai pas peur, dit-elle.

Elle claqua la langue à l'intention de sa jument et lui heurta les flancs avec ses talons. Il était si renfrogné qu'elle avait hâte de le quitter.

Night Sun saisit vivement la bride de la jument et l'arrêta.

— Bien sûr que vous n'avez pas peur. Vous êtes inconsciente. Mais je vous avertis : si ces Crows s'emparent de vous, vous prierez Dieu de vous faire mourir.

Il fit un signe de tête à Speaks-not-at-all. Le vieux guerrier attendait debout à côté de son poney. Il acquiesça et monta à cru. Night Sun tourna de nouveau son regard vers Martay.

Celle-ci se demandait comment elle avait pu éprouver le moindre désir pour ce sauvage. Elle se pencha afin de lui parler à l'oreille :

— Vous savez, Night Sun, je ne vous aime pas !

Elle fit faire demi-tour à sa jument en tirant sur les rênes et s'élança. Speaks-not-at-all la suivit de près.

Les mains sur les hanches, Night Sun les regarda s'éloigner au galop et disparaître derrière une colline.

— Tant mieux, bon sang ! bougonna-t-il. Je n'ai pas envie que vous m'aimiez.

27

Tremblante de désir, elle effleurait du bout des doigts son large torse. Couché sur le dos, il souriait de plaisir tout en caressant distraitement sa hanche. Le mois d'août était torride, et par ce bel après-midi, ils avaient beau être tous les deux nus, leurs corps luisaient de transpiration.

Il passa les doigts dans la chevelure dénouée de la jeune femme. Elle se baissa vers son amant, lui taquina les lèvres du bout de la langue jusqu'à ce qu'il referme les mains dans ses cheveux et, vorace, plaque sa bouche contre la sienne.

Elle prit une profonde inspiration et se frotta contre lui. L'effet ne se fit pas attendre : il l'enlaça et la fit rouler sur le dos avant de l'enfourcher.

Embrasée de volupté, elle eut un murmure de reconnaissance quand, pour la troisième fois, il la pénétra. Ils faisaient l'amour depuis le déjeuner. Tandis que le rythme de leur union les emportait, elle admira le dessin viril de ce visage durci par la passion. Plus rien ne comptait pour eux, et ils faisaient tant de bruit qu'ils n'entendirent pas les chevaux approcher.

Lorsque enfin, assouvis et hors d'haleine, ils basculèrent chacun de leur côté, elle perçut des voix d'hommes et se figea. Elle bondit hors du lit, traversa vivement la vaste chambre et, de derrière un rideau, regarda dehors.

Elle revint vers lui, affolée.

— Oh mon Dieu ! Mon Dieu !

Son amant ouvrit mollement les paupières.

— Qu'y a-t-il, Regina ?

— Larry, ils sont rentrés ! Mon mari et ton père. Ils sont là !

— Quoi ? Mon père ne doit pas revenir de Denver avant quelques jours, et le colonel Darlington restera à Fort Collins avec le général Kidd jusqu'à...

— Ils sont tous les deux au rez-de-chaussée ! Vite, saute dans ton pantalon et file de ma chambre !

Speaks-not-at-all, le vieux guerrier ridé à la peau couleur acajou, était le compagnon idéal pour Martay. Comme il était incapable de parler et d'entendre quoi que ce soit, il se contentait de sourire et acquiesçait avec bienveillance à tout ce qu'elle suggérait. Elle pouvait exprimer ses ·sentiments sans courir le risque qu'ils soient divulgués.

Le matin de leur première sortie, ils grimpèrent jusqu'à la crête dominant le village et longèrent les à-pics boisés. Au bout de deux kilomètres à peine, Martay tira sur les rênes de sa jument, se tourna vers le vieux guerrier et s'adressa à lui avec un sourire :

— Je crois que Night Sun, ce métis mal embouché, est un enquiquineur de première, n'est-ce pas ?

Speaks-not-at-all, qui ne demandait qu'à se montrer aimable, lui rendit son sourire.

— J'étais sûre que vous seriez de mon avis. Est-ce qu'il a toujours eu ce caractère impossible ?

Le Lakota hocha la tête.

Comme elle était d'un naturel extraverti, Martay révéla au guerrier l'ensemble de ses sentiments. Elle lui expliqua qu'elle se sentait déconcertée par ce qui lui arrivait. Elle ne comprenait pas son enlèvement. Elle ne comprenait pas pourquoi Night Sun n'avait pas réclamé une rançon à son père.

Elle posa certaines questions qui la taraudaient. Comment Night Sun avait-il appris la date de son anniversaire ? Pourquoi, alors qu'il ne l'aimait pas davantage qu'elle ne l'aimait, lui avait-il offert un cadeau somptueux, la superbe jument alezane et sa selle mexicaine ?

Deux matins plus tard, au moment où Speaks-not-at-all et Martay s'arrêtaient pour abreuver leurs chevaux, elle soupira.

— Speaks, je ne sais plus où j'en suis. J'ai parfois l'impression de devenir folle...

Il acquiesça et lui fit un grand sourire.

— Vous voyez, je sais que je devrais détester Night Sun — et c'est le cas, bien sûr. Pourtant... quelquefois, j'ai...

Elle secoua la tête.

— Oh, Speaks ! Parfois, j'ai l'impression que je l'aime. Est-ce possible ? Puis-je aimer un homme que je ne comprends pas, un homme qui a eu la cruauté de m'enlever, de m'amener ici contre ma volonté, et qui me traite à présent comme si je n'existais pas ?

Le vieux guerrier l'observait attentivement, plein de bonté et de compassion devant son air grave.

— Vous avez raison, continua-t-elle en riant. Ce n'est pas de l'amour que j'ai pour lui. C'est juste qu'il... Bon, je vais être franche, Speaks : c'est le genre d'homme qui intrigue les femmes. La plupart du temps, il est sombre, silencieux et soucieux. Je ne puis m'empêcher de me demander à quoi il pense.

Dites-moi, s'il vous plaît, qu'il est normal que je sois attirée par lui.

Elle hocha la tête, et il l'imita avec un bon sourire. Ses yeux noirs pétillaient.

— Je suis heureuse que vous partagiez ma conviction. Je me suis inquiétée, mais j'avais tort. Night Sun a beau être d'une grande beauté, il est froid et indifférent. Je ne saurais aimer un homme de cette trempe. Je me sens mieux, maintenant que nous avons tiré ceci au clair. Merci, Speaks. Votre réconfort m'est précieux.

Plus tard, dans l'après-midi, Martay était assise devant le tipi de Gentle Deer quand elle vit Night Sun approcher à grands pas. Il avait plus que jamais cet air impénétrable qui le caractérisait. Un petit garçon presque nu courut à sa rencontre. En un instant, le visage de Night Sun s'éclaira. Il s'accroupit, prit l'enfant entre ses genoux pour l'embrasser.

Martay n'en croyait pas ses yeux.

Il se mit à taquiner le petit, à le chatouiller tandis que ses yeux emplis d'amour et de rire s'ornaient de pattes-d'oie.

Night Sun leva le garçon en l'air, l'embrassa sur la poitrine et s'amusa à lui souffler sur le ventre avec des grognements féroces : le petit hurlait de joie et tirait à pleines mains ses cheveux en lui demandant d'arrêter. Quitte à lui dire « Encore ! » dès qu'il relevait la tête...

Les longues journées se succédèrent. Martay surprit d'autres signes de douceur sous l'aspect rébarbatif de Night Sun. Elle sortait tous les matins à cheval avec Speaks et passait le reste du jour au tipi de Gentle Deer. Plus d'une fois, elle fut donc présente alors qu'il rendait visite à sa grand-mère. Il était avec celle-ci d'une gentillesse exemplaire. Si elle toussait, il s'en inquiétait. Si elle se nourrissait mal, il la grondait. Il l'écoutait toujours avec attention, sans jamais montrer d'impatience. Quand elle évoquait avec tendresse les souvenirs de jadis, il ne se lassait pas des anecdotes maintes fois entendues. Il était plein de respect, d'attention et d'affection.

Dans tout le clan, on l'adorait. Les guerriers le traitaient en chef, presque à l'égal de Windwalker. Les femmes l'admiraient. Les jeunes filles étaient fascinées par sa beauté et son autorité naturelle. Quant aux enfants, c'était leur idole, un grand frère joueur qui ne demandait qu'à partager leurs bagarres, leurs cris et leurs rires.

Plus Martay l'observait, plus elle en était amoureuse. En le voyant vivre au milieu de son peuple, elle comprit qu'elle n'était pas simplement attirée par lui physiquement. Night Sun était un homme remarquable, digne d'amour. C'était une personne prévenante.

Sauf vis-à-vis d'elle.

Décidée à le faire changer de comportement, Martay se donna pour but de devenir douce et gracieuse comme ce peuple qu'il aimait tant. Prenant modèle sur eux, elle cessa de se plaindre, de polémiquer et de rester oisive. Elle fit preuve de bonne humeur, de diligence et d'efficacité.

Gentle Deer s'en aperçut, mais pas Night Sun.

La vieille Lakota la félicitait chaque fois qu'elle réussissait un travail. Elle lui demanda si elle avait envie d'une jolie robe neuve à l'occasion du mariage de Peaceful Dove.

— Oh oui, Gentle Deer ! répondit-elle. Je veux une robe blanche comme celle de Peaceful Dove.

— Cela n'est pas possible, Martay. Tu n'es pas la mariée.

— Oh. Je… pardon… je…

— Ne t'excuse pas. J'ai une peau de biche d'un beige très clair. Je l'ai mise de côté. Nous en ferons une robe pour toi.

— Vous me montrerez comment coudre les perles ?

— Les premières fois où tu es venue dans mon tipi, tu ne voulais rien apprendre.

— C'est vrai, mais j'ai beaucoup changé. Vous ne trouvez pas ?

Gentle Deer hésita.

— Ne change pas trop, mon enfant…

— Pourquoi pas ?

La vieille femme ne répondit pas. Un sourire mystérieux apparut sur ses lèvres.

Après sa sortie à cheval matinale, Martay avait toujours hâte de retrouver Gentle Deer. Sa nouvelle robe demandait beaucoup de travail et le mariage avait lieu moins de deux semaines plus tard. Comme le reste du clan, elle attendait avec impatience la grande fête, et elle souhaitait être la plus jolie femme de l'événement.

Enfin, après la mariée, bien sûr…

Son excitation croissait au fur et à mesure que le jour approchait. Sa robe en peau de biche embellissait à chaque perle qu'elle s'appliquait à coudre. Plus d'une fois, elle se piqua le doigt avec l'aiguille, mais elle se domina pour ne pas jurer et jeter le vêtement à l'autre bout du tipi.

— Racontez-moi encore, Gentle Deer, la façon dont va se dérouler le mariage.

Elle écouta de toutes ses oreilles la vieille aveugle lui décrire la fête, les chants et les danses qui dureraient tard dans la nuit.

Martay était tellement passionnée qu'elle n'entendit pas Night Sun entrer en silence dans le tipi. Il resta debout derrière elle.

Sa grand-mère devina aussitôt qu'il était là. Elle percevait aussi la tendresse avec laquelle il regardait la chevelure dorée de Martay.

La jeune fille s'aperçut de sa présence.

— Night Sun, demanda-t-elle presque timidement, est-ce que vous danserez avec moi au mariage ?

Gentle Deer eut la certitude que son petit-fils affichait un grand sourire.

— Oui, ma Wicincala.

Puis il recula et sortit.

Martay baissa lentement la tête. Wicincala. Il l'avait déjà appelée une fois ainsi, mais elle l'avait oublié entre-temps. C'était quand elle était malade, et qu'il la conduisait chez Windwalker. Il portait son smoking noir, et ils montaient tous deux l'étalon.

— Gentle Deer, que veut dire *wicincala* ?

— Fillette, répondit la Lakota. Ma jolie fillette.

28

Le samedi 20 septembre fut une journée magnifique.

Martay s'éveilla en sursaut, tourna vivement la tête et fut soulagée de constater que Night Sun était déjà parti. Elle n'avait pas envie de le voir pendant la matinée, mais seulement au mariage de Peaceful Dove et Lone Tree.

Pleine d'énergie, elle quitta son moelleux lit de fourrure, se lava rapidement le visage et les dents, et enfila une de ses robes de tous les jours en peau de daim. Conformément à ses bonnes résolutions, elle ne remit pas au lendemain les corvées domestiques à l'intérieur du tipi. En fredonnant toute seule, elle ramassa les vêtements épars, balaya le sol et enleva la poussière du coffre en pin à côté du lit de Night Sun.

Plus d'une fois, elle avait eu envie de fouiller ce coffre, mais elle ne l'avait jamais fait. Elle hésitait à présent, car elle avait décidé d'offrir à Peaceful Dove sa parure de perles en cadeau de mariage. Night Sun lui avait dit qu'il gardait en sûreté son collier et ses boucles d'oreilles dans le tiroir supérieur du coffre. Elle pouvait les récupérer quand elle voulait.

Le moment était venu.

Martay n'eut pas l'impression de commettre un cambriolage lorsqu'elle ouvrit le tiroir. Elle prit la bourse en cuir contenant ses bijoux. À cet instant, son attention fut attirée par une photo ancienne posée dessous. Intriguée, elle prit le document. Un bel homme aux cheveux noirs enlaçait une jeune Indienne ravissante, qui avait les yeux de Night Sun. De beaux yeux noirs, qui regardaient l'homme avec une adoration évidente.

Martay n'avait besoin de personne pour lui apprendre qu'il s'agissait des parents de Night Sun. Elle remit soigneusement à sa place la photographie, mais s'arrêta net en se reconnaissant sur un autre cliché.

Le souffle coupé, elle jeta un coup d'œil autour d'elle pour être sûre qu'elle était seule. C'était un article de journal. Il y avait aussi d'autres photos, d'autres articles. Ainsi Night Sun l'avait-il prise en filature depuis le jour où elle était arrivée à Denver...

Mais pourquoi ? Grands dieux, pourquoi ?

Stupéfaite, elle parcourut quelques articles, puis les remit où elle les avait trouvés. Elle tomba alors sur une longue pièce de velours noir pliée. Mue par la curiosité, elle l'ouvrit.

Le rouge lui monta aux joues.

C'était le gardénia blanc qu'elle portait le soir où Night Sun l'avait enlevée, chez les Darlington.

Les jambes flageolantes, Martay crut un instant qu'elle allait pleurer.

L'impassible Night Sun avait conservé ce gardénia comme s'il avait une valeur pour lui.

— Mon chéri... dit-elle à voix haute.

Elle reposa la fleur dans son écrin, qu'elle remit à sa place.

Le cœur en fête, elle se hâta vers le tipi de Gentle Deer. Gaie comme un pinson, elle aida les autres jeunes filles à préparer le tipi pour la lune de miel, avec de la sauge pour purifier le logis des nouveaux mariés. Toutes ensemble, elles allèrent chercher

Peaceful Dove pour gagner la rivière afin de s'y baigner et de laver leurs cheveux en vue de la cérémonie.

À midi précis, Windwalker fut là. Il ne portait ni chemise ni vêtement d'apparat. Ses épaules et ses bras étaient nus. D'ailleurs, personne ne s'était encore changé. Le silence tomba sur la foule.

Martay observa l'étrange cérémonie qui se déroulait. Il y avait un autel. Une couverture rouge sang était drapée sur les épaules de Peaceful Dove et Lone Tree. Leurs poignets étaient liés avec un morceau de tissu, et ils serraient le calumet sacré : la fumée aromatique du *kinnie-kinnick* les enveloppait.

Windwalker se mit à chanter des prières de son timbre grave et puissant. Martay ne comprenait pas les paroles, mais trouvait sa voix magnifique et en quelque sorte apaisante.

Tout le monde n'avait d'yeux que pour le chaman et le couple des mariés, mais elle cherchait du regard l'homme surprenant qui avait conservé et séché un gardénia parce que celui-ci lui avait appartenu.

L'homme en question dépassait les autres guerriers d'une demi-tête. Et il ne regardait ni Windwalker ni les mariés : il regardait Martay. Elle avait déjà croisé son regard et, à chaque fois, il s'était hâté de détourner les yeux. Mais cette fois, il n'esquiva pas.

Avec un frémissement intérieur, elle réussit finalement à s'arracher à son regard pénétrant et ramena son attention sur la cérémonie.

— Marchez main dans la main avec le Grand Esprit, conclut Windwalker en lakota.

Ensuite, les festivités commencèrent avec un énorme festin à base d'élan et de bison rôtis, de légumes et de baies fraîches. On offrit des cadeaux aux jeunes mariés. Quand vint le tour de Martay, elle s'avança et leur donna ses perles, la seule chose qu'elle possédait. Peaceful Dove, radieuse, l'embrassa sur la joue et l'appela « ma sœur », ce qui mit les larmes aux yeux de Martay.

Ce n'était que rires, joie et bonheur. Le moment arriva très vite où chacun se retira dans son tipi pour se changer en vue de la danse.

Martay escorta Gentle Deer à son tipi. Une fois à l'intérieur, elle aida la vieille dame à s'asseoir sur le sol, puis s'assura que le rabat de l'entrée était solidement fermé. Elle se débarrassa de sa robe en peau de daim, ainsi que de ses dessous en satin. Elle s'agenouilla, nue, devant une bassine et se lava le visage, la gorge et les épaules.

Enfin, elle se sécha et enfila un dessous doux comme le duvet, confectionné par Gentle Deer. Il se composait d'un simple caleçon court : il n'y avait ni chemise ni quoi que ce soit pour se couvrir les seins.

La vieille femme eut un gloussement.

— Ne te tourmente pas, enfant. La robe voilera ta nudité comme il convient. Viens, je vais t'aider à te coiffer. Tu n'es pas obligée de porter de sous-vêtements, sauf si tu préfères.

— Je préfère, répliqua Martay en s'asseyant devant elle.

Avec une adresse incroyable, Gentle Deer tira ses lourds cheveux vers l'arrière et entreprit de lui tresser méticuleusement une natte. Elle en noua la pointe avec des bandelettes de velours noir, et posa ses mains parcheminées sur les épaules nues de la jeune fille.

— Je t'ai coiffée à la mode de notre peuple, puisque tel était ton désir. Mais, ajouta-t-elle en serrant affectueusement ses épaules, s'il préfère que tu lâches tes cheveux, eh bien fais comme il le souhaite.

Le cœur de Martay battait à tout rompre dans sa poitrine. Elle faillit demander de qui parlait Gentle Deer, mais se ravisa.

— Oui, acquiesça-t-elle.

Puis elle se leva pour s'habiller.

La robe en peau de biche était infiniment douce et soyeuse. Martay se regarda dans le miroir qu'elle avait apporté du tipi de Night Sun : elle jugea ce vêtement aussi seyant que les tenues de bal qu'elle portait naguère.

La robe moulait la poitrine et les hanches. Elle était décorée d'étroites rangées de perles multicolores et de coquillages. Martay noua autour de sa fine taille une ceinture de disques d'argent, qu'on appelait *conchos*. Et elle chaussa des bottes à franges qui montaient jusqu'aux genoux.

Elle se sourit dans le miroir. Elle avait l'impression d'être toute neuve, différente.

La soirée s'annonçait décisive, elle le devinait. Elle savait qu'au matin, elle se sentirait différente davantage encore. Night Sun prétendait que les Blancs étaient peu clairvoyants, comme s'ils ne se servaient que d'un œil. Eh bien, elle avait le sentiment d'avoir dorénavant les deux yeux ouverts. Et elle se voyait nettement avec Night Sun. Serait-ce pour une nuit ou pour la vie ? Mystère.

Insouciante, elle pivota sur elle-même.

— Je suis prête, Gentle Deer.

À l'instant où le soleil se couchait derrière la chaîne lointaine du Big Horn, elles rejoignirent les autres. Les chœurs s'étaient déjà formés, et quelques guerriers dansaient devant l'énorme feu que l'on venait d'allumer. Des jeunes filles marquaient la cadence en frappant dans leurs mains, et les personnes âgées s'étaient installées sur des couvertures. Les mariés, radieux, siégeaient à la place d'honneur.

Martay se mit à marquer la cadence du pied et des mains. Un moment plus tard, elle s'arrêta : elle venait de percevoir la présence de Night Sun, présence si puissante qu'elle en eut la chair de poule. Comme mue par un ordre silencieux, elle fit demi-tour et le vit tout de suite.

Il était debout sur un petit talus, à une quinzaine de mètres. Il tenait au-dessus de sa tête une branche de peuplier. Lui aussi s'était changé. Il avait abandonné son pantalon de peau, sa belle chemise à franges et ses mocassins. Il ne portait qu'un pagne de couleur crème et, en travers de sa poitrine nue, des cartouchières décorées de boutons, de dents d'élans et de disques de nacre. Ses longs cheveux noirs avaient des reflets bleus sous le couchant. Il les avait attachés avec un bandeau rouge. Une bande de cuivre poli entourait ses biceps, et des anneaux décorés de coquillages ornaient ses chevilles.

C'était un seigneur sauvage. La perfection même de l'anatomie masculine. En le voyant, Martay comprenait la raison pour laquelle elle n'était jamais tombée véritablement amoureuse : l'homme qu'elle avait toujours désiré, qu'elle attendait, c'était celui qui se tenait là, dans sa glorieuse splendeur…

Primitif, fier, magnifique.

Soudain, quelqu'un saisit le bras de Martay, l'arrachant à sa contemplation. Elle sourit à la jeune fille qui désignait d'un mouvement de tête les danseurs. Martay acquiesça et alla rejoindre les joyeux drilles, dont elle se mit à imiter les pas. En quelques minutes, elle avait appris les figures compliquées de cette danse, et elle éclata de rire lorsqu'on lui tendit une paire de maracas.

Les flammes du feu montaient haut dans le ciel nocturne. Les tambours martelaient un tempo lancinant. Les guerriers se passaient des bouteilles de vin.

Night Sun descendit rejoindre ceux qui s'amusaient. Il observa Martay qui dansait. Elle était raide et intimidée, hors de son élément. Mais belle... belle à couper le souffle. Sa robe en peau de biche moulait à ravir ses seins haut plantés et sa chute de reins. Il était presque satisfait qu'elle ne fût pas tout à fait à l'aise. Si elle se détendait et se mettait à danser avec l'absence de retenue propre aux Lakotas, elle deviendrait beaucoup trop séduisante.

Il accepta le whisky qu'on lui proposait et sentit l'alcool lui brûler l'intérieur de la poitrine. Il remarqua qu'une jeune fille offrait à Martay quelques boutons de peyotl. La première réaction de Night Sun fut de s'avancer pour mettre sa captive en garde contre les effets de la drogue sacrée. Mais il préféra ne pas bouger. Il allait la surveiller. Ce n'est pas le fait de mâcher un ou deux boutons qui allait lui faire grand tort. Du moment qu'elle n'en absorbait pas davantage.

Martay n'avait pas idée de ce que la jeune fille lui avait donné. Elle glissa les graines dans sa bouche et les mâcha : elles étaient amères. L'amertume se dissipa vite, et elle commença à se sentir mieux, de mieux en mieux. C'était merveilleux, elle avait l'impression d'être particulièrement vivante et heureuse. Et détendue : totalement détendue.

Night Sun se surprit à applaudir quand Martay se mit à danser de façon plus libérée : la réserve de la jeune fille fondait comme neige au soleil. Échauffé par le whisky, le feu et le spectacle de Martay ondulant devant lui, il sentit que sa propre réserve lui échappait.

Il désirait cette jolie Blanche aux cheveux d'or.

Il la désirait depuis le premier instant. Que de nuits n'avait-il pas passé seul, torturé de désir, bien qu'elle dormît à moins de six mètres de lui ! Pour quelle raison ? Et dans quel but ? Qu'est-ce que cela changeait ?

Désormais, il n'avait plus besoin de la violer. Il lisait dans ses beaux yeux verts qu'elle était consentante. Alors pourquoi ne pas en profiter ? Après tout, il ne serait pas le premier. Il avait promis à Windwalker de la rendre à son peuple dans l'état où il l'avait enlevée. Cela était compatible avec le fait de lui faire l'amour. Elle n'était plus vierge. D'autres l'avaient possédée. Elle était comme Regina Darlington : belle, gâtée et dévergondée. Regina, ainsi que d'autres riches Blanches, lui avaient fait passer au lit des heures agréables. Ni elles ni lui ne l'avaient jamais regretté. Eh bien, ce serait pareil avec Martay Kidd. S'ils faisaient l'amour cette nuit, ce serait pour tous les deux agréable, et facile à oublier.

Quand elle le vit approcher, Martay cessa de danser. Elle eut le souffle coupé lorsqu'il posa ses mains chaudes sur sa taille. Sans un mot, il la plaqua contre lui.

— Night Sun, dit-elle, haletante, en s'agrippant à ses épaules nues.

Elle avait toujours ses maracas à la main.

— Je me sens si bien... ajouta-t-elle. Et vous, vous vous sentez bien aussi ?

Il éclata de rire.

— Oui, Martay, moi aussi.

— Mon seul problème, avoua-t-elle avec un sourire rêveur, c'est que je suis un peu étourdie. Tenez-moi fort, ou bien je tombe.

Il l'attira plus près.

— Voilà, je vous tiens.

— Ne me lâchez plus jamais, soupira-t-elle en posant la tête sur son épaule.

29

La nuit était fraîche, mais les flammes du feu du camp jaillissaient vers le firmament. Les tam-tams scandaient un rythme obsédant, le cœur de Martay palpitait à la même cadence. La tête lui tournait. Elle se sentait heureuse, et les jambes faibles d'avoir tant dansé.

Pendant des heures, Night Sun et elle avaient dansé comme un seul corps, au rythme primitif de cette sarabande païenne. Leur désir croissait. Leurs corps agiles et gracieux ondulaient et se frottaient avec sensualité.

Martay ferma un instant les yeux. C'était drôle de sentir à la fois son cerveau passablement embrumé et ses sens en éveil.

Le martèlement des tambours. Les cris et les rires des danseurs déchaînés. Le cliquetis des coquillages aux chevilles de Night Sun. Le parfum viril de sa peau.

Martay rouvrit les paupières, enserra le cou du Lakota. Il fit glisser ses mains le long de ses hanches, qu'il saisit solidement pour les attirer plus près. Il ondulait contre elle de façon érotique. La jeune fille sentait l'intensité de son émotion virile à travers sa robe. Elle avait ainsi la preuve de son désir.

Les mains de Night Sun glissèrent plus bas. Elle était incapable de résister à tant de force et de passion.

Elle comprit brusquement qu'il était en train de faire l'amour avec elle à la lumière ardente du feu, en présence de tous les autres. Mais cela ne la gênait pas. Elle était excitée et oubliait tout le monde, sauf ce dieu d'amour pour lequel elle était prête à faire n'importe quoi, n'importe quand, n'importe où.

Elle lui caressa le torse, essuyant des perles scintillantes de sueur.

— J'ai chaud, murmura-t-elle. J'aimerais que nous puissions retirer nos vêtements et danser nus.

Il leva la main, la porta à la base du cou de Martay. Il ramassa ainsi quelques gouttelettes de sueur, s'en enduisit les lèvres et les lécha.

— D'accord ! acquiesça-t-il.

Il la prit par la main et fendit la foule des danseurs.

Sur le chemin du tipi de Night Sun, ils n'échangèrent pas un mot. Martay marchait à pas précipités pour suivre les longs pas de son compagnon. Elle avait hâte d'arriver dans l'intimité de leur logis.

À l'intérieur, il faisait sombre. Le feu au milieu de la tente était éteint. Seul un rayon de lune entrait par le rabat ouvert.

— Je ne veux pas seulement te toucher, je veux aussi te voir, annonça-t-il.

Il régla l'ouverture du trou pour la fumée, au sommet du tipi, afin de faire pénétrer la lumière argentée de la lune. Puis il alla à l'entrée, dont il descendit le rabat et l'amarra solidement.

Il se releva enfin et la regarda. Souple comme un chat, il vint vers Martay qui se mit à trembler.

Night Sun posa la main derrière sa tête et l'attira doucement vers lui. Elle se hissa sur la pointe des pieds, et leurs lèvres s'effleurèrent. Elle entendit cascader les graines de sa maraca. La seconde avait été égarée.

Il leva la tête, sourit et prit l'instrument. Il le secoua une dernière fois, puis le lança de l'autre côté du tipi. Ensuite, il dénoua la ceinture de *conchos* autour de la taille de Martay. Il la plia soigneusement. Les disques d'argent tintaient dans le silence.

Night Sun lâcha la ceinture et posa les mains sur les hanches de Martay. Elle le regardait sans peur.

— Lève les bras pour moi, mon cœur.

Ce mot tendre dans la bouche du chef lakota enchanta la jeune fille. Elle obéit en frémissant, sentit la robe passer au-dessus de sa tête. Elle redressa les épaules.

C'était à présent Night Sun qui tremblait.

Elle était debout au clair de lune, vêtue d'un petit dessous et de ses bottes montant jusqu'aux genoux. Elle était encore plus belle qu'il ne l'avait imaginé. Le caleçon en peau de biche ne couvrait presque rien de ses cuisses. Elle avait les seins complètement nus. Ils saillaient de ses côtes en deux éminences couleur de lait, couronnées de larges aréoles satinées. Sous les yeux de Night Sun, le centre des aréoles devint plus sombre, deux petits boutons qu'il avait envie de goûter de toute urgence.

Au lieu de cela, il demanda avec courtoisie s'il pouvait lui défaire les cheveux. Martay se rappela les mots de Gentle Deer :

— S'il préfère que tu lâches tes cheveux, eh bien fais comme il le souhaite.

Elle acquiesça.

Il la fit se tourner et libéra la natte. Ensuite, il passa les doigts dans sa chevelure, et la lissa contre le dos délicat de Martay. Elle tombait presque jusqu'à la taille, et le spectacle de ces cheveux au clair de lune, qui faisaient ressortir la pâleur de la peau, combla Night Sun de joie.

— Veux-tu danser avec moi, Martay ?

— Oui… oh oui !

Il l'enlaça d'un bras. Du bout des doigts, il caressa le dos nu de sa cavalière. Avec douceur, il la serra contre lui. Martay se mit à trembler violemment. Ce n'était ni la peur, ni le doute. C'était la joie d'être dans les bras de cet homme, la jubilation de sentir son large torse appuyé contre ses mamelons si sensibles.

Ainsi dansèrent-ils tous les deux au clair de lune. Elle en caleçon de peau de biche et bottes, lui avec son pagne, ses bracelets de chevilles, ses anneaux de cuivre aux biceps et son bandeau rouge sur le front. Ils entendaient le son des tam-tams, mais ils suivaient un tempo plus lent et sensuel. Ils avaient trouvé leur propre rythme.

Évoluant dans un nuage de bien-être, Martay cilla quand il cessa de danser. Elle l'interrogea du regard. Il posa la main sur son épaule nue, et l'embrassa pour la deuxième fois. Cela dura un bref instant, si court qu'elle eut l'impression d'un éclair dans un rêve.

— Martay, je te veux nue. Enlève ton sous-vêtement, demanda-t-il d'une voix douce.

— Non, murmura-t-elle. Fais-le, toi.

Il fit lentement glisser le vêtement sur ses hanches et le lâcha. Le caleçon tomba sur le sol, aux pieds de la jeune femme toujours chaussée des bottes. Elle l'écarta du pied.

Night Sun recula d'un pas pour l'admirer. Ses cuisses légèrement fuselées se prolongeaient par des jambes longues et fines. La peau était pâle et sa texture nacrée par le clair de lune. Entre ses cuisses, d'épaisses boucles dorées formaient un triangle parfait.

Il avança le bras et, très respectueusement, passa le dos de la main sur ses boucles.

— C'est cela que je souhaite sentir contre moi pendant que nous dansons, précisa-t-il.

Martay avait l'impression qu'elle allait prendre feu. Leurs regards se croisèrent.

Elle inspira une bouffée d'air.

— Night Sun, je te veux nu. Ôte ton pagne.

— Non, murmura-t-il. Fais-le, toi.

Elle sourit. Il avait répondu comme elle.

Il resta les bras ballants, les pieds écartés. Allait-elle oser ?

Elle osa.

Ne sachant au juste comment s'y prendre, Martay eut tôt fait de comprendre que la lanière de cuir était nouée sur la hanche gauche. C'était elle qui tenait en place le vêtement. D'une main tremblante, elle défit un nœud, puis baissa le pagne. Sans lâcher la fine peau de cuir, elle observa avec de grands yeux ce qu'elle venait de découvrir.

Au milieu d'épais poils d'un noir bleuté, s'érigeait la virilité palpitante qui la brûlait depuis un moment à travers leurs vêtements.

Elle n'avait jamais vu un homme nu. Elle fut à la fois choquée et fascinée. Le corps de Night Sun lui parut beau. Et son membre en pleine érection ne faisait pas exception.

Écarquillant les yeux, elle chuchota :

— J'ai envie de te toucher.

— Vas-y !

Martay tendit une main et referma ses doigts hésitants sur lui. Stupéfaite par la chaleur, la dureté et la texture du membre, elle y mit les deux mains et, en toute innocence, fit courir ses doigts du haut en bas.

Night Sun était ravi. Sans s'en rendre compte, Martay lui prouvait qu'elle était exactement le genre de femme

280

qu'il avait supposé. Non pas une ingénue sans expérience, mais une beauté capable de toutes les audaces.

Il lui écarta brusquement les mains et l'enlaça.

De nouveau, ils dansèrent au clair de lune : elle en bottes, lui avec ses bracelets de cuivre aux biceps, ses coquillages aux chevilles et son bandeau rouge sur le front. Si leur danse avait été agréable jusque-là, elle devint exquise. Sans la gêne de leurs vêtements, ils se balançaient et ondulaient. La sensibilité de leurs corps était exacerbée.

Night Sun oublia sa réserve sous l'emprise du whisky, du peyotl et de la passion. En toute sincérité, il avoua à Martay qu'il attendait beaucoup de cette nuit d'amour. Il voulait qu'ils s'aiment jusqu'au petit jour. Il souhaitait que leur désir atteigne des sommets, et retarder le plus possible le moment de la pénétration. Ce supplice se prolongerait avant qu'ils ne s'abandonnent tous les deux à l'union complète.

Martay, totalement débutante dans les choses de l'amour, ne voyait pas en quoi elle pourrait être davantage excitée qu'à cet instant : elle dansait nue dans les bras de son amant et sentait contre son ventre sa virilité palpitante. Elle murmura donc son accord à la suggestion de Night Sun.

Ils continuèrent à danser de plus en plus lentement. Les coquillages que Night Sun portait aux chevilles ne tintaient presque plus. Il se mit à l'embrasser. Il commença par de petits baisers qui étaient de simples frôlements, des caresses agaçantes. Il jouait de sa bouche sur celle de Martay, mordillait ses lèvres.

Il lâcha la taille de la jeune fille pour lui empoigner les fesses, tandis que sa bouche ouverte se plaquait sur la sienne.

Martay réprima un soupir de bonheur quand elle sentit la langue de son amant explorer sa bouche.

Elle s'agrippait à lui, elle lui rendait son baiser avec tout l'amour et la passion qu'elle ressentait. Leurs baisers s'enchaînèrent éperdument, chaque fois plus longs, plus profonds, plus torrides. Leurs souffles haletants résonnaient dans le silence du tipi. Ils changeaient de position en permanence, comme s'ils ne parvenaient pas à être suffisamment près l'un de l'autre.

Lorsque enfin leurs lèvres se séparèrent, Night Sun pouvait à peine parler.

— Peut-être. le moment est-il venu de t'inviter dans mon lit…

— Oui, convint-elle, hors d'haleine.

Elle trembla de plaisir quand le Lakota se pencha et appuya ses lèvres sur son sein gauche.

— Night Sun ! lança-t-elle.

La bouche s'était refermée sur le mamelon douloureux à force de désir. Il laissa le petit bouton humide quitter sa bouche, puis embrassa la courbure sous le sein. Enfin, il leva la tête.

Il souleva Martay comme une plume, la porta jusqu'au lit de fourrure et l'y étendit avec douceur. Elle se redressa sur les coudes et regarda Night Sun, à genoux à côté du lit, lui retirer ses bottes et lui embrasser un pied après l'autre.

Il retira les anneaux de cuivre de ses biceps, les coquillages de ses chevilles, et ne garda que son bandeau rouge autour du front. Puis il s'étendit à côté d'elle au clair de lune.

— Enfin ! soupira-t-il.

— Nous avons attendu aussi longtemps que nous pouvions pour faire l'amour ? s'enquit-elle, curieuse.

— Non, mon cœur, répondit-il en frottant de son pouce un mamelon sensible. Je voulais dire que nous sommes enfin tous les deux nus. N'est-ce pas mieux ?

— Si, mais je... commença-t-elle en tournant son regard vers le membre érigé de Night Sun. Combien de temps es-tu capable de... Je veux dire, est-ce que... Vas-tu rester...

Dans les yeux noirs du Sioux passa une expression féroce.

— Martay, n'oublie jamais que je suis peau-rouge. Les Peaux-Rouges sont patients et maîtres d'eux-mêmes. Un Peau-Rouge peut attendre indéfiniment.

Il se radoucit et précisa :

— Cela ne veut pas dire que je ne vais pas te faire l'amour. Je le ferai.

Sa main glissa jusqu'au cou de Martay.

— Je te donnerai du plaisir, mon cœur. Simplement, je serai heureux que nous attendions tous les deux avant l'orgasme complet.

Il se pencha sur elle et couvrit de sa bouche ses lèvres entrouvertes. Elle se laissa aller sur le dos.

La jeune fille commença alors à comprendre ce que Night Sun voulait dire quand il parlait de faire l'amour, de lui donner du plaisir.

Comme un musicien virtuose, il se mit à la toucher et à la caresser. Elle se cambra à la rencontre des longs doigts qui la parcouraient avec lenteur, éveillant ses sens dans leur totalité. Son toucher était si léger que Martay avait l'impression qu'on éparpillait de fragiles pétales de rose sur l'ensemble de sa peau.

Il ne la quittait pas des yeux, murmurant des mots tendres dans un mélange irrésistible d'anglais et de lakota.

Ses doigts passèrent sur son ventre plat, son bas-ventre, ses jambes. Il caressa les chevilles, les pieds nus, orteil par orteil. Il lui dit qu'elle était belle, qu'il voulait la garder ainsi, captive de la passion. Éperdue de désir, Martay répondit que rien ne saurait lui plaire davantage.

Night Sun la tourna sur le côté, et couvrit de baisers sa nuque et son épaule. Elle s'abandonnait confortablement contre le torse de son amant.

— Dis-moi, mon cœur, souffla-t-il dans ses cheveux. Où veux-tu que je te touche à présent ?

Martay ne parvint pas à articuler de réponse. Mais c'était inutile. Night Sun passa le bras par-dessus sa taille et glissa la paume sur ses cuisses.

Elle ne protesta pas quand il lui souleva la cuisse gauche et la posa sur ses propres jambes. De la main, il lui serra le genou, puis remonta lentement l'intérieur de la cuisse. Martay tressaillit lorsque les doigts de Night Sun atteignirent le triangle de ses boucles d'or. Ils s'enfoncèrent à la recherche du point sensible, entre ses lèvres féminines. Elle ferma les yeux, surprise, et laissa retomber la tête sur l'épaule de son amant au moment où les doigts de celui-ci commençaient à bouger. Elle émit un gémissement.

C'était une torture exquise. Elle frémissait, choquée de ce qui lui arrivait et se demandant avec horreur ce qu'il adviendrait d'elle s'il retirait ses doigts magiques.

Comme s'il lisait dans ses pensées, Night Sun lui murmura à l'oreille :

— Nous avons toute la nuit. Et tout le jour. Laisse-moi t'aimer, Wicincala.

Emportée dans un tourbillon d'extase, elle poussa un cri.

— Night Sun ! sanglota-t-elle.

— Oui, oui, acquiesça-t-il d'un ton apaisant.

Fébrilement, elle empoigna sa chevelure.

— Night Sun ! hurla-t-elle en éclatant de joie, balayée par une vague de spasmes incroyables.

— Bien, bien, mon cœur, l'encouragea-t-il jusqu'à ce que sa libération fût totale.

Puis il la serra étroitement contre lui.

Elle laissa son corps s'abandonner tout à fait. Il l'embrassa doucement, tendrement, en lui calant la tête contre son épaule. Martay était exténuée.

— Night Sun, soupira-t-elle contre ses lèvres. Je... je m'excuse... je crois que je vais m'endormir...

— Je sais, mon cœur, répliqua-t-il sans cesser de cribler de petits baisers ses lèvres entrouvertes. D'accord.

— Mmm, murmura-t-elle en sombrant dans le sommeil.

Une demi-heure plus tard, elle s'éveilla. À sa grande surprise, elle réagit de nouveau aux baisers dont il couvrait ses lèvres, sa gorge, ses seins.

Aussi obéit-elle avec empressement quand il lui suggéra de se coucher sur le ventre.

Night Sun écarta la longue chevelure dorée, embrassa chaque omoplate, puis l'enfourcha. Elle ne lui demanda pas d'explication. Elle soupira tandis qu'il lui caressait le dos. Avec une grande lenteur, il glissa vers le bas, embrassant au passage fesses, jambes et pieds. Ses lèvres et ses mains rallumaient le feu en Martay.

Finalement, il la retourna. Ses prunelles étincelaient, ses cheveux noirs avaient des reflets bleutés. Ses épaules bronzées luisaient de sueur, et la balafre qui lui barrait le torse semblait de satin blanc.

Martay déglutit et lui fit un aveu.

— Je brûle de nouveau.

Night Sun, dans toute sa beauté sauvage, se pencha et dit contre sa bouche :

— Moi aussi, mon cœur.

D'un geste agile, il s'installa entre les jambes de la jeune fille.

— Jamais je n'ai désiré une femme comme je te désire à présent.

Mais il prenait quand même son temps. Il lui embrassa les lèvres, les seins, s'assura qu'elle était prête. Lorsque enfin il s'enfonça en elle, il était si excité qu'il ne put se modérer en s'apercevant qu'elle était vierge. Pendant une fraction de seconde, cette découverte le laissa perplexe, puis la douceur de ce corps tendu comme un arc effaça en lui toute pensée logique.

Martay fut choquée par la brusque brûlure qu'elle ressentit. Elle crut que son amant l'avait trahie. Mais un instant seulement. Très vite, un plaisir radieux lui fit oublier la douleur. Elle contempla le beau visage sombre de Night Sun au-dessus du sien. Il bougeait en cadence, de façon érotique. Il la possédait en lentes poussées. Il l'empoigna par les hanches et la souleva vers lui en la guidant. Martay apprit vite. Elle alla au-devant de lui en basculant le bassin.

Leurs mouvements cadencés se poursuivirent. Plusieurs fois, il glissa pratiquement jusqu'au bout, puis se retira jusqu'à ce qu'il sente qu'elle parvenait à la jouissance. Alors seulement il changea de rythme, accélérant ses mouvements, s'enfonçant plus profondément.

Au comble de l'extase, elle cria. Et cria de nouveau quand Night Sun s'autorisa lui-même à s'abandonner au plaisir. Martay croisa les jambes dans son dos pour l'attirer plus près encore.

— Chéri, mon chéri !

Elle ne redeviendrait plus jamais comme avant, songea-t-elle, l'espace d'un éclair. Elle appartenait désormais à Night Sun. Elle appartenait corps et âme à ce beau métis.

Et elle lui appartiendrait toujours.

30

Regina Darlington s'observa avec attention dans la glace de sa luxueuse chambre à coucher. Un sombre pressentiment la taraudait. Ce n'était pas dû à ce qu'elle voyait dans le miroir. Elle se savait extrêmement belle. La robe à la mode qu'elle avait choisie pour la soirée était en satin moiré de couleur bronze, arrivée tout droit de Paris. Ses magnifiques cheveux étaient coiffés dans un entrelacs d'or et de perles.

Elle prit une profonde inspiration.

Qu'elle était sotte ! Pourquoi était-elle effrayée de dîner en tête à tête avec le sénateur Berton ?

Elle aurait dû être flattée, et non anxieuse. C'était pourtant le cas. Elle ne s'était plus trouvée seule avec le sénateur depuis l'après-midi où Larry et elle avaient failli se laisser surprendre dans une situation passablement compromettante.

À ce souvenir, Regina sentit ses jambes se dérober sous elle. Cela avait été un vrai cauchemar !

Elle secoua la tête pour chasser ce mauvais souvenir. Thomas n'avait pas eu le moindre soupçon, et le sénateur pas davantage. Inutile de se faire du mauvais sang. Le sénateur l'avait invitée à dîner car il partait pour Washington à la fin de la semaine, et il appréciait sa compagnie. De surcroît, comme Larry et le colonel étaient à Fort Collins, il était tout naturel qu'ils dînent en tête à tête.

Regina esquissa un sourire. Le sénateur était un homme passionnant, plein de charme et raffiné. Sa légère claudication ne faisait qu'ajouter à son charme et, jusqu'à preuve du contraire, ne devait pas nuire à ses performances au lit.

Ayant balayé ses doutes, elle descendit l'imposant escalier, rayonnante.

Son malaise se dissipa en totalité au moment de s'asseoir, à la lueur des chandelles, en face de son séduisant commensal. Le sénateur n'eut aucun mal à la charmer avec sa conversation alerte. Quand elle lui avait tendu gracieusement sa main à baiser, il l'avait serrée un moment de plus que nécessaire, et l'avait complimentée pour sa beauté.

Elle but une bonne lampée de bordeaux et sentit au creux de son estomac un papillonnement familier. Son mari, le colonel, ne rentrerait pas au domaine avant quatre jours. Quant au fils du sénateur, le major Berton, on ne l'attendait pas avant une semaine. Enfin, les militaires qui gardaient le domaine avaient été envoyés ailleurs. Tout était tranquille et paisible. Le début de l'automne était arrivé, avec la fraîcheur : un feu brûlait dans la cheminée. Peut-être qu'après quelques verres de cognac, le sénateur aux cheveux d'argent aimerait-il monter à l'étage pour se mettre à l'aise ?

Après un copieux dessert, elle proposa d'aller prendre le cognac dans le salon.

— Magnifique idée ! observa-t-il en se levant pour faire le tour de la table et lui retirer sa chaise.

Une fois dans le salon, il remplit deux verres avant de lui en tendre un. Ils trinquèrent et il précisa :

— Aux jours à venir.

— Et aux nuits ! ajouta-t-elle avec un sourire agui-chant.

Elle sirota son alcool à petites gorgées, tandis que le sénateur vidait son verre d'un trait et s'en versait un autre. Regina, qui ne le quittait pas des yeux, remarqua comment il redressait les épaules pour prendre une profonde inspiration. Puis il se tourna vers elle, l'air solennel.

— Madame Darlington, je suis certain que vous seriez ravie si votre mari bénéficiait d'une promotion, qu'il mérite amplement. Est-ce que je me trompe ?

— Oh, je... Sénateur, rien ne saurait me faire davantage plaisir.

Regina avait envie d'éclater de rire. Le beau sénateur de Virginie la désirait au point d'accorder à son mari une promotion en échange. Décidément, la soirée serait encore plus agréable que prévu. Une longue nuit d'amour avec cet homme et, pour son cher et tendre Thomas, un avancement qu'il espérait depuis longtemps.

— J'en étais sûr, chère madame. Je sais quel est votre dévouement à votre mari.

Tandis qu'il avançait vers elle, il y avait dans son sourire quelque chose qui ne collait pas avec ses paroles.

Regina avala sa salive.

— Je... je... j'essaie d'être... une épouse modèle... euh...

— Trêve de faux-semblants, madame Darlington, continua-t-il sans se départir de son sourire.

De plus en plus mal à l'aise, Regina posa sa jolie main sur la chemise blanche du sénateur. Tripotant le bouton du col, elle acquiesça.

— Très bien, sénateur.

Elle prit le temps de battre des paupières, puis le regarda droit dans les yeux :

— Dois-je comprendre que vous désirez conclure un accord ?

— Exact.

Elle eut un petit rire.

— Voulez-vous que nous poursuivions cette conversation à l'étage ? Dans ma chambre, par exemple ? précisa-t-elle après une brève pause. À moins que vous ne préfériez la vôtre ?

— Ici même, madame Darlington, cela me convient parfaitement.

— Mais, sénateur... fit-elle avec un rire nerveux en regardant la porte grande ouverte. Les domestiques pourraient...

— Vous avez tout à fait raison.

Il fila à la porte et la referma méthodiquement. Puis il se retourna.

— Bon. Revenons à notre accord.

— Oui, acquiesça-t-elle, haletante. Fixez vos conditions.

Elle plaqua la main sur sa poitrine, qui montait et descendait rapidement au rythme de sa respiration.

— Mais d'abord, permettez-vous que je me mette à l'aise ?

— Je vous en prie, chère madame.

Douglas Berton fut stupéfait de la vitesse à laquelle Regina se défit de sa robe de soie. Il lui suffit de quelques secondes pour ne plus avoir sur elle que sa chemise transparente de satin couleur bronze, ses bas de soie et ses fines chaussures assorties.

Il fallait bien le reconnaître : elle était excessivement désirable. Au point qu'il ne pouvait reprocher à son fils d'avoir succombé à ses charmes.

— Êtes-vous à l'aise à présent, madame Darlington ?

— Oui, murmura-t-elle. Mais je voudrais que vous soyez aussi à l'aise que moi.

Le sénateur se dit qu'il ne serait vraiment à l'aise qu'une fois sorti de cette pièce.

— Vous êtes belle, madame Darlington, et...

— Merci, sénateur.

— Si belle que je ne saurais blâmer Larry d'avoir fait l'amour avec vous.

Il lut l'inquiétude dans le regard de son hôtesse.

— Oh ! Mais je n'ai jamais...

— Inutile de tourner autour du pot. Mon fils est tout ce que j'ai au monde, madame Darlington. Ma femme est morte, il y a des années. Larry a une brillante carrière devant lui et...

— Je... je sais cela, sénateur. Nous nous sommes mal compris. Je n'ai pas l'intention de recommencer avec votre fils. Non, c'est avec vous que je...

Il s'avança d'un pas et l'arrêta en posant les mains sur ses épaules nues.

— Madame Darlington, cela fait dix ans que je protège mon fils de femmes comme vous. Cette fois-ci, j'aurais dû m'y prendre plus tôt, mais je m'étais dit qu'en présence de tant de militaires... Bref, vous ne vous êtes pas attaquée à la bonne personne. Il y a des chances pour que Larry reste en garnison à Fort Collins un an ou davantage : je ne puis donc me permettre de vous laisser à Denver.

— Mais je ne puis avoir... Nous sommes chez nous ici, sénateur. Vous n'avez pas le droit de...

— Si, j'ai le droit, insista-t-il en souriant. Allons, ne faites pas cette tête. Vous ne partirez pas les mains vides. Le colonel Darlington va se retrouver sur la liste d'avancement prioritaire et obtiendra son étoile. La vie d'une épouse de général à San Francisco peut être passionnante...

— Oui, murmura-t-elle en s'imaginant déjà dans une belle demeure sur Telegraph Hill, avec toute l'élite californienne défilant chez elle pour lui rendre hommage. Sénateur, je crois que nous sommes d'accord.

— C'est bien ce que je me disais. Je fixerai les détails dès mon arrivée à Washington.

— Comment puis-je vous remercier, sénateur ?

La réponse du sénateur fut tranchante :

— Ne touchez plus à mon fils !

La Balafre gifla à la volée le guerrier crow. L'homme eut la lèvre fendue. Le sang jaillit sur son menton. Il ne leva même pas la main pour s'essuyer, mais resta pétrifié à regarder la Balafre.

— Je suis fatigué des excuses que tu me donnes, expliqua celui-ci, quand tu me dis que tu n'as rien appris, rien entendu.

Il s'écarta de l'homme, s'étendit sur le drap et fit signe à la femme de continuer à le laver. Il était tout nu, étendu en plein soleil sur un drap, tandis qu'une Crow diligente lui frottait les épaules avec un linge savonné.

— Assieds-toi, ordonna-t-il au guerrier.

Nerveux, l'homme s'exécuta.

— Ce n'est pas de notre faute, expliqua-t-il. Les gens du clan de Windwalker ne parlent jamais.

Il gardait les yeux baissés.

— Regarde-moi, Kaytennae, ordonna l'éclaireur crow. Night Sun garde la femme aux cheveux d'or. Il me faut cette femme et je l'aurai. Trouve-la, ou bien je te tue et je jette tes os aux chiens !

Le guerrier acquiesça.

— On va repartir demain vers le sud. On ira jusqu'au Little Missouri. S'ils ne sont pas là, on montera vers la Powder River.

— Bien ! acquiesça la Balafre. Dis aux autres que nous partons au point du jour. Et dis-leur que s'ils m'aident à la trouver, ils toucheront une récompense. Maintenant, fous-moi le camp et laisse-moi continuer ma toilette. Il faut que je sois propre pour rencontrer la jolie fille du général.

Le général William Kidd, d'assez méchante humeur, regardait par la fenêtre de ses appartements à Fort Collins. C'était une fraîche matinée de septembre, un dimanche. Le soleil n'était pas encore levé : c'était l'heure que Kidd préférait. C'était aussi sa saison favorite. Mais ni l'heure ni le mois ne le mettait en joie.

Il avait le cœur brisé.

Il s'était fait une raison : on ne retrouverait pas sa fille chérie, son unique enfant. Elle était sans doute morte.

Le général soupira et se prit la tête dans les mains.

Jamais la nuit ne tombait sans qu'il entende sa fille l'appeler. Quand il s'endormait, il l'entendait sangloter.

Martay était morte. Il en était convaincu. Et d'une certaine façon, cela le réconfortait. Il préférait qu'elle fût montée au ciel que prisonnière d'un pervers sadique qui...

Ravalant la boule dans sa gorge, le général endossa sa vareuse, boutonna les boutons de laiton, prit son bicorne réglementaire et ses gants de peau, puis partit vers son bureau.

Moins d'une heure plus tard, le colonel Darlington était assis face à lui. Kidd avait décidé de partir avec un détachement vers le nord, en direction de la frontière canadienne, avec l'espoir d'une escarmouche contre les Sioux hostiles. Darlington tenta de s'y opposer.

— Avec le respect que je vous dois, général, vous ne devriez pas entreprendre un voyage aussi éprouvant.

Kidd avait les doigts croisés sur son bureau.

— Colonel, si je reste ici à ne rien faire, je vais devenir fou.

Il écarta sa chaise de son bureau.

— En outre, si nos indicateurs ont raison, Gall a l'intention de descendre avec une bande dans le Dakota. Je veux attendre ce sale Peau-Rouge !

— Sir, je sais que vous détestez les Peaux-Rouges, mais je n'ai jamais compris... enfin... c'est-à-dire que...

Le général Kidd bondit de sa chaise. Il s'avança à grands pas vers la fenêtre, observa la cour où quelques cavaliers entraînaient leurs montures dans la fraîcheur matinale. Il se retourna.

— Quand j'étais enfant, ma famille vivait dans le Minnesota. Notre ferme était belle, elle dominait le Mississippi. Le jeune frère de mon père vivait avec nous, je l'aimais beaucoup. C'était un adolescent, mais j'avais six ans : je le considérais comme un adulte.

Le général revint s'asseoir à son bureau.

— Un après-midi d'été, mes parents étaient en ville, et mon oncle et moi étions descendus nous baigner dans le fleuve. Une bande de Sioux est entrée dans notre propriété. Ils ont tué mon oncle Dan.

Il ferma les yeux, puis les rouvrit.

— Ils l'ont scalpé et l'ont laissé mourir. Il s'est éteint dans mes bras, vidé de son sang. Qu'ils rôtissent tous en enfer !

— Je comprends vos sentiments, compatit Darlington.

Le général soupira.

— C'est bizarre, ça fait des années que je n'avais plus pensé à Dan. Parfois, j'oublie pourquoi je hais les Peaux-Rouges à ce point...

Il consulta le calendrier.

— 21 septembre, lut-il à voix haute.

Déjà, il avait oublié l'oncle Dan, le colonel Darlington et les Peaux-Rouges rebelles.

— Cela fait cinquante-sept jours, dit-il avec mélancolie.

— Je vous demande pardon, général ?

— Cela fait cinquante-sept jours que je n'ai pas vu ma fille. Si la Balafre a été incapable de la trouver, c'est qu'elle est introuvable.

Soudain, il eut les larmes aux yeux.

— Je ne la reverrai qu'au ciel, conclut-il d'une voix enrouée.

31

Night Sun était étendu sur le dos, près de Martay endormie. Il observait la lumière du soleil qui inondait, de plus en plus vive, le tipi par l'ouverture du haut. Il n'avait pas fermé l'œil.

Il était tourmenté par les regrets, en proie à la confusion. Il avait ravi à la jeune femme sa virginité. Se dire qu'elle était la fille du responsable de sa cicatrice et du fait que Gentle Deer fût aveugle ne changeait pas grand-chose.

Le remords qui le rongeait l'irritait contre Martay. Il avait tenu pour acquis, en la jugeant sur sa réputation et son comportement, qu'elle était rompue aux choses de l'amour.

Night Sun n'était pas le moins du monde heureux de savoir qu'il était le premier. Il enleva le bras de Martay glissé autour de sa taille et s'écarta d'elle. Il se hissa sur un coude pour mieux regarder son visage ingénu.

Il avait cru qu'elle était dévergondée comme Regina Darlington. Il s'était dit qu'ils jouiraient ensemble d'une nuit d'amour et que, au matin, ils se sépareraient sans regret. Mais lui en avait des regrets. Il avait promis à Windwalker qu'il rendrait la captive à sa famille dans l'état où il l'avait prise.

Night Sun se leva. Le visage fermé, il eut un regard mauvais pour l'enjôleuse qui dormait paisiblement.

Elle exhibait sans gêne les charmes de sa nudité, et elle souriait dans son sommeil.

Pendant ce temps, son amant était torturé par le remords et le repentir. Sans oublier la colère...

Martay émergea du sommeil quand le chaud soleil de septembre caressa ses jambes. Les yeux clos, elle s'étira, soupira et frotta son ventre nu contre la douce fourrure du lit. Toutes les félicités de la nuit lui revinrent en bloc. Elle lança une main à la recherche de Night Sun.

Il n'était pas là. Elle aurait tant voulu le découvrir endormi à son côté. Elle aurait aimé voir ses longs cils noirs étendre leur ombre soyeuse sur ses pommettes.

— Night Sun ? demanda-t-elle d'une voix lourde de sommeil et de tendresse. Chéri ?

Elle bâilla et roula sur le dos.

Et fut glacée d'effroi.

L'amant chaleureux et passionné de la nuit avait disparu. Elle trouva à sa place un chef de tribu au visage dur et aux yeux froids. Il la regardait avec colère, ses cheveux noirs soigneusement attachés avec un bandeau de feutre. Des colliers de perles turquoise ornaient son cou bronzé. Sa chemise à franges et ses pantalons moulants mettaient en valeur sa haute silhouette. Ses pieds chaussés de mocassins étaient largement écartés. Il tenait une canne élégante à pommeau d'or massif.

— Night Sun ? murmura-t-elle. Que... que se passe-t-il ?

Elle chercha quelque chose pour voiler sa nudité. Il n'y avait rien. Elle s'assit, replia les jambes de côté et croisa les bras sur ses seins nus.

— Pourquoi es-tu habillé comme ça ?

Elle sursauta quand le pommeau d'or claqua dans la paume de sa main. Avec une lenteur étudiée, il s'accroupit devant elle. Il avait un regard méchant qui l'accusait.

Il montra la canne.

— Est-ce que tu reconnais ça ?

Martay refoulait ses larmes.

— Je... C'est une canne. Je...

— Ça, miss Martay Kidd, c'est la canne qu'Abraham Lincoln a offerte jadis à mon grand-père, Walking Bear. Et tu sais pourquoi le père fondateur des États-Unis a offert cette canne à mon grand-père ?

La jeune femme secoua la tête d'un geste de dénégation. Elle avait la chair de poule.

— Non. Non, je ne sais pas. Mais je...

— C'est le symbole de l'autorité souveraine de notre tribu, expliqua Night Sun en se rembrunissant encore.

Martay eut un haut-le-corps lorsque, d'un geste rageur, il brisa la canne sur son genou et en jeta les morceaux à l'autre bout du tipi.

— Est-ce que les Sioux ont toujours une autorité souveraine sur leurs terres ? demanda-t-il en la foudroyant du regard.

— Je ne sais pas. Je... Non, je pense que...

Il se leva, mit les mains derrière sa nuque et, d'un geste souple, enleva sa chemise à franges qu'il jeta sur le sol. Il fit glisser la pointe de ses doigts le long de sa cicatrice.

— Tu sais qui m'a fait ça ?

— Non, répondit-elle. Je te l'ai demandé et tu n'as pas voulu me dire...

— Le Blanc. Un soldat en tunique bleue. J'avais dix ans, et aucune arme sur moi.

— Qui était-ce ? souffla-t-elle, redoutant la vérité qu'elle commençait à entrevoir.

Il y eut un long silence tendu. Night Sun la contemplait de ses yeux cruels. Puis il se décida à parler.

— Ce qui s'est passé hier soir n'aurait jamais dû avoir lieu. Tu es blanche, je suis lakota.

Blessée, Martay se leva. Toute nue et les mains sur les hanches, elle l'apostropha.

— Tu es à moitié blanc.

— Non, décréta-t-il. Je suis un Sioux lakota, et je le demeurerai toujours.

— Eh bien, tu ne t'es pas gêné pour faire l'amour avec une Blanche. Comment est-ce que tu concilies cela avec ta conscience de Lakota ?

Pendant quelques secondes, elle crut qu'il allait la frapper.

— Je n'y arrive pas.

Son regard glacial la toisa de la tête aux pieds.

— Habille-toi.

— D'abord, dis-moi ce qu'il y a ! hurla-t-elle. Que s'est-il passé entre hier soir et maintenant ?

— Rien !

Il se pencha pour ramasser la chemise de peau qu'il venait d'enlever et la lui tendit.

— Enfile ça !

— Pourquoi ? rétorqua-t-elle d'un air rétif sans prendre le vêtement. Je croyais que tu aimais me voir dans le plus simple appareil. C'est toi qui l'as dit. Tu as même précisé que tu voulais que je reste nue sous ton tipi pour toujours !

— Arrête de crier.

— J'ai envie de crier ! Je veux que tout ton peuple, si pur et si droit, sache que nous avons fait l'amour !

Vif comme l'éclair, il lui empoigna le menton entre le pouce et l'index. Puis il se pencha vers elle et déclara tout à trac :

— Ce qui est arrivé ici la nuit dernière n'a rien à voir avec l'amour.

— Comment ? demanda-t-elle, désarçonnée comme un enfant sans repères. C'était quoi, si ce n'était pas de l'amour ? J'ai fait ce que l'amour me dictait de faire. Et j'ai cru qu'il en allait de même pour toi.

Elle le saisit par la taille.

— Alors, ce n'était pas de l'amour ? Tu... tu t'es servi de moi pour une nuit de... Cela n'avait pas plus de sens que ça ? Grands dieux, tu m'as utilisée comme une... comme si j'étais...

— Je suis peau-rouge, tu es blanche, répéta-t-il comme si c'était une explication suffisante.

— Réponds, à la fin ! hurla-t-elle, les larmes aux yeux. Tu t'es juste servi de moi ?

— Oui. Un guerrier peau-rouge qui couche avec sa captive blanche, insista-t-il pour la blesser.

Les larmes roulèrent sur le beau visage de Martay. Il sut alors qu'il avait fait mouche.

— Je... je... Tu étais mon... Il n'y en a pas eu avant toi, murmura-t-elle. Est-ce que... tu savais ça ?

— Je suis désolé, dit-il d'un ton définitif.

Il tourna les talons et la quitta.

Martay, tremblante, s'effondra sur le lit de fourrure et pleura à perdre haleine. Toujours nue, elle frissonnait de la tête aux pieds, affligée par le désespoir, la honte et la peur. Elle avait offert son corps et son âme à cet individu qui s'était servi d'elle avec cynisme ! Comme il venait de le rappeler, elle n'était que sa prisonnière, et il l'avait utilisée pour trouver le plaisir.

Utilisée ! Quel mot hideux ! Quelle réalité hideuse ! Night Sun s'était servi d'elle. Night Sun ne l'aimait pas. Night Sun la détestait.

D'instinct, elle se recroquevilla, les genoux étroitement serrés.

— Je le hais, sanglota-t-elle éperdument, alors qu'elle l'aimait.

À présent, elle devait partir.

Night Sun détacha son cheval. Sans répondre à ses amis qui lui demandaient où il allait et s'ils pouvaient l'accompagner, il monta le grand étalon noir. Il se lança au triple galop à travers la plaine. Le vent de l'automne lui piquait le visage et brûlait ses yeux.

Le visage fermé, le dos rigide, il conduisit le puissant étalon jusqu'à Paha Sapa. Son cœur lui faisait mal, son esprit perturbé avait besoin de trouver le repos. Durant trois heures, il chevaucha, puis il s'accorda une pause sur la rive de la Belle Fourche River. Le cheval assoiffé s'avança et but avec délices.

Night Sun se coucha sur le ventre à côté de son cheval. Reposant sur les coudes, il se pencha et but comme un chat. Il lapa avec la langue jusqu'à ce que sa soif fût étanchée. Il bondit de nouveau sur sa monture et ils traversèrent dans une gerbe d'éclaboussures le froid cours d'eau.

Le soleil descendait à l'ouest quand il atteignit Paha Sapa – les Black Hills, collines sacrées des Sioux.

Night Sun s'assit au sommet d'une falaise vertigineuse. C'était tout près de la fosse où, adolescent, il était resté assis quatre jours et quatre nuits sans nourriture ni boisson pour trouver l'illumination.

Les bras sur les genoux, il regarda le soleil se coucher. Il avait aussi peur que jadis, à l'âge de seize ans. À l'époque, il avait eu peur d'être seul, peur du noir et des bêtes sauvages. Aujourd'hui, rien de tout cela ne l'effrayait. En revanche, il avait à affronter un ennemi plus dangereux que la solitude, l'obscurité ou les fauves.

Une jeune femme aux cheveux d'or.

32

Les jours suivants, Martay se tint à distance de son ravisseur. Elle le haïssait et envisageait sérieusement de s'enfuir. Ce ne serait pas facile car Night Sun, comme s'il pouvait lire dans ses pensées, lui avait retiré le droit de monter à cheval. Cela n'empêchait pas la jeune femme de faire des projets. Elle savait que, si elle voulait réussir, il lui fallait agir par surprise. Elle redevint, plus que jamais, une prisonnière exemplaire.

Night Sun veillait à ce qu'ils ne se trouvent jamais seuls. Mais quand il rendait visite à sa grand-mère et trouvait Martay sur place, elle se montrait tranquille et courtoise.

Décidée à n'éveiller aucun soupçon, elle cachait sa douleur au plus profond de son cœur et traitait Night Sun comme si rien ne s'était passé entre eux. Lui aussi se conduisait comme si leur nuit d'intimité n'avait jamais eu lieu. Martay croyait que cela ne lui coûtait aucun effort, puisqu'elle ne représentait rien pour lui.

Parfois, elle arrivait presque à oublier. Elle écartait résolument de son esprit les sensations qu'elle avait éprouvées dans les bras de Night Sun, lorsqu'il l'avait embrassée et aimée. Elle se fermait au souvenir des mots d'amour qu'il avait murmurés au clair de lune. Elle effaçait de son esprit les images de sa beauté sauvage.

Elle parvint la plupart du temps à ignorer la présence de son amant dans le village. Night Sun y mettait du sien. Il restait aussi loin d'elle que possible. Néanmoins, il arrivait qu'ils ne puissent éviter de se retrouver au même endroit au même moment.

Par exemple, le jour de la course de chevaux.

Depuis des semaines, les conversations allaient bon train quant à la rivalité amicale opposant Night Sun et un solide guerrier du nom de Swift Eagle – « Aigle agile ». Gentle Deer raconta à Martay que, enfants, c'étaient les deux meilleurs cavaliers du village. Chaque année, une course était organisée pour prouver quel était le meilleur, le plus rapide.

— Quel était le prix de la course ? s'enquit la jeune femme.

— À l'époque, le vainqueur choisissait le cheval qu'il voulait. À présent, c'est différent. Ce ne sont plus des enfants. Ce sont des hommes.

— Le vainqueur ne choisit plus le cheval qu'il veut ?

— Non. Il choisit la femme qu'il veut ! répondit Gentle Deer en secouant la tête.

Martay fut prise de nausées. Night Sun, elle le savait, remporterait la course. Il choisirait alors l'une des jolies filles et... et... il ferait à cette Peau-Rouge toutes les choses qu'il lui avait faites. Il l'emmènerait dans son tipi, il ferait l'amour avec elle toute la nuit.

— Ce sera comme autrefois, au temps où nous étions heureux, continua Gentle Deer. Night Sun sur son étalon noir, et Swift Eagle sur son hongre alezan. Tout le monde sera là.

Effectivement, tout le monde fut là. Même Martay.

Elle s'abritait les yeux de la main à cause du vif soleil d'automne et tenait compagnie à Gentle Deer, avec quelques jeunes filles qui ne cessaient de bavarder et de rire. Night Sun et Swift Eagle échangeaient force plaisanteries en serrant les mains de leurs admirateurs avant le départ.

Les deux guerriers étaient en pagne. Leurs corps étaient huilés de la gorge aux orteils. Leurs épaisses chevelures noires étaient nouées sur la nuque avec des peaux de loutre. Ils étaient pieds nus.

Hébétée, Martay les regarda enfourcher à cru leurs montures. Celles-ci, aussi fougueuses que leurs maîtres, encensaient et hennissaient : on aurait dit qu'elles mesuraient l'importance de l'événement.

Des cris fusèrent parmi la foule. La course était lancée. Martay retenait son souffle. Les deux bêtes passèrent devant elle au galop dans un nuage de poussière, leurs cavaliers pratiquement couchés sur les encolures.

La distance était d'un kilomètre. Un cercle complet autour du village. Les sabots des chevaux martelaient violemment la terre. Les spectateurs criaient des encouragements.

La jeune femme perdit de vue les cavaliers. Au bout d'une éternité, les chevaux revinrent à bride abattue. L'étalon noir était en tête.

— Non, non ! murmura-t-elle.

Elle vit l'alezan rattraper le cheval noir, une seconde seulement. Le noir reprit l'avantage, l'écart se creusa. L'alezan ne se découragea pas. Il trouva un nouvel élan et revint à la hauteur du noir. Les deux chevaux galopaient de front vers la ligne d'arrivée.

Il était impossible de deviner lequel allait gagner. Le noir prit une tête d'avance, puis ce fut au tour de l'alezan. Ils foncèrent vers la ligne. Dix mètres avant celle-ci, ils étaient encore au même niveau lorsque Martay surprit un mouvement si discret que personne ne le remarqua.

Elle vit Night Sun donner une petite tape sur le puissant garrot de l'étalon. Celui-ci modifia sa foulée de façon imperceptible, et l'alezan gagna.

Tous se précipitèrent en applaudissant le vainqueur. Seule Martay resta où elle était : elle savait que Night Sun avait fait exprès de perdre. Il avait laissé Swift Eagle gagner, afin de ne pas avoir à choisir une jeune fille. Cette certitude donnait à Martay envie de pleurer, et elle ignorait pourquoi.

Tard dans la soirée, quand il rentra se coucher, elle fit comme d'habitude semblant de dormir. Mais elle était bel et bien éveillée. Night Sun non plus ne trouvait pas le sommeil. Il fumait dans le noir.

Il était manifeste qu'il la détestait.

Tandis qu'elle observait le bout incandescent du cigare qui éclairait à chaque bouffée son visage et sa poitrine, elle entrevit l'horrible vérité qu'elle refoulait jusqu'alors.

Le soldat qui avait fait à Night Sun cette estafilade en travers du torse, c'était son père. Voilà la clef du mystère. C'était la raison pour laquelle Night Sun l'avait conduite au village. Pour atteindre son père. Elle n'était qu'un pion, le jouet d'une haine ancienne. Mais alors, pourquoi avait-il fait l'amour avec elle ?

Pour se venger.

Les yeux brouillés de larmes, Martay décida d'agir au plus vite.

Le lendemain, elle s'évaderait.

33

Le lendemain matin, elle attendit que Night Sun s'habille. Quand il s'apprêta à sortir, elle se leva, enveloppée de fourrures. Elle bâilla comme si elle venait de s'éveiller.

— Night Sun, appela-t-elle doucement.

Il se raidit.

— Oui ? demanda-t-il sans se retourner.

— Ma jument a besoin d'exercice. Est-ce que je pourrais la sortir, ce matin ?

Martay n'osa respirer. Il allait refuser. Il n'avait pas confiance en elle.

— Je t'envoie Speaks-not-at-all dans une demi-heure, répondit-il.

Il baissa la tête, leva le rabat et sortit avant que la jeune femme ait le temps de le remercier.

Elle s'habilla en toute hâte. Pour ne pas alerter Night Sun, elle n'emporterait que les vêtements qu'elle aurait sur le dos. Elle choisit une jupe simple en peau de daim, une chemise et des bottes montant jusqu'aux genoux. Elle se fit une queue-de-cheval sur la nuque, nouée avec une lanière de cuir. Puis elle attendit, nerveuse, le vieux guerrier muet en faisant les cent pas.

Ses yeux se posaient tour à tour sur les objets devenus familiers depuis quelques semaines : le lit de fourrure de Night Sun, sa coiffe de guerre à plumes d'aigle, sa lance décorée. Et le coffre en pin. Une grosse boule lui noua la gorge. Elle s'en approcha. Doucement, elle ouvrit le tiroir du haut et toucha l'écrin de velours noir protégeant le gardénia séché.

Reconnaissant le hennissement de sa jument alezane au-dehors, elle referma le coffre et sortit du tipi. Elle adressa son sourire le plus chaleureux à Speaks-not-at-all, et lui fit signe d'attendre une minute. Elle retourna dans le tipi pour un dernier coup d'œil.

L'instant était décisif. Toute sa vie, elle se souviendrait de ce petit logis confortable. Elle se rappellerait l'odeur de sauge qui en parfumait l'atmosphère, la caresse des fourrures contre sa peau, l'image de Night Sun apparaissant dans l'entrée...

Elle pivota vivement et ressortit. Prenant une profonde inspiration, elle se hissa en selle. Elle lança au trot sa monture qui traversa le village. Elle ne se retourna pas.

Tandis qu'ils chevauchaient à travers la campagne, Martay observa un silence inhabituel. Généralement, elle babillait sans interruption, comme si Speaks comprenait chacun de ses mots. Le vieux guerrier était surpris de ce silence. Il l'interrogeait du regard, ce qui aggravait le chagrin de la jeune femme.

Ils arrivèrent devant des reliefs accidentés, avec des canyons vertigineux et des collines aux formes délirantes. Speaks-not-at-all indiqua qu'il était temps de faire demi-tour. Il montra les hauts nuages qui s'accumulaient à l'est, au-dessus des collines.

Martay éclata de rire et fit signe qu'elle voulait pousser un peu plus loin, un peu plus vite. Elle avait prévu de lui fausser compagnie quand ils atteindraient la région chaotique qui s'étendait non loin. Une demi-heure plus tard, ils enfilèrent au galop un étroit canyon taillé dans le grès. Speaks-not-at-all était toujours à sa hauteur. Elle ne parvenait pas à le distancer.

À son grand regret, Martay comprit qu'il lui fallait changer de tactique. Elle ralentit, puis mit son projet à exécution. Elle se laissa tomber de sa jument et resta par terre sans bouger.

Speaks revint vers elle en quelques secondes. Martay, étendue sur le sol, avait ramassé un gros galet qu'elle serrait entre ses doigts. Elle avait les yeux fermés et attendait que l'ombre de Speaks se projette sur elle. Lorsque le guerrier s'interposa entre elle et le soleil, elle ouvrit les yeux : le Lakota, à genoux, s'apprêtait à lui tapoter la joue.

— Désolée, Speaks ! s'excusa-t-elle en levant le caillou.

Et elle le frappa à la tête. Le vieil homme s'écroula d'un bloc.

— Speaks ! hurla-t-elle, horrifiée, en lui secouant l'épaule.

Déjà elle regrettait son geste. Mais Speaks-not-at-all était sans connaissance.

Pendant un long et pénible moment, Martay se demanda ce qu'elle devait faire. Revenir au village pour chercher de l'aide ? Elle imaginait sans mal la fureur de Night Sun. Elle secoua la tête et se leva. Elle n'avait pas frappé très fort. D'ici quelques minutes, Speaks reviendrait à lui.

— Je suis désolée, je suis désolée, répétait-elle en récupérant les rênes de sa jument.

Elle se remit en selle et s'éloigna au galop. Comme le cheval de Speaks la suivait, elle soutint un train d'enfer plusieurs kilomètres. Elle traversait de loin en loin des ruisseaux à sec, se baissant pour passer sous les branches.

Martay était nerveuse. Elle se retournait régulièrement pour regarder par-dessus son épaule, comme si Speaks était capable de la rattraper à pied. Elle ralentit sa monture. Il fallait qu'elle s'oriente et décide de la direction à prendre. Elle interrogea le ciel, le front soucieux. Les rares nuages surgis une heure plus tôt grossissaient rapidement.

La jeune femme arrêta sa jument. Où se trouvait la ville la plus proche ? Quel était le fort qui défendait la région ? Elle l'ignorait. Elle savait seulement que Denver était au sud, et que Night Sun l'avait emmenée chez un médecin dans une petite ville en chemin.

Elle prit donc la direction du sud, espérant trouver des traces de civilisation avant la tombée de la nuit.

Night Sun était agité.

Il rôdait dans le village avec impatience, incapable de se mettre sérieusement à un travail. Il ne cessait d'interroger le soleil pour évaluer depuis combien de temps Martay et Speaks étaient partis. Au bout de quelques heures, il alla prendre son cheval.

Il quitta seul le village. Une étrange prémonition le tourmentait depuis le matin, comme si un drame allait survenir.

Dès qu'il fut hors du village, il donna un ordre à son étalon noir, qui prit le trot. Night Sun parla de nouveau, et l'animal prit le galop en direction de l'est. Bientôt, cheval et cavalier atteignirent l'endroit où Speaks-not-at-all, assis par terre, se frottait la tête, encore étourdi.

Night Sun comprit ce qui s'était passé. Speaks était furieux d'avoir trahi sa confiance. Il expliqua cela par signes, précisant que la prisonnière blanche s'était enfuie.

— Je vais te raccompagner au camp, proposa Night Sun.

Dès que Speaks fut en selle, il fit tourner bride à son cheval. En arrivant au village, il laissa le vieil homme descendre tout seul et déclara d'un ton égal :

— Ne t'en fais pas. Je vais la ramener.

Il tapota avec affection l'épaule du vieux Lakota.

— Rentre chez toi en vitesse. Il va pleuvoir.

Martay guidait avec prudence sa jument à travers un canyon. Le soleil se cachait par intermittence derrière les lourds nuages.

Elle arrêta l'alezane et se mit debout sur les étriers, à la recherche d'un chemin lui permettant de gravir les falaises jusqu'aux crêtes dentelées. De nouveau, le soleil disparut derrière les nuages. L'air se rafraîchit. Le vent soufflait dans le canyon, balayant ses cheveux blonds.

Un coup de tonnerre éclata dans le lointain. Dans le silence qui suivit, Martay entendit autre chose. Elle tendit l'oreille et tourna la tête. Tandis qu'elle essayait d'écouter, la jument hennit. L'animal dansait sur place et encensait, les oreilles dressées.

— Qu'est-ce qui te prend ? demanda Martay, agacée, en flattant son encolure. Tiens-toi tranquille !

La jeune femme perçut alors le martèlement caractéristique de sabots de chevaux. Sans réfléchir, elle prit la fuite, le cœur battant. Elle se demandait comment Night Sun avait trouvé le moyen de la rattraper si vite.

Martelant les flancs de sa jument, Martay sentit que les autres chevaux la rattrapaient. Elle songea un instant qu'elle avait été sotte de croire qu'elle pouvait échapper à Night Sun.

310

Elle tourna la tête une seconde, sûre de reconnaître le visage furieux de son amant. L'horrible vérité lui apparut alors : ce n'était pas Night Sun qui la poursuivait. Les quatre Peaux-Rouges lancés sur ses traces n'étaient pas des Sioux !

Une énorme main saisit les rênes de la jument et l'arrêta net. Cernée, Martay avait trop peur pour crier. Un guerrier la força à descendre de sa selle et la poussa vers un individu couturé de cicatrices.

Le Peau-Rouge balafré sourit.

— On se retrouve...

Martay entrevit une lueur d'espoir en reconnaissant l'éclaireur crow qu'elle avait croisé à Fort Collins.

— Oui, vous travaillez pour mon père...

Il s'approcha.

— La Balafre ne travaille pour personne, rectifia-t-il en soulevant une mèche de ses cheveux. Alors comme ça... tu es la femme de Night Sun ?

— Non. Non... je... Pourriez-vous m'aider à rentrer... à Denver ?

Les autres Crows s'attroupèrent en échangeant des commentaires.

— Dix mille dollars, déclara la Balafre en la regardant.

— Dix mille... mais je... Que signifie...

— Toi. Tu vaux dix mille dollars.

— Moi ?

Elle se demandait si c'était une bonne nouvelle.

— Ah, une récompense. Cela fait beaucoup d'argent.

Elle tenta de récupérer sa mèche de cheveux et de sourire.

— Vous allez devenir riche.

La Balafre tira sur la mèche.

— Peut-être que je vais renoncer à cette somme...

— Ah bon ? Pourquoi ?

— Peut-être, suggéra-t-il avec un sourire ignoble, que je préfère avoir la femme de Night Sun plutôt que l'argent des Blancs.

Totalement sans défense, Martay fut entraînée jusqu'à une petite éminence herbeuse. Malgré ses hurlements, ils la firent se coucher sur le dos, bras et jambes écartés, et lui nouèrent chevilles et poignets à des piquets plantés dans le sol.

Pendant que les autres guerriers s'égaillaient à la recherche de bois pour le feu, la Balafre dégaina un couteau et s'accroupit. Les hurlements de la jeune femme s'étouffèrent dans sa gorge quand le Crow posa la pointe de sa lame entre les lacets qui nouaient sa chemise. D'un geste vif, il les trancha. La chemise s'ouvrit jusqu'au milieu de sa poitrine et Martay, horrifiée, attendit qu'il l'écarte.

Il ne le fit pas.

Il descendit plus bas et trancha les bottes, dénudant ses pieds. Le spectacle le mit en joie, il éclata d'un rire guttural.

D'une voix grave, la Balafre lui expliqua exactement ce qu'il ressentait. Quand il se mit à découper la jupe en peau de daim, il déclara que ce qu'il voyait lui plaisait. Une belle femme blanche et blonde, appartenant au métis qu'il haïssait. Il avoua qu'il l'avait désirée depuis le jour où il l'avait aperçue à Fort Collins.

— Vous savez ce que je vais vous faire, miss Kidd ?

Il écarta la jupe, dévoilant les longues jambes de Martay. Celle-ci ne répondit pas. Elle ferma ses yeux emplis de larmes.

Elle les rouvrit lorsqu'il lui empoigna le menton sans ménagement. Il se pencha tout près.

— Dix mille dollars, c'est beaucoup d'argent pour simplement posséder le corps d'une femme. J'en veux pour ce montant. Quand j'en aurai fini avec toi, mes guerriers s'occuperont des restes.

Il glissa la main vers la gorge de Martay, la caressant avec son pouce rugueux.

— Et ensuite, ce chien de Sioux arrogant ne voudra plus de toi.

Pétrifiée de terreur, Martay le regarda se lever lentement. Le Crow répugnant entreprit de se dévêtir. Il retira chemise et pantalon. Il resta là à rigoler, vêtu d'un simple caleçon si court qu'il découvrait complètement son énorme ventre.

La pluie se mit à tomber. Un éclair fulgura dans le ciel. Le tonnerre gronda aussitôt après, tandis que la Balafre éclatait d'un rire lubrique.

Il lui expliqua qu'il allait maintenant découper tous ses vêtements.

— Et quand j'aurai sous les yeux ton corps pâle et nu, précisa-t-il avec une lueur salace dans ses yeux de fouine, je...

Un coup de feu éclata, et le discours de la Balafre fut interrompu. Ses yeux se révulsèrent, il lâcha son couteau et porta les mains à sa poitrine.

Paralysée de peur, Martay entendit d'autres coups de feu se succéder rapidement. Les détonations se mêlaient au tonnerre. En un clin d'œil, tous les Crows étaient morts ou agonisants.

Elle leva les yeux et le vit.

Night Sun, majestueux comme un dieu sous la pluie, son revolver à la main.

34

Sur les lèvres tremblantes de Martay se formèrent les deux syllabes du nom de son amant. Son corps se détendit, et son pouls affolé s'apaisa.

Night Sun était là. Elle était sauvée !

Elle le regarda marcher vers elle : son visage mouillé était crispé de colère et de haine. Ses yeux noirs se posèrent sur l'éclaireur crow. Il leva le pied et repoussa le cadavre dans la boue.

Puis il ramassa le couteau et trancha les liens qui immobilisaient les poignets et les chevilles de Martay. Il la releva. Elle éclata en sanglots en répétant son nom de façon hystérique.

Il ne réagit pas. Il s'avança vers l'étalon noir qui attendait, la hissa sur son dos et la rejoignit d'un bond. Ensuite, ils allèrent récupérer la jument alezane. Un éclair déchira le ciel juste au-dessus du canyon. La foudre frappa un pin avec une violence telle que l'arbre explosa. D'énormes gouttes de pluie vinrent gifler le visage, les bras et les jambes de Martay.

Mais elle n'avait aucune crainte à avoir du moment qu'elle était dans les bras de son amant sioux. Sa puissance dépassait celle de l'orage. Le rythme régulier de son cœur, sous l'oreille de la jeune femme, était plus féroce que l'écho du tonnerre.

Ainsi se détendait-elle complètement dans les bras de Night Sun tandis que l'étalon, suivi par la jument, enfilait au galop le canyon. Au bout d'un moment, il s'arrêta sous un large rebord de grès. Dès qu'ils furent à l'abri de ce surplomb rocheux, Night Sun descendit Martay du cheval et mit lui-même pied à terre.

Trempée, elle grelottait debout, les bras croisés sur la poitrine. Ses vêtements déchirés lui collaient à la peau. Sans mot dire, il déroula une couverture attachée derrière sa selle.

Son visage restait d'une dureté inflexible. Ses yeux étaient froids comme la pluie, ses lèvres dures comme les parois de granit qui les entouraient.

Night Sun était à la fois soulagé qu'elle fût saine et sauve, et furieux qu'elle fût capable de lui faire si peur. À la voir ainsi, toute frissonnante, il fut saisi par un mélange de désir et de haine. Il voulait la posséder, lui faire mal. Mû par une colère qu'il ne comprenait pas entièrement, il l'empoigna par le bras et l'attira contre lui. Les yeux dans les siens, il glissa les doigts dans l'échancrure de la chemise et la déchira de haut en bas, puis la lui arracha.

— Si un homme doit te passer dessus, ce sera moi !

Il plaqua violemment sa bouche contre les lèvres de Martay. De ses dents aiguës, il mordilla sa lèvre inférieure.

Son baiser se fit profond. Il l'embrassa avec une agressivité féroce. La faim qu'il avait d'elle était aiguillonnée par le besoin de la punir.

Martay se rendit sans conditions. Immensément soulagée, elle s'abandonna de tout cœur. Ce baiser était exactement ce dont elle avait besoin. Elle frotta sa langue contre celle de Night Sun et le sentit frissonner.

Brusquement, il releva la tête. Dans ses prunelles se disputaient le désir et la haine, la dureté et l'égarement.

Un muscle tressautait au coin de sa mâchoire. Il empoigna un sein nu. Ses lèvres se posèrent à la base du cou de Martay. Il mordilla un point sensible juste en dessous de l'oreille. Le pouls de la jeune femme s'accéléra tandis qu'il descendait en un chapelet de baisers vers ses seins.

Il s'agenouilla devant elle et l'enlaça, agrippant le dos nu de son amante, aspirant un mamelon dans sa bouche. Martay haletait en fourrageant dans sa chevelure. Elle cambra le dos.

— Oh oui, Night Sun ! murmura-t-elle. Oui !

Étourdie de plaisir, elle observa cette bouche qui la suçait, la dévorait, lui faisait perdre la tête.

Il glissa plus bas et arracha les lambeaux de sa jupe en peau de daim. Martay faillit en perdre l'équilibre. D'une main ferme, il la maintint debout. Le grand étalon émit un hennissement et vint pousser l'épaule de Night Sun. La foudre tomba à quelques mètres d'eux, le vent et la pluie se déchaînaient. Night Sun, aussi violent et tumultueux que la tempête, arracha les derniers vêtements de la jeune femme.

Il se recula et s'assit sur ses talons : il s'attendait à la voir fondre en larmes et le supplier. Mais au contraire Martay le défiait, nue, ruisselante et magnifique. Ses yeux d'émeraude brillaient de désir. Tendant les mains, elle l'encouragea à prendre ce qu'il venait de dévoiler.

Night Sun frissonna, grogna et l'attrapa rudement par la taille. Martay fixait ses yeux noirs d'un regard candide, empli d'amour et de désir manifeste.

Plus décidé que jamais à la choquer, il l'allongea sur la couverture et l'embrassa avec violence. Elle sentit le raclement de la peau de daim contre sa chair nue car il pesait sur sa poitrine, et son genou s'introduisait entre ses cuisses pour les écarter.

Quand ses lèvres brûlantes descendirent sur son ventre, elle frémit. Night Sun tournait la tête d'un côté et de l'autre, comme possédé par un démon. Sa chevelure soyeuse chatouillait la jeune femme et l'excitait.

Le vent continuait à hurler. La pluie se fit torrentielle. Le ciel était sombre, comme à minuit. L'étalon et la jument, à quelques mètres d'eux, hennissaient nerveusement, les yeux fous.

Indifférente à tout cela, Martay ne ressentait nulle crainte. Elle n'avait pas peur des orages de fin d'été. Ni de ce bel homme qui embrassait furieusement son ventre. Elle ne le comprenait pas, mais elle l'aimait de tout son cœur et de toute son âme. Elle lui appartenait. Elle lui appartiendrait toujours.

Les lèvres de Night Sun descendirent plus bas, encore plus bas, jusqu'à frôler les boucles dorées entre ses cuisses.

— Night Sun ! murmura-t-elle.

L'intéressé ne leva pas la tête. Ses mains glissèrent sous elle et agrippèrent les fesses rondes de la jeune femme.

— Tu es à moi, Martay. Tu ne peux m'échapper. Nul ne jouira des délices de ton corps, sinon moi. Il m'appartient en totalité.

— Oui, souffla-t-elle. Il t'appartient.

Quand elle sentit sur sa peau délicate la chaleur de son haleine, elle eut un haut-le-corps. Elle suffoqua presque lorsqu'il l'embrassa. Il l'embrassa là comme il embrassait sa bouche : ses lèvres et ses dents la touchaient, la caressaient. Martay frissonna de la tête aux pieds, à la fois choquée et ravie.

Sachant qu'il allait la mettre en feu, la choquer, l'effrayer, il pointa la langue pour taquiner le bouton de chair de sa féminité. Il allait l'exciter jusqu'à ce qu'elle le supplie de lui procurer la délivrance. Il allait la pousser jusqu'aux limites de ce qu'un être humain peut désirer. Il allait lui prouver qu'il détenait les clefs de son extase.

Martay avait peur.

Peur, car elle atteignait les sommets de la jouissance. Peur de l'intensité de l'amour qu'elle ressentait pour cet homme. Peur qu'il s'éloigne d'elle et la laisse se consumer de désir. Elle avait l'impression qu'il connaissait tout d'elle, que chaque centimètre de son corps était modelé à seule fin qu'il l'explore, l'éveille, se l'approprie.

Elle était à lui.

Il l'aimait, la léchait, l'aspirait. Haletante, elle demanda grâce. Elle agrippa la tête de Night Sun, l'obligea à s'enfoncer plus profond en elle tandis que, en basculant ses hanches, elle vint à la rencontre de cette bouche qui se repaissait de son intimité.

Frénétiquement, elle cria le nom de son amant quand vint le spasme qui la souleva comme une feuille chassée par la tempête.

Night Sun l'accompagna jusqu'au bout, la combla de façon absolue: Puis il frôla d'un dernier baiser l'intérieur de ses cuisses et leva la tête.

Elle gisait haletante, les yeux clos. Elle passa la langue sur ses lèvres desséchées. Il n'y avait nulle larme sur ses joues, nul reproche pour ce qu'il venait de faire.

Il se mit debout, et Martay resta dans la même position. La pudeur ne lui fit pas rapprocher les jambes. Elles étaient largement écartées, et l'intimité luisante exposée à son regard.

La jeune femme ouvrit les yeux et vit Night Sun se dépouiller de ses vêtements. Elle eut un faible soupir de bonheur. Sa peau cuivrée miroita à la vive lumière d'un éclair. Les muscles jouaient sur son dos nu.

Une fois dévêtu, il demeura immobile un instant, dieu de bronze en pleine érection. Impressionnée par ce spectacle, Martay se mit à trembler sans le vouloir.

Night Sun s'en aperçut, mais il interpréta mal cette réaction. Il jugea qu'elle était à présent telle qu'il la voulait : effrayée, craignant qu'il ne s'agenouille pour l'empaler alors même qu'elle était ébranlée, en état de choc. C'est exactement ce qu'il décida de faire.

La respiration de Martay s'accéléra quand il s'allongea près d'elle. Il plaqua la bouche contre la sienne. Elle goûta sur ses lèvres sa propre odeur et, mal à l'aise, tenta d'y échapper. Night Sun refusa de la libérer. Il lui tenait la tête pour la contraindre à ce baiser.

Il lui saisit la main et la guida vers son membre. Elle referma sur lui les doigts. Leurs lèvres se séparèrent. Il scruta ses yeux, s'attendant à y lire du dégoût. Puis il retira sa main, sûr qu'elle allait ôter immédiatement la sienne.

De nouveau, elle le surprit. Les yeux pleins d'un désir limpide, elle regarda l'épieu rigide qu'elle caressait et s'enquit avec sérieux :

— Est-ce que tu préfères quand je vais lentement... comme ça ? Ou un peu plus vite... comme ça ?

Night Sun, au supplice, l'écarta brusquement.

Il lui saisit le poignet et lui cloua le bras sur la couverture. Puis il s'installa sur elle et la pénétra. Elle n'offrit aucune résistance. Nulle expression de douleur ni même de gêne n'apparut sur son visage.

Leurs regards s'attachèrent l'un à l'autre. Tous les deux, ils soupirèrent de plaisir et commencèrent à bouger. Au bout de quelques secondes, ils se déchaînèrent dans un tempo effréné, comme l'orage en furie autour de leur nid d'amour. Hors d'haleine, Martay basculait les hanches afin de mieux recevoir les poussées vigoureuses de son amant.

Quand l'orgasme survint, ils crièrent d'extase au même instant. Leurs clameurs furent balayées par la tempête.

35

La pluie avait cessé. C'était le crépuscule. Dans le silence vespéral, on entendait seulement, dans le lointain, l'appel de l'engoulevent. Et de temps en temps, le hennissement de l'étalon noir qui s'agitait.

Les deux amants gisaient paisibles et sereins dans leur cachette. Night Sun, couché sur le dos, avait les yeux grands ouverts. Martay était nichée contre lui, la tête sur son épaule et le genou sur son ventre. Elle s'était assoupie, épuisée.

Tandis qu'il reposait ainsi, Night Sun se sentait de plus en plus perturbé. De nouveau, Martay ne s'était pas comportée comme il s'y attendait. Au lieu d'une femme contrite, effrayée et soumise, il avait fait l'amour à une maîtresse au tempérament de feu, pleine d'une passion sauvage à la hauteur de la sienne.

Il avait peur. Peur de la splendide créature endormie dans ses bras. Peur des émotions qu'elle éveillait en lui. Nullement familier de la peur, il en voulait à Martay de cette inquiétante intrusion.

Il avait sous les yeux son corps pâle étroitement enlacé avec le sien, sombre et basané. L'image parlait d'elle-même.

Elle, elle était blanche. Blanche comme un lis. Quant à lui, il était peau-rouge. Plus peau-rouge que blanc. Ils venaient de deux univers différents. Elle n'appartenait pas au monde de Night Sun, et lui refusait d'appartenir au monde de Martay.

Elle n'allait pas le modeler à sa guise...

Ils revinrent à cheval au camp dans un silence pesant. Night Sun était plus distant que jamais, tandis que Martay était blessée et égarée par cette indifférence, après une journée d'intimité si totale. Elle tenta à plusieurs reprises de lui faire dire ce qui n'allait pas, puis renonça. Elle refoulait les larmes qui lui brûlaient les yeux.

Le couple atteignit le village peu après minuit.

— Va dormir, ordonna-t-il après l'avoir descendue de leur monture. Je vais prévenir les autres que nous sommes revenus.

Il ne lui laissa pas le temps de répondre, tourna bride et s'éloigna.

Martay attendit son retour. Elle espérait, une fois dans leur logis, l'inciter à se confier. Elle voulait lui faire dire pourquoi il refusait de reconnaître ce qu'il y avait entre eux.

Mais Night Sun, après avoir prévenu Windwalker qu'ils étaient revenus, ne rentra pas. Il escalada l'escarpement au-dessus de la rivière et s'assit.

Il savait qu'il avait le devoir de la chasser. Il se demandait s'il n'était pas trop tard. Fatigué par leur après-midi d'amour, il résolut de rester à l'écart de Martay. D'ici quelques semaines, elle serait partie. Elle retournerait dans son monde. Elle retrouverait les soirées fastueuses, les amoureux transis.

Loin des yeux, loin du cœur...

Martay, seule dans leur tipi, avait toujours la chemise qu'il lui avait prêtée. Elle frotta son nez contre la manche : le vêtement portait l'odeur de Night Sun. Cette odeur suffisait à faire battre plus fort son cœur.

Son ventre frémissait au souvenir de leur extase amoureuse.

Elle refusa de retirer cette chemise, mais elle était épuisée. Elle s'allongea sur son lit de fourrure. Les yeux fixés sur le lit vide de l'autre côté du tipi, elle résolut de ne pas laisser cet homme la fuir. Ce ne serait pas facile, mais il fallait qu'elle trouve un moyen – n'importe lequel – de rester en sa compagnie afin qu'il s'aperçoive qu'ils comptaient l'un pour l'autre.

Telle fut la dernière pensée de Martay quand elle sombra dans le sommeil.

Le sort rendit impossible la résolution de Night Sun de fuir la jeune femme.

Au lever du soleil, après une nuit blanche sur la falaise, il s'arrêta chez sa grand-mère pour la saluer, avant d'aller dormir dans son tipi. Il s'inquiéta lorsqu'il vit la vieille dame, en général si énergique, toujours couchée sous ses peaux de bison.

D'un regard, il comprit qu'elle était malade. Il l'interrogea, inquiet, mais elle écarta la question.

— Ce n'est qu'un rhume.

Elle esquissa un sourire et posa la main sur l'épaule de son petit-fils.

— Si tu te promènes à moitié nu de bon matin, tu prendras froid, toi aussi. Où est ta chemise, mon garçon ?

Night Sun savait très bien où était sa chemise, et il se sentit rougir. Il glissa la main de sa grand-mère, déformée par l'arthrose, sous les fourrures qu'il remonta jusqu'à son menton. Et il s'assit à côté d'elle.

Il y était toujours à l'arrivée de Martay, en milieu de matinée.

L'état de Gentle Deer empirait. Night Sun refusait de la quitter. Martay également. C'est ainsi qu'ils soignèrent ensemble la vieille femme. Quand Gentle Deer était éveillée, Night Sun se comportait comme si l'harmonie régnait entre Martay et lui. Quand elle dormait, il parlait rarement. Mais leurs regards se croisaient souvent. Plus d'une fois, dans leur hâte d'aider l'aveugle, leurs mains se touchèrent : chaque fois, il en eut le souffle coupé.

Une semaine plus tard, Gentle Deer était toujours au lit.

Jour après jour, nuit après nuit, Martay et Night Sun restaient à son chevet. La nécessité de tout partager, leur inquiétude pour cette personne qu'ils aimaient, tout cela fit qu'inévitablement la froideur de Night Sun se dissipa. Comment être en colère contre Martay, alors que celle-ci se dévouait inlassablement, sans une plainte ?

Un soir qu'il faisait froid, il fumait son cigare, assis en tailleur. Il regardait Martay qui nourrissait la malade à la cuillère. Les cheveux d'or de la jeune femme brillaient à la lueur du feu. Sa petite bouche ravissante esquissait un sourire désarmant, et on lisait dans ses yeux d'émeraude une affection authentique pour la patiente.

Night Sun mordilla son cigare. Il se leva et annonça aux deux femmes qu'il reviendrait dans moins d'une heure.

Dehors, l'air rafraîchit son visage brûlant. Il prit une profonde inspiration, passa la main dans son épaisse chevelure et partit d'un bon pas. Il avait envie de faire une promenade sur l'étalon noir. Enfermé depuis une semaine, cela le détendrait de galoper au clair de lune. Chevaucher à bride abattue jusqu'à ce qu'il soit fatigué, et que ses soucis soient dissipés.

Mais une autre idée lui vint. Il avait une chose à faire. Une démarche différée depuis longtemps, dont il valait mieux se débarrasser.

Il alla droit chez Windwalker.

Debout devant le tipi du chef, Night Sun repassa dans son esprit ce qu'il avait à dire. Il y avait déjà réfléchi. Et il n'arrivait jamais à s'expliquer convenablement. Il serra les mâchoires.

Il était en train de tergiverser quand le rabat du tipi se souleva. Windwalker sortit dans le noir, une pipe de terre à la main.

— Je t'attendais, déclara-t-il gravement.

— Je suis venu, confirma Night Sun en avalant sa salive.

— J'ai fait préparer l'*oinikaga tipi*. Allons-y, nettoyons nos cœurs et nos âmes, fumons le calumet et... parlons.

Night Sun emboîta le pas de Windwalker. Ils firent le tour du tipi et gagnèrent une tente isolée. Une fois à l'intérieur, les deux hommes se dépouillèrent de tous leurs vêtements et s'assirent en tailleur l'un en face de l'autre, près d'un trou circulaire au centre du tipi.

Pendant un moment, ils gardèrent le silence. Windwalker observait fixement le « cercle à l'intérieur du cercle », et Night Sun savait à quoi il pensait. Le cercle était le symbole de la vie qui n'a pas de fin.

Puis le chef alluma le calumet. La fumée à la douce odeur lui enveloppa la tête. Il tendit le calumet à Night Sun et prit une gourde décorée de motifs, remplie d'eau claire. Il y trempa une branche de sauge, avec laquelle il aspergea les pierres brûlantes dans le trou.

Le contact de l'eau avec les pierres incandescentes dégagea une énergie énorme, qui unit le ciel et la terre.

Night Sun inspira profondément l'épaisse vapeur. En quelques instants, la chaleur devint si forte que les deux hommes se mirent à transpirer abondamment. Leurs corps luisaient. Ils restèrent ainsi dans l'obscurité. Les poumons en feu, ils fumaient et se détendaient. Night Sun ferma les yeux et écouta le chant de l'eau sur les pierres surchauffées.

Comme chaque fois qu'il venait dans l'*oinikaga tipi*, il en percevait la puissance. Elle pénétrait en lui, l'emplissait, le soignait. Il sentit son corps et son âme s'alléger. Il inclina la tête en arrière et, rêveusement, soupira.

— Tu peux parler maintenant, déclara Windwalker.

Night Sun baissa lentement la tête. Du dos de la main, il essuya la sueur qui menaçait de lui tomber dans les yeux. Il croisa le regard du chef. Celui-ci ne cillait pas. Il attendait.

— Je suis faible, avoua-t-il. Je ne mérite pas d'être appelé chef lakota.

— Continue.

— J'ai succombé aux tentations de la chair. J'ai défloré la captive blanche aux cheveux d'or.

— Je sais, répondit Windwalker en le fixant durement. Tu as eu tort, mon fils.

— Oui. J'ai eu tort.

— Honte sur toi ! Un Lakota ne se venge pas sur les femmes ni sur les enfants.

Night Sun secoua tristement la tête.

— Je n'aurais pas dû l'amener ici. Je regrette de l'avoir fait. Je suis désolé de lui avoir fait du mal.

— Si ton cœur aime cette Blanche, tu pourrais...

— Non, interrompit vivement Night Sun pour se convaincre lui-même. Je la désire, c'est tout.

— Dans ce cas, il faut que tu la laisses partir.

— Oui, acquiesça Night Sun d'un ton décidé. Je ne vais plus différer son départ. Qu'elle parte maintenant, dès demain !

Windwalker s'adoucit un peu.

— Peut-être ne souhaite-t-elle pas partir...

— C'est l'enfant gâtée d'un riche général américain. Bien sûr qu'elle veut partir. Je la renverrai à son père.

— Soit ! conclut Windwalker.

Night Sun se sentait mieux. Sa décision prise, il revint au tipi de Gentle Deer. Une fois sa grand-mère endormie, il dévoila son projet à Martay. Il lui promit de la libérer et de la renvoyer.

Elle le regarda longtemps, bouche bée. Il paraissait inflexible.

— Très bien, murmura-t-elle. J'accepte de rentrer chez moi. Mais d'abord, tu me dis tout. Je l'exige. Tu me le dois.

Night Sun céda. Il eut un soupir las.

— D'accord...

— Eh bien ?

Il désigna le dehors, pour indiquer qu'il ne voulait pas troubler le sommeil de sa grand-mère. Mais Martay l'arrêta en posant la main sur son bras.

— Nous ne pouvons pas sortir. Nous ne pouvons pas la laisser seule.

Il acquiesça de la tête, et elle s'assit près du rabat. Comme une petite fille, elle replia sa jupe autour de ses jambes, puis croisa les bras sur ses genoux.

— Tout a commencé par un matin de novembre en 1864. J'avais dix ans...

Night Sun raconta tout. Il parla d'une voix grave, d'un ton égal. Son regard était vide. Il était aussi étonné qu'elle que le général Kidd ne soit pas venu au rendez-vous fixé. Il lui révéla l'expédition du message après l'enlèvement, l'attente dans la cabane.

Martay, immobile comme une pierre, écouta avec attention la vérité enfin dévoilée. Et l'inévitable conclusion lui apparut nettement. Si son Night Sun tant aimé et son père se rencontraient, il faudrait que l'un des deux meure.

Elle se leva.

— Merci pour... pour...

Elle laissa sa phrase en suspens. Sa voix se brisa, et elle se détourna. Elle lança par-dessus son épaule :

— Je serai dans notre... dans ton tipi.

Elle se hâta de rentrer. Déchirée entre son amour filial et sa passion, elle rentra seule dans ce tipi qu'elle partageait avec un homme que, à compter de demain, elle ne verrait plus.

Night Sun, le cœur douloureusement serré, demeura pétrifié. Il tournait et retournait des idées mélancoliques dans sa tête. Déjà, elle lui manquait.

En face de lui, Gentle Deer était bel et bien éveillée. Elle n'avait pas raté un mot de son récit, en souriant par-devers elle. Et elle faisait exprès d'attendre, de laisser à son petit-fils le temps de se languir, et à Martay de longues minutes pour réfléchir.

À minuit, la vieille Indienne quitta son lit de fourrure et s'avança vers lui.

— Un cœur incapable de pardon mourra.

— Retourne te coucher, grommela-t-il.

— Je vais mieux. Rentre chez toi.

— Je resterai ici toute la nuit et...

— Pars ! ordonna la grand-mère.

Trop las et perturbé pour se chamailler, Night Sun se leva, l'embrassa sur la tempe et sortit dans la nuit. Il faisait froid. Ses pas le dirigèrent vers son tipi. Il s'arrêta avant d'entrer.

Il était minuit passé. Elle dormait sûrement. Il était épuisé, et la journée du lendemain s'annonçait éprouvante. Il se pencha pour entrer et se dévêtit en silence dans le noir. Il prit soin de ne pas déranger Martay qui dormait sur l'autre lit de fourrure.

Night Sun s'étendit sur le dos, profondément malheureux. Il avait le cœur serré et les yeux brûlants de larmes. Il n'avait pas pleuré depuis l'âge de dix ans. Il battit des cils, mais une boule lui nouait la gorge.

Une main fraîche vint se poser sur son épaule nue.

Il tourna lentement la tête et découvrit Martay, à côté de lui.

— Je t'aime, déclara-t-elle.

Quand elle vit que son amant avait les larmes aux yeux, elle ne put retenir les siennes.

— Ne me renvoie pas. Je veux rester avec toi.

Ce doux aveu suffit à tout faire basculer. Avec un grognement de désespoir, de résignation et un incroyable bonheur, Night Sun attira dans ses bras la femme qu'il aimait. Il murmura d'une voix étranglée par l'émotion :

— Dès que je t'ai vue sur cette terrasse au clair de lune, j'ai su que je ne te lâcherais plus.

36

Le visage sur la poitrine de son amant, Martay sanglotait.

— J'ai cru que tu ne voulais plus de moi, et je...

— Ah, Wicincala... soupira Night Sun.

Paupières closes, il la tenait étroitement contre son cœur qui battait la chamade.

— Mais si, je te veux. Pardon pour tout ce que je t'ai fait subir. Je t'aime, Wicincala, je t'aime. Vas-tu me pardonner ?

Il l'écarta un peu pour la regarder.

— Oh, oui... oui ! s'écria-t-elle. Oui, Night Sun.

Elle souriait. Dans ses magnifiques yeux d'émeraude, il lisait le soulagement et une adoration infinie.

Il lui rendit son sourire.

— Ne pleure pas, mon cœur. Tout va s'arranger. S'il te plaît, ne pleure pas.

— Mais je... ne pleure... pas. Je...

À bout de souffle, elle eut un rire nerveux.

Il lui appuya la tête sur son épaule, et rit à son tour. Un moment, ils restèrent ainsi, mêlant leurs rires et leurs pleurs. Enfin, Night Sun s'écarta pour la regarder. Il frissonna et posa ses mains tremblantes des deux côtés du visage de la jeune femme.

— Je t'aime plus que ma vie, Martay. Je ne puis vivre si tu me quittes.

— Je ne quitterai jamais, murmura-t-elle en s'agrippant fébrilement à sa taille. Jamais !

— Merci, mon cœur, souffla-t-il en posant sa bouche sur la sienne.

Il reconnut le goût salé des larmes sur les lèvres de Martay et gémit. Tendrement, doucement, il les essuya à force de baisers et se jura de ne plus jamais la faire pleurer.

— Je t'aime, affirma-t-il. Si tu m'aimes, rien d'autre ne compte. Rien.

— Moi aussi je t'aime. Je t'aime. Je t'aime.

Night Sun sourit et laissa les lèvres de Martay jouer avec les siennes. Elle avait besoin de l'embrasser encore et encore.

Puis elle posa la main sur sa hanche et remonta la cicatrice blanche.

— Qui t'a fait ça ? Est-ce que... c'est mon père ?

— Peu importe. Plus rien n'importe, répondit-il.

— Oh, mon amour !

Elle baisa l'extrémité de la cicatrice.

— Pardon ! souffla-t-elle. Pardon, pardon !

— Arrête, tout va bien.

Il lui toucha le dos pour lui faire lever la tête.

Mais elle continua.

— Laisse-moi l'embrasser. Laisse-moi te guérir, Night Sun. S'il te plaît...

Elle recommença ses baisers, de l'épaule gauche à la hanche droite.

Night Sun était au supplice. Il regardait cette ravissante tête blonde, incapable de maîtriser son désir.

La bouche de Martay avait atteint le bas de la cicatrice. Elle tourna son visage vers le membre palpitant qui se dressait. Tout rouge, Night Sun s'excusa d'une voix étranglée :

— Pardonne-moi.

— De quoi donc ? C'est beau, affirma-t-elle. Tout en toi est beau.

Mue par une impulsion soudaine, elle baissa la tête et balaya le membre vibrant avec le rideau de ses cheveux d'or.

— Martay ! grogna-t-il.

Sa lourde chevelure le titillait et le tourmentait.

Alors elle se pencha sur lui et appuya avec amour ses lèvres chaudes contre le gland. Quand elle le mordilla un peu trop fort, Night Sun tendit les bras, l'attira vers lui et l'embrassa avec feu.

Lorsque leurs lèvres se séparèrent, il lui glissa à l'oreille :

— Il faut que je t'apprenne quelques rudiments de physiologie masculine, mon amour.

— Mmm, soupira-t-elle, heureuse. Est-ce que tu vas m'enseigner quelque chose sur mon corps également ?

— Ce sera un plaisir.

— Tant mieux. On commence tout de suite ?

Elle lui prit une main et, avec naturel, la posa entre ses jambes. Night Sun la toucha, et s'aperçut qu'elle était mouillée.

— Voilà, dit-elle. Tu vois ? Ça veut dire quoi ?

Il entreprit de la caresser avec douceur.

— Cela signifie, ma chérie, que ton mari sera un homme comblé.

Le visage de Martay s'obscurcit un peu.

— Mais, Night Sun... mon mari, ça sera toi, non ?

— Oui, Wicincala.

Il lui frôla le front d'un baiser et ajouta :

— Tu t'imagines que je pourrais laisser quelqu'un d'autre te toucher ?

En posant cette question, son regard était d'une intensité qui avait toujours fasciné Martay. Ses mots étaient aussi excitants que ses doigts experts.

— Nulle autre main ne te connaîtra jamais ainsi, continua-t-il. Nulle autre bouche que la mienne ne goûtera la douceur de tes baisers.

Il la fit basculer et se hissa sur elle. Il plaça l'extrémité de son membre viril contre la chair brûlante de Martay.

— Mon corps sera le seul à prendre du plaisir avec le tien, et à lui en donner…

Embrasée, Martay dit d'une voix haletante :

— Night Sun, donne-moi du plaisir maintenant !

Il glissa un peu plus bas et saisit dans sa bouche un mamelon durci, qui avait pris une couleur plus sombre. Il le suça doucement un instant. De nouveau, il s'écarta.

— Je t'aime, Martay. Je t'appartiens.

Il eut un lent sourire qui transperça la jeune femme comme une flèche.

— Si tu me veux, ajouta-t-il, prends-moi.

— Oui, je te veux, souffla-t-elle.

Et sans hésitation, elle prit son sexe et le guida vers la chaleur de son intimité. Leurs regards brûlants étaient rivés l'un à l'autre : des yeux d'émeraude et des prunelles noires au magnétisme intense.

Ce fut un moment qu'ils n'oublieraient jamais, avec la certitude – pour la première fois partagée – qu'ils étaient amoureux l'un de l'autre, que rien d'autre ne comptait, que le monde autour d'eux ne pouvait les déranger.

Beaucoup plus tard cette nuit-là, il se laissa rouler sur le côté.

— À présent, tu ne vas plus me renvoyer ? murmura-t-elle, taquine.

— Je ne vais pas te renvoyer, promit-il en caressant la chevelure dorée de Martay qui tombait en cascade sur ses épaules. J'irai moi-même. Je leur dirai que je t'ai enlevée et que...

— Non ! protesta-t-elle en levant la tête. Non, Night Sun. Ils te tueront. Je connais mon père.

Elle pressa la joue contre son torse et ferma les yeux.

— Il ne faut pas partir.

— Tu voudrais que je passe le reste de mes jours à craindre pour ma vie ? Non, Wicincala. Je dois y aller et régler cette affaire.

Martay eut les larmes aux yeux. Elle l'étreignit étroitement.

— Tu ne peux pas partir. Je ne te laisserai pas filer.

— Il le faut.

Elle lui lança un regard implorant.

— Nous venons à peine de nous découvrir. Est-ce qu'une nuit suffit pour savoir ce qu'est le bonheur ?

Il lui sourit.

— Des nuits, nous en aurons beaucoup. Et des jours, des années...

— J'ai peur, avoua-t-elle. Ne me quitte pas, je t'en supplie.

— Je dois partir.

Martay sut que rien ne pourrait faire changer d'avis le fier Lakota qu'elle aimait. Elle changea de tactique.

— Night Sun, poursuivit-elle. Il y a deux choses qui comptent dans la vie de mon père. L'armée et moi.

— Je suis sûr que c'est...

— Laisse-moi terminer. Quand il apprendra que tu m'as enlevée, tu crois qu'il te laissera la vie sauve ? Tu crois qu'il t'accordera ma main ?

Les yeux de Night Sun s'embuèrent.

— Je l'espère. Si je lui laisse la vie sauve, après ce qu'il a commis… Ce ne sera facile ni pour lui, ni pour moi. Mais je t'aime, et il t'aime. Donc…

Elle secoua la tête.

— Il n'acceptera jamais, je te dis. Je t'aime tant, je préfère renoncer à revoir mon père. Cela ne signifie rien pour toi ?

— Cela signifie tout.

— Alors, pourquoi y aller ?

— À cause d'une chose que tu auras peut-être du mal à croire : j'ai toujours tenu à me conduire avec honneur.

Elle ouvrit la bouche pour l'interrompre, mais il la fit taire en posant l'index sur ses lèvres.

— Dans mon comportement avec toi, je ne me suis pas conduit avec honneur. D'ailleurs, je n'en suis pas fier. Et j'aimerais faire amende honorable.

Elle écarta sa main.

— Tu n'as pas entendu ce que je disais ? Il n'y a pas de possibilité d'amende honorable. Mon père te tuera, c'est tout !

— C'est un risque qu'il me faut courir. Pour toi, et pour moi également.

— Pour moi ?

— Martay, tu as dit toi-même que ton père t'aime beaucoup. Je sais que tu l'aimes aussi, et qu'un jour tu m'en voudras parce que je t'ai arrachée à lui.

— Non, ce n'est pas vrai. Tu es tout…

— Si, c'est vrai. Peut-être pas à cet instant, ni même l'an prochain. Mais cela finira par arriver. Il te manquera. Tu auras envie de le voir. Et tu m'en voudras parce que je suis responsable de votre séparation.

Martay le regarda. Elle savait qu'il disait vrai. Elle aimait Night Sun de tout son cœur, mais elle aimait encore son père.

— Qu'allons-nous faire ? demanda-t-elle tristement.

Il l'embrassa avec douceur.

— Lorsque j'aurai convaincu ton père que je t'aime et que je prendrai soin de toi, nous nous marierons et... et...

Elle leva lentement la tête.

— Et quoi ? Nous... nous resterons ici, ou bien nous...

— Je ne sais pas, Wicincala. Je t'aime, vois-tu. Mais j'aime ma grand-mère de la façon dont tu aimes ton père.

Martay acquiesça.

— Nous verrons. Quand pars-tu ?

Il y avait tant de tristesse dans ses beaux yeux couleur d'émeraude que Night Sun proposa :

— Est-ce que cela te dirait de passer quelques jours seule avec moi, avant mon départ ?

— Oui ! Oh oui ! s'exclama-t-elle. Nous n'avons qu'à rester ici dans ce tipi et personne ne...

— Non, j'ai une meilleure idée. Je vais te montrer certains aspects de ce pays magnifique. Cela te dirait ?

— D'accord ! Quand partons-nous ?

— Nous pourrions partir tout de suite, répondit-il en souriant, mais...

— Oui !

Elle commença à se lever.

— Le temps d'enfiler mon...

— Tu n'enfiles rien du tout, coupa-t-il, avant que je ne t'aie fait l'amour.

Martay posa le regard sur le bas-ventre de son amant et rit gaiement.

— Night Sun ! Encore ?

Il l'attira vers lui.

— Encore !

37

Windwalker avait le sourire.

Gentle Deer aussi.

Le chef et l'aveugle étaient ravis. Par cette fraîche matinée d'automne, leurs cœurs étaient plus gais qu'à l'accoutumée. Ils souriaient et se congratulaient : ils avaient toujours su que le jeune et vigoureux Night Sun ne risquait pas de les décevoir.

Les deux vieillards étaient heureux d'avoir prévu les événements, d'avoir compris que la femme-enfant aux cheveux d'or, grâce à sa beauté, son esprit et sa bonté, changerait la haine en amour, le désespoir en espérance, la fin en commencement.

Longtemps avant que Night Sun n'introduise Wicincala dans leur village, le chaman l'avait vue au cours d'une vision.

Fière et nue, elle se tenait debout en plein soleil au sommet d'une ligne de falaises abruptes dans les collines sacrées. Un chef lakota l'avait prise dans ses bras. Ils s'étaient alors accouplés physiquement, à même les rochers de ce lieu sacré entre tous, sous les yeux bienveillants de Wakan Tanka qui bénissait leur union.

Gentle Deer, malgré sa cécité, en avait perçu davantage que Windwalker. Dans une vision répétée, elle avait vu ensemble son petit-fils et la femme-enfant. Elle avait vu la vie nouvelle que leur amour engendrerait :

un garçon solide à la peau dorée, aux cheveux noirs et aux yeux couleur d'émeraude...

Ainsi, les deux sages devisaient-ils à présent dans leur langue maternelle, assis dans la quiétude du début de matinée. Ils parlaient du jeune couple qui avait quitté le camp au lever du jour.

Night Sun s'était présenté au tipi de Windwalker avant l'aube. Il avait déclaré au chaman qu'il aimait la femme aux cheveux d'or, et qu'il souhaitait en faire son épouse. Il essayerait de faire la paix avec le père de la jeune fille.

Il avait demandé à Windwalker de le comprendre et de le bénir. Il voulait emmener la Wicincala dans les Black Hills, afin de lui montrer les endroits les plus chers au cœur des Sioux. Il avait l'intention de passer quelques journées seul avec elle, avant d'affronter son père.

Windwalker lui avait dit de partir sans délai, de veiller sur cette femme au péril de sa vie, et de la chérir comme si elle était de sa propre chair.

Après le départ de Night Sun et Martay, le chaman s'était rendu en hâte dans le tipi de Gentle Deer, sûr qu'elle se réjouirait d'apprendre que son petit-fils avait enfin reconnu l'amour qu'il éprouvait pour sa captive.

Windwalker et Gentle Deer, radieux, voyaient la possibilité qu'une partie du clan survive. Ils parlaient avec nostalgie du passé, et avec espoir de l'avenir. Ils souriaient, hochaient la tête.

Ni l'un ni l'autre n'osait évoquer la peur qui demeurait dans leur cœur. La peur qui menaçait leurs rêves.

La peur que le soldat en tunique bleue, qui avait rendu Gentle Deer aveugle et blessé Night Sun, ne tue le fier et jeune chef qu'ils aimaient davantage que leur propre vie.

338

Night Sun avait le sourire.

Martay aussi.

Ils chevauchaient côte à côte dans la Prairie sous le vif soleil matinal. Tous deux débordaient d'énergie, bien qu'ils n'eussent pas dormi. Ils avaient consacré la nuit à faire l'amour et à échafauder des projets. Avant le matin, ils avaient emballé leurs affaires : ils avaient hâte de partir.

Martay montait sa jument alezane. Elle avait attaché sa chevelure en queue-de-cheval et emprunté à Night Sun une paire de pantalons souples en peau de daim, ainsi qu'une chemise en calicot rouge vif. Les pantalons moulaient étroitement son petit derrière. Quant à la chemise, qui s'enfilait par la tête, elle était ample et lâche. L'échancrure s'ouvrait facilement, offrant à Night Sun le spectacle intermittent de ses beaux seins fermes.

Il posa le regard sur l'horizon et tendit le doigt.

— Nous serons vers midi sur les rives de la Belle Fourche River. Nous nous y arrêterons pour manger et prendre un bain, si tu veux.

Elle acquiesça vigoureusement de la tête. Il sourit et poursuivit :

— Après un bref repos, nous continuerons notre chevauchée et, à la tombée du jour, nous atteindrons les Black Hills. Nous contournerons Fort Meade.

Martay constata qu'il se crispait légèrement en prononçant ces mots.

— Et avant le coucher du soleil, nous atteindrons notre endroit le plus sacré, Mato Paha.

Elle lui lança un sourire taquin.

— Tout cela est bel et bon, sauf que...

Elle s'arrêta et se passa la langue sur les lèvres.

— Sauf que quoi ?

— Je préférerais ne pas passer la nuit à Mato Paha.

— Pourquoi pas ? C'est un endroit magnifique. Les Blancs l'appellent Bear Butt.

— Je suis sûre que c'est magnifique. Mais c'est sacré. Alors tu ne pourras pas me faire l'amour. N'est-ce pas ?

Elle ne souriait plus. Elle était tout à fait sérieuse.

Charmé, il rectifia :

— Ne t'en fais pas, Wicincala. Je te hisserai sur l'autel de pierre et je te rendrai un culte.

Il lui adressa un clin d'œil.

— Wakan Tanka et les esprits de tous les morts seront les bienvenus, s'ils veulent assister à la cérémonie.

Martay rit joyeusement.

— Je ne te crois pas, Night Sun !

Le beau Lakota eut un sourire diabolique, approcha sa monture de la jument alezane, se pencha vers la cavalière et posa la main sur sa gorge couleur d'ivoire. Les deux chevaux continuaient à progresser d'un pas régulier. Il fit glisser ses doigts sur les seins de la jeune femme, découverts par l'échancrure de la chemise rouge.

Sous sa paume, le mamelon durcissait rapidement.

— Ah, miss Kidd ! Je vais vous faire regretter de ne pas m'avoir cru.

Avec une agilité qui coupa le souffle de Martay, il l'arracha de sa selle et la posa sur l'étalon noir. Elle riait, le criblait de coups, et lui hurlait de la lâcher. Il l'installa à califourchon face à lui, ses longues jambes fines reposant sur ses cuisses.

L'étalon noir, parfaitement dressé, menait à présent la marche d'un pas égal. La jument, un peu surprise, suivit docilement.

— À présent, ordonna Night Sun, embrasse-moi, captive !

Martay, ravie, jeta les bras autour de son cou. Ils continuèrent leur chemin ainsi, en échangeant des baisers. Chaque baiser était plus long et plus brûlant que le précédent. Leurs mains étaient partout, elles exploraient, touchaient, elles faisaient flamber leur passion.

Au bout de quelques minutes, Night Sun ôta à Martay la chemise rouge, sans qu'elle tente de protester. Elle exigea simplement qu'il se mette lui aussi torse nu. Il obéit.

Les seins de Martay appuyaient de façon insistante contre le torse de Night Sun. Leurs bouches se mêlaient dans des baisers de plus en plus voraces. Quand finalement leurs lèvres se séparèrent, Martay, faible et tremblante, appuya la tête contre l'épaule de son amant.

Elle l'entendit avouer d'une voix lourde de désir :

— J'ai envie de toi.

— Moi aussi, répondit-elle, le cœur battant. Où pouvons-nous aller ?

— J'ai envie de toi ici même. Sur mon cheval.

Martay, que leurs baisers avaient déjà fait fondre, demanda :

— Tu parles sérieusement ?

— Oui.

— D'accord, chéri, murmura-t-elle.

— Je t'aime, dit-il.

Il attrapa les rênes de la jument et les noua sur sa cuisse. Puis il déplaça Martay afin qu'elle repose allongée sur la selle, devant lui. Ainsi en équilibre, il la dévêtit et, lorsqu'elle fut nue, il la remit où elle était précédemment, c'est-à-dire face à lui, les jambes posées sur ses cuisses.

— Défais mon pantalon, ordonna-t-il.

Martay acquiesça et se mit à dénouer les lanières de cuir. Elle eut un petit soupir d'excitation quand le membre viril se libéra, énorme et dur comme du bois, prêt à la rassasier de plaisir. Fascinée, elle avait du mal à en détacher le regard.

— Lèche tes doigts, Wicincala, demanda Night Sun.

Il avait sur le front une veine qui palpitait. Martay leva la main et se lécha les doigts.

— Oui, approuva-t-il, comme ça. Lèche-les bien. Qu'ils soient complètement mouillés.

Elle retourna sa main pour lui montrer ses doigts luisants. Il approuva de la tête.

— Maintenant, mouille-moi.

Martay s'exécuta volontiers.

Avec amour, elle saisit son érection palpitante. Elle avait le souffle court, les seins gonflés avec les pointes qui fourmillaient.

Il glissa les mains sous ses fesses rondes.

— Vas-y, Wicincala.

Comme si c'était la chose la plus naturelle du monde, Martay se hissa et, avec adresse, s'empala lentement sur sa force virile. Night Sun dit d'une voix rauque :

— Fais-moi l'amour. Rends-moi fou avec ton corps. Vas-y, Wicincala. Je sais que tu en es capable. Aime-moi, Wicincala. Aime-moi.

— D'accord, répondit-elle, émoustillée.

Elle enfonça les mains dans l'épaisse chevelure d'un noir de jais, l'embrassa, roula sa langue dans sa bouche et, pendant ce temps, se mit à bouger les hanches de façon érotique.

Si un innocent voyageur avait traversé la Prairie par ce matin ensoleillé de septembre, il n'en aurait pas cru ses yeux !

Perchée sur un étalon noir marchant au pas, une ravissante blonde, nue comme Ève au jardin d'Éden, chevauchait un Peau-Rouge vêtu d'un pantalon moulants en peau de daim.

Mais il n'y avait pas âme qui vive à des kilomètres des audacieux amants. Et c'était tant mieux, car Martay était décidée à offrir à son beau Sioux la plus magnifique séance amoureuse de sa vie. Elle l'étreignit avec ses muscles intimes, le serra dans son corps brûlant, jusqu'à lui arracher des spasmes violents de jouissance.

Fière d'être arrivée à se retenir assez longtemps pour qu'il parvienne au plaisir, Martay s'abandonna à son tour. Elle cria son nom et s'agrippa à ses épaules tandis que ses hanches se livraient à une danse frénétique, goûtant l'extase somptueuse qui ne manquait jamais de la stupéfier.

Lorsque enfin les derniers spasmes se calmèrent, elle resta appuyée contre le torse de Night Sun.

— Tu te demandes encore quand et où nous ferons l'amour, captive ? s'enquit-il malicieusement.

Martay releva la tête.

— Dieu du ciel, qu'avons-nous fait ?

Elle jeta un regard alentour avec incrédulité, surprise par la jument qui chatouillait son pied nu du bout de son museau.

— Sur un cheval ! Mais, Night Sun, c'est affreux !

Il éclata de rire.

— Affreux ? Pas du tout, Wicincala. C'est la première fois que j'apprécie autant une promenade à cheval !

38

On apercevait droit devant une chaîne montagneuse au-dessus de la Prairie. C'étaient les Black Hills. Night Sun et Martay étaient encore à plusieurs kilomètres à l'ouest des collines sacrées.

Ils s'arrêtèrent. Derrière eux, le soleil descendait dans le ciel limpide de septembre. Night Sun, les yeux rivés sur les hauteurs, gardait le silence.

Quand il parla, il le fit davantage pour lui-même que pour sa compagne.

— « Aussi longtemps que le soleil brillera et que les rivières couleront... »

La jeune femme demanda doucement :

— Dis-moi, Night Sun, je sais que les Black Hills... Elles appartiennent au gouvernement fédéral, n'est-ce pas ?

Le Sioux regardait fixement droit devant lui. Il déglutit.

— Ces collines sont utilisées depuis toujours par mon peuple. En 1868, le Président a signé un traité faisant donation aux Sioux de 2,8 millions d'hectares. Les Black Hills sont au centre de ce territoire.

Il s'arrêta. Un muscle sautillait sur sa mâchoire.

— Continue, je t'en prie.

— Cette terre était censée nous appartenir « aussi longtemps que le soleil brillera et que les rivières couleront... ». L'homme blanc croyait cette région sans valeur. Il lui était donc égal que nous la possédions. Mais en 1874, un soldat aux cheveux blonds s'est aventuré dans les Black Hills. Il cherchait de l'or.

— Le général Custer ?

Night Sun acquiesça.

— Ce général a dit à tous ceux qui voulaient l'entendre qu'il y avait de l'or ici. Du jour au lendemain, les prospecteurs ont commencé à envahir nos collines sacrées. Quelques années plus tard, le général Custer s'est lancé aux trousses de Sitting Bull, de Crazy Horse et de Gall. La bataille de Greasy Grass, que vous appelez Little Big Horn, eut lieu. Elle fut qualifiée par les Blancs de « massacre sanglant ». Ce crétin de général s'était vanté à l'avance de son arrivée : il a été stupéfait que notre peuple l'attende en embuscade pour protéger notre terre, nos femmes et nos enfants.

Martay ne quittait pas des yeux le visage dur de Night Sun.

— Est-ce que tu étais là ? Est-ce que tu as...

— J'étais à Boston, en train de faire mon droit. Si j'avais été ici, j'aurais été fier de suivre Crazy Horse. J'aurais protégé notre bien.

— Je comprends, dit-elle.

Il poursuivit :

— Après la mort de Custer, les sentiments d'hostilité vis-à-vis des Peaux-Rouges ont atteint des sommets. Par conséquent, en 1877, neuf années après le traité de 1868, le gouvernement nous a confisqué nos terres et a déporté notre peuple dans des réserves. L'an dernier, précisa-t-il après avoir pris une profonde inspiration, l'armée a construit Fort Meade, juste à l'ombre du Mato Paha, notre endroit le plus sacré.

Martay ne savait que dire. Elle avait entendu dans la bouche de son père et de ses officiers une version complètement différente de ce qui s'était passé à Little Big Horn. À les entendre, cela avait été un massacre impitoyable, perpétré contre de braves soldats qui se déplaçaient de façon pacifique dans la Prairie.

Qui devait-elle croire ?

Night Sun perçut son trouble. Il s'adoucit, sourit, tendit le bras et lui tapota le genou.

— Je suis désolé. Ne t'en fais pas, Wicincala. Nous n'avons rien à voir avec tout ça, et je n'aurais pas dû t'en faire porter le poids.

Il se pencha plus près, lui embrassa la joue et proposa :

— On fait la course jusqu'aux collines ?

Tous ses soucis oubliés, Martay enfonça les talons dans les flancs de sa jument et partit comme une flèche en criant :

— Attrape-moi si tu peux, Peau-Rouge !

— Me voilà, Visage pâle ! tonna Night Sun en prenant à son tour le départ.

Il posa la paume sur ses lèvres pour lancer le célèbre hululement de guerre indien. Martay feignit la terreur et se mit à hurler à tue-tête.

Comme des enfants insouciants, ils jouèrent ainsi le reste de l'après-midi. Ils couraient, se poursuivaient, se dépassaient. Des cris, des rires, des baisers...

Ils atteignirent les collines et, quelques minutes avant le coucher du soleil, ils étaient à Mato Paha. Night Sun lui montra un petit plateau rocheux.

— L'autel de pierre, expliqua-t-il.

La barrière granitique était spectaculaire. Elle avait la forme d'une énorme chaire. Son sommet tout plat était coloré en rouge sang par les derniers rayons du soleil.

Pendant que Night Sun s'occupait des chevaux et déchargeait leurs affaires, Martay fit un petit tour dans ce paysage merveilleux et rude, promettant de ne pas être longue. Il lui demanda de l'appeler toutes les cinq minutes pour qu'il ne s'inquiète pas.

Quand il eut bouchonné et attaché les chevaux, il ramassa du bois et installa leur bivouac pour la nuit. Puis il se mit à la recherche de Martay. Comme promis, elle l'appela. En se guidant au son de sa voix, il leva les yeux jusqu'à l'autel de pierre. Il la vit et cilla, incrédule. Son cœur battait si fort qu'il l'entendait dans ses oreilles.

Elle était debout à la lumière du soir, nue, au sommet de la falaise rose, point culminant des Black Hills sacrées. Elle étendait les bras, ses cheveux d'or tombaient sur ses épaules. Elle lui faisait signe de le rejoindre.

Sans la quitter un instant des yeux, Night Sun se déshabilla à toute vitesse puis, agile et rapide, il grimpa. Il enserra des deux mains sa taille fine et la leva très haut au-dessus de sa tête.

— Je t'aime, Night Sun, souffla-t-elle.

Il embrassa le ventre pâle que le soleil colorait de rose.

— Et moi je t'adore, Wicincala.

Il la déposa doucement sur l'autel et embrassa chaque centimètre de sa peau, lui rendant le culte qu'elle méritait avec ses lèvres, ses caresses, ses mains expertes jusqu'à ce que Martay, qui se tortillait en soupirant, tende anxieusement les bras vers lui.

Quand le soleil glissa derrière l'horizon en ne laissant qu'une pâle lueur violette, Night Sun se coucha sur le dos et l'attira à califourchon sur lui. Ils firent l'amour avec une passion féroce sur l'autel de pierre.

Ces heures étaient exquises, précieuses et comme nimbées d'or. Seuls sur les collines, loin de tous, l'homme et la femme se découvrirent encore mieux.

Martay s'aperçut que son amant avait toutes les qualités qu'elle lui prêtait déjà, plus quelques autres. Il n'était pas seulement fort, intelligent et loyal. Il savait également se montrer gentil, sensible, et d'un humour irrésistible.

Night Sun s'aperçut que la femme qu'il adorait avait tout ce dont il rêvait, et au-delà. Non seulement elle était extraordinairement belle et intelligente, mais aussi délicieusement passionnée. En même temps, elle savait être d'une douceur surprenante, prévenante, pleine d'esprit et de charme.

À la différence des jeunes Indiennes avec lesquelles il avait grandi, elle n'était ni timide ni réservée. Elle parlait volontiers, elle avait des opinions bien arrêtées et s'informait de tout.

Après avoir fait l'amour, les amants redescendirent de leur autel de pierre. Avec la nuit, la fraîcheur tomba sur les Black Hills. Toujours nus, ils se pelotonnèrent dans leurs épaisses fourrures à la lumière du feu de camp.

Martay était étendue de tout son long sur Night Sun. Les yeux dans les yeux, elle l'interrogeait sur les femmes qui avaient traversé sa vie. Ravi, il lui caressait le dos et la taquinait.

— As-tu besoin de poser cette question ? Tu as bien vu la façon dont les vierges du village me regardaient.

Martay feignit d'être irritée.

— Quel prétentieux !

— Parfaitement, confirma-t-il. Et toi, je t'ai surveillée à Denver. Combien d'hommes as-tu fréquenté dans ta vie, Wicincala ? Dix ? Vingt ? Cinquante ?

Martay aurait pu citer une demi-douzaine de garçons qui lui avaient fait ardemment la cour depuis deux ans. Mais elle se contenta de répondre :

— Quelle importance ? Ce n'était pas toi.

Et elle l'embrassa.

— Je suis quelqu'un de jaloux, Martay.

— Sois jaloux. Mais si tu n'es pas certain d'être le premier et le seul à avoir fait l'amour avec moi, je préfère ne pas perdre mon temps avec un âne aussi têtu.

De nouveau, elle l'embrassa sur la bouche.

Night Sun rit et l'étreignit. Il prit une voix grave :

— Femme blanche stupide se moque du dangereux sauvage.

— Oh, répliqua-t-elle en bâillant paresseusement et en se laissant glisser de côté. Sauvage pas assez dangereux pour plaire à femme blanche.

Il roula sur elle en grondant et lui mordit le cou tandis qu'elle riait aux éclats. Puis grondements et rires se turent, et les baisers s'enchaînèrent dans une passion torride qui eut tôt fait de réchauffer la nuit glaciale.

Le lendemain, ils firent la grasse matinée et levèrent le camp à midi. Puis ils prirent la direction du sud. Des geais huppés jacassaient dans les arbres, des castors s'activaient dans les cours d'eau limpides. À travers ravins et canyons, ils progressaient d'un pas tranquille. Le soleil brûlant du Dakota perçait les frondaisons des immenses pins.

En milieu d'après-midi, ils s'arrêtèrent pour s'accorder un bref repos. Ils nagèrent dans un ruisseau si froid que Martay en claquait des dents et que sa peau pâle tournait au bleu. Ensuite, ils s'étendirent au soleil et laissèrent la chaleur de cette fin d'automne réchauffer leurs corps.

Quand la jeune femme aperçut le mont Thunderbird, elle supplia Night Sun de l'escalader. Celui-ci doutait qu'une citadine soit capable de réussir ce genre d'ascension.

— Non, Wicincala. Ce n'est pas aussi facile que cela en a l'air.

— Et toi, tu es capable de grimper ?

— Mais moi, rétorqua-t-il en riant, je suis peau-rouge.

— Tu réponds tout le temps ça. Tu crois que les Peaux-Rouges sont les seuls au monde à avoir le pied sûr ?

Le sourire aux lèvres, il répliqua :

— Il n'est pas facile de nous battre à ce jeu-là, mon amour.

Martay se colla à lui.

— Si je te promets de ne pas pleurnicher, tu me feras grimper avec toi ?

Il soupira et l'embrassa sur le nez.

— Quand tu me regardes comme ça, j'accepte n'importe quoi.

Il l'avertit qu'il ne grimperait pas si elle refusait le cordage qu'il lui lia autour de la taille. Martay se laissa faire. Quelques minutes après le début de l'ascension, elle se réjouit qu'il ait insisté. Elle dévissa, mais fut immédiatement retenue par le cordage.

— Ça va ? demanda-t-il, inquiet.

— Oui, répondit-elle en s'essuyant les mains sur son pantalon en peau de daim. Qu'est-ce qu'on attend ?

Il se détendit, se retourna vers la paroi et continua à escalader les rochers aigus avec une souple vivacité. Il souleva la jeune femme pour franchir quelques crevasses qu'elle était incapable de traverser.

Lorsqu'ils atteignirent le sommet, Martay tira la langue, épuisée.

— Est-ce que tu serais déçu si je te disais que je suis trop lasse pour redescendre ?

Night Sun lui prit le visage entre les mains et, tandis que le vent gémissait sur les à-pics, il l'embrassa avec une tendresse si poignante que Martay faillit se mettre à pleurer.

— La seule façon dont tu pourrais me décevoir, c'est en cessant de m'aimer, observa-t-il en frôlant de ses pouces sa lèvre inférieure.

— Chéri, je t'aimerai toujours... Toujours.

Il lui rendit son sourire.

— Dans ce cas, je vais te descendre sur mon dos.

Il la souleva.

— Tu me fais confiance ? s'enquit-il.

— De tout mon cœur.

39

Le lendemain, ils atteignirent Wind Cave. Martay, curieuse, ouvrait de grands yeux et s'accrochait à la main de Night Sun pendant qu'ils exploraient la gigantesque grotte souterraine. Des concrétions calcaires de différentes couleurs s'élevaient sur le sol de la grotte ou pendaient de la voûte. La lumière du soleil pénétrait par d'étroites fissures au plafond, donnant au palais de pierre une atmosphère irréelle. Martay n'avait jamais vu de site aussi majestueux.

— Quand j'étais enfant, expliqua Night Sun dont la voix résonnait, j'étais convaincu qu'ici nos morts pouvaient m'entendre.

Il lâcha la main de Martay et la souleva pour l'asseoir sur une pierre plate, juste dans un rayon de soleil oblique descendant de la voûte. Il resta en face d'elle, les mains sur ses genoux, et poursuivit :

— J'ai souvent parlé à ma mère et à mon grand-père dans cet endroit paisible.

Il avait le visage dans l'ombre, Martay ne pouvait déchiffrer son expression. Mais sa voix était basse et grave.

— Je leur disais des choses qui concernaient notre peuple. Je demandais conseil à mon grand-père.

Il se tut.

— Est-ce qu'il t'a donné des conseils ? s'enquit-elle avec douceur.

— Oui. Walking Bear m'a conseillé de toujours écouter Gentle Deer. Il m'a dit de partir chez mon père, d'étudier à l'école des Blancs, d'apprendre leurs coutumes…

Ses larges épaules s'affaissèrent un peu, et sa gorge se serra.

— Parce que le crépuscule de la nation sioux empourprait rapidement le ciel à l'ouest, conclut-il.

— Parle-moi de ton père, demanda Martay en lui frôlant la joue.

— James Savin est mort il y a quelques années, exposa-t-il sans émotion apparente. Il était riche. À présent, je le suis moi aussi. Tout au moins, je le serai le mois prochain, lorsque j'aurai vingt-cinq ans.

Il monta sur le rocher pour s'asseoir à côté de la jeune femme.

— Savin était trappeur quand il a rencontré ma mère. Il est venu dans notre village, il l'a vue, il l'a désirée et il l'a prise. Ce qu'il avait oublié de lui dire, c'est qu'il avait une femme.

Night Sun sourit brusquement.

— Mon père avait un charme irrésistible, Martay. Mon clan, et notamment Walking Bear et Windwalker, a approuvé totalement la conduite de James Savin.

Elle prit sa main et la tint entre les siennes, sur ses genoux.

— Et ta mère, elle est tombée follement amoureuse de James Savin ?

— En tout cas, c'est ce qu'ils m'ont dit. Ce devait être de l'amour car, après un court hiver avec Savin, elle n'a jamais eu un regard pour les guerriers. Elle est restée fidèle à James Savin jusqu'à sa mort.

— Comme c'est triste ! s'exclama Martay qui comprenait la douleur et la solitude que cette femme avait endurées. Est-ce que tu voyais souvent ton père ?

— Dès l'âge de six ans, je suis allé chaque année dans l'Est passer l'été avec lui.

Night Sun, réconforté par l'amour et la compréhension qu'il ressentait chez Martay, lui révéla des choses qu'il n'avait jamais confiées à âme qui vive. Sans s'apitoyer sur son sort, il reconnut avoir été malheureux dans la belle demeure de son père, en Nouvelle-Angleterre.

D'autant que Mme Savin n'avait pas caché son animosité pour le fils métis d'une « sale squaw ».

— C'est le mot qu'elle a utilisé avec toi ? demanda la jeune femme, horrifiée.

— Seulement quand elle se mettait en colère, par exemple quand j'avais cassé un vase de grand prix. Ou encore, quand je m'approchais d'elle sans faire de bruit : je lui faisais peur.

Martay plaignait de tout cœur le petit garçon qu'il avait été, seul dans un monde étranger. Il était soumis aux brimades d'une femme bafouée qui, chaque fois qu'elle regardait son visage, voyait les traits de sa rivale, la jolie Peau-Rouge qui avait partagé le lit de son mari.

— Je n'aime pas Mme James Savin, déclara-t-elle avec passion.

— Constance Savin est morte en trois semaines de la grippe, il y a cinq ans. Ce n'était pas une méchante femme. Mets-toi à sa place...

Martay grimaça.

— J'aurais été profondément blessée, et très jalouse.

— Exactement. C'était une femme distinguée et cultivée. Elle venait d'une vieille famille fortunée. Vis-à-vis de toutes ses relations dans la haute société, cela a dû être un cauchemar d'apprendre mon existence.

— Je suis surprise que ton père... c'est-à-dire que...

— Moi aussi. N'importe qui se serait abstenu de me reconnaître.

Night Sun s'appuya contre la paroi rocheuse derrière eux et l'attira contre lui.

— Et toi ? J'ai envie d'en savoir un peu plus sur ton compte. Parle-moi de ta mère. Était-elle aussi jolie que toi ?

Martay sourit et se pelotonna contre lui.

— D'après mon père, c'était la plus belle femme de Californie. C'est là qu'ils se sont rencontrés et mariés. Tu n'es pas le seul à être riche. Je possède des mines d'or dans le nord de la Californie et la Sierra Nevada. C'est ma mère qui me les a léguées.

Martay décrivit son enfance dans leur hôtel particulier de Chicago. Elle avait perdu sa mère à l'âge de quatre ans. Elle avait été gâtée par le personnel domestique car tout le monde plaignait la petite orpheline dont le père, officier, était toujours en garnison quelque part.

En grandissant, elle n'en avait fait qu'à sa tête. Quelques années plus tôt, elle avait décidé de ne pas se marier et de renoncer à la maternité : elle préférait les voyages, une vie d'aventures.

— Est-ce toujours ton choix ? demanda Night Sun.

— Non ! assura-t-elle. J'ai envie d'être ta femme et de te donner des enfants.

Il sourit et posa la main sur son cou.

— Est-ce que j'arriverai à garder près de moi une femme nomade ?

Il la caressait du bout des doigts.

— Je ne suis pas nomade ! protesta-t-elle. J'ai simplement le désir d'être ton épouse.

Il se pencha et lui embrassa la base du cou.

— J'espère, ma douce, qu'il reste en toi quelque chose de nomade. Pour être mon épouse, il faut être prête à se déplacer de temps en temps...

Il lécha la peau couleur d'ivoire, puis souffla doucement sur l'endroit qu'il venait d'humecter. Martay, dont la respiration s'accélérait, répondit :

— Je n'ai pas d'objection à la vie nomade, à condition que ce soit en ta compagnie.

Night Sun fit glisser de son épaule l'encolure trop large et reprit ses baisers.

— Est-ce que tu as la moindre objection à ce que ma bouche nomade vagabonde un peu sur toi ?

— Nous n'avons pas sorti les couvertures...

— Je crois que nous pouvons nous débrouiller quand même.

Martay ne fut pas longue à s'apercevoir qu'ils se débrouillaient tout à fait sans leurs peaux de bison. En quelques minutes, Night Sun les avait tous les deux déshabillés. Il avait posé sa chemise sur le rocher.

— Cela fait longtemps que j'avais envie de ça, expliqua-t-il en l'incitant à se mettre sur la pointe des pieds. Précisément depuis la nuit où nous avons dansé, lors du mariage de Lone Tree et Peaceful Dove.

— Envie de quoi ? s'enquit-elle en soupirant.

Ses seins appuyaient sur le torse de Night Sun.

Celui-ci se pencha et la pénétra. Elle eut un haut-le-corps et bascula la tête en arrière.

— De ça ! répliqua-t-il. J'avais envie de faire l'amour avec toi debout.

— Et pour... pourquoi ?

Déjà, elle était emportée par les tourbillons du plaisir.

— Lorsque nous dansions, tu t'ajustais contre moi à la perfection.

Il glissa la main autour de la cuisse de Martay, la souleva.

— Je me suis demandé si notre complémentarité physique serait aussi parfaite quand tu es en moi que quand tu es contre moi, ajouta-t-il.

Martay commença à haleter au rythme qu'imposait Night Sun. Le plaisir croissait en elle de façon stupéfiante.

— Alors, articula-t-elle hors d'haleine, c'est... aussi... parfait ?

— Martay... chuchota-t-il simplement.

Elle sut que la réponse était affirmative. Night Sun la regardait droit dans les yeux. Ils étaient debout en train de faire l'amour dans un rayon de soleil.

— Night Sun, c'est... c'est... merveilleux ! gémit-elle.

Elle avait les bras noués autour du cou de son amant, et des perles de sueur brillaient sur son visage, sa gorge et ses seins.

— N'est-ce pas ? confirma-t-il en se penchant pour lui donner un baiser.

Elle était complètement grisée par cette façon peu orthodoxe de faire l'amour. Leurs corps s'emboîtaient à la perfection.

Leurs cris d'extase résonnèrent longuement dans la grotte.

Ils passèrent la nuit dans la grotte, à un endroit où quelques rayons de lune rendaient l'obscurité moins menaçante. Néanmoins, Martay s'agrippait à Night Sun et ne dormait que d'un œil. Elle redoutait les chauves-souris et autres créatures nocturnes qui habitaient les lieux. Quand l'aurore glissa le premier rayon de soleil dans la caverne, elle fut soulagée.

Ils continuèrent leur route vers le sud, sans hâte particulière. Au milieu de la matinée, Night Sun arrêta son étalon, se leva sur les étriers et sourit.

— Nous y sommes, annonça-t-il.

— Où ?

— Minnekahta. L'endroit des eaux chaudes.

Martay regarda autour d'elle et vit dans le lointain un nuage de vapeur blanche au-dessus des rochers.

— Night Sun ! Est-ce que je pourrai prendre un bain dans les eaux chaudes ?

— C'est à cela qu'elles servent, Wicincala. Viens.

Il mit son cheval au trot et la jeune femme se hâta de le suivre.

Elle poussa des oh ! et des ah ! de plaisir en s'asseyant avec précaution dans une baignoire creusée dans le roc. Puis elle piailla avec une joie enfantine quand Night Sun la rejoignit d'un bond. Il s'assit derrière elle et l'attira entre ses genoux. Martay reposait confortablement dans l'eau chaude, le dos contre la poitrine de son amant.

— Quel luxe ! s'extasia-t-elle. C'est comme un vrai bain dans une vraie baignoire !

La nuque posée contre le rebord rocheux, Night Sun ferma les yeux.

— C'est cela que tu préfères ? la taquina-t-il.

— Ne me dis pas que tu n'aimes pas ça de temps en temps, je ne te croirais pas.

Il sourit.

— J'ai vécu assez longtemps dans ton monde pour être séduit par certaines choses.

— Ah, ah ! fit-elle. Et à quoi d'autre t'es-tu accoutumé ?

— Voyons... répondit-il paresseusement en se penchant pour couvrir de baisers ses épaules mouillées.

Le vieux cognac, les bons cigares, les draps de soie, la musique de qualité...

Martay claqua la langue d'un air accusateur.

— C'est bien ce que je me disais. Au fond, mon bel ami métis, tu es un imposteur.

— C'est ainsi que je me suis défini plus d'une fois, convint-il en levant la tête.

Elle se tourna vivement entre ses bras.

— Night Sun... murmura-t-elle avec inquiétude, craignant de l'avoir blessé. Je te taquinais, chéri. Je sais que tu es...

— ... assis entre deux chaises, Martay, coupa-t-il en la regardant intensément de ses magnifiques yeux noirs. Je sais. Je n'appartiens complètement à aucun des deux mondes.

— Ce n'est pas vrai ! Je t'ai vu au village : tu es l'un d'eux. Tu es un chef lakota respecté de tous et tu...

— Tu crois ? Je n'en suis pas sûr. Il y a eu des fois où, à mon avis, je ne serais pas retourné chez les Lakotas s'il n'y avait pas eu ma grand-mère.

Il jouait distraitement avec les boucles dorées de Martay.

— Je me suis amolli en Nouvelle-Angleterre, reprit-il. Certains Blancs me faisaient bien comprendre que ma présence les gênait. Mais mon ami Drew Kelley ne m'a jamais fait le reproche d'être à moitié peau-rouge. Les dames non plus, précisa-t-il d'un ton malicieux.

Martay fit la moue. Puis elle sourit.

— Night Sun, tu es un être sensible. Il y a des bonnes choses à prendre des deux côtés : ce ne sont pas les mêmes, voilà tout.

— En tout cas, Wicincala, il y a une chose qui est assurément la même, que ce soit dans les Black Hills ou à Chicago.

— Vraiment ? Quoi ?

Il l'embrassa.

— L'amour !

— Je ne demande qu'à te croire, répliqua-t-elle, mais j'aimerais faire un jour l'amour avec toi dans un lit à Chicago afin d'en avoir le cœur net.

— J'y veillerai, promit-il. En attendant, qu'est-ce que tu dirais de faire l'amour à Minnekahta ?

— Ici ? C'est possible ? demanda Martay, stupéfaite.

— Et en plus, c'est agréable.

Elle rit gaiement et plaqua un baiser mouillé sur sa bouche.

— Oui. À quoi bon les draps de soie ?

C'était leur dernière matinée dans les Black Hills.

Il leur fallait quitter ce monde de splendeurs dont ils étaient les seuls maîtres. Vingt-quatre heures plus tard, Night Sun prendrait la direction du sud, de Denver, pour affronter le général William Kidd.

Le soleil n'était pas encore levé, mais Night Sun avait déjà les yeux ouverts. Martay dormait paisiblement en chien de fusil, le dos et les fesses contre son côté. Il se souleva sur un coude pour la contempler.

Son épaule toute blanche émergeait des fourrures. Ses cheveux d'or cascadaient en masse soyeuse autour de son visage. Elle semblait innocente tel un enfant. Pour la millième fois, il se demanda s'il n'avait pas été gravement injuste envers elle.

Comme s'il n'avait pas suffi de l'arracher à un monde où elle vivait à l'aise, il l'avait séduite alors qu'elle était seule au camp, et vulnérable. C'était odieux, impardonnable.

Tendrement, il tira les fourrures pour couvrir l'épaule de sa bien-aimée.

Elle croyait pouvoir être heureuse avec lui dans le Dakota, mais est-ce que cela durerait ? Une jeune femme élevée dans un hôtel particulier avec une cohorte de domestiques connaîtrait-elle le bonheur dans un tipi au milieu de la Prairie ? L'amour qu'elle ressentait aujourd'hui pour lui ne se transformerait-il pas en ressentiment, en haine ?

Troublé, Night Sun se leva dès que l'aube mit une touche de rose dans le ciel gris acier. La fraîcheur matinale le faisait frissonner. Il resta un moment immobile, bâilla et s'étira, jambes écartées et mains croisées derrière la nuque. Il regarda le ciel qui se colorait lentement.

Soudain, il sursauta et baissa les yeux. Martay, en tenue d'Ève, lui embrassait la cheville.

— Que fais-tu, Wicincala ?

Elle ne répondit pas, mais continua à le cribler de baisers. Ses lèvres remontaient le long de sa jambe. Elle s'accroupit devant lui, les mains à plat sur l'herbe douce. Bouche bée, il retint son souffle. Les lèvres chaudes poursuivirent leur ascension sur sa cuisse.

Night Sun avait l'impression que les flammes du désir le consumaient. Déjà, son érection était complète.

Martay frôlait l'intérieur de sa cuisse avec des baisers légers. Il gémit et posa la main sur son crâne.

Le visage durci par la passion, il murmura :

— Tu n'es pas obligée de faire ça…

Elle inspira profondément la fragrance de sa peau d'homme.

— J'en ai envie, souffla-t-elle.

Elle continuait à fouiner doucement du nez et des lèvres, toujours plus près de la preuve de son désir. Elle le taquinait et jouait avec lui, petits baisers sur son ventre, petits coups de langue pour remonter le sillon velu jusqu'au nombril. Elle chuchotait des mots tendres.

— Je t'aime, Night Sun. Je t'aimerai toujours.

Agenouillée face à lui, elle posa les mains sur ses hanches, les étreignit d'un geste possessif, inclina la tête en arrière et ordonna :

— Regarde-moi, chéri.

Jambes écartées, il avait les mains posées sur les épaules de Martay. Chaque muscle de son corps était tendu par le désir. Il baissa les yeux vers elle, des yeux lumineux de chaleur.

— Ne t'imagine pas que je regretterai un jour que tu m'aies séduite, murmura-t-elle.

Elle hésita, puis toucha des lèvres le membre viril. Il tressaillit violemment et ne put retenir une plainte.

— Je ne regretterai jamais, promit-elle, et elle traça de la langue une ligne brûlante de la base de son membre jusqu'à l'extrémité. Et toi non plus.

Night Sun eut un puissant gémissement d'extase quand la bouche de Martay l'enveloppa enfin. Des deux mains, il lui prit la tête. Les doutes qui le tourmentaient furent balayés. Il resta ainsi debout au soleil levant, avec cette beauté nue à genoux devant lui qui l'aimait de façon si intime. Il sentait le glissement de ses lèvres douces et chaudes sur sa chair, il s'émerveillait de la délicatesse exquise de cette langue qui l'emmenait vers l'explosion finale.

Avec un spasme étranglé, il se décida de justesse à écarter la tête de Martay. Il tomba à genoux en face d'elle, ses yeux noirs torturés de désir.

Le visage grave, elle passa les bras autour de son cou.

— Je connais mon père. J'ai peur qu'il ne te tue. N'y va pas, supplia-t-elle en posant la joue contre son torse.

40

Il en fallait davantage pour fléchir Night Sun. Il devait mettre un terme à cette histoire.

Tandis qu'ils revenaient au village dans la chaleur de l'après-midi, Martay observa amoureusement le beau visage cuivré du Lakota. Cet homme fier et entêté était le seul qu'elle ne soit jamais parvenue à plier à sa volonté. Et c'était pour cela qu'elle l'adorait. Dès leur rencontre, il s'était montré inflexible.

Et il l'était toujours.

Le matin même, elle lui avait offert son corps sans réserve, pour lui procurer tous les plaisirs qu'il désirait. Il avait fait l'amour avec elle de façon sauvage et vorace. Pendant tout ce temps, elle l'avait supplié de ne pas partir dans le Colorado. De rester avec elle.

Il n'avait pas cédé.

Ils arrivèrent au village à quatre heures. Ils trouvèrent Speaks-not-at-all debout devant leur tipi, sentinelle silencieuse.

C'était la première fois que Martay le revoyait depuis le jour où elle lui avait faussé compagnie. Elle ressentit une bouffée d'affection et de remords. Elle mit pied à terre, se hâta vers lui et passa le bras autour de ses épaules.

— Dis à Speaks-not-at-all que je suis désolée. Je lui demande de me pardonner de l'avoir frappé. Je voudrais être son amie.

Night Sun fit un clin d'œil à Speaks.

— Dis-le-lui toi-même, Wicincala.

Elle se retourna, interdite.

— Comment ça ? Mais il est sourd !

Night Sun eut un sourire malicieux.

— Speaks lit sur les lèvres. En outre, il comprend l'anglais.

Horrifiée, la jeune femme tourna son regard vers Speaks-not-at-all. Celui-ci hochait sa tête grisonnante avec un sourire penaud. Quant à Night Sun, il s'esclaffait.

— Tu es le diable en personne ! dénonça-t-elle, furieuse.

Le rouge au front, elle se souvint de tout ce qu'elle avait dit au vieux guerrier sur le compte de Night Sun.

— Speaks, as-tu jamais répété ce que quelqu'un t'a confié ? demanda Night Sun.

Le vieillard eut un geste violent de dénégation. Ses yeux larmoyants étaient fixés sur Martay. Celle-ci se radoucit. Elle sourit et articula :

— Veux-tu être mon ami ? Je crois que j'aurai souvent l'occasion de dire des choses sur cet homme exaspérant, et je ne voudrais pas qu'elles soient répétées…

Speaks saisit la main de la jeune femme et hocha solennellement la tête.

— Comment va ma grand-mère ? s'enquit Night Sun.

Le vieux guerrier se rembrunit.

— Est-elle de nouveau malade ?

Speaks acquiesça.

— Je te laisse t'occuper des chevaux, déclara Night Sun.

Il prit la main de Martay et, inquiet, alla droit au tipi de Gentle Deer.

Windwalker était à l'intérieur. Il se leva à leur arrivée et disparut sans un mot. Le visage de Gentle Deer se fendit d'un large sourire. Elle tenta de se redresser.

— Reste couchée, grand-mère ! Martay et moi allons nous asseoir et te raconter notre séjour dans les Black Hills.

Au crépuscule, Martay salua Gentle Deer et sortit, ménageant ainsi un moment en tête à tête entre Night Sun et sa grand-mère.

Il prit la main de Gentle Deer.

— Je pourrais attendre que tu te sentes mieux pour partir au Colorado...

Elle sourit, ses yeux sombres complètement cachés dans les plis de sa peau parcheminée.

— Tu risques d'attendre longtemps, Hanhepi Wi.

Cela faisait des années que Gentle Deer ne l'avait plus appelé par son nom lakota.

— Je partirai donc demain, au point du jour.

— Oui, acquiesça-t-elle d'une voix enrouée. Disons-nous au revoir maintenant, Hanhepi Wi.

Night Sun embrassa sa grand-mère sur la joue, se leva et traversa le tipi. Gentle Deer l'appela de nouveau.

Il se retourna. Les larmes aux yeux, elle lui demanda :

— Reste debout un moment. Laisse-moi te regarder...

Mal à l'aise, Night Sun la dévisagea.

— Lequel, grand-mère ? Toi, ou moi ?

Elle comprit la question. Comme elle, il avait le pressentiment qu'ils ne se reverraient pas sur cette terre. Il demandait lequel allait bientôt mourir.

— Je ne sais pas, avoua-t-elle avec lassitude. J'espère que ce sera moi.

Il était minuit passé. Windwalker avait ordonné à Night Sun de le laisser veiller la malade pour le reste de la nuit. Qu'il aille se reposer, en prévision de la chevauchée qui l'attendait.

Ils étaient rentrés à leur tipi en silence, et Night Sun avait ouvert son coffre en pin pour y prendre du papier et une plume. Puis il s'était longuement concentré et avait rédigé son testament. Il l'avait plié et avait noué autour une lanière de cuir, avant de le mettre dans le coffre.

Martay savait qu'elle ne devait pas poser de question. Alors qu'elle rangeait ses affaires, elle vit qu'il la regardait.

Il lui tendit les bras. Elle s'y blottit.

— J'ai fait mon testament, Wicincala.

— Non, commença-t-elle, je t'en supplie...

— Tu le trouveras dans le tiroir du haut de mon coffre, continua-t-il comme si elle n'avait rien dit. Je te laisse la moitié de mes biens. La deuxième moitié, je la lègue à une école qu'ils vont ouvrir cette année en Pennsylvanie, pour l'éducation des Peaux-Rouges. J'espère que tu comprends ce geste.

Elle haussa les épaules.

— Bien sûr.

— Tu es adorable. Je t'aime.

— Si tu m'aimes, tu devrais...

— Non, Wicincala, pas question.

Il recula d'un pas.

— Attends, reprit-elle. Tu ne m'as pas laissé le temps de finir. J'allais te demander si tu me permettrais de te couper les cheveux avant ton départ.

Il sourit.

— Je croyais que tu aimais mes cheveux ?

— Oui, mais... ce serait plus sûr si tu avais davantage l'air... si tu ressemblais à...

— Un Blanc ?

— Oui. Tu vas entrer dans Denver à cheval, et j'ai peur que quelqu'un...

Elle ne put finir sa phrase.

Il y avait une telle inquiétude dans ses yeux d'émeraude, que Night Sun se laissa fléchir.

— Il y a une paire de ciseaux dans mon coffre. Je l'avais rapportée de Boston pour ma grand-mère, mais elle n'en voulait pas.

— Déshabille-toi, ordonna Martay.

Elle alla chercher les ciseaux.

Night Sun fit la moue pendant que la jeune femme, à genoux derrière lui, coupait une à une les longues mèches. Lorsqu'elle eut terminé, le Lakota Night Sun ressemblait de nouveau au diplômé en droit Jim Savin.

Martay était fière de son travail.

— Quand tu arriveras dans les faubourgs de la ville, promets-moi de te changer.

— Tu deviens tyrannique, observa-t-il en passant la main dans ses cheveux bien coupés. Et moi, ma chère, j'ai aussi un ordre pour toi.

— Ah bon ?

Il glissa un doigt dans l'échancrure de sa chemise.

— Déshabille-toi !

Elle sourit.

— À tes ordres !

Beaucoup plus tard, les amants étaient étendus en silence. Chacun rangeait dans sa mémoire les instants magiques qu'ils venaient de partager. Night Sun glissait lentement les mains sur la silhouette de Martay, explorant les courbes, les creux aguichants, tel un aveugle étudiant un volume du bout des doigts.

Elle faisait la même chose avec lui.

Elle lui caressait le torse, les épaules, le thorax. Étouffant sa peur, elle se demandait si c'était la dernière fois qu'elle appréciait le velouté de sa peau, passait les doigts dans ses cheveux noirs, s'émerveillait du régulier battement de son cœur...

Le lendemain matin, Martay tenta de se montrer courageuse. Avec un sourire contraint, elle garda une main possessive sur le dos de Night Sun tandis que celui-ci, les rênes de son étalon noir à la main, échangeait quelques mots avec le chaman.

Enfin, Windwalker lui tapota l'épaule et s'éloigna. Night Sun se tourna vers Martay.

Elle tenta de refouler les larmes qui lui piquaient les yeux. Ils avaient tout dit dans l'intimité de leur tipi.

Night Sun monta en selle. Il avait l'intention de ne pas prolonger ce pénible moment. Mais il regarda les beaux yeux tristes de sa bien-aimée et sentit son cœur se serrer.

— Wicincala, dit-il doucement.

Le timbre était grave, la voix caressante. Il se pencha pour déposer un baiser léger sur sa bouche. Puis il se redressa et partit au trot.

41

Martay suivit du regard le cavalier jusqu'à ce que la fine poussière soulevée par les sabots du cheval se dissipe dans l'air matinal. Lentement, elle se dirigea vers le tipi de Gentle Deer.

Elle s'arrêta devant, prit une profonde inspiration et se glissa à l'intérieur, décidée à se montrer courageuse et enjouée, à cacher sa peur lancinante.

Les yeux sans vie de Gentle Deer étaient clos. Elle dormait paisiblement. Soulagée, Martay referma le rabat du tipi et s'assit à côté. Sa gorge lui faisait mal à force de retenir ses larmes. Toute la matinée, elle s'était contrainte à rester stoïque comme l'aurait été une Lakota. Elle ne voulait pas que Night Sun ait le cœur déchiré.

À présent, il s'en était allé et Gentle Deer dormait profondément. Les larmes débordèrent.

Elle croisa les bras sur ses genoux, posa le front dessus et pleura en silence.

— Ne pleure pas.

La voix de Gentle Deer était calme, mais fit tressaillir Martay.

La jeune femme renifla, essuya ses joues et répondit étourdiment :

— Je ne pleure pas... je... Comment ça va ce matin, Gentle Deer ?

— Mieux que toi, répliqua la grand-mère avec sagesse. Viens ici, enfant.

Martay traversa le tipi et tomba à genoux à son côté. Elle prit sa main tendue, serra les doigts noueux et avoua sa peine :

— Il est parti, Gentle Deer, et je suis inquiète.

— Je sais.

— Je l'aime tant, j'ai peur qu'il ne me revienne pas, confessa-t-elle en continuant à pleurer. Je ne pourrais le supporter. Night Sun risque de disparaître et je ne garderai rien de lui.

— J'ignore si mon petit-fils te reviendra sain et sauf, convint Gentle Deer. Mais tu garderas quelque chose de lui.

— Non, je ne garde rien ! Je... Il sera...

Elle se tut, et sa bouche s'arrondit de surprise quand elle entrevit ce que voulait dire Gentle Deer.

— Tu es enceinte de mon petit-fils, n'est-ce pas ?

— Je ne sais pas, je...

Martay fronça les sourcils. Elle n'avait jamais envisagé cette éventualité. Mais depuis le mariage de Peaceful Dove, la première fois qu'ils avaient fait l'amour, elle n'avait plus eu ses...

— Oh, Gentle Deer ! Serait-ce possible ?

Elle posa les mains sur son ventre plat.

— Oui, approuva tranquillement l'aveugle. La réunion de deux grandes familles. Le sang de mon cher mari dans les veines de ton fils.

— Et le sang de mon père et de ma mère également, renchérit Martay, tout excitée.

La vieille femme reprit sa main et la serra étroitement.

— Ton fils à naître est très précieux pour nous tous. Les autres se perpétueront en lui.

Son visage ridé était paisible et heureux.

Soudain, Martay se sentit joyeuse. Elle sourit.

— Comment êtes-vous certaine que ce sera un garçon ?

— C'est comme ça, déclara l'aveugle. Le dernier chef lakota.

— Le dernier ?

— Oui. Les jours de mon peuple sont comptés. S'il survit, il faut que tu convainques Night Sun de s'installer dans ton monde, de donner à son fils l'éducation des Blancs.

— C'est cela que vous désirez ?

— Non, enfant. C'est cela qui doit être.

Night Sun avait hâte d'être à destination et poussait le valeureux étalon aux limites de ses capacités. Cheval et cavalier traversaient les immenses ondulations de la Prairie.

Il ne prêtait aucune attention au vent qui cinglait son visage et faisait couler ses yeux. Avec une détermination obstinée, il menait durement sa monture vers une mort probable.

Un sourire apparut sur ses lèvres. Que de fois n'avait-il pas affronté la mort au fil des ans ? Jamais il n'avait connu la peur. Mourir ou continuer à vivre, quelle différence ? Tuer ou être tué, ce n'était qu'une question de destin.

Mais à présent, ce n'était plus le cas. Jamais la vie ne lui avait semblé à ce point importante.

À présent, il avait soif de vivre ! Pour la première fois. Il souhaitait aimer et protéger cette jeune femme qu'il idolâtrait, reposer chaque nuit dans ses bras, être à ses côtés quand elle mettrait au monde leurs enfants, vieillir avec elle dans la paix.

Le sourire quitta le visage de Night Sun.

Les chances d'un avenir commun étaient pratiquement inexistantes. Il ne faisait guère de doute que l'homme vers lequel il s'avançait, le père de Martay, allait le tuer. Il n'aurait pas le temps de s'expliquer. Ce soldat, qui autrefois lui avait laissé des cicatrices tant sur le corps que dans l'esprit, n'était pas quelqu'un de bienveillant.

Soit. Il ne lèverait pas la main pour se défendre contre le général. Il ne pouvait tuer le père, et lire ensuite le blâme et le reproche dans les beaux yeux verts de la fille...

Six jours après avoir quitté le camp de Windwalker sur la Powder River, Night Sun aperçut dans le lointain les lumières de Denver.

Presque aussi fatigué que le coursier qu'il chevauchait, il cligna des yeux et fit rouler ses épaules pour les délasser. Il flatta l'encolure de son étalon, et lui parla d'un ton apaisant :

— Mon vieux copain, conduis-moi juste au centre de la ville, et je te laisserai te reposer jusqu'au matin. Pour toi, un bouchonnement et un seau d'avoine. Pour moi, un bain et un lit.

Le cheval hennit et s'ébroua.

Il était près de minuit lorsque Night Sun mit pied à terre devant la grande maison de son ancien condisciple de Harvard, Drew Kelley. Heureusement, ce fut Drew en personne qui vint ouvrir quand il sonna à la porte. Qu'aurait dit un domestique devant un Peau-Rouge débraillé, vêtu de peau de daim, debout sur la terrasse ?

— Jim ! s'exclama Drew avec un large sourire.

Il donna l'accolade à son ami.

— Entre, entre ! Cela me fait plaisir de te voir. Dis-moi, tu t'étais volatilisé ! Je suis passé au Centennial un après-midi et tu...

— Drew, peux-tu me loger cette nuit ?

— Oui, et aussi longtemps que tu le désires. On va s'occuper de ton cheval. Qu'est-ce qui t'amène dans le Colorado ?

— Je viens voir un général.

Surpris, Drew Kelly haussa les sourcils.

— Ah bon ? Lequel ?

Il fit entrer son camarade dans la bibliothèque.

— Le général William J. Kidd.

Drew se figea et dévisagea son ami.

— Jim, je suppose que tu n'es pas au courant...

— Au courant de quoi ?

Drew ne répondit pas sur-le-champ. Il traversa la pièce jusqu'au bureau d'acajou. Il prit sur le plateau verni la dernière édition des *Rocky Mountains News*.

— Lis ceci.

Night Sun saisit le journal, lut les titres et s'exclama :

— Mon Dieu, non !

Le brouillard de midi commençait à se dissiper sur le fort. Le sergent-major Bert Hallahan, bouleversé par la dépêche qu'il venait de lire, quitta le bureau du télégraphe du régiment. Il se dirigea directement vers le bureau du général Thomas Darlington, récemment nommé.

Hallahan salua avec un claquement retentissant des talons de ses bottes bien cirées.

— Des dépêches de Washington City, général ! annonça-t-il en tendant les papiers.

— Repos, sergent ! ordonna le général Darlington. Alors, comment se passe la bataille contre le Peau-Rouge Gall ?

— Pas très bien, je le crains.

Il désigna le papier que Darlington tenait à la main.

— Le général William Kidd a été mortellement blessé en conduisant une attaque contre Gall.

Incrédule, Darlington dévisagea le jeune soldat comme s'il parlait une langue étrangère.

— Par le Ciel ! s'exclama-t-il, bouleversé.

Il se laissa tomber dans son fauteuil et commença à lire, tout en hochant la tête avec consternation.

— Dieu miséricordieux, je n'arrive pas à y croire... Et Gall ?

— Gall a été mis en fuite et contraint à la reddition, général.

— J'espère qu'on pendra cette vermine. Mon ancien supérieur hiérarchique, le général Kidd, était l'un des plus grands officiers de ce pays.

Par un après-midi nuageux, Night Sun rentra au village sur la Powder River. Il redoutait d'avoir à annoncer à Martay que son père s'était fait tuer par un chef lakota. Il redoutait plus encore que cette nouvelle n'ébranle leur couple.

Il repéra tout de suite sa tête blonde parmi tant de chevelures noires. Il mit pied à terre, lança les rênes à un galopin tout heureux, et s'avança vers elle.

Comme si elle avait perçu sa présence, Martay leva les yeux. Elle le vit et prononça son nom. Le cœur battant, elle courut vers lui.

Elle se jeta dans ses bras et enfouit son visage dans son cou.

— Oh, mon chéri, tu es revenu ! Tu es revenu !

— Wicincala ! dit-il en l'embrassant.

— Night Sun, mon amour, j'ai une triste nouvelle, annonça Martay avant de se reculer pour le regarder. Gentle Deer est...

Il hocha la tête.

— Je le savais.

Puis il la guida vers leur tipi tandis que les premières gouttes de pluie se mettaient à tomber. Une fois à l'intérieur, sans lâcher son bras, il lui parla.

— Wicincala, j'ai moi aussi de tristes nouvelles. Mon cœur, ton père est mort. Il a été tué par un chef de guerre lakota, Gall, au cours d'une escarmouche dans le Dakota du Nord.

Il attendit, osant à peine respirer, que ses mots fassent leur chemin dans l'esprit de sa bien-aimée.

— Mon papa… mort ! Dieu du ciel, non !

Elle enlaça Night Sun et sanglota éperdument.

— Je t'aime, Wicincala, murmura-t-il en pleurant lui aussi. Je suis désolé. Je suis désolé que ton père soit mort… et ma grand-mère…

Il la serrait de toutes ses forces.

— Oh, mon chéri. Je suis tellement heureuse de t'avoir. Promets-moi de toujours m'aimer, quoi qu'il arrive. Jure-moi que je ne te perdrai jamais.

Martay ne se doutait pas à quel point il était soulagé d'entendre ces mots.

— Jamais, promit-il en embrassant ses paupières humides.

Il l'entraîna avec douceur sur le lit de fourrure. Il la fit asseoir sur ses genoux et la berça comme un enfant. Elle pleura toutes les larmes de son corps, tandis qu'au-dessus de leurs têtes la pluie cinglait le tipi.

Quand elle n'eut plus de larmes, ils parlèrent paisiblement, échangeant leurs souvenirs de ces personnes aimées qu'ils venaient de perdre.

— Gentle Deer représentait tout ce qu'il te restait de famille, comme papa pour moi, déclara-t-elle. Maintenant, ils sont partis…

— Nous sommes tous les deux, Wicincala, lui rappela-t-il en embrassant le sommet de sa tête blonde. Ensemble, nous aurons une famille.

Martay leva les yeux vers son beau visage, se rappelant la prédiction de Gentle Deer sur l'enfant qu'elle portait. Elle commença à le lui dire, mais elle n'était pas sûre d'être enceinte. Elle préféra attendre.

— Oui, chéri. Fais-moi l'amour...

À l'aube, Martay s'éveilla. Night Sun, épuisé par son voyage, continua à dormir. Prenant soin de ne pas l'éveiller, elle se glissa hors des fourrures et frissonna, car la température était fraîche.

Sa robe en peau de daim gisait à côté du lit. Elle l'enfila, glissa ses pieds dans une paire de mocassins et, après un dernier regard à l'homme endormi, sortit dans la grisaille de l'aurore.

Le calme régnait au village. Tous les Lakotas dormaient sous leurs tipis. Martay s'en félicita. Il lui fallait quelques moments de solitude pour dire adieu à son père, qu'elle avait tant aimé.

Avec agilité, elle gravit la colline dominant la rivière. Elle choisit une clairière sur un surplomb rocheux et se laissa glisser à genoux. Elle leva les yeux vers le ciel. Un poids comprimait sa poitrine.

Elle voyait nettement dans son esprit ce grand homme aux cheveux d'argent, extraordinairement élégant.

— Oh, papa, comme tu me manques !

De nouveau, les larmes jaillirent. Elle les laissa couler sans retenue, évoquant avec mélancolie la façon protectrice dont son père lui enlaçait les épaules. Elle baissa la tête. Elle pleurait sans bruit.

Un mouvement attira son regard.

Le soleil se levait et dissipait les dernières nappes de brouillard qui s'effilochaient sur les rochers. De la brume surgit Windwalker. La lumière dorée illuminait son visage taillé à la serpe. Il était en tenue de cérémonie. Sa chemise à franges était décorée d'étroites rangées de perles et de *conchos* d'argent rutilant. Ses tresses grisonnantes étaient enveloppées de fourrure et, à la main, il portait un os d'aigle faisant office de sifflet.

Le chaman s'approcha de Martay et leva la main.

— J'ai eu jadis une fille, d'une exceptionnelle beauté. Elle a contracté la maladie des Blancs, la variole. Elle a rejoint Wakan Tanka.

Il prit la petite main de Martay dans la sienne et, d'une voix grave et douce, lui annonça :

— Désormais, c'est toi qui seras ma fille.

Ces mots sincères firent monter un gros sanglot à la gorge de Martay. Reconnaissante, elle s'appuya contre le torse du chaman, qui la serra dans ses bras.

Des bras paternels.

Night Sun était rentré depuis plus d'une semaine. Il pleuvait tous les jours : un crachin d'automne qui tombait d'un ciel bas et lourd.

Martay et lui restaient enfermés. Ils écoutaient la pluie tambouriner sur les peaux de leur tipi, et discutaient de leur avenir. Windwalker, comme Gentle Deer, avait insisté auprès de Martay pour qu'elle convainque Night Sun de l'emmener vivre chez les Blancs. La jeune femme avait autant envie de faire plaisir au chaman qu'à la chère disparue. Mais surtout, elle voulait que l'homme qu'elle aimait fût heureux. Ainsi, par une nuit pluvieuse, après qu'ils eurent fait l'amour, elle lui déclara qu'il n'était pas nécessaire de partir.

— En vérité, expliqua-t-elle, je n'ai aucune raison d'aller en Californie. Je n'y ai pas de famille.

Night Sun prit sa main.

— Et je n'ai aucune raison de rester ici. Gentle Deer est morte.

— Mais la vie des Lakotas...

— Elle est morte, elle aussi, Wicincala.

Il y avait de la nostalgie dans ses yeux noirs.

— Notre combat contre les Blancs tire à sa fin. La plus grande partie de notre peuple vit déjà dans des réserves. Hier, Windwalker m'a dit qu'il est fatigué de se battre, de voir les jeunes manquer de nourriture. Il va emmener son clan avant le plus fort de l'hiver. Pour moi, la meilleure façon d'aider mon peuple est de vivre dans ton monde. Mais promets-moi que chaque été, tu reviendras avec moi dans cet endroit que j'aime tant.

Martay acquiesça.

— Je te le promets.

Elle se pencha pour embrasser son torse et continua :

— Mais, chéri, et ta sécurité ? Si nous retournons parmi les miens, ils vont t'arrêter et...

— Non, mon cœur, rétorqua-t-il avec un sourire. Selon la loi américaine, la femme ne peut être obligée de témoigner contre son mari. Et tu es la seule à savoir que je t'ai kidnappée.

Elle lui rendit son sourire.

— Quand nous marions-nous ?

— Dès que nous serons dans ton monde.

— Tu sais, observa Martay en fronçant les sourcils, je crois que c'est bête, mais... je...

— Quoi, Wicincala ?

— J'aimerais me marier ici, au village, en présence de Windwalker.

Elle scruta la réaction de Night Sun.

— Belle idée, mais sans valeur juridique dans ton monde.

— Eh bien, nous nous marierons une deuxième fois.

Ému, il approuva.

— Merci, Wicincala. C'est important pour moi... Alors, quand nous marions-nous ?

Il embrassa sa chevelure blonde et ajouta :

— Il nous faut attendre la fin de la pluie, tu ne crois pas ?

— Oui.

— Écoute : nous allons observer la *mastekola*, l'alouette si tu préfères. L'alouette permet de prévoir le temps, mon cœur. Elle annonce le beau temps quand elle s'élève droit vers le ciel.

— Tu te moques de moi, métis ?

— Comment serais-je capable d'une chose pareille, captive ?

Un pétillement passa dans ses yeux noirs, et il roula sur elle en riant...

Lorsque Martay s'éveilla le lendemain matin, il ne pleuvait plus. Elle secoua Night Sun.

— Est-ce que tu entends ? demanda-t-elle.

— Entendre quoi ? répliqua-t-il en bâillant. Je n'entends rien.

— Justement, dit-elle en bondissant du lit. Dépêche-toi, sortons observer la *mastekola* !

Night Sun sourit et se leva. Quelques instants plus tard, ils sortaient du tipi en se tenant la main.

Martay la vit la première : une alouette posée sur la branche d'un pin, à moins de dix mètres.

— Tu vois ! dit-elle en désignant l'oiseau. Et maintenant ?

Il hocha la tête en souriant et passa le bras autour de sa taille.

— On attend, répondit-il.

Martay retint son souffle, sans quitter l'alouette des yeux. L'oiseau eut quelques mouvements brefs de la tête, comme s'il savait qu'on l'observait. Puis il s'envola dans un claquement d'ailes.

Et piqua tout droit vers les nuages.

6909

Composition Nord Compo
Achevé d'imprimer en Italie
par GRAFICA VENETA
le 17 octobre 2010.

Dépôt légal octobre 2010.
EAN 9782290027745

ÉDITIONS J'AI LU
87, quai Panhard-et-Levassor, 75013 Paris

Diffusion France et étranger : Flammarion